La lealtad
de los caníbales

Diego Trelles Paz

La lealtad
de los caníbales

EDITORIAL ANAGRAMA
BARCELONA

Ilustración: © Fernando Bryce a partir de *La romería de san Isidro* de Francisco de Goya

Primera edición: enero 2024

Diseño de la colección: Julio Vivas y Estudio A

© Diego Trelles Paz, 2024
Autor representado por Silvia Bastos, S. L., Agencia Literaria

© EDITORIAL ANAGRAMA, S. A., 2024
Pau Claris, 172
08037 Barcelona

ISBN: 978-84-339-2209-0
Depósito legal: B. 17615-2023

Printed in Spain

Romanyà Valls, S. A.
Verdaguer, 1, 08786 Capellades (Barcelona)

La lealtad de los caníbales recibió una beca de escritura del Centre national du livre de Francia. El autor agradece el apoyo brindado para la elaboración de este proyecto.

Para Izan, Dorian y Mélanie

No perdamos la perspectiva, yo ya estoy
harta de decirlo, es lo único importante.

CAMILO JOSÉ CELA,
La colmena

Primera parte
Los caníbales

ARROYO

No hay muerto malo, recordó el comandante, y de un viaje raudo –¡zas!– se secó la cerveza. El ritual de la secadera es tan espectacular que parece actuado, pensó el chino Tito: un tombo achorado que bebe abriendo mucho la boca, una platea aburrida por los excesos, un sacrificio. Tantas veces cojudeando por el bar el comandante, como si fuera su casa, haciéndose el borracho solo para engañar. No era su amigo –nadie es su amigo– pero lo conocía desde que era alférez o teniente, ya no se acuerda. La primera vez que lo vio iba disfrazado de civil pero se notaba que era raya. Llevaba un sobretodo negro y brilloso hasta las rodillas, unos *jeans* rectos, nevados, bolsudos en el culo, la camisa blanca impecable, pegadita contra el pecho lampiño, y unos Ray-Ban bambas de monturas doradas en plan narco humilde.

Pese a ser limeño, el comandante Arroyo era blanco y chaposo como un serrano del norte. A primera vista no daba miedo: su semblante níveo, colorado en las mejillas como un niño indolente agredido por la pubertad, inspiraba una ternura insólita que tenía algo de repugnante. Parece un falso albino, pensó Tito, soltando una risita de maldad: bastaba apagarle la voz, escrutarlo sin lástima, bajarlo de ese pedestal imaginario que se había edificado en la calle con sangre ajena.

–El comandante solo da miedo si habla –dijo el chino en lentos susurros que semejaban un rezo– ... y cuando está empinchado habla gritando.

No conversaba con nadie el cantinero. Le gustaba murmurar solo mientras secaba los vasos de cerveza con una tela roída y mugrosa que parecía un trapeador. Cuando no estaba chambeando, recostado en la trastienda sobre unos enormes sacos de yute y fumando sin pausa, el chino Tito leía: poesía, ensayos, memorias, cuentos, novelas policiales; lo que fuera salvo esos libritos de moda que la gente enterada llamaba «novelas de autoficción».

–Cuénteme, Ishiguro, ¿usted lee esos libritos llorones y quejumbrosos que hablan del sufrimiento familiar y sexual de sus autores?

–Nunca, don Tito..., ¿para qué?

–Hace bien. La prensa rosa es un poco menos sofisticada pero más sincera.

Ishiguro: antiguo empleado, fiel amigo, camarero dilecto entre los comensales por sus modales y su buen humor. Nadie sabía su nombre y él prefería ocultarlo. «Me llamo Ishiguro», mentía sonriente sin rehuirle a la pregunta, y era raro que alguien lo pusiera en duda porque su voz dulce y apacible parecía sincera. Pese a la complicidad de tantos años, Ishiguro siempre trataba al patrón de *don* y el cantinero le devolvía esa gentileza hablándole de *usted*, como si dentro del negocio tuvieran el mismo rango.

«¡Cortesías de chinos!», farfullaba el comandante Arroyo, que se permitía esa confianza que nadie le había dado. Lo curioso es que ni el cantinero ni el mozo eran chinos. Como muchos descendientes de japoneses en el Perú, ambos habían comprendido que en el país de Alberto Fujimori –un ciudadano *nikkei* que había ganado la presidencia siendo públicamente «el *chino* de todos los peruanos» y que ahora estaba preso– esa precisión era un estorbo.

Es cierto que la irreverencia del comandante le resultaba fatigosa aunque a veces, cuando Arroyo estaba realmente ebrio y alegre y lanzaba al gentío chistes groseros que desternillaban el local, conseguía arrancarle una sonrisa de reconocimiento. Si toleraba su insolencia era, ante todo, por pragmática: temía contradecirlo, temía ponerlo a prueba y chocar contra su furia, que podía ser creativa y rencorosa hasta el punto de clausurarle el negocio. «No exageres, chino… ¡Si Arroyo es un cague de risa!», se apresuraban los borrachines que nunca lo habían gozado molesto, pero el chino Tito sabía perfectamente el peligro que subyacía a su comicidad. ¡Cuántas veces lo había visto acabando el festejo a botellazos por una palabra disonante, una mueca incómoda o el más irrelevante gestito de desaprobación!

La ecuación era muy simple: a Arroyo no le gustaba perder y nunca perdía porque siempre iba armado. Incluso parecía deleitarse sacando su chimba plateada del cinto, agitándola en el aire como una extensión natural de su mano, y rastrillándola velozmente con un retorcido compás musical. ¡Vaya personaje! Se diría que el chino ya estaba acostumbrado al vodevil tragicómico del policía. Tenía incluso esta teoría romántica sobre sus excesos en la cual el comandante terminaba siendo ese villano exagerado de las películas cuya crueldad también generaba empatía. En el fondo, pese al riesgo, a la tensión que producían sus arrebatos, el cantinero apreciaba su presencia en la taberna.

–Ishiguro, responda sin respirar: ¿Robert de Niro o Joe Pesci en *Casino*? Elija solo uno, por favor.

–Pesci pues, don Tito, no hay de otra… A De Niro su mujer lo adorna hasta con el enano.

–Muy cierto. Y lo peor de todo, Ishiguro, es que no

17

tengo una explicación coherente para entender por qué carajos nos identificamos con el más gramputa. Foucault señaló en algún libro por qué las clases populares tienden a glorificar a los delincuentes. Creo que es así. Mejor se lo explico luego.

No era verdad. No se lo explicaría ni luego ni nunca. El dato era solo un anzuelo para que Ishiguro buscara los libros y las películas a los que aludía vagamente. Más adelante, siempre de improviso, vendrían las preguntas que el cantinero soltaba para cerciorarse de que el mozo hubiera cumplido su parte en el silencioso juego del adiestramiento.

Así, por ejemplo, con una digresión sobre el cine de Scorsese –nacida de un breve comentario sobre la incontrolable violencia en Lima–, *Casino* apareció en su vida y produjo una adicción desenfrenada por las películas de mafiosos y delincuentes. Esa misma tarde se compró el DVD pirata a dos soles en Polvos Azules y en la noche, después del arroz con torrejas de atún y de haber acostado a su anciana madre, con la boca abierta para liberar de su cuerpo los inesperados latidos de goce que acompañaban el cortejo de su evasión, fantaseando como un adolescente con esa vida ampulosa de los gánsteres en Las Vegas desde su casita alquilada en una quinta miserable y llena de fumones en Comas, Ishiguro se zampó de un tirón las casi tres horas de la película.

No se movió del sillón cuando aparecieron los créditos finales. Estaba petrificado y feliz. Sentía un deseo profundo de llamar a su jefe de madrugada para decirle que deseaba verlo *todo* pero, desde luego, no lo hizo; si algo definía su temperamento era esa diferencia radical entre lo que ansiaba en su imaginación y lo que dejaba de hacer en la realidad. La resignación de Ishiguro era el motor de su silente tristeza.

En adelante, todas sus propinas terminaron en el corazón de la piratería cinéfila ilustrada de Lima: los puestitos del pasaje 18 en el Centro Comercial Polvos Azules.

Husmeando con cara-de-busco-ayuda entre los mostradores de vidrio, repasando demasiado rápido los catálogos repletos de carátulas a color en busca del apellido Scorsese, Ishiguro conoció a los que serían los responsables de su educación cinematográfica: Milton y el chato Iván, los piratas cultos.

–Habla, bróder, qué estás buscando, pregunta nomás.

–Scorsese.

–Tengo todo, desde los cortos que hizo en la Universidad de Nueva York hasta *Silencio*, que salió hace poco y está bien brava.

–¿Las películas de la mafia?

–La última es *El lobo de Wall Street*, pero si quieres ir en orden empieza mejor por *Calles peligrosas*, peliculón con Harvey Keitel y Robert De Niro, que están chibolos todavía, justo antes de *Taxi Driver*.

–Dame las dos primeras, por favor.

–Te hago un tres-por-uno a cinco luquitas y así puedes chequear hasta *Taxi Driver*, que no es estrictamente de *gangsters*, ¿ya?, pero para entender las que vienen sin duda hay que verla…, ¿qué dices?

Las compró todas en la tercera visita y su veredicto final fue tan contundente que se volvió innegociable: *Buenos muchachos* era tan hermosamente perfecta que hasta se había aprendido los parlamentos de Joe Pesci y fue varias veces a la Cachina por el terno azul y la camisa blanca con cuello largo que usaba Ray Liotta. ¡Cuánto júbilo, cuánta satisfacción sintió la primera vez que el chino Tito abrió el abanico de las preguntas inesperadas! ¿Se habría dado cuenta de que su pupilo –su *seito*– ya tentaba un camino propio? ¿Estaría satisfecho? ¿Sería un motivo de orgullo, de regocijo, de esperanza? ¿Le diría algo pronto don Tito?

¿Lo reconocería? El debate se daba constantemente en su cabeza, pero era imposible darse cuenta porque Ishiguro iba y venía entre las mesas con platos y botellas de cerveza, y para cualquier espectador imparcial era claro que lo último que podía hacer en ese ajetreo era reflexionar. El día que el comandante Arroyo irrumpió en su vida no vio ninguna señal de peligro. Se equivocó. Fue lento y negligente en su apreciación. ¿Cómo podría sospechar de ese hombre mofletudo con la piel lechosa y el rostro de un niño herido que nada tenía de los policías salvajes que aparecían en las películas de la mafia? Tampoco era posible que ese tipo vestido como un adolescente y con el pelo entrecano, pero brilloso por la acumulación de gel, pudiera ser un raya peruano de alto rango. Bastaba notar su contextura curiosa, ese cuerpo asimétrico en el que contrastaban su amplia espalda de luchador y su cuello de pitbull con la delicadeza infantil de sus manos o la golosa hinchazón de su vientre, para descartar cualquier actividad de orden policial o castrense.

No supo, hasta muchas semanas después, que Arroyo era policía. Se lo dijo el patrón sin mediar pregunta, dándose cuenta de que Ishiguro lo escrutaba mientras cortaba delgados trozos de jamón del país y los repartía sobre los panes franceses para llenar los sándwiches.

–Tiene cuarenta y un años –le soltó sin mirarlo, sabiendo que ellos, Ishiguro y Arroyo, eran coetáneos–. Es el comandante jefe del Grupo Terna.

No agregó más. Ni siquiera apeló a su discreción porque la tenía asumida. Ishiguro comprendió rápidamente que la confesión del cantinero estaba relacionada con algún miedo y si surgía de improviso era porque buscaba un aliado: alguien de confianza que pudiera servir de testigo ante cualquier trágica eventualidad. Con una rápida búsqueda cibernética, el mesero descubrió que el Grupo Terna había sido creado en 2012 y era una unidad especializada dentro del Escuadrón Verde: una División de Operaciones Especiales de la Policía Nacional cuyos efectivos operaban contra la delincuencia en las calles de Lima. Se camuflaban de a tres, disfrazados o vestidos de civil, mimetizados entre la gente de los barrios más bravos de la capital para realizar labores de búsqueda, identificación y acopio de evidencia.

Del rosario de historias sobre Arroyo que empezaron a surgir como leyendas urbanas entre la clientela, y a las que el mozo ahora prestaba una atención distinta, la que menos toleraba, la que lo hería, era esa que señalaba una cercanía amical y cierta complicidad entre el comandante y el chino Tito. Con el tiempo se dio cuenta de los grados de veracidad de ese rumor; por ejemplo, las veces en las que el patrón les daba asueto –a él y a Rosalba, la cocinera– y el bar se cerraba por la tarde sin mayor explicación, adentro, exclusivamente privatizado para la policía, Arroyo y su equipo de oficiales y técnicos se reunían a beber y a planear sus operativos.

Alguna vez, intrigado por esa insólita y secreta alianza entre su jefe y el policía, con la fina diplomacia de su sobrio temperamento y la barbilla contra el pecho flaco en señal de conformidad ante cualquier respuesta, Ishiguro le preguntó al chino Tito cómo había conocido al comandante Arroyo. Más que alegrarlo, la predisposición festiva del cantinero a contarle la historia de su encuentro lo alarmó. Ishiguro se sentía medio adivino, creía fervientemente en el poder de los astros para predecir los actos de sus semejantes. El camarero, sin embargo, no supo leer las coordenadas astrales de una relación que era más complicada y profunda de lo que intuía y, sin duda, esperaba. Para comprender por qué esta constatación terminaba siendo hiriente para Ishiguro, habría que pensar en la temprana muerte de su padre y en la silenciosa manera en que fue germinando en su corazón la idea del patrón como una figura de reemplazo.

Esto fue lo que el cantinero le contó:

«Hará cinco años entró al bar en plan el-dueño-soy-yo. Estaba más flaco y atlético, no tenía panza. Todavía era teniente o capitán, creo, ya no me acuerdo bien. Llegó temprano. En el bar no había nadie, solo yo, igualito que ahora, secando los vasos. El pata se puso al toque detrás de la barra encarándome con una sonrisita canchera, mostrándome su cuello grueso mientras alzaba el mentón. Yo pensaba que era un loquito violento o un pastelero de La Parada queriendo cuadrarme –uno nunca sabe, Ishiguro–, y ya estaba a punto de sacar el machete y botarlo a patadas cuando de pronto se abrió el saco y me mostró su placa... El conchasumadre era tombo. Yo pensé que iba a pedirme plata como todos esos ahuevados muertos de hambre que quieren sacarme guita, pero me equivoqué. Quería otra cosa.

»¿Sabe lo que me dijo el cojudito, Ishiguro? Lo recuerdo muy bien.

»"Viejo, te doy esto ahora y después te doy más. De ahora en adelante me cierras el circo unas cuantas horas para nosotros, yo digo cuándo y cuánto..., ¿voy claro?"

»Lo dijo en plan cachaco, así, dándome órdenes. Luego sacó un ridículo fajo de billetes de veinte que apenas llegaba a cien lucas, y agregó que lo tomara como un acto patriótico, un pequeño gesto de colaboración con la ley en su lucha contra la delincuencia.

»Yo no lo podía creer, Ishiguro. Estaba asado, incrédulo, dudé entre hacerme el cojudo o mandarlo a la mierda, pero había *algo* en toda la escena que me resultaba... interesante. Es *algo* que solo he podido procesar mucho después... Hace treinta años que tengo este barcito en Quilca y, como puede suponer, aquí lo he visto todo. Pregunte lo que quiera que ya lo vi. Broncas descomunales donde volaban desde botellas hasta perros; gringas locas y borrachas calateándose sobre las mesas; una convención mundial de travestis para celebrar el Miss Universo Gay; una fiesta de ciegos con fletes y putas de lujo; congresistas de varios gobiernos chupando con chibolitas, jalando sin roche, tirándoselas en el baño, animales inmundos, un asco de gente; incluso tombos, ¿ah?..., y de todos los rangos, aquí mismo, transando con marcas, camellos, charlies, peperas, raqueteros, cogoteros y cualquier delincuente de mierda que pudiera pagarles peaje... También, desde luego, hemos tenido a nuestros muertitos. Solo dos. A uno le metieron un balazo en la frente mientras fumaba en la puerta. Un ajuste de cuentas no sé si del narco o de las mafias de construcción civil. Para mi mala suerte, el huevón se desploma hacia dentro, con los brazos abiertos, y me terminan clausurando el bar por un mes. El otro era un patita medio pituco que se las daba de poeta. Un gringo ahuevado que solía pararse en las mesas dizque para declamar. Se pasó de vueltas con la vaina y mancó de un infarto en el baño. Lo encontramos tieso, sentado en el váter con el pantalón manchado de coca y de mierda. Un chongazo...».

La historia no había terminado. Ambos lo sabían como sabían cuál era la dialéctica acordada para seguir conversando. El chino Tito había respondido a la pregunta de Ishiguro sobre Arroyo y, sin duda, esa capa visible de su relato ya estaba cerrada. Si el mozo se mantuvo quieto, apoyando el peso de su cuerpo sobre el trapeador —sus pequeñas manos tensas asfixiaban el bastón de madera—, era porque el cantinero había dejado pequeños huecos en su narración. Debajo de esos silencios estaba ese *algo* que los precedió. Si no era otra historia oculta, por lo menos era la parte secreta de la que acababa de contar. Todo aquello, desde luego, era adrede. El chino Tito sabía qué era lo más importante para Ishiguro, el corazón de su pregunta, y precisamente por eso lo dejó sin explicación. Si el mozo no lanzaba la pregunta que el cantinero esperaba, la conversación se habría acabado y todo el proceso hubiera sido visto como un fracaso. No ocurrió. Pese a los minutos de silencio, Ishiguro prefirió seguir el juego y accedió a interrogarlo.

–Don Tito, disculpe, usted dijo que no lo mandó a la mierda porque había algo que le parecía interesante... pero no dijo qué.

El patrón abrió el grifo del agua y se lavó las manos con el detergente de platos. Procedió a secárselas sobre la barra, dedo por dedo, con una lentitud exasperante. Parecía que ignoraba lo dicho por su *seito* pero el camarero ni se inmutó. Estaba tan acostumbrado a esos tiempos muertos que había aprendido a sacarles provecho. Lo suyo era la observación. Su mirada se paseaba con diligencia, iba y venía sobre el chino Tito en lentos paneos que buscaban los detalles para capturarlos. Esa vez, sin embargo, no se desplazó. Estuvo quieta en los cabellos lacios de color ceniza que llevaba siempre anudados con una cola de caballo. Se los pegaba al cráneo para tapar la calvicie que se le abría desde la coronilla. Ishiguro pensó entonces en su propio pelo, tan diferente, y sintió un leve desgano. Lo tenía negro, abundante, frondoso... como el de *él*... Así lo llevaba su padre cuando apareció muerto en el cañaveral de Pativilca. La mata de cabello, sobresaliendo de la frazada que tapaba su cuerpo, persiste en su recuerdo como una guillotina que cae y se vuelve a izar.

Finalmente –un sonido de cacerola, el eco de la radio, Rosalba cantando–, el cantinero habló:

«¿Sabe cuál es el nombre de Arroyo? No me lo va a creer. Se llama Edulfamid... ¿No me entendió? E-dul-famid… Sí, ya sé, parece nombre de pegamento, ¿verdad? No es broma, así le puso su padre imagino que para dañarlo. Nadie en la fuerza entiende su nombre y por eso los amigos le dicen Píper, comandante Píper como Píper Pimienta, el cantante de salsa… ¿No sabe quién es Píper Pimienta? ¿No ha escuchado a los Latin Brothers de Colombia? Si responde que no es porque no se ha dado cuenta y habría entonces que afinarle el oído. Cada vez que viene al bar, lo primero que hace Arroyo es poner a los Latin Brothers. Esa fue la única razón por la cual vino ese día para hablar conmigo… Venga, Ishiguro, acérquese. Tome estos cincuenta céntimos, vaya a la rocola y busque el disco. Ponga la canción "Velorio y baile". Es la número dos. Luego le sigo explicando».

Ishiguro soltó el trapeador, retiró la moneda que el chino le había dejado sobre la barra antes de irse al baño y enfiló hacia la rocola con una parsimonia que bien hubiera podido leerse como signo de indiferencia. No era así. De hecho, era todo lo contrario: la forma digresiva que había empleado el chino Tito para responderle lo tenía intrigado, incluso seducido. No hubiera sabido explicarlo bien pero había sentido el gesto como en las películas, actuado pero real.

Encontró el disco con rapidez. En la carátula, con fondo blanco y letras rojas y el título en mayúsculas que decía DALE AL BOMBO, dispuestos en un plano medio, uno a cada lado del encuadre, había dos hombres negros de pie. Uno, el de los bigotes con la cara larga y chupada y los lentes redondos, llevaba un traje blanco de grandes solapas y una corbata michi roja e inmensa que parecía un adorno navideño; el otro, más fino y robusto, agraciado, incluso guapo, le recordaba a Tressor Moreno, un delantero colombiano de Alianza Lima que hacía dupla con Claudio Pizarro, tenía una camisa colorida y estrambótica con hojas, tallos y flores amazónicas que le pareció de mal gusto. Los dos se presentaban mutuamente, sonriendo para la foto con las manos abiertas. Según indicaba la portada, el primero era Píper Pimienta Díaz y el segundo, John Jairo. Sin embargo, ninguno de los dos se parecía físicamente al comandante Arroyo y aquello lo desconcertaba... ¿Adónde quería llegar el chino Tito con todo esto?

Apretó uno de los botones luminosos del aparato. Sonó un piano y enseguida una trompeta. El chino empezó a mover la cabeza hacia abajo, asintiendo al compás del son. Ishiguro, confundido, solo se dedicó a escuchar:

«No hay muerto malo», se lo digo yo, el Pimienta...
No quiero que cuando muera en mi velorio haya llanto,
que den trago como sea porque si no los espanto,
que si muero con dinero lo gasten en el velorio
y den ron y aguardiente como en un rico mortuorio...

La había escuchado muchas veces antes sin prestarle atención. Esa vez se había concentrado en la letra sin sacar nada en limpio. El personaje de la canción podía ser un delincuente o solo un borracho fiestero o quizás las dos cosas. Hablaba de lo que deseaba cuando muriera. No quería un velorio triste. Quería que lo celebraran con trago, fiesta y baile... ¿Había algo más en la canción que el mozo no hubiera podido captar? Lo dudaba. La escucharía de nuevo más tarde en casa, pero ahora era lo único que tenía. No entendió nada. Se sentía perdido y torpe como de costumbre... ¿Qué tenía que ver todo esto con el comandante Arroyo y ese nombre tan cojudo que parecía un trabalenguas? ¿Y por qué lo llamaban Píper y no Edu o Edul o algo parecido?

El chino Tito no habló hasta que terminó la canción, pero tampoco cantó. Al vaivén sabroso de su cabeza, había agregado el golpe rítmico de las palmas contra la encimera de la barra, como si lo suyo en la orquesta imaginaria fueran las congas. Lo que sobrevino luego, al inicio de ese silencio levemente interrumpido por el choque de sartenes y el sonido rasposo del aceite hirviendo, fue extraño pero lógico: el mozo y el cantinero se quedaron quietos en el salón, mirándose fijamente como dos forasteros midiendo su fuerza, en la misma posición equidistante de los vaqueros en el ritual sangriento de un duelo inminente.

–¡Don Titooo...! Ya están listas las papas rellenas, ¿quiere probarlas o las meto a la refri? –chilló Rosalba desde la cocina quebrando el hechizo. La respuesta del cantinero fue ignorarla por completo y ella no repitió la pregunta ni volvió a insistir. Tanto la cocinera como el mozo sabían que las omisiones del patrón eran también una forma de comunicación y habían aprendido a interpretarlas sin equivocarse.

Antes de retomar el cauce principal de su historia, el chino Tito ladeó la cabeza con violencia y se sacó un conejo –¡crac!–. Parecía sosegado y satisfecho con el crepitar que produjo el rápido movimiento de su articulación. Ahora tenía los antebrazos regordetes durmiendo sobre la barra y los dedos entrelazados como si estuviera a punto de rezar. Ishiguro, sin embargo, no estaba de acuerdo con esta imagen, la consideraba imprecisa. Con los cabellos plateados recogidos en una cola, el bigote delgado y puntiagudo, y la barba blanca de chivo sobre la barbilla, el chino Tito estaba mucho más cerca del maestro sabio y honorable de las películas de kung-fu que del orador místico. De hecho, la primera vez que lo vio, el día que entró al bar para darle un currículum mal impreso y arrugado por la lluvia, no pudo evitar imaginarlo como el severo pero bondadoso maestro Miyagi de *Karate Kid*.

–Dígame, Ishiguro, ¿le gustaron los Latin Brothers?

–Muy buenos, don Tito.

–Sí, claro, son buenísimos. Ha sido la cantera de varios de los monstruos sagrados del género. Píper Pimienta, John Jairo, el mismo Fruko, y más adelante vinieron Joe Arroyo y Gabino Pampini; salsa en serio, mi estimado, no la mierda romanticona que ponen ahora en la radio… ¿Usted sabe bailar salsa, Ishiguro? Lleva muchos años aquí y nunca lo vi bailando.

–No como quisiera…, por eso prefiero no hacerlo.

El cantinero sonrió sin despegar los labios, entrecerrando los ojos como si estuviera a punto de agregar algo que nunca llegaba. No quedaba claro si ese gesto risueño era una muestra de satisfacción o de sospecha, pero esa ambigüedad no era engorrosa sino enigmática. La parte final de su historia, después de tantos vericuetos y prórrogas, ameritaba una cerveza, y por eso el chino se apresuró en abrir una Pilsen. La sirvió al tope, casi sin espuma, y alargó el vaso hacia Ishiguro para que se acercara.

Mientras el mozo sorbía lentamente el líquido helado, el chino Tito reanudó su relato:

«El comandante Arroyo sí baila y conoce de salsa pero eso lo supe un poco después. La segunda vez que vino llegó al bar con otra gente: dos hombres y una mujer, todos rayas imagino porque estaban vestidos como para irse de fiesta. No se fueron a ningún lado. Terminaron sin saco ni corbata y completamente zampados un par de horas más tarde… ¿Sabe cómo detectar rápido a un tombo vestido de civil, Ishiguro? Es sencillo. Entre ellos no se dicen "pata" ni "causa" ni "bróder" ni "yunta". Desde luego no se tratan de "amigo" ni de "hermano". Si son de la misma edad y se sienten un poco en confianza, se llaman "promoción" o "promo". Los dos patitas que vinieron con el comandante, por ejemplo, no tenían nombre, solo eran "promo" esto y "promo" lo otro. La flaca tampoco dijo mucho pero chupaba como vikinga, y era recia la chata, dura, bonita de cara, se bajó la mitad de la res solita y yo creía que era la germa o el plancito de Arroyo pero se arrancó con los "promo" cuando el comandante se lo ordenó. El cojudito movió sus dedos fumadores hacia arriba, como si estuviera pescando en el muelle, y ahí mismo entendí que eso podría ser un reglaje, que Arroyo y su banda de rayas me estaban marcando vaya a saber Dios por qué... Imaginé que iban a extorsionarme, a pedirme plata para no cerrar el bar, pero Arroyo ya me había dado billete unos días antes y yo lo había aceptado no sé muy bien por qué... Ni siquiera recuerdo qué le respondí y tampoco sé por qué no le dije que se fuera a la mierda...».

(¿No sabe o no quiere saber?

No sabe –pero si sabe no importa–. Qué mierda le habrá dicho, se rió mentalmente Tito, y enseguida recordó la placa, la cacha, la saliva espesa sobre los labios, el olor a muertos. Aceptó como suelen aceptar los que pierden: asco de muerte en la mirada y la boca hacia abajo, inflada sobre la barbilla como si aguantara un escupitajo.)

«Arroyo se quedó chupando solo en la mesa de la esquina. Es esa que tiene la foto de Hudson Valdivia. Está allá, ¿la ve? Esa en blanco y negro con la placa dorada. Seguro no sabe quién fue Valdivia pero no importa, yo se lo digo. Hudson era como el patrono de este bar y además era mi amigo. Vino del teatro, salía en la tele, era el galán de las telenovelas más populares del Perú y era bello como Artaud hasta que se volvió loco. Aquí declamaba por horas a César Vallejo cuando ya era un drogadicto perdido. Aquí era amado como un ángel caído en desgracia y por eso, Ishiguro, tenía que morirse pronto. Esa es la ley de la calle. Todo lo bello tiene que podrirse para ser inmortal. Busque después la información en la red y le cuento más... No se preocupe que Arroyo tampoco sabía quién era Valdivia. Los jóvenes ya no saben mucho de nada ahora que todo se resuelve con un celular. El comandante llegó a esa mesa de casualidad. Apenas entró ya me había guiñado el ojo como si fuéramos compadres de toda la vida pero luego ni me miró. Yo sí lo chequeaba cuando podía, por precaución... De vez en cuando iba a la rocola, esperaba su turno pacientemente y ponía la misma canción de los Latin Brothers que acabamos de escuchar. Sonó por lo menos seis veces esa noche. En la tercera o cuarta, empezó a dar unos pasitos a lo Píper Pimienta que yo reconocí al toque. Parece que no fueran de salsa porque el colocho no tenía piernas sino zancas, delgaditas, muy largas, parecía un avestruz. Y cuando bailaba era como si fuera a volarse, apenas despegaba las plantas del piso pero todo su cuerpo de lagartija era una convulsión rítmica, elegante, vistosa, como si bailara charlestón o break dance al mismo tiempo pero sin perder el sabor de la salsa, no sé si me entiende, Ishiguro, tendría que verlo... ¿Sabe qué es lo más curioso? Que al comandante Arroyo, que es pues agarrado y medio torito de espalda, además de blancón y chaposo como un cajamarquino, los pasitos de Pimienta no le salían mal. Un tombo cangrejón bailando salsa como un boricua, ni más ni menos... ¡Todo un espectáculo! Incluso ya me estaba cayendo bien el cojudito y ni siquiera me había hablado. Me distraje con un cliente al que ya iba a agarrar a cachetadas por malcriado y, al volver la cabeza, Arroyo ya no estaba. "Qué chucha", me dije, "este loco igual va a volver." Yo pensaba que se tomaría unas semanas por lo menos pero a las cuatro en punto, justo cuando la señora que limpia estaba botando a los últimos borrachos, entró calmadamente por la puertita de la reja. "Ya estamos cerrando, señor, por favor", le advirtió ella y Arroyo, muy divertido, como si le acabaran de contar un chiste estupendo, le respondió que "tenía una reservación para las cuatro" y que hablase "con Tito"… Je. Tremendo conchasumadre: yo estaba al frente, se lo dijo mirándome… ¿Está bien la Pilsen o le pongo otra? Tome nomás, Ishiguro, usted tranquilo, ¡salud pues!… No hay como la Pilsen helada, ¿no cree? El otro día vinieron unos pelucones en *skateboard* a ofrecerme cerveza artesanal en botellitas psicodélicas. "Prefiero vender pichi en botella", les respondí. Yo pensé que se iban a ofender pero se cagaron de risa y luego se fueron rodando en sus mierditas, ¿qué le parece? A esos jóvenes iletrados ahora los llaman "emprendedores" y se supone que van a dominar el mundo. Si al menos leyeran, carajo, pero ni eso…

»Oiga, ¿en qué estaba?… Ah, sí, de Arroyo que vino de madrugada en plan canchero para hablarme… No lo boté. Debí haberlo hecho pero otra vez *algo* me lo impidió, de repente mi curiosidad, no lo sé. Yo podía oler el peligro, Ishiguro, lo tenía clarísimo pero me llegó al pincho y lo hice igual. Nos quedamos conversando hasta el amanecer. Fue la única vez que ocurrió desde que lo conozco. Luego ya fue de nuevo ese personaje medio payaso y siniestro que usted conoce. Pero esa noche no. Apenas despedí a la señora de la limpieza se le apagó la arrogancia y hasta se sinceró. Estaba duro, eso era obvio, me ofreció una raya. No dijo "un tiro", dijo "una raya", como si eso fuera más elegante y tentador. "¿Qué quieres?", le respondí sin hacer caso a su ofrecimiento. "Necesito hablar, explicarme", dijo y yo pensé que por fin iba a decirme qué quería. Sospechaba que buscaba meterme en alguna cagada usando el bar como tapadera, pero no, me equivoqué: contra todo pronóstico, luego de poner en la rocola la misma puta canción, Arroyo empezó a hablarme de salsa…

»¿Sabe cuál es el verdadero nombre de Píper Pimienta, el cantante de los Latin Brothers? Desde luego Edulfamid, como el comandante. El nombre –dijo mascullando, así empezó su monólogo– se lo había puesto su padre, que era fanático de la salsa y le había enseñado a bailar como su artista favorito. Pero Píper Pimienta dejó de bailar a inicios de los noventa, continuó. Se le quemó la casa con todas sus partituras dentro y luego le dio una trombosis que le paralizó medio cuerpo. Se venía de gira para Perú con su nueva banda cuando le metieron plomo en Cali. Un sicario entró en su residencia y, de dos balazos, se lo quebró. Lo encontraron en el jardín. Lo de Píper, el apodo, fue idea suya. En su casa lo llamaban Edul y por su barrio en La Victoria, me dijo riéndose, lo tomaban por turco: el turco Arroyo. Eso no podía pasar en la fuerza, viejo. Y por eso, para los amigos y los oficiales superiores, Edulfamid Arroyo era Píper, el comandante Píper.

»No me mire raro, Ishiguro, sé lo que piensa y lo comprendo. No son solo anécdotas, no. Quizás yo le esté hablando en voz alta para entenderme. Tampoco voy a justificarme, no tiene sentido. Usted me recuerda un poco a él. Arroyo no me dijo nada de nuestro trato: al aceptarle los billetes ya teníamos un acuerdo y no había ninguna posibilidad de romperlo. Esa noche, desde luego, no agregó más. No tenía necesidad. Desde entonces, cuando lo necesitan, el bar se cierra para los Terna, pero eso usted y Rosalba lo saben muy bien. No es la primera vez: los dos últimos años, antes de que cayera Fujimori, yo lo cerraba para quien quisiera tumbarse al gobierno. Qué ironía macabra, ¿no? Sobrevivimos a la dictadura y ahora estamos al servicio de un tombo salsero y delincuente que está medio loco. ¿Me habré vuelto cínico, Ishiguro? ¿Un poco sinvergüenza como todos?... No se pregunte nunca qué hizo la democracia por nosotros porque va a deprimirse. Sendero, los milicos, la dictadura, la democracia…, ¿cuál es la diferencia? Veinte años de guerra para qué si siguen gobernando los mismos miserables que la empezaron. En democracia se privatizaron las playas públicas para esos canallas y al cholo lo siguen tratado como mula pero ahora le pusieron un mandil. Y lo peor de todo, Ishiguro, es que el cholo está de acuerdo. La democracia no sirve. La gente vive con la cabeza enterrada en sus teléfonos. Todo se olvida. Este país ha sepultado hasta a los que aún no aparecen.

»Más bien, oiga, ¿sabe qué sí nos dejaron? Huérfanos. Los hijos de la guerra. Niños que crecieron como pudieron y, ahora que les hablan del progreso del Perú, no saben qué mierda hacer con ese odio que los sofoca. De repente ahí, Ishiguro, en ese hueco que los quebró para siempre, pueda estar ese *algo* que no consigo explicarle. De eso también me habló el comandante esa noche, cuando ya estaba tan drogado que no podía controlarse. "Uchiza", me dijo, "mi viejo estaba rendido y lo mataron a machetazos, y luego hicieron volar su cuerpo con dinamita", siguió tartamudeando, con los ojos hinchados de tanto aguantar el llanto... Revise, Ishiguro, lo que pasó en el puesto de Uchiza en el 89. Investigue si busca entender quién es el comandante Arroyo y por qué puede venir a este bar y, pese a ser un perfecto y miserable hijo de puta, usted y yo tenemos que atenderlo bien aunque lo odiemos...

»Descuide, creo conocer a Arroyo. Con el tiempo he aprendido a conocerlo pero uno nunca sabe, y en la vida, Ishiguro, siempre es mejor esperar lo peor...»

(¿En serio lo conoce?

No lo conoce, le teme. Pero el miedo es también una forma de conocimiento, creía el chino Tito, y precisamente por eso sabe que esta noche toca otra vez. Observa a Edulfamid Arroyo: algo lo obsesiona, mira el reloj del bar con insistencia, chupa con furia, ordena otra ronda de pomos, los policías le celebran todos sus comentarios, sus groserías, sus chistes, algunos fingen su risa, otros golpean

33

la mesa. El comandante Píper se muestra afable con Man-yoma, el suboficial puneño de los bigotitos peinados, le choca el vaso, lo palmea con afecto, le guiña el ojo como si fuera su protegido. Hay demasiada alegría en esta esce-na, piensa el cantinero con malicia, ya la ha visto antes, pobre chico, dice en voz bajita, triste, pesaroso, imaginan-do el horror de su desengaño... Acaso hoy sea él.)

ARREGUI

«No perdamos la perspectiva, yo ya estoy harta de decirlo, acaso sea lo único importante», leyó Rosalba al inicio de la novela que le había regalado el patrón justo antes de salir para el Mercado Central. Solo pudo leer el primer párrafo porque le saltó una notificación a la pantalla del teléfono. Era Sofía, que le mandaba emoticonos de corazoncitos vibrantes y otro video sobre animales disfrazados por sus dueños. «Pareces loquita mirando todo el santo día ese aparatito de mierda, Rosalba, ¿por qué mejor no lees una novela?», le había dicho el chino Tito con tono de regaño paterno. Sin darle tiempo a rechazarla, desapareció y volvió enseguida con un libro que, por su título, parecía un tratado sobre apicultura.

—Toma esto. Es un regalo de mi parte... pero léelo, ¿ya?

«*La colmena* de Camilo José Cela», leyó Rosalba y sonrió de nervios pensando que lo último que necesitaba era un libro sobre abejas. Algo, sin embargo, llamó su atención: en la portada negra no había abejas ni panales ni miel sino la pequeña fotografía de un villorrio poblado de edificios viejos con techos a dos aguas y tejados color ladrillo. Parecía un pueblito de la sierra pero sin pobreza. La imagen aérea mostraba estos inmuebles artificialmente unidos por una suerte de abigarramiento óptico que era propiciado por el plano abierto de la toma. La impresión que daba era tan vertiginosa como la del enjambre: parecían estar conectados por dentro, como si fueran parte de una misma edificación gigantesca habitada por una invisible multitud. Rosalba intuyó o creyó comprender que el título de la novela no estaba relacionado con su significado literal. Ella, desde el colegio, sabía muy bien lo que era una metáfora. No era, pues, un libro sobre animales, estaba segura; probablemente fuera la historia de la aldea de la foto y de la gente que vivía allí y de la forma en que se relacionaban y convivían en un espacio común, así como lo hacen las abejas en las colmenas con sus obreras, sus zánganos y sus abejas reina.

La segunda lectura también fue interrumpida por otro mensaje de Sofía al WhatsApp. «Qué pesada esta huevona, ¡me tiene cojuda con sus memes!», pensó Rosalba con fastidio, pero no pudo resistir la tentación de abrirlo, a lo mejor era importante. Sofía le había enviado otro video pero este era sobre una familia estadounidense de Utah que había sufrido una gran tragedia.

Los Christofferson eran jóvenes y rubios y mormones y, como Sofía, amaban mucho a sus mascotas. Siguiendo las enseñanzas de la Iglesia de Jesucristo de los Santos de los Últimos Días creían que los animales, como los humanos, tienen espíritus con la forma de sus cuerpos y, al partir de la tierra, se encuentran con sus dueños en el cielo. El video duraba un minuto y veinte segundos. Tenía una música instrumental que al comienzo era triste pero luego aceleraba el tempo y generaba un efecto conciliador. La historia de los Christofferson se contaba a través de imágenes, fotografías caseras, recortes de periódicos y extractos de videos con los primeros pasitos de sus siete hijos, las fiestas de cumpleaños en los jardines de la casa, los chapuzones de espaldas en las piscinas bautismales y las vacaciones de verano en las playas de Florida. La historia era narrada a través de subtítulos coloridos, flechas y frases cortas.

La llegada inesperada de la fatalidad, el cambio radical y ominoso que produjo la temible enfermedad del padre, Matthew Christofferson, venía precedida por un piano intrigante y planos americanos en los que aparecía la familia jugando, acariciando y dejándose lamer en la boca por distintos perros amorosos que movían la cola o buscaban la pelota que les arrojaban los niños. Una infección inusual. Muy rara. Empezó como una gripe muy resistente que ningún doctor supo identificar hasta que fue demasiado tarde. Se trataba de una enfermedad causada por una bacteria (*Capnocytophaga canimorsus*) encontrada comúnmente en la boca de los perros y los gatos. Pese a no causar ninguna enfermedad en la mayoría de los casos, en algunas personas podía producir la muerte: bastaba que el animalito lamiera una herida abierta y era posible infectarse. Si no era identificada a tiempo —señalaban dos expertos en microbiología de la Universidad de New Hampshire—, podía producir un deterioro severo en el cuerpo con posible presencia de necrosis y el deceso del paciente por insuficiencia orgánica múltiple.

Rosalba abrió la boca, dejó de parpadear: «La cagada», dijo en voz bajita, pensando en todos los perros y gatos que conocía por su barrio y memorizando aquellos que le parecían sospechosos. «Ni más con esos bichos», pensó con resolución y odió a Sofía por mandarle esas cojudeces que la ponían nerviosa. El clímax de la narración empezaba con una buena noticia: pese a haber estado al borde de la muerte, Matthew Christofferson logró sobrevivir. Tuvieron que amputarle las manos y las piernas para evitar que la infección tomase su cuerpo, pero Matthew decía que lo entendía. Estaba en una silla de ruedas acompañado por sus hijos y su esposa. Sonriendo y llorando al mismo tiempo, explicaba que era el designio de Dios Todopoderoso ponerlo a prueba y que, gracias a la Expiación de Cristo, él había podido salvarse; ahora más que nunca, su compromiso con las leyes y las ordenanzas del Evangelio era eterno, como eternas serían su vida y la de su familia gracias a la Iglesia de Jesucristo de los Santos de los Últimos Días. En la imagen final salían los Christofferson posando para una foto familiar en el jardín trasero de su casa. Todo parecía igual a como salía en las fotos de los cumpleaños, salvo que esta vez ya no se distinguía ningún perro.

Más que conmoverse con la historia, Rosalba sintió que la engañaban o la estaban manipulando para reblandecerla. Alguien le había dicho que los mormones creen en los extraterrestres. Para ellos, son dioses mensajeros que viajan a través del tiempo y del espacio para venir a la tierra a comunicarnos la voluntad de Dios. «Delirios de gente enferma», pensó entonces sin la menor curiosidad, y no volvió a preguntar por ellos; qué flojera, las sectas le daban cosa.

Rosalba no era muy creyente. Pese a que su madre la había criado bajo una estricta y metódica fe católica, desde niña tuvo preguntas y severos cuestionamientos que doña Berta nunca pudo absolver. No entendía, por ejemplo, por qué las mujeres no podían ser sacerdotes ni bautizar ni casar ni oficiar funerales ni celebrar misa. Tampoco le supieron responder por qué ninguna mujer había escrito alguno de los libros de la Biblia ni tenía silla en la mesa sagrada de Jesucristo en la Última Cena. Cuando cumplió quince años, pese a la indignación de doña Berta, decidió no volver más a la iglesia pero, claro, mintió, y lo hizo por una razón que consideró divertida: Sofía le había dicho que en la parroquia de San Marcelo, esa que queda en Rufino Torrico, amiga, por el Tottus de Tacna, había un cura español nuevo, recién llegado, jovencito, bronceado, churrísimo, igualito al Enrique Iglesias, te lo juro, y da misa a las seis de la tarde, ¿por qué no vamos a conocerlo? Llegaron temprano. Se sentaron en una de las bancas laterales para observarlo de cuerpo entero pese a que la indumentaria litúrgica no permitía ver gran cosa. Era, sin duda, un hombre joven y muy atractivo, pero a diferencia de Sofía, que bromeaba con violarlo para que colgara los hábitos, Rosalba estaba interesada en otra cosa.

Quería verle el trasero. Quería interpretarlo. Para eso había ido. Esto no tenía nada que ver con el deseo. Tampoco consideraba que analizarle el poto fuera una forma de sexualizarlo. Para Rosalba los culos masculinos eran una carta astral: bastaba observarlos, medirlos visualmente, comprobar su volumen o la forma que tomaban los glúteos cuando el hombre se paraba o se movía en diferentes velocidades para *predecirlo*. Cuando le preguntaban si realmente podía «leerle el poto a los hombres», Rosalba lo negaba, decía que era un juego, que bromeaba, cómo carajos voy a saber cómo es un pata por el tamaño de su rabo, Ishiguro, no seas tontito.

Actuaba y lo hacía bien. Se cagaba de risa porque el camarero («culo chupado-hacia-dentro: depresivo de buen corazón») siempre evitaba darle la espalda. Lo que había empezado como ocurrencia se convirtió pronto en manía y luego en posible virtud. Ponerla a prueba con un curita extranjero que ilusionaba a Sofía le pareció divertido, le daba lo mismo si tenía que ir a la iglesia o a un club de *strippers*.

Si bien intuía que el hábito religioso sería un estorbo para su labor analítica, no imaginaba que el clérigo se presentaría a la misa con tantas capas de ropa. El joven sacerdote portaba un alba que le llegaba hasta los zapatos y, sobre la túnica de lino blanco, una casulla verde con una cruz bordada a la altura del pecho y una estola de tonalidades claras, simple y elegante, que le caía sobre los hombros. No se desanimó. Había prestado atención a su postura, a su voz esforzadamente firme, al garbo de sus desplazamientos, a la delicadeza con la que movía las manos para tomar la copa y consagrar la hostia, al breve saltito que precedía las inclinaciones y los encorvamientos de su cuerpo en la ceremonia eucarística. «¡Lo tengo!», pensó, y sonrió con coqueta malicia, pero le quedaba una duda razonable que la interpelaba: «¿Y qué pasa si el poto del curita me indica otra cosa?».

La expresión de lujuria en el rostro fascinado de Sofía le sirvió para convencerla de quedarse un ratito más al final de la misa para esperarlo. ¿Sentadas en la banca? ¿En la puerta de la iglesia? ¿Afuera? No tenía idea. Ni siquiera sabía si regresaría o si lo haría sin las ropas sacerdotales, pero intuyó que sí. Aprovechó ese tiempo muerto para mentir. Construyó para Sofía una narrativa distinta a la que había descubierto y lo hizo con el único afán de decepcionarla. Resolvió alimentar su imaginación con todas las falsas expectativas que había creado sobre el cura para poder destruirlas con una o dos palabras incisivas que pudieran vulnerarla. No consideraba que aquello fuese pernicioso, por el contrario, Rosalba lo sentía como una forma algo cruda de pedagogía amical. Quería sinceramente a su amiga, pero se sentía incapaz de lidiar con su frivolidad y su simpleza y, al mismo tiempo, no podía dejar de llamarla, cuidarla y preocuparse por ella. Era muy consciente del atractivo físico de Sofía y de lo que despertaba en los hombres su pelo lacio teñido de rubio y ese cascarón simétrico y armonioso que era su cuerpo lascivo, más voluptuoso que fino. Le molestaba el cuidado extremo que ponía en cada detalle

40

de su apariencia y la forma en que copiaba todos los movimientos y gestos de las modelos que salían insultándose medio calatas en los programas de telerrealidad. ¿Cómo podía ser amiga de esta pobre chica que se pasaba el día entero poniendo su estúpida «cara de patito» para tomarse fotos? ¿Preocuparse por esta cojudita que le saturaba el Instagram con sus autorretratos y hasta tenía la concha de ponerse filtros de gatita? Ah, Rosalba, ¿cómo explicar esa súbita llamarada de rencor y envidia por aquello que identificabas con agudeza y sabías despreciar? No tenía respuesta y eso la frustraba. Incapaz de rechazarlo, se enfrascó en la tarea de corregirlo sabiendo que fracasaría. De esta manera, ayudarla, instruirla, no era otra cosa que maltratarla y, bajo la excusa del cariño, una forma sutil, acaso inconsciente, de vengarse de ella.

–Te voy a ser sincera, Sofía, tú sabes bien que yo nunca miento –le dijo Rosalba tomándole una mano y mirándola a los ojos con un gesto emotivo–. El curita ese no ha parado de mirarte. Vamos a quedarnos mejor un ratito y así lo conoces, que está churrísimo.

–¿Estás segura? Yo no lo vi mirándome tanto…

–¡Cómo que no! No te hagas la modesta, por favor, que sabes que me jode, era bien rochoso: alzaba la cruz, miradita, tomaba el vino, miradita, la paz hermanos y mirada ya bien pendeja, o sea, ¡no podía dejar de hacerlo!

–De repente sí…

–Te digo una cosa: se han visto casos de sacerdotes jóvenes que pierden la cabeza por chicas bonitas y buenas que puedan ofrecerles algo que no conocen. Y puedo equivocarme, Sofía, pero juraría que este curita no esperaba venir hasta el Perú y encontrarse algo como tú: una princesita indígena hermosa y bien rubia.

–¡Cómo que indígena oye cojuda!

–No lo tomes tan literal, pues, no seas simple. Así

piensan los europeos. Buscan piel canelita, bronceado natural, mujeres monumentales como Jennifer Lopez que se tiñan el pelo en plan Barbie como Shakira. Era fácil convencerla. Sofía la admiraba y ella lo sabía. Con juegos de palabras, hablándole con suavidad o con humor, y haciendo referencia a cualquier tontería de la tele o el cine que supiera reconocer, podía hacerle creer cualquier cosa. El vanidoso es como el hipocondriaco, basta darle pequeños indicios y puede generar epopeyas trágicas y gloriosas. La verdad era algo drástica: el sacerdote solo había volteado una vez hacia su banca y Rosalba juraría que para mirar a un adolescente alto y pelilargo con pinta de emo perverso.

Su intuición no falló. A los diez minutos, caminando lentamente y bajando las escalinatas con la seguridad del que suele desfilar por alfombras rojas, el joven sacerdote surgió de la sacristía con una sonrisita triunfadora de dientes perfectos. ¡Qué guapo era el cabrón! Parecía que iba a firmar autógrafos. Rosalba y Sofía no eran las únicas esperándolo: el coro feligrés constaba de dos gordas canosas que vestían hábito morado pese a no ser octubre, uno de los dos monaguillos que lo habían ayudado en la ceremonia y, un poco alejado, con los audífonos puestos y empuñando un lapicero que movía hacia la boca como si fuera un micrófono, el flaco emo.

—Padre —supo adelantarse Rosalba con la voz y con el cuerpo, mientras arrastraba a Sofía del brazo—, queríamos darle la bienvenida a nuestra parroquia y al Perú, es un honor para nosotras que venga desde tan lejos…

—Bueno, por favor, el honor es mío… El Señor ha sido sabio y generoso para traerme a este su hermoso país, pero de bienvenida nada, que ya hace más de cuatro años que estoy aquí.

—Ah, claro, padre…, cuatro años, por supuesto…, lo

que pasa es que recién hemos podido acercarnos a saludarlo. Usted es como una estrella aquí en el Centro.

–Qué dices, exagerada, nada de estrella, como mucho un siervo más que aceptó la llamada de Dios... Disculpadme, vale, es que a veces soy un poco despistado. ¿Es la primera vez que os veo en la parroquia o me equivoco?

–Nosotras venimos casi todas las semanas, padre, pero siempre nos sentamos al fondo.

–Entiendo, claro... ¿Y cómo os llamáis?

–Yo soy Rosalba, padre, y mi amiga la mudita es Sofía.

–¿Mudita?... ¡Oye, pero qué mala eres! Yo soy Pablo. Podéis llamarme Pablo o, si queréis, padre Pablo, como os apetezca.

–Pablo, entonces, padre, y no se preocupe que lo de mudita era broma. De hecho, Sofía quería decirle algo importante, ¿verdad, amiga? Algo muy breve. Yo los dejo unos minutitos, si me permite.

Hubiera querido fotografiarla. Arrancharle el teléfono y disparar fotos en ráfaga contra ella para inmortalizar su rabiosa y avergonzada cara de culo, y luego, claro, subirlas todo el día a Instagram usando distintos filtros de gatita. Una bella venganza sin duda, Rosalba..., pero ¿contra quién? Mejor no pensar. A veces jodía pensar tanto. Cuestionarlo todo. Sentirse hundida por la falta de certezas. La razón también era un obstáculo y podía convertirse en un monstruo... ¿De quién era esa frase? No lo recordaba. Quizás la había dicho el chino Tito mientras secaba los vasos y ella cocinaba escuchándolo. Le gustaba oír sus improvisados soliloquios y conversar con él. Se sentía tranquila y protegida. El patrón era un sabio discreto.

El grito de un mendigo borracho pidiéndole de rodillas al padre la absolución de sus pecados la despertó del letargo. No podía descuidar su misión y el cura había tenido la delicadeza de cambiarse de ropa. Se había despojado de todas las túnicas y había salido con una camisa negra de manga corta que llevaba el clásico cuello alto, blanco y desplegable de los sacerdotes. Su pantalón oscuro de tela brillante era una delicia: parecía ajustado adrede, pegadito en el culo en plan discoteca para que Rosalba pudiera hacer su trabajo con tranquilidad. No tuvo que pensarlo mucho. Era una confirmación absoluta de su primer veredicto. El padre Pablo tenía el potito terso, parado y generoso. Las nalgas redondeadas se alzaban con agresividad, como si en vez de calzoncillos llevara una tanga de licra ajustada en la raya para hacer contención. Solo necesitó diez segundos para confirmarlo y, luego de una sonrisa victoriosa, sintió la imperiosa necesidad de abandonar la iglesia.

—Oye, qué feo que me pongas en esa situación tan rochosa, Rosalba, te pasaste.

—¿Qué hice? ¿No querías hablar con él?

—¡Sí, pero no así! He tenido que inventar que busco catequesis y ni siquiera sé qué mierda es eso.

—Jajaja… ¿Y cómo sabías la palabra?

—Mi madre siempre la utiliza cuando me habla de Dios.

—Amiga, no sabes cuánto te amo cuando haces humor involuntario. ¿Cuándo empiezas tus clases de cristianismo?

—No sé. Creo que no me respondió o no lo escuché bien porque el padre hablaba y hablaba y yo, claro, asentía como mensa pero le miraba los ojazos verdes matadores y esa boquita carnosa riquísima igualita a la de Luis Miguel.

—Sí pues, es guapo…, qué pena que…

—¿Qué pena que qué?… No entiendo. Si es divino, Rosalba, y tenías razón: el padre me miraba harto.

—Ya…, es cierto…, y también es duro pero a veces una se equivoca.

—¿De qué estás hablando? Aclara pues, que no entiendo nada.

–Sofía bella, el padre Pablo es joto.

–¿Es qué?

–Chipi-chipi…

–¿Ah?… Oye, cojuda, ¿de qué estás hablando? ¿Estás borracha?

–Sofía, carajo, abre un poquito la cabeza: el padre Pablo es maricón, cabro, abejorro, chivo, puto, rosquete…

–¿Gay?

–Total.

–Nooo me jodaaas…

–Claro, amiga. No es solo intuición. Te diría incluso que tengo una seguridad científica.

–¡Mentira! Hablas huevadas, Rosalba. Lo que pasa es que estás celosa y picona porque no te miró a ti.

–Bueno, pues no me creas. Da igual. Yo lo hago para que no pierdas tu tiempo, pero si quieres hacerlo, allá tú.

No había vuelto a verla desde entonces. Sus mensajes con memes y videos al WhatsApp no dejaban de llegar, pero no había vuelto a aparecer por el bar. Rosalba no estaba preocupada. No era la primera vez que pasaba y tampoco sería la última. La amistad entre Sofía y Rosalba tenía todas las trazas de una relación amorosa destructiva. De la empatía superficial ya se había pasado a la dependencia: si se necesitaban juntas era para hacerse daño y poder culpar a la otra de lo que ambas negaban ejercer. Ellas, desde luego, nunca se habrían atrevido a plantearlo de esa forma, ni siquiera a imaginarlo. A Rosalba, por lo pronto, lo que más la perturbaba no era la ausencia de Sofía, sino haberse quedado fuera de la historia con el curita.

Historia. Esa era la palabra clave para comprenderla. En su mundo ideal, atrapada por una imaginación vertiginosa que siempre la remitía a las películas que adoraba, Rosalba se dejaba consumir plácidamente por la recreación y el ensueño. Todo tenía solución porque era narrable, bastaba que fuera verosímil. Y para eso estaba ella, que era demiurgo e intérprete de su reino imaginado. Lo curioso es que leía poco y no tenía interés alguno por la escritura. Ni siquiera llevaba un diario. Parecía extraño que Rosalba pudiera pasarse gran parte del día fantaseando, imaginando relatos que se distinguían por su carácter divertido y absurdo. No podía por menos: lo había hecho desde niña y siempre había sido automático, una forma creativa de defensa contra lo tangible, una terapia casera en la que resolvía sus deseos, anhelos y miedos imaginando historias que no eran otra cosa que la recreación de escenas cinematográficas donde la protagonista siempre era ella.

Las imágenes le llegaban desde muy temprano y solían abstraerla por completo del entorno. Ni bien salía de su casa para el trabajo, en su camino hacia el paradero de la avenida Metropolitana, lo primero que aparecía sobre el horizonte brumoso, como un enorme aeropuerto clausurado, era el Gran Mercado Mayorista de Santa Anita. Rosalba conocía muy bien el lugar, cada espacio, cada rincón de ese antiguo fundo cruzado por enormes hangares a los que llegaban diariamente coches, mototaxis y camiones repletos de frutas y vegetales desde todos los rincones del Perú. No había pasado mucho tiempo desde que se fue y todavía se recordaba contemplando la llegada del pálido amanecer de Lima. Se veía otra vez sumergida en el corazón de esa vorágine gritona que empezaba la faena de la compra y venta a las dos de la mañana. Entre los pasadizos atiborrados por coloridas montañas de legumbres y tubérculos, esquivando el paso raudo de recios estibadores que apilaban sobre sus carretillas una abundante cantidad de sacos, tan saturados de mercadería que parecían hundirse mientras avanzaban dando rápidos y curiosos pasitos, Rosalba había dejado de ser una adolescente inquieta para abrazar conmovida la llegada presurosa de la juventud.

Durante muchos años, desde aquellos trajinados días del mercado La Parada en los que vendían comida de puesto en puesto, Rosalba había ayudado a su madre a preparar la sangrecita, el chicharrón, el huevo frito, la palta y los tamales que ofrecían a los comerciantes en el puestito de desayunos Doña Berta, que ahora administraba su hermano Nilton. El día que decidió abandonar para siempre el trabajo de vendedora ambulante y ganarse la vida sola, doña Berta pegó el grito al cielo. Le dijo que estaba destruyendo todo lo que había construido para darles techo y comida. La trató de «mezquina, atea perdida y mala hija», y hasta se esmeró con el simulacro de desmayo en el que se tocaba el pecho mientras temblaba como epiléptica. Todo fue en vano. No pudo hacer nada para impedirlo: Rosalba ya tenía dieciocho años y no le estaba pidiendo permiso. Desde muy temprano, desde que tuvo plena conciencia de que había nacido pobre en el Perú y supo lo dura y sacrificada que podía ser la vida para los que, como ellos, solo tenían un carrito rodante con hornillas, toldo y un balón de gas para subsistir, entendió que su destino anticipado sería vivir peleando.

Doña Berta, que llegó a Lima desde Ayacucho con apenas doce años, había abandonado la escuela secundaria y creía firmemente que el estudio no era indispensable para progresar. Decía que no le interesaba la política, todos eran unos ladrones en el Perú, todo estaba podrido, pero recordaba con perfecta nostalgia al chino Fujimori, él solito había acabado con el terrorismo, hija, nos había salvado, ¿cómo podía estar preso, por favor? Prefería no hablar de política pero rezaba para que en abril ganara la señorita Keiko. Ella también era devota y no se olvidaría jamás del chino, ¿cómo iba a dejarlo en la cárcel si era su padre? Si yo estuviera injustamente presa, Rosalba, a ver, dime: ¿tú dejarías acaso que me pudriera en una celda? Lo que pasa es que los peruanos olvidamos rápido. No tenemos valores. No sabemos agradecer.

Doña Berta repetía las mismas frases que solía decirle su madre. A diferencia de Rosalba, que tenía una talla mediana y el cuerpo curvilíneo y generoso, doña Berta era baja, enjuta y plana como una repisa vertical. Lo único que permitía identificar esa ascendencia andina era su rostro afable de boca pequeña y ojos hundidos que se había conservado intacto desde la abuela hasta la nieta. Rosalba era menos mestiza que su madre y su abuela, que era casi mulata. No había conocido a su padre pero sabía que era limeño y tiraba para blanco. Nunca intentó buscarlo. No sabía si estaba vivo. Lo prefería muerto. Simplemente no hablaba de eso con doña Berta y así era mejor para ambas. La fortaleza de los rasgos faciales en las Díaz –Rosalba llevaba el apellido de su madre– sin duda era femenina, pero hasta ahí llegaban las coincidencias pese a que la dinámica de la progenitura había sido impositiva y sutilmente autoritaria. Doña Berta había recibido de su madre las dos únicas «virtudes» –así las llamaba– que buscaba heredarle a su hija para que pudiera «conseguir un marido cristiano y ser una buena madre y esposa»: la cocina y la fe.

–La cocina –le dijo con apenas seis años, mientras la veía hacer– es un don que te va a servir para darles felicidad a los demás. No es arte ni ciencia, hijita, es disciplina y talento. Todo, absolutamente *todo*, puede conseguirse en el Perú si logras conquistar un estómago, porque el estómago es el segundo corazón del cuerpo. Pero esa solo es la parte física. Si la aprendes bien, nunca te faltará lo necesario para vivir decentemente. La única manera de estropear ese camino de dicha y felicidad que deseo para ti es abandonando la otra parte, la más importante, la espiritual. De nada sirve saber cocinar si no sabes darle gracias a Dios por ese conocimiento. Nada de lo que somos, sabemos y aprendemos en la vida existe fuera de la vida, y la única vida que merecemos, Rosalbita, es la que nos regaló nuestro Señor Jesucristo con su infinita bondad y sacrificio. Vaya cojudeces le había querido imponer su madre desde niña, se lamentaba Rosalba. Viajaba silente en el colectivo que, cincuenta minutos más tarde, la dejaría en la plaza San Martín. Esa mañana no hubo ensoñación. Necesitaba sosegarse y el sonido de la radio a todo volumen generó un raro cortocircuito que la ató a la realidad. Era insólito porque la música no solía alterarla, todo lo contrario: Rosalba no podía funcionar sin ella. Se la pasaba cantando y alzando los índices al cielo mientras cocinaba y movía las caderas hasta con los *jingles* de los comerciales. Pero esa vez algo fallaba y no sabía muy bien qué era: sentía una molestia del lado derecho del pecho que parecía un soplo y le impedía respirar, aunque no le causaba dolor sino tristeza.

¿Qué faltaba o sobraba en su vida? Tantas cosas. Un *alguien*, por ejemplo. Solo había tenido dos parejas y fue ella la que, un poco aburrida de su alegría y de su simpleza, chicos de barrio buena gente que tendrían muchos hijos, había decidido cortarlos pronto. Apenas tenía dieciocho y ya sentía que el tiempo se le iba y no quería perderlo. La paradoja era que tampoco sabía cómo emplearlo, qué hacer con él. Rosalba estaba cansada. Alguna vez el chino Tito le habló de la «anomia» y ella le entendió a medias, pero se le quedó en la cabeza el adjetivo que salía de esa palabra porque le había gustado el sonido. «Hoy me siento anómica», le dijo muchas veces a Sofía, y cada vez que su amiga le preguntaba si había dicho «anémica» o qué era eso, su explicación variaba e incluso hasta se contradecía, aunque poco importaba porque Sofía ya estaba mirando su teléfono o tomándose fotos, y nunca prestaba atención.

Bajando como de costumbre por el pasaje del jirón Quilca hasta la esquina con Camaná, no se sorprendió de ver al flaco culo chupado-hacia-dentro que la esperaba parado en su clásica postura de colegial chancón: los brazos pegados a las costillas, las manos cerradas alrededor de los tirantes de su mochila incaica, la espalda encorvada como si le pesaran los hombros y el pelo desgreñado formándole un flequillo largo y puntiagudo que le daba un extraño atractivo de cantante *dark*. Ishiguro, de lejos, parecía un palito de fósforo con la cabecita quemada. Siempre la recibía con una sincera sonrisa que le achinaba aún más los ojos y nunca se olvidaba de darle los «buenos días, Rosalba» aunque llevase mucho tiempo esperándola.

La rutina matinal que habían inventado antes de la llegada del patrón era armoniosa y distendida porque no conocía de pleitos: primero, los riquísimos desayunos de café con leche y pan francés calientito que rellenaban con tamal o jamón del país o salchicha huachana con huevos revueltos, y que Ishiguro adoraba porque las «manos mágicas de Rosalba en la cocina» —se lo decía fascinado— eran «un milagro inmerecido» para su paladar; enseguida, venía una cháchara que empezaba en plan tonteo y se iba intensificando con las observaciones de Ishiguro que recorrían con gracia los mismos temas «metafísicos» —así los definía el mesero sin estar seguro de lo que quería decir— empleados por el chino Tito en sus monólogos vespertinos; finalmente, escoba y trapeador en mano, él emprendía la limpieza exhaustiva de baños y salón, mientras se aseguraba de que nada faltase en los mostradores, las repisas, la congeladora y la despensa; y ella en la cocina, con la radio a tope, cantando y bailando lo que fuera mientras preparaba las entradas, los platos de fondo y el menú del día.

¿Alguna vez habrían considerado que el aprecio mutuo, esa empatía automática que surgió con la naturalidad de los niños que se miran y se hablan, podría despertar en ellos otro sentimiento más profundo que el amistoso? ¿Acaso solo el deseo de adentrarse un poco más en el otro para comprobar que todo fuera un espejismo y luego olvidarse y reírse y seguir con sus vidas?

Ishiguro, sí, desde el primer desayuno. Acostumbrado al pan con atún y al emoliente en vasito descartable en el puesto de la señora Rosa en la avenida Wilson −«sol cincuenta, joven; dos si agrega pan con queso»−, ese banquete que Rosalba les sirvió para celebrar su primer día de trabajo y que el chino Tito no dudó en consagrar como un «generoso manjar de reyes», activó en el mozo una mezcla de simpatía, admiración, comodidad y optimismo que se tradujo rápidamente en buen humor, en felicidad plena de saberla parte de su pálida y solitaria vida. Rosalba era pura y genuina ambrosía para su espíritu cansado de no entender. A su lado, en el trance de aquellos desayunos diarios que se parecían tanto a los rituales glotones de los que terminan de amarse, Ishiguro se sentía embriagado por su autenticidad. Y también por ese sentido del humor tan fresco y atrevido que no conocía de límites ni pudores y siempre, de alguna u otra forma, lo hacía estallar de risa.

Rosalba, por el contrario, no había concebido nada semejante y le hubiera parecido hasta raro imaginarlo. Ishiguro encarnaba para ella la ternura asexuada del amigo adorable que, a sus cuarenta y pico, no tiene pareja y sigue pareciendo un adolescente. En todo caso, ¿qué podía hacer ella con un pata descuajeringado que usaba su apellido como nombre y caminaba de lado para no mostrarle el poto? Ni siquiera se trataba de que fuera mayor: a Rosalba le daba lo mismo que le doblara la edad, pero a veces sentía que era al revés, que en muchos sentidos ella había vivido muchísimo más que él y hasta podía aconsejarlo. Si algo le despertaba el buen Ishiguro era el instinto maternal. Lo necesitaba para protegerlo. Es cierto que alguna vez había sentido su mirada fija y esperanzada siguiéndola como un visor invisible por el salón del bar, pero había preferido ignorar la alarma de ese posible cortejo que hacía peligrar su amistad.

Para ella, era simple y drástico: no podía pensarlo como amante. La timidez de Ishiguro los mantenía a salvo de cualquier malentendido, pero Rosalba no tenía certeza de cuánto le duraría esa pasividad. Prefería no pensarlo, quitarle toda gravedad a un asunto que tampoco le resultaba molesto porque, en el fondo, lo consideraba inofensivo.

–Ishiguro, ya terminé de cocinar, abro ahora y me encargo de todo para que puedas terminar abajo tranquilo, ¿ya?

Abajo era el sótano: una bóveda de casi tres metros de alto y quince de largo en el subsuelo que el chino Tito había acondicionado como despensa. Ishiguro tenía que limpiarlo a fondo una vez por semana para prevenir las plagas de insectos y roedores y combatir la humedad. Cuando tocaba limpieza, Rosalba solía encargarse de abrir el bar, administrar la caja y atender a la clientela. Ocurría los lunes, su día de chamba favorito. Mientras el chino hacía las compras de la semana en el Mercado Central, Rosalba prendía la radio y se instalaba tranquila detrás de la barra a esperar la llegada de los clientes. Disponía del bar con total autoridad, disfrutando de esa sensación vigorosa que era estar al mando sin tener que rendirle cuentas a nadie. Es cierto que, siendo el empleado más antiguo, Ishiguro tendría que haber sido el encargado del negocio, pero en la práctica nadie respetaba ese orden jerárquico, ni siquiera el patrón. Era tan fácil y agradable trabajar con Rosalba que parecía natural que asumiera sutilmente un poder en apariencia intangible. Más que el gesto simbólico de sentirse la dueña por unas horas, lo que más la complacía era el gesto político: la habilidad con la que había persuadido a dos hombres mayores para que le cedieran el espacio, convencerlos de que *ella* era indispensable y podía liderar la nave aun cuando aquello alterara el orden lógico del escalafón laboral.

El estímulo para el ensueño le llegó como una epifanía. Bastó encender la radio («88.3 Radio Mágica, discos de oro en inglés»), escuchar los dos primeros acordes de esa canción que reconocía por una película que adoraba, y el mecanismo sensorial se activaba de pronto, con rapidez pero sin agresividad, con el sosiego involuntario del que se va quedando dormido. Lo extraño era que Rosalba era plenamente consciente del proceso y nunca cerraba los ojos. Parecía una forma antagónica de narcolepsia que generaba el mismo estado de evasión, salvo que en vigilia.

La melodía empezaba con dos acordes de teclado y el sonido tribal de un tambor africano hasta la entrada de una voz ligeramente rasposa, que iba cambiando el tono y logrando un efecto contagioso y conmovedor. Era una canción de amor:

> *Love I get so lost, sometimes*
> *Days pass and this emptiness fills my heart*
> *When I want to run away*
> *I drive off in my car*
> *But whichever way I go*
> *I come back to the place you are.*

¿Cómo se llamaba el tema? No tenía la menor idea. Tampoco le importaba. Pese a no saber inglés, a su forma, inventando un lenguaje que le sonaba parecido, Rosalba la cantaba en voz alta. ¿Quién era el cantante? Le habían dicho que Phil Collins, el peladito ese con cara de Muppet que también tocaba la batería. Pero se equivocaban. Era Peter Gabriel, otro músico inglés, compañero de Collins

53

en Genesis. Estos detalles, sin embargo, eran absolutamente irrelevantes para la cocinera. ¿En qué película aparecía esta canción? ¡Esa sí que se la sabía! *Un gran amor*. La daban en Canal 2 los sábados por la noche en horario estelar. Ella la vio con su hermano Nilton y recuerda muy bien la escena de la canción porque se puso a llorar.

Un gran amor era la historia de Lloyd y Diane, dos jóvenes que se enamoran en un suburbio de Seattle a finales de los ochenta. Lloyd es un soñador sin futuro y Diane es la chica dorada, hermosa e inteligente, cuyo futuro solo puede ser brillante. Lloyd es amable, leal, gracioso y carismático, pero su principal virtud es la honestidad. Diane es sincera y sencilla, pero su intelecto y su belleza intimidan a los estudiantes que la consideran inaccesible. Lloyd no quiere ir a la universidad, Diane tiene ya una beca para estudiar en Inglaterra. Si bien Rosalba no sabía nada de la canción que activaría el ensueño, nunca olvidaba el nombre de los personajes de sus películas favoritas. Eso fue lo primero que le dijo a Sofía cuando le contó «la historia de Lloyd y Diane». Sabía que su amiga no haría el menor esfuerzo por verla y, siguiendo el método pedagógico de salvarla de su simpleza, creyó pertinente contársela. Lloyd, entonces, dijo, no cree tener la menor chance con Diane, pero es uno de esos chicos con ángel que puede hacer que te sientas bien con solo mirarte: una persona que sosiega y alegra porque hace reír a los demás como hizo reír a Diane. Lloyd la conquista y todo parece perfecto porque nos gusta que estén juntos, y temblamos de emoción la primera vez que hacen el amor en el asiento trasero de un auto mientras suena esa canción que Rosalba escucha en la radio, y lloramos más tarde cuando, presionada por su padre, Diane lo abandona dándole un lapicero y luego, ya de noche, Lloyd llora empapado en una cabina de teléfono bajo la lluvia inclemente de Seattle.

Es entonces cuando, en su intento por reconquistarla, aparece la escena de la serenata que hizo llorar a Rosalba. Son apenas dos momentos sin diálogo que se van intercalando y que duran menos de dos minutos. En la primera toma, Diane está acostada en su cama y se mueve porque no puede dormir. Está amaneciendo. La cámara está al nivel del colchón y la muestra de perfil; por eso, al fondo de la habitación podemos ver la ventana abierta. Desde afuera surge la música que le hace levantar ligeramente la cabeza. Y entonces pasamos a la segunda toma, que es un plano entero de Lloyd delante de su coche, con las piernas semiabiertas y los brazos extendidos en alto sosteniendo un estéreo portátil como si fuera una barra olímpica. Está impertérrito. No habla, apenas gesticula, pero su rostro decidido muestra una firmeza extraordinaria en la que se mezclan la decepción y la esperanza. La canción de Peter Gabriel a todo volumen es lo único que los comunica y es perfecta porque sonaba en su coche la primera noche que se amaron. El final de la escena no muestra a Diane saliendo a besarlo y diciéndole que lo suyo es eterno. Es la cámara cerrándose lentamente sobre el rostro compungido de Lloyd. Somos nosotros mirándolo, dijo, porque, de muchas formas, nos identificamos con su tristeza.

Doña Berta solía decir de estos trances de su hija que eran la prueba más clara de que Dios castigaba de manera creativa a los buenos infieles. Le reprochaba porque vivía soñando y riéndose sola «como loquita». Los ensueños de Rosalba eran lo más parecido a un viaje en éxtasis porque siempre eran placenteros y absurdos. No debió de sorprenderla que, luego de tantas semanas de ausencia sin haber oído su voz, Sofía apareciese de pronto por el bar con los brazos alzados y llevando su teléfono en alto como si mostrase un trofeo desde un podio imaginario. Como era de esperarse, sonaba «In your eyes», la canción de Peter Gabriel que para la cocinera seguía sin tener título. Era evidente que Sofía le estaba pidiendo perdón. Le sorprendía la sutileza con la que le rendía homenaje a la escena cinematográfica que ella le había relatado hacía unos meses. ¿Habría visto la película mientras planeaba cómo mostrarle su arrepentimiento? ¿Sería esta la prueba más atrevida de ese cariño tan poderoso que las unía pese a las diferencias? ¿La forma más emotiva de pedirle perdón? ¿Una declaración de algo que aún estaba por definirse?

No importaba. Rosalba no iba a hacerle ninguna pregunta. Estaba conmovida. Sofía se veía radiante con las mechitas rubias que iluminaban su melena con naturalidad, como si tuviera un rayo de sol permanente sobre la cabeza. Esperaba que ya no fuera tan básica pero se daba cuenta de que eso tendía a irreversible. A lo mejor la subestimaba. Rosalba podía llegar a ser tirana cuando se sentía más inteligente que los demás y eso le concedía una falsa seguridad que a veces empleaba para hacer daño. No era lo que sentía ahora protegida por la barra y frente a Sofía, con unas ganas locas de salir a abrazarla, amiga linda, te perdono, no sabes cuánto extrañé tus tonteras y estupideces, y ya estaba en camino al cierre con final feliz cuando la bella Sofía mutó con violencia en un anciano panzón con abundante pelo blanco que le pedía toscamente un café con leche, señorita, y apague de una vez esa radio que no estamos en una discoteca, joder.

–Viejo de mierda.

El viaje terminó.

Grande fue su sorpresa cuando su radar automático detectó en el abuelo un trasero ampuloso. *What the fuck!*, hubiera dicho Sofía, cuyo aroma frutal todavía flotaba en el ambiente. Rosalba intentó concentrarse en el café con leche, pero el asombro que le habían producido las nalgas turgentes del anciano malcriado no la dejaba concentrarse.

56

Es cierto que había percibido ese aire repulsivo que había traído al bar para fulminar su ensueño, pero no esperaba ni la señal ominosa ni el acento español que le devolvió violentamente la imagen del jubiloso padre Pablo.

—¿También será cura este viejo comemierda? Como no llevaba ni la sotana ni la camisa con el cuello clerical era imposible saberlo, pero el enigma no demoraría mucho en desvelarse.

Rosalba no pudo reprimir un gritito de pasmo cuando, vestido de civil y con la misma sonrisa canchera que llevaba en la iglesia, el mismísimo padre Pablo ingresó al bar, saludó con reverencia al vejete y luego, alzando la mirada con sorpresa hacia ella, la llamó por su nombre.

—Buen día, caballeros, ¿ya los atendieron? —se oyó de pronto la voz del chino Tito que entraba al local cargando cuatro bolsas de plástico.

—Buenos días —respondieron los hombres al unísono sin agregar más.

—¡Ishiguro, las bolsas! —gritó Rosalba por decir algo. El chino Tito notó en ella un nerviosismo atípico. Su instinto de supervivencia lo puso en alerta.

—¿Se les ofrece algo? —repitió, pero esta vez algo seco.

—Yo un cortado si no es mucha molestia —dijo el padre Pablo dibujando en su rostro el gesto de niño bueno con el que enamoraba al mundo.

—¿Entiendo que conoce a Rosalba? —disparó Tito imaginando lo peor: desde un embarazo no deseado hasta videos caseros circulando por los sitios de porno.

—Hombre, conocer, conocer, pues no… Solo la vi en la parroquia hace unas semanas. Pero permita que me presente, por favor. Mi nombre es Pablo Arregui, vengo de Cataluña y ya llevo cuatro años en Lima como sacerdote en la parroquia de San Marcelo…

—¿El hábito no hace al monje entonces, padre Arregui?

—disparó el chino por segunda vez, paseando su mirada displicente por sus ropas para resaltar su camuflaje.

El padre Pablo sintió la hostilidad pero no perdió la compostura. Incluso aquella le pareció una observación pertinente a pesar de que buscara menoscabarlo. Tenía ya en la garganta una respuesta conciliadora pero el anciano decidió romper su silencio y adelantarse.

—Miguel de Unamuno, que era un hombre de mi tierra sabio, religioso y anticatólico, tiene una frase que seguramente el caballero conoce. Permitidme parafrasearla: «Jamás se ha dicho un disparate mayor que aquel de que el hábito no hace al monje. El hábito sí hace al monje». Como habéis oído, una tremenda gilipollez. La única verdad de los que hemos sido llamados para servir al Señor es nuestro compromiso espiritual con los fieles. El traje eclesiástico nos identifica para ejercer el mandato divino, caballero, pero su provisional ausencia puede ser una cuestión completamente accidental y, hombre, también humana... Vamos, que habrá algún colega que no posea varias mudas en casa y tenga que lavar de vez en cuando, digo yo, que solo falta que nos pidan gusto y variedad por aquí y tengamos que responderle a la Guardia Secreta de las tabernas de Lima...

El viejo volteó su enorme y canosa cabeza hacia Tito para mirarlo por primera vez. En sus fríos ojos no había ira ni desprecio, solo un leve cansancio. Le dio un lento sorbo a su café con leche apenas comprendió que el cantinero había renunciado a responderle.

—¡Hombre!... —agregó con un tono admirativo pero impostado—. Déjeme felicitarlo... Este café es verdaderamente estupendo. Ya me habían hablado de esta delicia en la parroquia... Y usted perdone ahora, caballero, pero el padre Pablo y yo tenemos un asunto urgente por resolver. ¿Sería tan amable de ponerme otro café con leche?

ARRABAL

Era uno pero deberían ser dos. El joven, la mujer. Siempre equidistantes en la sala, sentados del lado de la mesa que permite observar a la gente que ingresa al bar. Para simular que no se miran tienen una técnica bastante creativa. Por ejemplo: dejan caer la cucharita, la servilleta que ya les llegaba a la boca, el lapicero en el que escriben cuando escriben. El joven solo pide cerveza negra. La mujer, depende del día. Por ejemplo: si es lunes, té con limón; martes y viernes, copitas de anisado que, a veces, si la acompañan, se convierten en una res de pisco con dos botellas de ginger ale; miércoles y domingos, nada porque no aparece; jueves y sábados, nunca se sabe, puede empezar con un cortado y terminar tranquilamente llenando la mesa de botellas de cerveza.

Ella aún no ha llegado. El joven sí. Son las dos de la tarde y estamos a lunes. La mujer llegará a las dos y quince. El joven no levantará la vista de su teléfono pero sabrá que está aquí, pensó Ishiguro. El mozo y la cocinera suelen hablar de ellos y de otros clientes peculiares mientras toman el desayuno. En realidad, hablan de todo un poco; nunca se cansan porque son grandes conversadores, les gusta escucharse.

Ya han recordado esa mañana de abril en que Rosalba apareció por el bar y le dijo al chino Tito que ella cocinaba mejor que nadie y podía demostrarlo. Ishiguro cortaba una cebolla y, aunque lloraba por el gas de la planta que golpeaba sus pupilas, no pudo evitar una sonrisa incrédula. La chica era graciosa y atrevida; por la confianza de su voz, estaba claro que no temía equivocarse. El impulso sexual del varón solitario le estalló de pronto en el pecho. Su mirada bajó y subió por el cuerpo de Rosalba como un escáner intrépido. Luego detuvo su marcha en el relieve de unos senos generosos que le explotaban bajo la blusa.

Esto pensó: «Tetazas... ¡Qué rico, carajo!».

Esto dijo: «¿La señorita quizás tenga alguna especialidad en particular para cocinar?».

El chino Tito supo rápidamente que Ishiguro estaba interesado. El camarero nunca se había atrevido a decir nada antes que el patrón. Ni siquiera le había expresado su malestar respecto a Lurgio, el cocinero charapa —un perfecto conchasumadre cuando se cruza, decía Tito, un poco harto de su arrogancia—, y aceptaba mudo y odiándolo que lo pusiera a pelar papas como si fuera su ayudante. Esta era su oportunidad para quitárselo de encima. Tito lo sabía y tenía mucha curiosidad en ver si el camarero la aprovecharía. El patrón era muy leal con sus empleados —eso lo sabían hasta los clientes—, pero todo tenía un límite y Lurgio los había transgredido todos. Ni las tardanzas ni el llegar medio borracho ni los chismes de que le pegaba a la mujer, ni siquiera esa ligera sospecha de que lo había cajoneado, nada de eso sería tan determinante como ese comentario casual que soltó en 2011 y que al chino Tito se le había quedado alojado como una bala en la cabeza.

—Si gana el milico Humala, patroncito, aquí mandará Hugo Chávez y el Perú será una nueva Venezuela... Y la Keiko no será ideal pero al menos no es su papá —dijo Lurgio antes de darle la última pitada al Hamilton. Botó la cajetilla al tacho luego de mirar con asco la fotografía de un torso femenino al que le faltaba un seno (FUMAR CAUSA CÁNCER DE MAMA). Estornudó cubriéndose la boca con el antebrazo y pensando si estaría un poco enfermo. Observaba el vuelo circular de los gallinazos sobre el lánguido cielo del Cercado –señal de un mal augurio que no supo leer– cuando cayó en la cuenta de su torpeza. Se apresuró a enmendarla como pudo («Claro que yo nunca votaría por el fujimorismo, patrón... ¿Cómo va a ser? ¡Imposible!»), pero ya era tarde: los ojos del chino Tito se habían posado sobre él con la funesta certeza del animal de caza. Como los tigres, que rugen para paralizar a su víctima antes de perseguirla, el chino carraspeó fuerte y enseguida movió la boca con aspereza, jugando con la saliva que escupiría en el fregadero sin dejar de mirarlo.

–Deja de hablar huevadas y anda trabaja...

–Sí, patrón.

¿Era todo? Ni por joder. El silencio de Tito le hizo creer a Lurgio que al día siguiente ya todo estaba olvidado, pero el chino había memorizado la frase como una cuenta a saldar. Estaba seguro de que Lurgio votaría por Keiko (y tenía razón porque el retaco de mierda votó convencido y luego se fue a chupar) pero, a esas alturas, le daba igual si se equivocaba. La sola idea de tener a un fujimorista solapado al mando de su cocina le producía ansiedad. Si el fujimorismo volvía al poder, lo tenía decidido, la suerte del charapa estaba echada. Tendría que desempolvar su clásico delantal hasta encontrar a alguien que estuviera a su nivel. No podía contratar a cualquiera. Era exigente porque podía permitírselo: aunque nunca hablaba de eso, el chino Tito era una esquiva y retirada leyenda del arte culinario peruano.

–Es tan huraño –contaba Lurgio– que un día entró

61

por esa puerta el mismísimo Gastón Acurio para anunciarle que lo quería cocinando en su programa de cable. ¿Saben qué hizo el chino pendejo? Lo escuchó exactamente un minuto y treinta segundos y luego, con cara de perro cagando, le dijo «no, gracias».

Tenía su chispa el charapa. Uno sopesaba ese físico de boxeador de peso pluma, ligero pero agarrado y con unas extremidades cortas pero torneadas, un chato crespo más bien feo y con cara de sapo que era un poco chino y un poco zambo y que había eliminado casi por completo su acento selvático, bastaba mirarlo sin el mandil y sin el gorro de chef que el chino Tito lo obligaba a ponerse para pensar que daba para mecánico o estibador o limpiador de edificios o gasfitero, algo físico que requiriese maña y fuerza, pero jamás para algo creativo donde fuera indispensable la paciencia, la disciplina y el trabajo bajo presión. ¿Ese retaco con pinta de choro era un chef ingenioso y sensible, chino? Lo era. Y ese talento Tito supo verlo y perfeccionarlo a golpe de persistencia y de la más estricta tenacidad japonesa. Si lo despedía no tendría remordimientos pero sí pena. A fin de cuentas, Lurgio era su discípulo y no tenía otro. Por eso tardó tres años en saldar la cuenta de esas palabras torpes que lo hirieron profundamente en el único lugar donde se sentía vulnerable.

La llegada de Rosalba, esa frase matadora que trajo de vuelta su ilusión y encendió su esperanza («Se lo puedo asegurar, señor, yo cocino mejor que nadie y puedo demostrarlo»), resucitó la sentencia que pendía como una fina cuchilla sobre la cabeza del charapa. No era la primera persona que le ofrecía sus servicios. Era la única que se había atrevido a plantearlo como un desafío. «Tiene la sed de los iluminados», pensó Tito, y eso fue suficiente. La prueba se haría un domingo –el día de cierre–, y el patrón tendría la delicadeza de invitar a Ishiguro. Rosalba eligió cocinar una carapulcra: ese guiso ancestral indígena que se preparaba con papa seca trozada y, al ser uno de los platos típicos de la gastronomía peruana, dejaba poco espacio para la innovación y la sorpresa.

Las condiciones que puso el dueño para llevar a cabo la prueba fueron claras y concisas. Las profirió sin pausa, con la frialdad de un androide. El examen ya había empezado. También el adiestramiento.

—Una sola oportunidad y sin ningún compromiso. Venga el viernes a las nueve de la mañana. Si llega tarde, mejor ni entre. Tiene dos horas para comprar lo que necesite. Ishiguro la acompañará al Mercado Central. El dinero no será problema. La cocina estará a su disposición el domingo desde las ocho de la mañana. Nosotros almorzamos a la una en punto. A esa hora quiero ver el plato en la mesa. Voy a estarla observando. No todo el tiempo, claro, pero entraré a la cocina de vez en cuando. Descuide que no pienso interrumpirla. Si no recibe mi llamada para el lunes, señorita, no contaré con sus servicios y, por favor, no insista… ¿Tiene alguna pregunta?

—Y tú le respondiste que ninguna, ¿te acuerdas, Rosalba? —dijo Ishiguro ensayando la sonrisa coqueta de Leonardo DiCaprio en *El lobo de Wall Street.*

—¡Claro que me acuerdo! Pero no se lo dije por sobrada, no. Me dio un poco de miedo porque ya sabes cómo es el patrón cuando se pone intenso.

—¡La carapulcra estaba riquísima! Cada vez que la cocinas me dan unas ganas sinceras de llorar de alegría, Rosalba.

—No seas exagerado pues, Ishiguro, ¿a mí me quieres florear?

—Es la verdad. ¡Y hasta ahora no quieres decirnos cuál es tu ingrediente secreto!

—Ya te lo he dicho mil veces pero tú no escuchas, mi rey… Es el amor. Quien cocina con amor no puede fallar.

—A mí con amor se me quema hasta el huevo frito...

—No te hagas el humilde conmigo, Ishiguro... Más bien, ahora que lo pienso, ¿sabes de qué más me acuerdo?

—No, Rosalba, ¿de qué?

—Me acuerdo clarito de que ese día estuviste mirándome las tetas —dijo Rosalba ahora seria, fingiendo indignación para avergonzarlo.

—¡¿Quéee?!...

—Te quedaste inmóvil mirándolas así como menso.

—Nooo, señorita Rosalba, por favor..., ¿cómo puede decir eso?

—No importa, tontito. Ya te perdoné. Por lo menos, tienes buen gusto.

Dieron las cuatro y la mujer no había aparecido por el bar. Eso era extraño. Y peligroso. El joven ya había dejado de mirar hacia la puerta. Se mostraba abatido *a su manera*. Por ejemplo: no había intentado conversar con el mozo y, pese a que su vaso llevaba treinta minutos vacío, tampoco le había pedido otra cerveza. Mala señal. El joven podía tener reacciones insólitas cuando se frustraba. Por ejemplo: pagar la cuenta con monedas de diez céntimos que apilaba en torrecitas de un sol; o entrar al baño para gritar un estruendoso «¡HIJA-DE-LAS-MIL-PUTAAAS!» que paralizaba todo en el local hasta que salía caminando despacito, increíblemente sereno, como si el loco verdadero se hubiera quedado en el servicio; o jalarse los cabellos con fuerza cerrando los puños sobre su cabeza temblorosa, y quedarse así, congelado por veinte segundos —a veces un minuto—, como si la duda profunda estuviera entre arrancarse los pelos o dejarlos respirar. Si el chino Tito no lo había expulsado del bar para siempre era porque parecía inofensivo. Por lo menos, nunca le había buscado pleitos a nadie, siempre pagaba su consumo y le dejaba propina a Ishiguro. Entre los clientes habituales tenía fama de autista, pero había quienes no entendían del todo ese concepto y preferían recordarlo como «el flaco depresivo que está templado en secreto de la tía culona».

–Mi teoría es que le falta litio y por eso hace crisis: cuando no toma su pastillita, se loquea... Así igualito que Alan García –dijo Rosalba.

–¿A Alan le falta litio? –preguntó Ishiguro.

–Creo que sí. O eso decían. Si no me equivoco la Embajada de Estados Unidos le hizo un perfil secreto en el que concluían que estaba locazo... Fue un wikileak. Dame un cinco y busco la noticia en el teléfono...

–¿Y tú crees que Arrabal tiene la misma vaina? –preguntó Ishiguro.

–¿Cómo?... –Rosalba arqueó las cejas como si el mozo le hubiese hablado en un idioma raro–. Espera un toque que ya lo encontré. ¡Aquí está! Dice...

«Un informe enviado por la Embajada de Estados Unidos en Lima a petición de Washington pocos meses después de que Alan García asumiera su cargo, en julio de 2006, califica al presidente peruano como un hombre "arrogante, desconfiado y con un ego colosal", según los documentos filtrados por WikiLeaks publicados por el diario español *El País*...»

–Aguanta, pero ahí no dice nada del litio pues, Rosalba –interrumpió Ishiguro.

–Shhhhhhh... ¡No seas pesado que no he terminado! Escucha...

«En algo más de cinco folios, el entonces embajador J. Curtis Struble se hace eco de los posibles "trastornos maniacos depresivos o desórdenes bipolares" del mandatario que son objeto de rumores "ampliamente extendidos". Los contactos de la Embajada, que tenían acceso directo al presidente, señalan también que García tomaba litio, un antidepresivo, pero la Embajada aclaró que no disponía de evidencias que confirmaran esta información.»

–¿Viste?

–Ya… ¿Y, según tú, Arrabal también tiene eso?

–¿Arrabal es el chico que grita en el baño? ¿El culo-sin-raya?

–Me dijo que se llamaba Fernando, pero que si mi nombre era Ishiguro el suyo era Arrabal, así como ese escritor español surrealista y patafísico que tenía un movimiento en París llamado Pánico.

–¿Qué es patafísico?

–Ni idea. Pensaba buscarlo en Google pero me olvidé.

–¿A ti te parece normal que ustedes se llamen por sus apellidos?

–Yo me llamo Ishiguro, Rosalba.

–¿Ah, sí?… Bueno, entonces de ahora en adelante para el señor Ishiguro yo me llamaré Díaz, ¿qué te parece?

–Me parece bien, Rosalba: Díaz es un nombre bonito.

El día que la cocinera le preguntó al mozo cómo y cuándo había llegado al bar, Ishiguro sonrió abriendo un poquito la boca e inclinando la nuca hacia atrás, como si se diera un primer impulso para balancearse sobre un columpio. «¡Pucha!… Recuerdo que garuaba en Lima y la hoja de mi currículum estaba arrugada por las gotitas de lluvia», respondió Ishiguro envuelto en una gozosa añoranza.

–Llegué hace diez años –prosiguió despacito, con la lentitud del que sopesa un tiempo larguísimo que hubiese transcurrido en un santiamén. Luego se quedó callado, entrecerrando los ojos como si estuviese a punto de quedarse dormido.

En vez de preguntarle por su experiencia, el chino Tito le había preguntado si había leído a Augusto Higa. Ishiguro no sabía quién era. El cantinero no lo miró con desánimo, parecía que era la respuesta que estaba esperando. Le dio un libro de color turquesa que tenía dibujadas dos caras azules deformes, obra de algún pintor figurativo, y cuyo título era *Que te coma el tigre*.

–Te lo presto –le dijo–, cuando lo termines vienes a contármelo y hablamos del empleo. No puedes trabajar aquí si no lees. Empieza por Higa. Augusto cae algunas veces por aquí a tomar cerveza.

Cuando volvió a casa, su madre le preguntó por el trabajo y él le mostró el libro de un autor *nikkei*. Doña Tilsa observó el ejemplar primero con fastidio y luego con desconfianza. «Higa es familia de artistas en el Perú», le dijo. Luego agregó: «No son tan pobres como nosotros y por eso pueden darse el lujo. Nosotros necesitamos comer, vestirnos, ir al médico, pagar el alquiler. Haz lo que tengas que hacer pero vuelve con trabajo».

Y eso hizo, Rosalba: leyó. Eran seis relatos («El equipito de Mogollón», «La toma del colegio», «Parados mirando las gaviotas», «Lolita guau guau», «El edificio», «Que te coma el tigre»). Le gustaba mucho el título del libro pero no entendía lo que quería decir. En esa época no tenía en casa nada parecido al internet, pero estaba doña Tilsa, que era una enciclopedia viviente. No tuvo que preguntarle nada. Sabía muy bien que, tarde o temprano, su madre se lo iba a decir.

–Lola Flores era casi una religión en España y en el mundo entero. Cantaba, bailaba, actuaba y todo lo hacía bien. Si lo hubiera hecho más o menos, habría dado igual. Ella era una leyenda. Tampoco es que fuera muy bonita, la verdad, pero no importaba mucho. Cuando murió, su entierro fue televisado. Había gente a mares.

–¿Por qué me habla de ella, madre?

–El tal Higa le robó el título. Es una canción.

–¿Cuál canción?

–La del libro. Ni siquiera es suya. Lola Flores era una artista muy genuina y pasional, pero nunca escribió una canción. Es de un colombiano. García o Cueto. De repente García Cueto, creo que es así. Es una canción que parece de venganza, pero en realidad es de despecho. «Tú lo que quieres es que me coma el tigre», le dice. Es una expresión popular por allá, y Flores la canta con mucha gracia y arrebato. A tu padre le gustaba mucho. Se la enseñó tu abuelo y él luego me la enseñó a mí.

Ishiguro acababa de terminar «El equipito de Mogollón», el primer relato. Aunque nunca lo había encandilado el fútbol (su padre lo obligó a ser de Alianza Lima y luego eso quedó para siempre como queda un segundo nombre), el cuento sobre el equipo imbatible de barrio que llega a la final del ascenso solo para perderla, movió algo insospechado en su engranaje interior.

El cuento era sobre fútbol, sí, pero había una cierta música, un cierto ritmo: «Te lo podría contar de memoria: fue en el Obrero, la tarde de un domingo de febrero. La muchachada aplaudía desde las graderías, y el hembraje gritaba y zumbaba hasta la rabia, inspirados como estábamos.»

Así empezaba. Ishiguro pensó: «¿Es posible ser *nikkei* y no escribir con la profundidad, la concisión y la elegancia con las que se escriben los haikus?». Desde luego había sido su madre la que, desde muy niño, cuando vivían en Pativilca y no tenían que patalear para llegar a fin de mes, le había enseñado lo que era un haiku: «Es poesía leve y profunda para hablar de las cosas más simples y bellas de la vida, hijo. La naturaleza, la luz del atardecer, el canto de los pájaros, el amor cuando se acaba o florece».

Más adelante, conforme iba devorando el libro en una maratón arrebatada en la que leía y dormía y se despertaba y volvía a leer, Ishiguro creyó entender por qué ese señor al que llamaban chino Tito, pese a ser descendiente de japoneses –como Higa, como él–, le había dicho que solo podía trabajar en su bar si leía. *Que te coma el tigre* era el bar de Tito en el Centro de Lima como el mundo desolado de su barrio en Comas, era la quinta llena de fumones en la que sobrevivía con su madre y también el edificio tugurizado de la esquina donde ofrecían ketes de pasta básica y falsitos de cocaína pateada, eran los jóvenes achorados de la unidad escolar que terminaban sus días destrozados por la droga y la delincuencia y los chicos que se rompían el lomo trabajando diez o doce horas diarias para salir de ese hoyo y no volver más.

Ese mundo que, de muchas formas, compartían el cantinero, el mozo y el escritor, no podía capturarse con la melodía apacible y diáfana de un haiku. Era imposible. Los dulces haikus que le había enseñado su madre eran inútiles para describir a ese monstruo. Se necesitaba otra música que fuera popular sin dejar de ser poética y que sonase para toda esa multitud promiscua de la que formaban parte. En su corazón seguirían ardiendo esos poemitas japoneses de la contemplación austera y fascinada. En el mundo agreste de las barriadas de Lima, era urgente aprender a bailar al compás frenético de la masa. Lo que el chino Tito buscaba enseñarle –concluyó Ishiguro, exhausto– era acaso muy simple: en esos dos mundos que los habían formado, siempre era posible encontrar belleza, precisamente para eso servía la literatura.

–El arte en general –dijo Tito–, para eso sirve…

–¿Encontrar belleza? –preguntó Ishiguro.

–Olvídate de las propiedades físicas de las cosas. Olvídate del idealismo sobre lo que te enseñaron que era feo o bello. La belleza puede ser solo una apreciación impuesta. Lo verdaderamente importante es que el arte transforma. Es una forma de conciencia social. Quien te diga que el arte no es ideológico miente. Todo arte tiene emociones, creencias, ideas, un modo de ver y de actuar..., ¿me entiendes?

Esto pensó: «No entiendo ni mierda pero este señor don Tito dice cosas muy interesantes y eso me hace pensar». Esto dijo: «Creo que sí. Eso es lo que vi en el libro que me prestó... Yo vivo en Comas. En un barrio más bien bravo, sucio y feo... Ahora me sigue pareciendo feo pero distinto».

Ishiguro siempre creyó que gracias a esa respuesta improvisada había conseguido el empleo. Se equivocaba a medias. Apenas entró al bar, el chino Tito percibió ese aire de melodrama que envolvía sus gesticulaciones y tuvo un leve presentimiento: ¿a quién le recordaba ese joven enjuto y melancólico? Revisó en el currículum los datos personales de Ishiguro —el cantinero es el único que sabe su nombre—, y enseguida constató sorprendido el mismo rostro pálido y lampiño, las ojeritas verdosas, depresivas, el cabello hirsuto de rulos mezclados con pelos tiesos, y esa mandíbula pequeña y contraída que transformaba la última parte de su cuello espigado en papada. Recuperó nítidamente la última imagen que guardaba de su compadre Eleodoro. Tantos años sin verlo. Cuatro o cinco antes de esa muerte cruel de la que se enteró por los periódicos, tres meses antes de que estallara la dictadura de Alberto Fujimori.

Pasaron varios meses para que le dijera al camarero la verdad. Igual mintió un poco. Había conocido a su padre, Eleodoro Ishiguro, en el colegio. Habían estudiado juntos en el Ricardo Bentín del Rímac, la misma Gran Unidad Escolar a la que había asistido el futbolista Teófilo Cubillas. Le dijo que, pese a sus sospechas, recién se había dado cuenta la noche anterior. Fue un sueño en el que estaban los dos en el bar, atendiendo como siempre aunque el mozo siempre estaba de espaldas. «¡Ishiguro, ven!», lo llamaba y él se acercaba pero caminando hacia atrás. Se despertó cuando por fin pudo verle la cara y ni siquiera se sintió sorprendido al ver a Eleodoro, su compadre. Fue conmovedor.

Ishiguro le preguntó entonces si sabía que su padre había fallecido en 1992 y Tito le respondió que sí y luego agregó que se enteró por las noticias cuando ya había sido enterrado. No se veían desde que Eleodoro se mudó con su familia a Pativilca. Ishiguro le preguntó enseguida si sabía que a su padre lo habían asesinado junto con otros cinco hombres y que sus cuerpos habían sido encontrados en un cañaveral con las manos y los pies atados, signos de tortura y varias heridas de bala en la cabeza. Tito asintió mudo, con una impotencia que sentía como lava hirviente sobre el pecho. Ishiguro, impávido, más blanco que de costumbre, le preguntó finalmente si sabía quiénes lo habían ejecutado, y Tito le respondió que habían sido los paramilitares del Grupo Colina pero que ahora, felizmente, estaban todos presos.

—No todos —corrigió Ishiguro con severidad—. Hay una mujer que sigue libre. La Chata. Se llama Haydée Terrazas Arroyo. La seguimos buscando.

El tema no volvió a tocarse pero parecía flotar en el aire como un virus dormido. Ishiguro se convirtió en uno de los dos imprescindibles del bar del chino Tito, muy a pesar de Lurgio, que nunca rechazaba una copa y contaba buenos chistes pero a veces perdía la cabeza, Lurgio, se loqueaba por nada si estaba borracho y hasta podía ponerse malcriado cuando no lo veía el dueño. Ishiguro, por el contrario, inspiraba tranquilidad. Era una de esas personas que podía adormilar a la gente con su voz sosegada, como si en vez de tomarte el pedido te estuviera hipnotizando contra tu voluntad. Había en su discreción y en su aparente simpleza algo profundamente atrayente que estimulaba los sentidos. Y era paradójico porque, bajo esa capa de quietud y de paz, Ishiguro llevaba sobre los hombros un planeta de dolor: el duelo irresuelto de esa tarde funesta en que su padre se transformó en un cuerpo profanado por la violencia, horas después de haber sido secuestrado de su propia casa, ante sus propios ojos.

Cuando dieron las cinco y quince, el joven Arrabal decidió levantarse de la silla, plancharse la ropa con las manos y salir dejando sobre la mesa las torrecitas de monedas para pagar su consumo. No dejó propina ni se despidió de Ishiguro. Era su forma simbólica de castigarlo por la ausencia de la mujer. Ya lo había hecho antes. El siguiente acto —su regreso al bar— sería la emulación de su primera llegada, como si el joven y la mujer estuvieran condenados a repetir una escena teatral que nunca quedaba bien. Él, como siempre, arribaba antes que ella. Entraba mirando en péndulo y con cara de asombro como si nunca antes hubiera estado en ese lugar. Se sentaba en cualquiera de las mesas que le permitieran observar la entrada. Pedía una cerveza negra fría. Sacaba su móvil del bolsillo, se ponía unos audífonos medio galácticos con lucecitas fosforescentes y luego enterraba el rostro en la pantalla. El teléfono lo cogía con las dos manos, dejándolo suspendido a la altura del pecho. Usaba los pulgares para teclear y lo hacía sin parar, con una energía furiosa y susurrando las palabras que iba tipeando mientras sacudía la cabeza como un caballo ansioso. Era evidente que argüía constantemente con alguien, pero Ishiguro no lograba entender por qué lo hacía solo por texto. «Está peleando por las redes sociales. A lo mejor esa es su chamba», decía Rosalba, a quien no se le escapaba ni la migaja cayendo al piso.

La mujer, por su parte, siempre ingresaba en plan recato, tocándose el pecho con una mano —siempre la derecha— mientras lo cubría con pañuelos o ruanas de alpaca.

Uno le veía los lentes oscuros, el rostro adusto y cabizbajo, la lentitud de los pasos, y en lo único que pensaba era que venía de misa y acababa de recibir la Sagrada Comunión. El simulacro de devoción era, sin embargo, efímero. Le bastaba acomodarse, sacarse los accesorios y todo lo que le cubría el torso hasta quedarse en camisa o en una de esas finas chompitas que siempre llevaba ceñidas sobre el busto, y entraba en escena la dama enigmática.

—Es una tremenda *cougar* —dijo Rosalba con tono despectivo.

—¿Una qué?

—Una tía de cuarenta o cincuenta que está bien y anda buscando chibolos… O sea, se cuida y todo y hasta parece más joven.

—Es guapa, sin duda, pero parece triste… —señaló Ishiguro meditabundo.

—Me recuerda a una actriz…, ¿cómo se llama? Es esa que hace de Carmen en *Al fondo hay sitio*.

—No veo, Rosalba. Es una telenovela, ¿no?

—Shhh…, espera, dame un cinco y la busco en el teléfono.

—Ya… Como te decía, creo que esa mujer arrastra una pena. Hay que saber observar. Seguro por eso a veces se emborracha… ¿Viste que viene un taxista por ella cuando…?

—¡Teddy Guzmán! Aquí está, Ishiguro, ¡mira!… ¿Verdad que se parece?

—Ah, sí, sí, se parece, sí… Perooo… como que Sylvia es un poco más blanquita, ¿no?

—¿Sylvia?… ¿La clienta ya te dijo su nombre?… No entiendo por qué la gente te dice todo a ti y a mí nada, caray. Solo intentan gilearme los borrachos, los imbéciles y los viejos asquerosos.

—No fue ella. Me lo dijo el señor que viene a recogerla cuando se pasa de copas. Imagino que es taxista porque siempre lo veo en un taxi negro. Pero es raro porque me da propina para cuidarla hasta que llegue.

Ni Ishiguro ni Rosalba recuerdan el día que el joven y la mujer coincidieron por primera vez. Las circunstancias las irían reconstruyendo de a pocos. No era su culpa. Nadie hubiera podido sospechar algo semejante con tanta gente entrando y saliendo del local. Tampoco era fácil intuir una conexión abstracta entre dos personas tan distintas que se sentaban en extremos opuestos y nunca se habían dirigido la palabra. Lo que existía, lo que se fue haciendo evidente, fue un patrón de comportamiento mutuo, identificable no solo para la cocinera y el mozo –que recuperaban oralmente esta historia representada todas las semanas–, sino también para el dueño y los parroquianos de la taberna.

–Más que una pieza de teatro parece una telenovela grotesca –afirmó el chino Tito–. No sé a quién carajos se le ocurrió usar mi bar para estos experimentos pseudovanguardistas...

Bebió un largo trago de cerveza hasta secarse el vaso. Rosalba ya había bajado la reja de la entrada, treinta minutos antes de la hora de cierre. Este era uno de esos martes excepcionales que empezaban con cerveza y terminaban con pisco, y en los que Tito escuchaba música mientras discurría sin parar, saltando de un tema a otro y enfrascado en soliloquios ebrios y balbuceantes hasta quedarse profundamente dormido, a veces sentado con la frente y la boca babeada contra la barra.

–¡Chibolos poseros de mierda! ¡Estamos en el siglo veintiuno, carajo!... Todo esto ya fracasó, ¿no se dieron cuenta?... Hemos sido anulados, ¿para qué insisten tanto?... ¡Ishiguro!, ¿volviste a revisar si hay cámaras y micrófonos en el salón?

El mozo y la cocinera sabían que esa noche no podrían irse a su casa pronto. Bastaba que el chino se les acercara durante el día y les diera en silencio un sobre con dinero para el taxi, para que supieran lo que iba a ocurrir más tarde. Incluso si se salía de tono, Tito era un hombre metódico y de rituales exactos. Por eso los martes de perdición iniciaban siempre a las once de la noche con «Un poco más», el bolero de Los Panchos, «pero en la voz del gran Johnny Albino, por favor, que no hay otro, el resto no sabe cantarla, la arruina por completo», decía y repetía el chino como un preludio, y luego era un espectáculo ver al patrón moviendo los dedos como si escarbara con ritmo hacia arriba, tocando en el aire una guitarra imaginaria de cuerdas de nylon al compás del punteo de la canción.

¿Era posible que la historia entre el joven y la mujer fuera realmente una performance, un acontecimiento dramático sin guión ni trama, una exhibición pública filmada en secreto, teatro invisible? ¿Se estaría mostrando en vivo por alguna red social, en una plataforma oculta de la web? ¿Tendría seguidores y espectadores con seudónimo buscando y compartiendo sus improvisados capítulos? ¿A eso se refería el chino Tito?

–Qué va. No tiene ni redes, el patrón. Así se pone cuando se emborracha, le da como una paranoia culta... Tú tampoco tienes redes sociales, ¿no, Ishiguro? Ni Facebook ni Twitter ni Instagram ni nada –afirmó Rosalba haciendo una falsa pregunta.

–Sí, claro: uso Google y veo muchos videos en YouTube.

–O sea, como pensé, no tienes. ¿Quieres que te haga una?

–Mejor no.

–¿Ni siquiera en Tinder?

–¿Tinder?..., ¿qué es eso? –preguntó Ishiguro haciendo una pausa en la limpieza del salón y cubriendo con las manos el mango de la escoba en la que apoyaba la barbilla.

—¿Ves cómo te conozco?, ¡estaba segura de que me dirías eso!... A ver, te explico: Tinder es una aplicación para buscar pareja o simplemente si quieres tirar con alguien, sin compromiso, claro... Te muestran las fotos y tú marcas la de alguien que te gusta, y si a esta persona también le gustas, ya pueden hablar y así, ¿me entiendes?

—Te entiendo, Rosalba.

—¿Te abro un perfil entonces?

—Mejor no.

—Je... Tú quieres ser como el patrón, Ishiguro.

—Don Tito es un gran ejemplo para cualquiera en este país.

—A veces, cuando estoy distraída con mi teléfono en plan hueveo, me doy cuenta de que el señor Tito me mira de lejos con cara de pena y de fracaso... Es mi manera de saber que ese día va a ofrecerme un libro. Nunca me falla.

El lunes era el día oficial de los encuentros. ¿Cómo se habían puesto de acuerdo si ni se hablaban? De repente modulándolos con la simpleza metódica del ensayo y el error. De todas maneras, no era posible saber si era lunes cuando sus miradas tropezaron por primera vez. El joven, la mujer. Debió de ser un latigazo: más que atracción, el vacío adictivo de la extrañeza, una pulsión inagotable que generaba deseo y desconcierto.

Y, sin embargo, interrumpió la cocinera: «¿Realmente crees que ocurrió así, Ishiguro?».

¿Se habrían visto antes?

¿Se encontrarían también en otros lugares?

¿Vendrían siguiéndose?

¿Hablarían fuera del bar?

¿Sería ese el punto culminante de un largo y silencioso cortejo o solo el principio?

ARREOLA

Lurgio conoció a Sylvia Arreola cuando todavía se lla-maba Carmen Infante. Se la había presentado Blanca, su amiga colombiana, algunos meses después de esa noche de locura que empezó en el bar Monarca con un piropo («Dios la hizo y se sentó a pulirla, parcerita») y terminó a las cinco de la mañana en un hostal de putas en el paseo Colón. Que fuera un hotelito mugroso destinado a las mere-trices y a los travestis del jirón Washington fue meramen-te circunstancial. Estaban duros y borrachos, caminando a la deriva y parando cada tres metros para besarse y meterse mano con la desesperación alocada de dos adolescentes vírgenes. Y era un poco divertido verlos manipularse no solo por el frenesí con el que se sobaban en plena calle, sino por esa notoria diferencia de tallas: Blanca era veinte centímetros más alta que Lurgio y, por eso, cuando Lur-gio la embestía como un cangrejito, Blanca tenía que in-clinarse abriendo las piernas y apoyando el mentón sobre los pelos encrespados de su cabeza.

«Aprovecha, petiso lechero... ¡Qué rico café con le-cheee!», gritó de repente el cobrador de una combi que bajaba volando hacia el Callao. Blanca no pudo contener una risotada que contagió a Lurgio justo en el momento en que tenía la cara sepultada entre sus tetas y apretaba la carne de sus glúteos como si amasara pan. La metáfora del café con leche había sido tan efectiva que la risa fue espontánea. La única imprecisión llegó por Lurgio, que no era blanco sino un mestizo achinado. En cuanto a ella no hubo la menor duda porque Blanca era negra. De la esposa celosa y arrebatada que volvía a estar embarazada, Blanca se enteraría cinco meses más tarde. La furibunda paliza que le propinó empezó con un rápido puñete en el centro de su aplanada nariz de porongo, y concluyó con violentos tacles contra su estómago mientras le gritaba «hijueputa gonorrea malparido». No se volvieron a ver hasta un año más tarde, tras una llamada intempestiva de Blanca, que se atrevía a contactarlo para pedirle plata. Lurgio hubiera podido tranquilamente mandarla a la mierda, colgarle, bloquearla, acaso cambiar de número; sin embargo, hizo todo lo contrario. Le respondió que le daba un placer inmenso escucharla de nuevo, parcerita, esa voz tan bonita que arrulla como canción de cuna, ni se imagina cuánto la extrañé, y luego le propuso verla cuanto antes para ayudarla en lo que estuviera a su modesto alcance, linda, por usted el cielo es poco.

Esa misma noche, luego de aceptar los cien soles que Lurgio le puso en la cartera y jurar que le pagaría en máximo dos semanas, se metieron varias rayas, se bajaron una botella de ron con Coca-Cola y, dos horas más tarde, borrachos, duros y felices como la primera vez que amanecieron juntos, terminaron empiernados en el Remember, un hostalito de la avenida Tacna que ofrecía televisor LED de cincuenta pulgadas, cable, video, espejo en el techo y agua caliente.

«Este enano marica podrá ser feo pero es muy berraco y tiene un chimbo grande y bello», pensó Blanca antes de quedarse dormida cuando Lurgio ya roncaba. Lo que formalizaría ese reencuentro fue una relación de amantes que se transformó muy pronto en una amistad sexual con cocaína, pleitos y reincidencias pero ya sin violencia. Blanca nunca le pagó. Lurgio ni siquiera intentó cobrarle. De hecho, de vez en cuando volvía a darle algo más. «Esto es para mi sobrina, parcerita», le decía, aunque tardó mucho tiempo en conocer a Shakira, la hija de Blanca. El cocinero pensaba que no siempre había trabajo para Blanca en Lima y esa era una verdad a medias. Antes de salir huyendo de Medellín por un pleito de drogas que tenía que ver con Jairo, el padre de la niña, Blanca trabajaba en un salón de belleza. Era una peluquera más bien mediocre pero sobre todo desganada y floja. Siempre la terminaban echando porque, más que hacer la manicura y cortar cabellos, lo que realmente le gustaba a Blanca era beber con Jairo y jalarse unas rayas enormes con Jairo, que siempre tenía esa cocaína de millonarios que le subía por la nariz con la frescura divina de un caramelo de menta.

Cuando encontraron a Jairo desnudo en una acequia con el cuello abierto y dieciocho agujeros de bala en el cuerpo, Blanca entró en una paranoia opresiva que justificaba *por lo que sabía*. No había participado en el negocio. Apenas había escuchado a su pareja hablándolo con los colegas que luego irían apareciendo muertos. Era la mujer y la madre de la hija de Jairo y eso era todo lo que había, pero acaso –pensaba aterrada–, conociendo la furia sanguinaria de los narcos cuando se ofenden, aquello era suficiente. Las historias de familias enteras ejecutadas por venganza eran frecuentes en Medallo y, pese a no haber ninguna evidencia de que estuvieran buscándola, su instinto de supervivencia la llevó hasta Lima en apenas cinco días. Tenía por allá a una tía que admiraba a Fujimori y que había dejado Colombia cansada de los secuestros. Vivía en un distrito llamado La Victoria. Era hermana de su finado padre y la recordaba como una señora devota, amable y meticulosa.

La tía Sonia tenía sesenta y dos años y, cuando Blanca y Shakira llegaron a su casa, se había quedado viuda hacía tres. No tenía hijos porque no pudo. Su marido tampoco le había puesto mucho empeño. Antes del derrame que se lo llevaría en una semana, Petronio era un anciano alto y fuerte al que siempre habían apodado Oso por su espalda ancha y el pelambre blanco y fragoso que le estallaba sobre el pecho. Sus cuatro adicciones eran la cerveza, las mujeres, el Señor de los Milagros y Alianza Lima. No era negro sino un mulato agarrado tirando para trigueño. Con la boca brillante y carnosa y la nariz griega de fosas estrechas, Petronio se sentía conforme con su belleza. Había dedicado una gran parte de su vida a sacarles el jugo a sus atributos físicos y por eso tenía más hijos de lo que hubiera deseado. En un sentido estricto, pese a haber vivido con ella durante los últimos cinco años de su vida, la tía Sonia no era su esposa sino su amante. A su favor, pensaba Petronio, había algo de extraordinario en su «colocha» que la hacía indispensable para su vida. Y a pesar de que su cuerpo todavía le pedía variedad, no dudó ni un segundo en darle un trato oficial que se transformaría luego «en algo parecido al amor» cuando aceptó mudarse con ella para evitar que lo abandonara.

La llegada de Blanca y Shakira no fue una carga para la tía Sonia, que las acogió con cariño y hospitalidad. En realidad fue todo lo contrario: la presencia de una sobrina de cinco años a la que no había visto nunca y que traía ese lindo acentito paisa para alegrarle la soledad, desenterró en ella el instinto maternal herido por tantos falsos embarazos y abortos espontáneos. Sonia aspiraba en silencio a convertirse en una segunda madre para Shakira, pero las amanecidas semanales de Blanca, esa displicencia que había tenido con su hija desde que llegó al mundo por descuido y que la niña iría lentamente transformando en resentimiento, aceleraron la certeza de que la verdadera figura protectora en esa casa era su tía. Nunca dejaría de decirle «mamá» a Blanca pero, a cambio, con una sincera ternura, desde los seis o siete años, Sonia dejó de ser la «tía» y se convirtió en la admirada «mamaíta».

Fue precisamente a través de la mamaíta Sonia que Blanca conoció a Carmen Infante, una amiga cuarentona que vivía sola en el quinto piso y acompañaba a su tía a la parroquia San Ricardo. Lo primero que notó en la mujer, además de su buen porte y esos detallitos de elegancia que compensaban la precariedad general de los habitantes de la Unidad Vecinal Matute, era esa voz aterciopelada que seducía a sus oyentes sin que se dieran cuenta. El difunto Petronio, que había intentado besarla dos veces en la cocina de su casa, solía decirles a los amigos de la hermandad del Señor de los Milagros que la voz de Carmencita era «un bellísimo canto de sirena a la arrechura más sublime». Tremendo pendejo el Oso. Era muy hábil con el chamullo y el floreo amoroso. Nunca daba un paso en falso. Sabía usar las palabras para seducir y caerle bien a quien tuviese al frente. Le bastaban, por ejemplo, esas ocurrencias de cantina para que los hermanos de la cuadrilla estallaran de risa y le dedicaran una rondita zalamera para festejarlo:

—¡Vaya versos, compadre! Usted sí, ¿ah?, usted sí —le decía su compadre Nicanor, que le celebraba hasta los pedos.

—¡El Oso tiene el «corazón de poetaaa»! —secundaba su compadre Ambrosio cantando la popular balada de Jeanette.

—¡Con razón es un pinga loca este negro bamba! —sentenciaba su compadre Julio cerrando la ronda de lamidas y alabanzas.

81

Que en el barrio le dijeran «poeta» no era extraño porque así hablaba el Oso cuando estaba inspirado. Se sentía criollo y sabroso y, aunque no leía otra cosa que *El Bocón* para enterarse de las noticias de Alianza Lima, a su forma también se sentía poeta. Tenía además esta idea fija, un poco delirante, de que a Carmen Infante le gustaba escucharlo. Para Petronio, la vecina que llevaba a su mujer a misa era una joven sensible y misteriosa que parecía acosada por su tristeza. Seguramente, en secreto, tenía algo de artista y eso los hacía compatibles. Otra cosa que le fascinaba de Carmen, además de su elegancia y su fino intelecto, pensaba Petronio, eran esas tetas redondas tan «adictivamente chupables» (otro verso de su repertorio) que imaginaba con enormes areolas y unos pezones gordos, erectos, rebeldes.

—Ni te imaginas, negro, la de duchajas que me he metido pensando en los mangos de Carmencita…

—¿Duchajas?…, ¿qué es una duchaja, Petronio?

—Una duchaja, Ambrosio, es una ducha… con su paja.

—¡Aaah!

La tristeza escondida de Carmen también fue percibida por Blanca la primera vez que le estrechó la mano. Sintió en la palma como una cosquilla fría. Le hubiera gustado mirarla a los ojos para intuir de dónde brotaba esa congoja, pero Carmen no acostumbraba quitarse las gafas de sol ni para entrar al templo. A la misa llegaba vestida como si fuera a un velorio. Y esa imagen –la de un duelo que no termina– generó en el vecindario una impresión consensuada sobre ella, salvo que nadie entendía muy bien por quién guardaba luto Carmen Infante.

Saulo Guevara, el verdadero poeta de la Unidad Vecinal Matute, un joven atormentado que solo escribía versos feroces después de masturbarse, la llamaba Bernarda

Alba, pero esa referencia culta no servía de mucho porque no la entendía ni el cura de la parroquia. Nunca le preguntaron a Saulo quién era la tal Alba porque a este pobre chico, lacónico y depresivo, solo lo tomaron en serio el día que se cortó las venas. El velorio en su casa fue bastante concurrido. El ataúd estaba cubierto con una bandera de Alianza Lima y rodeado de ofrendas florales con los colores del Señor de los Milagros, lo cual sin duda era extraño, incluso desleal con el muerto, porque todos sabían que a Saulo no le gustaba el fútbol y, desde los once años, se había vuelto ateo.

El primer comentario que Blanca le hizo a Carmen tenía el tono de una pregunta pero, en el fondo, era una afirmación.

–Avemaría pues, ¿vos siempre te dejás los lentes dentro de las casas, mija?

Aunque sintió que la juzgaba sin conocerla, la vecina le respondió con sinceridad.

–Tengo problemas de vista. La luz me daña las retinas. Sonia es testigo de lo atroces que son las migrañas conmigo –dijo sonriendo y luego, con su voz seductora de terciopelo, agregó–: Tampoco vayas a pensar que estoy con resaca o algo peor, cariño… Igual una copita de vez en cuando no viene mal para el frío, ¿no?

Las copitas. Esa sería la clave para hermanarlas. Pese a mostrarse incólumes, incluso distantes en el trato con los demás, las dos se sabían dañadas y esa era la forma más simple y efectiva de esconder su dolor. El clic de contacto entre Blanca y esa madura *femme fatale* –unos diez años mayor que ella– solo funcionaba cuando tenían un vaso al frente. Era una complicidad extraña, incluso incómoda, de trato cordial pero privada de planes y confidencias. Tampoco podía llamarse «amistad» porque carecía de confianza y afecto. Sus encuentros eran más bien esporádicos, casi siempre nocturnos. Si Blanca se cansaba de las pataletas de Shakira o ya no quería oír a su tía jodiéndola para que no perdiese el trabajo, subía al departamento de Carmen y, dos whiskies más tarde, se sentía liberada de esa válvula de presión que le oprimía el pecho. Se sofocaba. Perdía el equilibrio. Le venía de golpe un dolorcito sordo y persistente que solía tomar como el preludio de un paro cardiaco, pero no era otra cosa que una severa tensión que le ponía rígido el cuello y le tensaba la mandíbula. Blanca padecía de un estrés crónico que la tenía cansada todo el día y podía generarle ataques de pánico. El día que su tía Sonia le dijo que solo era ansiedad y que probablemente fuera hipocondriaca, Blanca tuvo unas ganas locas de abofetearla doble y cruzado pero se contuvo. «No me lo invento, vieja gonorrea, ni que estuviera loca», pensó mirándola con odio, con la cabeza estallándole de rencor pero quieta.

Entre los atributos físicos de Blanca, uno que se intuía por su talla y su contextura era su fortaleza. Medía un metro ochenta y tenía unos muslos de jugadora de tenis tan firmes y compactos que parecían de metal. Sin dejar de ser atractiva, Blanca era una mujer intimidante que creían soberbia por una timidez que arrastraba en secreto. Sin duda era guapa, pero tenía esa belleza fría que era más agradable por los detalles (rostro redondo, ojos ovalados, labios carnosos) que por el ensamble de su rostro agresivo que no generaba empatía. Y es que en la calle sonreía poco, Blanca, y eso parecía imperdonable en un barrio donde todo era motivo de risa y celebración. Quienes no la conocían la tildaban de sobrada. Los que lograban conocerla encontraban en ella a una persona sincera y directa pero algo hermética. A Blanca la tenía sin cuidado lo que dijeran de ella siempre y cuando se lo dijeran de lejos. Pero incluso en un medio tan rancio y patriarcal como el de la Unidad

Vecinal, su presencia inspiraba cautela, ¿qué sería? Las historias sobre su fuerte temperamento ya iban corriendo. No aguantaba vainas la colocha, no se dejaba. Y entonces solo quedaba *medirla*, que era una forma de sublimarla, exaltando lo que se veía como ajeno pero que, en algún momento, para adaptarse y sobrevivir, tendría que compartir.

Si Blanca no estaba dispuesta a socializar a su manera, si se mostraba altiva y renuente a esa confianza vecinal que familiarizaba todos los rituales, y cuyos códigos tuvo que internalizar la tía Sonia para sentirse parte de ese gran clan, tocaba ablandarla. No se crea que este proceso era consciente o que tuviera algún atisbo de organización. Lo que había era esa lógica natural de las comunidades urbanas que improvisaban sus métodos de cohesión como un mero instinto de supervivencia. ¿Qué había en Blanca que pareciera asequible incluso a la distancia? Su cuerpo. Esa figura monumental tan atractiva que, dentro y fuera del barrio, nunca dejaba indiferente a nadie sin importar lo que llevase encima. Bastaba que pasara caminando y los rumores y los silbidos y los besitos volados y los cumplidos e incluso las groserías estallaban de pronto como si ese simple desplazamiento fuera un estímulo natural para la salivación.

«¡Qué pereza esta gonorrea de país!», pensaba molesta. «Mucho pirobo suelto... Aquí en Lima la gente es muy fea. Se creen que las viejas son todas grillas, los muy güevones. Mucha rata en la calle, mucho *man* arrecho y emputado porque no culea.»

Y precisamente por eso, por su culo macizo y respingón, por esa grupa bellísima de nalgas firmes que era famosa en la Unidad Vecinal por su simetría, cuando Blanca pasaba camino a la tienda o al mercado, los hombres aullaban y babeaban como perros.

85

Tampoco se crea que la colombiana daba para modelo o para salir en las telenovelas, no. La fijación desmedida, el fetiche gregario del rebaño varonil, era su poto. Si el resto de su cuerpo calzaba, si permitía magnificarlo y darle un nuevo esplendor como si se tratara de reflectores, vaya, eso era fabuloso; pero si no era el caso pues, ¿qué más daba? De hecho, no era el caso. Y eso lo pregonaban con alivio algunas de las mujeres del barrio que la malquerían sin haberle hablado. Algo fallaba en la segunda parte del cuerpo de la colocha, decían. De la cintura para arriba, la armonía de Blanca cedía. Si bien su talle tendía a estrecho y lograba un vistoso contraste con sus caderas anchas y redondeadas, su tronco era largo y plano y sus senos tan poco pronunciados en el conjunto que, observándolo de lejos, predominaba la sensación de una silueta en forma de pera. No vaya a pensarse que Blanca no tuviera busto o algo parecido. Tenía unas tetas medianas y formadas que en un cuerpo más esbelto seguro hubieran sido elegantes y hasta provocadoras. El problema era de proporciones: su trasero era tan voluptuoso, tan africanamente perfecto que, a su lado, sus pechitos tersos se perdían de vista. Lo otro eran sus brazos algo fornidos que parecían sobrepasar la resistencia de sus hombros caídos. Su cuello, por el contrario, era largo y grácil como el de las modelos: no tenía ningún de tipo de pliegue ni arruga y, como ninguna otra parte de su anatomía, concentraba prístinamente el color ébano, intenso y brillante, de su piel sedosa.

El paso de la contemplación a la acción lo llevó a cabo el Tyson: ese adolescente pendenciero que jugaba al fútbol como un galáctico y en el que todos reconocían al futuro Waldir Sáenz. Fue una sola frase que soltó cruda y directa como si lanzara un escupitajo. O, por lo menos, así lo sintió Blanca y eso fue suficiente para que reaccionara con violencia. El Tyson lo había computado como un chiste, algo que se dice por decir, en plan volado. Ni siquiera se lo pensó del todo. La vio aparecer de pronto caminando en su dirección y, sonriendo, le soltó lo primero que le pasó por la cabeza:

—Buenos días, Serena Williams.

Mal jugado. Los ojos de Blanca saltaron de golpe con repudio. No detuvo el paso. Reclinó la espalda y arqueó la cintura con rapidez para que el manazo cayera con más fuerza. En menos de dos segundos, su brazo robótico hizo la curva mañosa del lanzador de béisbol para aterrizarle un tremendo cachetadón en la jeta que el Tyson recibió como un látigo a mano abierta. No lo tumbó pero casi. Iba a responderle algo pero observó que la palma de Blanca se convertía en un puño cerrado enorme, y desistió. Prefirió retroceder magullado, con la mejilla ardiente y un ojo que le lagrimeaba de la impotencia.

—Mi nombre es Blanca, conchatumadre —le dijo con curiosa serenidad, usando esa palabra peruana que había memorizado rapidito por si necesitara defenderse—. Recordátelo bien, pelao. La próxima vez que me llamés de otra forma, te voy a cascar más duro, ¿oíste?... Abríte ahora de acá, pirobo hijueputa, si no querés terminar de muñeco.

Aunque parezca insólito, el primer reflejo del Tyson fue sonreír al escuchar que la mujer se llamaba Blanca. ¡Cómo mierda se iba a llamar Blanca esta negra cachascanista que parecía un Power Ranger! ¿Lo estaba jodiendo? Ya luego, siempre en silencio, por su tono achorado y esa jerga rarísima que le sonó a sicario, pensó que la flaca era brava y seguro estaba metida en algún cartel colombiano. Ahí mismito se convenció de que lo mejor era olvidarlo, Tyson Junior, no te huevees, uno nunca sabe. Ya cuando la veía alejarse, caminando con la misma parsimonia con la que la vio llegar, la muy pendeja, como si viniera de un retiro espiritual, le rogó al Cristo Moreno que nadie hubiera presenciado su humillación. Así que levantó la cabeza y, al girarla, tuvo éxito pero solo a medias. Del lado derecho no había nadie, era la hora del almuerzo. Apenas distinguió al Caíco –el dóberman del cholo Piero–, cómodamente echado mientras alzaba las patas traseras para lamerse las bolas. Del lado izquierdo, sin embargo, la vaina se le complicó. Mirándolo fijamente, ¿riéndose?, desde el balcón de las escaleras, justo en plena mezanine, estaba Jefferson –¡por la puta madre!–, el gordo burlón y alcahuete del barrio que lo saludaba con la mano alzada y moviendo sus deditos como diciendo: «Ya te cagaste, Tyson, te chancó la colocha. Dame quince minutos, conchatumadre, y lo va a saber hasta el profe Gálvez».

Dicho y hecho. La noticia corrió como pólvora salvo que no tardó quince minutos sino treinta. La eficacia del gordo Jefferson para el chismorreo era tan reconocida que hasta lo buscaban de otros barrios para confirmar los runrunes vecinales. Desde niño se había labrado con éxito el que sería su camino al periodismo de espectáculos más carroñero. Y esa vez tampoco falló porque el entrenador del Tyson en los juveniles de Alianza se enteró apenas al día siguiente. Como era un hombre leído y partidario del humanismo en el fútbol, el maestro Gálvez no hizo mayor hincapié en la cachetada sino en el insulto.

–Óyelo bien, Tyson, y guárdatelo como un amuleto sagrado: a las mujeres solo las tocan o las insultan los cobardes. Y los cobardes no sirven para la vida porque son basura, los restos podridos de cualquier sociedad. Ahora piensa un poco, Tyson: si no sirven para la vida, ¿cómo van a servir para el fútbol?

El maestro Gálvez hizo entonces la pausa uruguaya de la charla. Era ese breve momento de meditación en el cual miraba al cielo apretando los labios y entrecerrando los ojos como si los dañara la luz. Solo le faltaba renguear y chupar la bombilla del mate para transformarse mentalmente en su admirado Óscar Washington Tabárez, el verdadero «maestro» charrúa.

Diez segundos más tarde agregó:

–No inviertas tiempo abordando señoritas en la calle para denigrarlas. Yo te veo como el próximo nueve de la selección peruana, Tyson, no como un cobarde malcriado que se cree un pendejo.

Y eso fue todo. Resulta imposible saber si comprendió bien el mensaje del maestro o si solo lo conmovió el tono paternal de su voz. La trascendencia de la anécdota entre Blanca y el Tyson pesó poco sobre el jugador de fútbol, que no terminaría de nueve ni en Alianza Lima. En cuanto a Blanca, bastaría señalar que ese falso rumor de su cercanía con los carteles de Medellín surtió efecto entre los vecinos durante el primer año. Ni siquiera la jodían por su nombre. Fue todo un proceso de aprendizaje y adaptación en el que empezó a perder un poco su acento paisa y a incorporar las jergas limeñas mientras iba conociendo a las comadres de la tía Sonia y, a través de ese lazo, a sus hijos y sobrinos, algunos de los cuales seguían en la esquina del barrio lanzando tronchos y fantaseando con su poto.

Entonces llegaba Carmen Infante: una bella *rara avis*, la mujer enigmática que parecía demasiado fuerte y demasiado autónoma como para tener que lidiar con la mediocridad del vecindario pintoresco de La Victoria, al que había llegado nadie sabe muy bien cómo. El punto de vista es de Blanca. Fue ella la que comprendió rápidamente que Carmen era distinta de esa forma inesperada y creativa y difícil de definir con palabras, pero que podía presentirse a través de los detalles más leves, de esos comentarios sueltos que resonaban tanto que parecían quedarse flotando en el aire, comunicando algo muy íntimo a pesar de su hermetismo o su ambivalencia.

–No me faltan pretendientes, lo que me falta es oxígeno –le dijo una vez.

Y Blanca lo recuerda muy bien porque esa frase respondía una pregunta cotilla sobre algún posible compromiso. Se le quedó grabada porque creyó entender la respuesta pero rápidamente se dio cuenta de que solo le generaba más preguntas, como si Carmen le hubiese abierto una ventana y, al asomarse para ver la claridad, solo encontrara más ventanas listas para abrirse. Lo otro es que nunca nadie le había hablado de esa forma, ni en Lima ni en Medellín. Y *esa forma* consistía en crear un espacio paralelo y subyacente con apenas dos frases muy simples que parecían corresponderse y quedarse en la superficie, pero que en realidad eran una invitación al laberinto. ¿Por qué le hablaba de la falta de oxígeno? ¿Tenía muchas parejas y no la dejaban respirar? ¿Se aburría, se agobiaba y por eso prefería estar sola? ¿O estaba realmente enferma? ¿Sería una metáfora para hablarle de la muerte? ¿De esa tristeza sobrecogedora que percibió la primera vez que le dio la mano y sintió frío?

Un detalle importante: Carmen era reservada pero nunca evadía las preguntas. Si no quería responder usaba digresiones, ironías o metáforas; o bien hacía que la pregunta volviera a su interlocutor con una sonrisa que no era amistosa sino severa. A través de esos pequeños retazos de información, de la austeridad en el decorado de su vivienda, una sala pulcra por ejemplo, un comedor amnésico, espacios domésticos liberados de adornos y fotografías familiares, sin recuerdos de ningún tipo, como si el pasado hubiera sido despojado para negarlo, así, escarbando a tientas y sin ninguna orientación, la sola idea de entender quién era esa mujer hechizante o de dónde venía o por qué se había encerrado en ese cerco impenetrable –pensaba Blanca– era inútil, una pérdida de tiempo, pero acaso también una necesidad.

Desde luego, todo esto no partía de una decisión consciente. No existía voluntad expresa ni meta que Blanca pudiera o deseara verbalizar. Era más bien un impulso, una pulsión que buscaba desentrañar el dolor de Carmen para acercarse al propio, pero sin pensar realmente que todo este proceso de conocimiento personal tuviera algo que ver con el sufrimiento o con el duelo.

Nunca nada es casual. Tantas señales difusas, tanta ambigüedad, muchas horas bebiendo juntas de esas copitas sedantes y la curiosidad de Blanca no hacía más que aumentar. Desde la primera vez que la recibió en su casa enfundada en un vestido rústico de color negro con botones de metal en el centro y el cuello de la camisa abierto, pensó en lo rara y atrayente que podía ser la belleza natural de una mujer madura y aséptica que la cautivaba y la desesperaba con la misma intensidad. Intuyó el malentendido de su parte, le bastó toparse con el atuendo de gala y el cabello recogido en un moño de bailarina para imaginar que esa noche saldrían de fiesta, pero en toda la velada no se movieron del comedor. Fue un alivio saber que en su casa no llevaba lentes de sol. Por fin pudo contemplar esos ojos pardos y almendrados que iluminaban su rostro moreno y la rejuvenecían. Tenía las pestañas largas y abundantes y los contornos limpios de bolsas, ojeras y arrugas. Eran, sin duda, unos ojos muy bonitos pero trastornados. De un momento a otro, por ejemplo, sin importar que estuviera hablando o escuchando, se quedaban fijos en un punto impreciso del entorno, como si Carmen estuviera siendo asaltada por un recuerdo triste al que se abandonaba con resignación. Blanca tuvo la incómoda sensación de que estaban como deshabitados. Parecían los ojos enigmáticos de una loca. Y daban miedo.

Estos pequeños detalles, más bien penosos, al principio le produjeron rechazo y el deseo de partir. Se había equivocado. Se sentía sola y vulnerable y había terminado en la casa de esta mujer chiflada o traumada o sabe Dios qué, pero seguramente maltratada por la vida. En todo caso, ¿qué hacía ella vegetando con la amiga que llevaba a su tía a la iglesia? Era ridículo. Hasta hacía unos meses su vida era una rumba interminable con Jairo y los amigos de Medallo, bebiendo y bailando y metiendo perico en el Son Havana hasta el amanecer. Ahora todos estaban muertos y Blanca se sentía atrapada en este país grotesco de combis asesinas y polladas bailables donde todos estaban orgullosos de tragar todo el tiempo.

Seguía con miedo. Temía que los paisas que lavaban la plata del narco en Lima vinieran por ella. Tenían salas de juegos y compañías de taxis y prostíbulos con fachada de discotecas. Si querían, podían hacerlo. Los primeros meses se negó a salir de casa. Estaba atrapada en una profunda depresión. Más adelante, cuando ya agarró un poco de confianza, evitaba traspasar los límites imaginarios que ella misma le había delineado a la Unidad Vecinal. A la tía Sonia le inventó una enfermedad mental para justificar su paranoia: le dijo que era medio agorafóbica y la angustiaba salir de casa porque odiaba las multitudes. La tía no le creyó. Solo tuvo que llamar a su cuñada Aurora en Medellín para confirmar la mentira. Aurora, a su forma, evitando perjudicar a su hija, le contó su versión de lo ocurrido. Presentó a Blanca como víctima de un hombre abusivo y drogadicto metido con el narco que solía pegarle y nunca se encargó de su nieta. Un parásito incapaz de cambiarle siquiera un pañal a la niña, Sonia, imagínese, qué pena decírtelo tan feo pero es que iba muy alzadito ese faltón malparido que me desgració a Blanquita y, gracias a mi Dios que es eterno, ya está bien muerto. Aurora también mentía pero menos. Jairo era un perfecto hijo de puta pero nunca le había levantado la mano a Blanca.

Tampoco la metió en el perico porque Blanca ya llevaba algunos años rumbeando y jalando cuando lo conoció. Si no estaba muerta era porque Jairo le tenía prohibida cualquier relación con el bisnes, cariño... O vos querés que cualquier panguana triplehijueputa se la termine quebrando, ¿sí o qué?

El Jairo. Tan bello. Tan bacano. Parecía un tablista con los tatuajes en los hombros y el pelo encrespado lleno de mechones rubios. Shakira había heredado sus ojos grises y la nariz fina y respingada. Blanca solía decirle que él no estaba para traqueto sino para modelo de ropa para gomelos, y el Jairo sonreía pensando en lo que dirían los parches si lo vieran en los paneles publicitarios vestido de marica. Desde que era un peladito lo único que buscaba en la vida era ser un narco famoso, pero incluso para eso se necesitaban más perspicacia, crueldad y sangre fría que las que Jairo tenía. La realidad es que él y los parches a los que asesinaron por chocar con el *man* equivocado, parecían más enfocados en la fiesta y la exuberancia de la vida del narco que en hacer más rentable su negocio. Incluso Blanca pensaba que Jairo exageraba el habla y la postura del maloso como si actuara. Nunca lo vio como parte de algo parecido a un cartel. Lo suyo era el narcoturismo y la venta de cocaína al menudeo en bares, discotecas y fiestas exclusivas. Tampoco temía por su vida. Jamás se hubiera imaginado algo tan escabroso como lo que ocurrió. Desde que huyó de Colombia, Blanca no había dejado de pensar en la pregunta que alguna vez le hizo a Jairo sobre la muerte. Ni siquiera recordaba la razón por la que se dio ese intercambio al que no le prestó importancia.

–¿Y qué pasa si te morís, Jairo? ¿No tenés miedo? –creyó haberle dicho.

La respuesta de Jairo le pareció tan trágica y desesperada que la sintió ajena, como si se la hubiera aprendido de otro pelado o la hubiese robado de *Rodrigo D. No Futuro* o de algún documental sobre niños sicarios en Medellín.

–No le tengo miedo a la muerte, mija, uno nació para morirse, ¿o para qué más?

El Jairo. Tan churro. Tan peliculero. ¿Qué le diría ahora si la viera en ese estado? La huida al Perú había sido tan intempestiva que ni siquiera había tenido tiempo de llorarlo. No hubo velorio ni luto. Ni siquiera un entierro digno. Apenas una cremación rápida y aséptica por la que nadie protestó porque Jairo era huérfano, no tenía hermanos y se había alejado de la poca familia que le quedaba en Cali. La primera vez que Blanca realmente se quebró recordándolo tenían apenas unas horas en el apartamento de Sonia. Estaban en la cocina probando la chicha morada y comiendo un bizcocho de plátano con frutas secas cuando la niña habló. Shakira tenía cinco años y hasta ese momento no había dicho mucho. Apenas sonreía, como si hubieran llegado a Lima de vacaciones. Su pregunta surgió de improviso, con la inocencia dolorosa de quien aún no entiende el carácter irreversible de la muerte.

–Mami, ¿cuándo llega papito a Perú?

El pedazo de bizcocho que se llevaba a la boca se quedó en el aire. Blanca intentó una sonrisa tierna y piadosa para su niña, pero el llanto contenido por tantos días de incertidumbre arreció sobre sus ojos con la virulencia de un huaico que se desborda. El gesto de su rostro pasó del consuelo al espanto. La sonrisa congelada de mejillas tiesas y labios trémulos se fue desarmando con severidad, como si los espasmos generados por la represión de las lágrimas hubieran descolgado los músculos de sus huesos faciales. Rápidamente se llevó la palma a la boca extendiendo los dedos desde el mentón hasta los pómulos para cubrirla como si fuera una mascarilla. Pidió permiso para ir al baño y luego partió acelerando el paso mientras contenía la respiración. Ya en la habitación, tapándose el rostro con una almohada para que su hija no pudiera oír sus gritos, Blanca se perdió en su penumbra hasta quedarse dormida.

No tardó mucho tiempo en darse cuenta de que estaba sola. Vivía confinada en casa de Sonia y encerrada en su propio duelo. Se sentía incapaz de abandonar el fantasma de Jairo. Lo habitaba como se habita un espectro: invocándolo en sueños, imaginándolo en vigilia. La melancolía era como una droga y Blanca se sentía enganchada, aferrada a ese sentimiento de culpa sin saber realmente de qué se culpaba. Se sentía torpe, indigna, despreciable, fea. Se denigraba constantemente esperando un castigo que pudiera absolverla para Jairo, para la memoria de Jairo. Y es que ya no tenía otro interés en la vida que no estuviera relacionado con la memoria del amado muerto. Incluso se desentendió de Shakira. La dejó al cuidado de su tía Sonia, quien poco a poco iría ganando protagonismo en el corazón de la niña. Merodeaba en su dolor. Nada tenía sentido ni importancia. Se sentía apabullada por la tristeza pero ya ni siquiera tenía fuerzas para llorar. Estaba sola en Lima y había aprendido a odiar esa ciudad que ni siquiera conocía.

Atrapada por su depresión, incapaz de reconocerla, negándose a hablar con su tía y con su hija sobre su fragilidad y su desamparo, asustada por las ideas inquietantes que revoloteaban en su cabeza, ¿a quién más podía recurrir Blanca sino a Carmen? Estaba claro que su primer encuentro la había dejado confundida y, pese a que al final de la noche habían terminado riéndose —«qué bacano es el pisco con ginger ale», recordaba haber dicho varias veces—, de vuelta a su encierro, a esa soledad autoimpuesta como punición, la tristeza que la acechaba como una fantasmagoría regresaba con más fuerza para anularla.

Su cama volvía a ser su celda.

«Carmen entonces», se dijo. Tampoco tenía otras opciones. Aprender a lidiar con sus extravagancias. Nunca sentirse plenamente cómoda ni segura de ser para ella otra cosa que la mujer con la que bebía hasta embriagarse. Entender una tarde que no siempre era bienvenida en su casa, que a veces Carmen la dejaría tocando el timbre sin ocultar su presencia. Sentirse herida. No querer ver a Carmen hasta que Carmen bajaba a casa de Sonia con las gafas oscuras y sonriéndole, con esa voz dulce y hechizante que siempre la curaba, le decía: «¿Dónde te metiste, Blanquita? ¿Por qué me has abandonado?». Y sentirse culpable aunque era plenamente consciente de lo ocurrido. Dudarlo. ¿Realmente la había visto en su casa el día que le tocó la puerta? Sabía que sí pero prefería el simulacro y entonces era que no. Pudo haber sido otra persona. Pudo haberlo imaginado. O de repente tenía la radio a un volumen muy alto y no escuchó el timbre. O puede que estuviera escuchando música con los audífonos puestos, una nunca sabe. Sea como fuere, había comprendido que bastaba verla de nuevo para sentirse mejor. O menos sola (que, a esas alturas, era lo mismo). Blanca se había rendido, se sentía a merced de esa *voz interior* que era implacable y cruel con ella. Una voz que no sonaba a su voz pero que venía desde ella y la hostigaba justo cuando pensaba que ya no volvería y se sentía sana y lista para rencontrarse con la vida que solía tener antes de la muerte de Jairo. Carmen frente a ella en la sala o en la cocina de su casa. Una botella de pisco o de ron o de whisky, dos vasos, canchita serrana en una vasija incaica, una garrafa con agua helada: eso era el Perú para Blanca. Lo otro, el duelo amargo que la perseguía como una sombra, no tenía nacionalidad ni tiempo ni espacio. Era incorpóreo. Y desaparecía. Se esfumaba mágicamente cuando el alcohol le subía por la cabeza como un lento calambre. Y era incluso gozoso escuchar a Carmen, que hablaba tan poco y tan raro con su voz arrulladora, Carmen, qué lindo sería poder compartir contigo un poco de esa cocaína peruana tan rica que una vez probé en Medellín, ¿no era esa la verdadera magia de este país paisaje? Las drogas no, dijo Carmen, nunca le interesaron ni tampoco las probó. *Primera confesión.* No hubo respuesta directa sobre el trabajo, la familia, el amor. Sus únicas amigas eran ella y la tía Sonia, que era divina y merecía el cielo («pero el colombiano, Blanquita, porque para irse al cielo peruano, que es negro y sucio, mejor el infierno»). ¿Era feo el Perú? «Tan bonito como la Unidad Vecinal, cariño», pero tendrías que verlo, conocerlo, salir de casa, no podías estar todo el santo día tumbada en la cama como si vivieras en una tumba, a los muertos había que despedirlos o una se moría con ellos. Y por más que te esfuerces en desgraciarte, tú estás fresca y viva y eres bella y lozana, Blanquita, cuéntame, ¿qué locura maligna le infectó a tu madre la cabeza para ponerte Blanca? Si tú eres negra, divinamente negra como la noche cuando brilla, no desperdicies los mejores años de tu vida en un cementerio, la muerte igual va a venir por ti. Secaba otro vasito de pisco. Se volvía a servir. Estaba más ebria que ella. Seguro había estado tomando desde temprano. Era la primera vez que ocurría. Locuaz y maternal era más bella. El difunto marido de Sonia, el Oso, era un zambo pendejo, le soltó de pronto. *Segunda confesión.* Había querido pasarse de manos un día y lo había resuelto bien rapidito. Un buen rodillazo en los huevos, Blanquita, en donde más les duele. «Negro conchatumadre», le dije, «vuelve a intentarlo y te juro que te corto la pinga.» Y ya estaba. Luego, cuando lo veía, bajaba la mirada al toque el muy cobarde. Nunca se lo dije a tu tía y así fue mejor. Una se endurece con el daño pero no se abandona. Y a mí no me dañaron los hombres, Blanquita, no. A mí me jodieron, a mí me destrozaron las ratas, ¿oíste? Yo sigo huyendo de las ratas, las pierdo de vista, creo que ya partieron y me alegro, pero vuelven, siempre vuelven las ratas con su gordura y su horrendo pelambre. Y no hay escape. Nadie se puede escapar de las ratas, Blanquita. Ese es mi cementerio.

¿Cuánto tiempo tardó Blanca en recuperarse? No lo recuerda. A veces son tres meses, otras son cinco. Cuando el dolor cesa, el tiempo es elástico y el recuerdo de ese sufrimiento tan intenso se vuelve ajeno. Blanca había vuelto a respirar. Ya no arrastraba con ella el fantasma de Jairo: lo había dejado morirse en la muerte. Y entonces, un día cualquiera, sin saber muy bien cómo, regresó. Era como si hubiese salido de un coma prolongado y se despertara a la vida para abrazar a su hija y pedirle perdón. Hizo lo correcto. Le explicó finalmente a Shakira que papito no vendría al Perú. Le dijo que estaba muerto y las esperaba en el cielo. Y, junto a su niña, lloró a Jairo por última vez. Lo dejó partir. Tocaba enfrentarse a Lima. Recorrerla. Conocerla. Registrarla. Asimilarla. Desafiarla para sentirse fuerte. Reconstruir esa relación que había nacido rota porque, le gustase o no, el Perú era ahora su casa. Y lo primero que aprendió a odiar fue lo que para muchos parecía lógico y natural. Ella y su hija y su tía estaban en peligro por ser mujeres. Si algo les pasaba siempre sería su culpa por exponerse. Lo mejor que podían hacer —decía una ley no escrita, repetía amargo el policía que registraba las denuncias en la comisaría— era encontrarse a un buen hombre que las protegiera y les diera hogar y las alimentase mientras ellas cuidaban a los hijos sin provocar a otros hombres. Si se vestían así, señorita, mostrándose en público, ¿cómo podían fingir que no sabían lo que iba a pasar?

«Qué país pa'hijueputa, marica», pensó con rabia. «Que venga sereno el primero, que venga y se atreva conmigo o con mi hija el primer gonorrea malparido para meterle plomo con felicidad.»

El problema estaba resuelto. Blanca no viviría con miedo en el Perú. Si alguno se ponía malcriado, confianzudo, manolarga, si le faltaba siquiera con la mirada, Blanca respondería con violencia. Y eso fue lo que hizo no una sino varias veces. Los intimidaba si intuía algún mínimo avance, bastaba saber interpretar el lenguaje corporal del acosador para anticiparlo. Usaba la voz y el cuerpo –literalmente se les cuadraba cerrando los puños– para increparlos en donde ocurriera, le daba igual si era un espacio público concurrido, incluso prefería que hubiera gente porque hasta el peruano más amenazante le tenía pavor al escándalo. Si tenía que enfrentarlos, Blanca, que solía ser más alta, los madrugaba con un golpe rápido que podían ser dos si osaban responderle. Nunca se quedaba callada. Amenazaba y gritaba acomodándose a la situación y al lugar y al tipo que tuviera al frente. El proceso de adaptación fue lento pero efectivo. Tanto así que hasta cambió su forma de hablar y, como Shakira, que ya tenía su acentito peruano, poco a poco fue empezando a intercalar la jerga paisa con la limeña sin sentirse falsa o incómoda. En el trajín cotidiano, por ejemplo, usaba los populares «Manyas», «Qué palta», «Ya pe'», «Puta madre», «No me hagas roche», «Eres mi pata» o «Una chelita helada»; pero bastaba que la cosa se pusiera tensa o peligrosa y le salía de manera automática el agresivo «Qué te pasa conchatumadre» y el retador «Qué chucha quieres mierda».

Le tomó un par de años a Blanca aceptar que Lima era su nuevo hogar. Las primeras veces que salió a recorrerla tuvo la sensación de habitar una ciudad que era un interminable y caótico laberinto, como si en realidad se tratara de varias ciudades radicalmente distintas unidas por el azar geográfico. No fue nada fácil adaptarse. Era muy dura y sofocante esa cultura misógina que se convertía en violencia física y luego en desapariciones y asesinatos con una rapidez escalofriante, sin que eso pareciera desestabilizar a nadie. Por el contrario, se asumía en silencio como un mal necesario, un resabio consentido en el seno de una sociedad profundamente religiosa donde las mujeres desde muy pequeñas eran adiestradas para la sumisión y, en el imaginario de los patriarcas, solo podían ser madres virginales o putas perdidas.

«Lo peor que le puede pasar a una mujer es nacer pobre en el Perú. El infierno es más bonito. Esto es el matadero», le dijo una vez Carmen, no recordaba cuándo ni por qué. No pudo saber tampoco de qué vivía su vecina si era obvio que no trabajaba. La tía Sonia le había dicho que probablemente tuviera una herencia, o sea que no tenía ni idea. A Blanca tampoco le gustaba trabajar pero el dinero que su madre le enviaba se redujo drásticamente apenas salió de la depresión. Su primer trabajo como peluquera y manicura en el Shirley Salon & Spa de Gamarra —el emporio comercial de textiles más grande de Sudamérica— fue un fracaso similar al de las peluquerías en Medellín, pero le sirvió para entender la manera retorcida en que funcionaba la ciudad. Todo estaba chueco. Nadie respetaba nada. Las reglas existían solo para romperlas. ¿De qué servía votar, señorita, si todos roban? El tránsito es un monstruo bellaco. El tráfico se traga a los transeúntes. Si cruzas por el paseo peatonal sin mirar, ya estás muerto. Si te roban y pones resistencia, ya estás muerto. Cuidado que te meten bala hasta por un celular. Cuidado que en los taxis violan. Los pobres son pobres porque quieren. Aquí se trabaja doce horas al día, ¿no te gusta?, búscate otra chamba que tengo gente esperando. Todo puedes encontrarlo más barato. Y cuando digo todo me refiero a TODO. Dime qué necesitas, para cuándo y ya lo tengo. ¿No conoce Machu Picchu, señorita Blanca? Vaya cuando pueda. Gracias a Dios es una de las siete maravillas del mundo. No se olvide de visitar los restaurantes. Coma rico y verá lo que es bueno. No hay en todo el planeta comida más deliciosa que la peruana. Se lo prometo. No se lamente, señorita Blanca, vino al lugar correcto. Pese a todo lo malo que dicen de nosotros, aquí se vive bien.

Y vivir bien era progresar y progresar era ascender y ascender era intentar colarse hacia arriba. De eso se trataba todo. Pero estaba la miseria, pensaba Blanca. No había que irse tan lejos para verla. Ahí estaba. Y también allá y acullá y del otro lado. Bastaba encontrar una avenida cualquiera y ver cómo de las esquinas de los semáforos surgían racimos de niños limpiando parabrisas o vendiendo caramelos con las caras pintadas de payaso. Era desolador. ¿No era así en Medellín, Blanca? Seguro que sí, pero no recordaba haber tenido esa sensación tan dura de desamparo. ¿En qué pensaba? En la miseria. Una miseria que era penuria de anemia y de tuberculosis porque en Lima siempre se podía estar peor. La miseria sobrecogedora de los cerros invadidos y el empuje optimista de los Pueblos Jóvenes: esas villas menesterosas repletas de chocitas de esteras y cartón que crecían como la maleza en cualquier baldío. Era una pobreza tan enfática y deshumana que Blanca no lograba comprender la capacidad titánica que tenían sus habitantes para el trabajo. No tenían agua ni luz ni atención médica ni nada. Lo único que tenían eran niños anémicos y hambrientos y niñas violadas que salían embarazadas a los diez, doce, quince años de sus propios padres –hermanos, tíos, vecinos– y eran obligadas por el Estado a parir.

Más que la pobreza y la violencia en sí misma, algo que Blanca había visto en los tugurios de Medellín, lo que la desconcertaba era el optimismo con el que se enfrentaban a la desgracia. ¿Cómo entender el amor y el orgullo que los peruanos mostraban por su patria cuando era claro que habían sido abandonados por ella? Blanca no tenía por entonces las respuestas, pero más adelante comprendió que el Perú había sufrido una violencia tan horrenda como la de Colombia y que a toda esa gente simplemente la habían quebrado. No querían recordar. El dolor los había llevado a enterrar el pasado. A negarlo como si eso bastara para hacerlo desaparecer. Ya no estaban dispuestos a canalizar su rabia y su impotencia para luchar contra la injusticia y los abusos diarios porque estaban hartos de la derrota y, sobre todo, de la muerte. Y de muchas maneras esa también era la historia familiar de Blanca porque, paradójicamente, como miles de colombianos, ella y su tía Sonia habían llegado al Perú huyendo despavoridas de esa misma violencia. Y entonces entendió que si quería sobrevivir en Lima la idea fuerza era la del progreso. Progresar como se pudiera en esa sociedad estamental y salvaje para la cual había muchísimos peruanos invisibles que ya no peleaban por conseguir agua potable ni luz. No. Eso era inútil. Eso no iba a ocurrir pronto ni gratis. Los logros entonces se hicieron más personales, pequeños pero significativos: tener un televisor o una tarjeta de crédito o un celular digital de segunda mano, *eso* era ascender. Y el espejo en el que se veían pensando en el futuro no era otro que el de esa opulencia grosera que se paseaba por sus narices. El porvenir era emergente. Si no se aferraban a ese credo, ¿a qué podían aferrarse? Todos tenían un amigo o un conocido o al conocido-de-un-conocido que *había llegado*... ¿Por qué ellos no?

Cuando Carmen Infante partió sin despedirse, cuando desapareció como si se la hubiese tragado la tierra, mientras corrían los rumores de su fuga del país por narcotráfico y más adelante de su muerte por asesinato –todas mentiras que el gordo Jefferson fue soltando y modulando para el deleite de los vecinos–, Blanca, herida en plan desengaño, recién despedida de su segunda peluquería y pensando en la salud de su tía Sonia, que ya mostraba los signos de una enfermedad incurable, volvió a pensar en la miseria de los demás y, por primera vez en los tres años que llevaba en el Perú, se preguntó qué sería de ellas si todo se iba a la mierda.

Nunca se olvidó de Carmen. ¿Cómo podría? Sin su ayuda sincera, sin esa compañía que la mantuvo a flote en los momentos más críticos, ¿qué hubiera sido de su vida? A veces le gustaba perderse en sus recuerdos, abandonar la realidad de los buses saturados del Metropolitano o de las colas interminables en el Banco de la Nación y descubrirse recordando las cosas que soltaba Carmen mientras tenía la mirada perdida. Se negaba a creer que hubiera huido del país o que algo terrible le hubiera ocurrido. Con una mujer resuelta y tan fuerte como Carmen eso parecía inapropiado. Tampoco podía dejar de sentirse traicionada aunque lo ocurrido no pasase de una penosa descortesía. A fin de cuentas, a pesar de la delicadeza con la que solía dirigirse a ella, Blanca no podría asegurar que fueran amigas. Lo que no podía soslayar era la incertidumbre de no saber si volvería a verla. Y entonces la buscaba, siempre la buscaba sin importar en qué parte de Lima estuviera o cuán inadecuado pareciese el lugar para hallarla. Se confundió muchas veces y tuvo que pedir disculpas a distintas mujeres que se parecían a Carmen. Tardaría algunos meses en darse cuenta de su error. La clave para encontrarla no estaba en su cuerpo sino en su voz. Esa voz suave y delicada que la había desarmado la primera vez que la vio y hubiera podido reconocer hasta dormida.

El día que reapareció en su vida, Carmen llegó como un vientecito cálido que sopló sobre su espalda desnuda y la paralizó de gozo y de miedo. Blanca estaba fumando plácidamente en la larga terraza del hotel Bolívar. Se había sentado al lado de las barandillas de cristal que dan a la avenida La Colmena y bebía su copita de pisco sour con morosidad, indiferente ante los gritos y los bocinazos que salían de los taxis detenidos por el semáforo. ¿A quién esperaba? No sabe, no recuerda, seguro a un hombre, alguien irrelevante que no volvería a ver. Blanca estaba tranquila, paseando lentamente la mirada primero por los feos esqueletos de neón de las pollerías del edificio Giacoletti y luego, con alborozo, por las balaustradas del parque y las arquerías neobarrocas de los portales de la plaza San Martín. La voz le llegó como una bocanada de aire fresco que le arqueó el espinazo. Era ella, sin duda. Estaba detrás, borracha, a escasas dos mesas. Su copa de pisco sour ya estaba vacía y ella sonreía con la jovialidad pícara de quien ha hecho una travesura sin malicia. Se había cortado el pelo a la altura del cuello y llevaba esas infaltables gafas oscuras y cuadradas que le cubrían la cara desde la frente hasta las mejillas. Nunca la había visto tan bella, tan enigmática. Tenía la piel bronceada a pesar de que era invierno. Llevaba un abrigo negro peludo hasta la cintura y un vestido *vintage* de encaje sin mangas. Parecía una estrella de cine.

—¡Carmen! —gritó Blanca sin contenerse, asombrada y conmovida, sintiendo en la garganta la subida del llanto.

—No, Blanquita, te has confundido. Yo soy Sylvia...

—¿Cómo Sylvia? ¡Qué dices! Tú eres Carmen Infante, ¡te reconozco! ¿Dónde has estado? ¿Por qué te has cambiado el nombre?

—No me he cambiado nada, cariño. Desde que nací soy Carmen Sylvia Infante Arreola, pero como me fui un rato de paseo, ya sabes... Solo me puse a pensar: si le doy otro *look* a mi pelo, ¿por qué no darle otro *look* a mi nombre?

—¡¿Sabes cuánto tiempo llevo buscándote, huevona?!

—Imagino que mucho porque ya estás hablando como limeña... ¿Te invito otro pisco sour?

—¿Por qué te fuiste, Carmen?

—Era inevitable. Yo te dije que no había escape, ¿te acuerdas?

—¿De qué estás hablando?

—De las ratas, Blanquita, te hablo de las ratas... Habían tomado toda la casa y tuve que salir volando...

EL BAR DEL CHINO TITO

1

¿Quién narra? Eso no tiene importancia. O de repente sí. Depende de ti. De cómo te gustaría que se contara el relato de lo ocurrido esa noche. Un problema considerable dado que esa noche no ocurrió nada. O de repente sí. El tiempo nunca es sincrónico porque aquí todo está de cabeza y, pese a que necesitaremos algún orden narrativo, se sabe que la cronología no sirve para entender por qué nos pasó lo que nos pasó. Esa, no obstante, es una pregunta trivial. Un cuestionamiento fútil que seguirá repitiéndose como un rezo que todos conocen pero nadie pronuncia. Otro problema significativo dado que aquí no pasó nada. O de repente sí. El truco es pretender que no existe, que no hay tal cosa y si se niega se borra. ¿Cómo se cuenta aquello que aparece y desaparece? No depende de ti. No depende de los hechos ni de su verdad. Depende de quién narra. La base del poder es la palabra. No solo es el *quién*, también es el *cómo* y el *por qué*. Bajo esa perspectiva se reducen drásticamente las posibilidades de elección. Tú no decides nunca pero es crucial que creas que sí. Ese es el verbo correcto: *creer*. Aquí, digámoslo de una vez, no habrá nada parecido a un autor implícito. Nadie narra. Vamos a contar que es otra manera de decir que vamos a registrar. Ese es el sustantivo correcto: *registro*. ¿Nadie narra? Eso no importa. O de repente sí. Depende de qué entiendas ahora por *narrar*. El registro es la herramienta más poderosa para poder creer. Y eso es lo que necesitamos ahora para contar el relato. Es necesario creer, por ejemplo, que esta voz es una cámara. O un ojo que viaja y registra. Regla de oro: lo que está dentro del encuadre es tan importante como lo que está fuera.

Ahora, empecemos.

2

... entonces se alza el telón despacito y no ves nada pero reconoces ese agradable murmullo. ¿Qué es ese ruido susurrante sino el viento de Lima soplando en la oscuridad? Estamos en otoño; no hace frío sino fresco, pero es húmedo y uno puede sentirlo en el cuerpo cuando un sudor incomprensible se evapora en la piel y la enfría. El cuerpo son dos cuerpos. Uno es obeso, rollizo, decrépito, más bien bajo; el otro, atlético, alto, bello y joven como un adonis. ¡Ya los puedes ver! Desde arriba: ellos caminan por la acera casi pegados, tú vas detrás. Los sigues lentamente porque se desplazan con morosidad, como si su conversación fuera tan interesante que desordenara el ritmo de la marcha. ¿Qué tan alto vas? Ni tanto. Es casi un plano entero en ángulo picado. Esto no tendría ningún interés si no fuera por que identificas el entorno.

Eso que ves es el Centro de Lima y, por la forma en que la luz amarilla de los faroles baña los cuerpos, sabes que es de noche. Los dos hombres han cruzado la avenida

La Colmena y avanzan por el jirón Camaná en dirección a la iglesia La Recoleta. Van por la vereda de la derecha. Ubicar la calle no es difícil. Recuerdas las rejas negras de los negocios que ocupan las primeras plantas de algunas edificaciones históricas: bellas casonas multicolores con celosías en los balcones convertidas en restaurantes de menú económico y tiendas de libros piratas. De repente ya sabes quiénes son. Faltan algunos metros para el cruce con el jirón Quilca y también crees saber su destino. Toca acercarse, escucharlos, dejar de verles la espalda. Intentar el contraplano a la altura del pecho. Ir en reverso. El cambio de encuadre te reconforta. Piensas de golpe: «¡Vaya, pero qué bello es el padre Pablo!», y, por la evidencia, nadie se atrevería a objetarlo. Lo que dicen los clérigos ahora es anodino. Te sorprende, sí, que no lleven la vestimenta eclesiástica ni nada que los identifique como sacerdotes. Caes en la cuenta de que no sabes mucho de ellos. Por ejemplo, el nombre del anciano de cabellera blanca y del grotesco lunar de carne en la aleta derecha de la nariz.

Se trata de Corradi, el padre Alfonso Corradi, original de Aranjuez, una ciudad a cincuenta kilómetros de Madrid: un hombre que conoce muy bien América Latina porque desde muy joven fue enviado como misionero a colegios católicos en distintos pueblos y comunidades de la región. Todavía no se entiende por qué no han entrado al bar del chino Tito pero detenemos la toma cuando se quedan merodeando por la puerta de entrada. ¿Cuánto tiempo se quedan? ¿Cinco, diez segundos?... No importa. Es mejor no exagerar ni aturdirse. Son exactamente once segundos los que emplea el padre Pablo Arregui para empinarse y fisgonear desde una de las ventanas del local. No se sabe qué buscan. Se miran en silencio y luego siguen su marcha hacia la iglesia La Recoleta.

3

Los curas se van pero tú te quedas. Detienes el movimiento mientras se alejan con la misma lentitud. Cortas. Cuando entras al bar lo haces como flotando y sin detenerte. Llevas el equipo atado al cuerpo por un arnés que te rodea la cintura. Lo puedes guiar con los brazos. Desde ahora tú eliges qué vemos: somos tu punto de vista. Si creías estar fuera de la historia, ya estás dentro (¿quién narra?). Ingresas. Bajas los dos breves peldaños que siguen a la reja de entrada y tomas una decisión arriesgada que interrumpe el movimiento. Decides quedarte quieto por unos segundos y observar. El bar está a tope. No queda ni una mesa libre. ¿Suena algo? Nada. El chino Tito no ha abierto la rocola. Todavía no quiere música. A tu izquierda, asegurado a la pared, hay un televisor LED de cien pulgadas que muestra sin sonido las noticias de la noche. Lees la frase en la parte inferior de la pantalla mientras la locutora del noticiero va recitando el teleprompter:

PPK: «Sería bueno que me vinculen a la izquierda, yo soy progresista».

Quieres morirte de risa pero te contienes. No deseas estropear el paneo horizontal que acabas de iniciar. Ofreces una visión panorámica y sientes que es como mover muy lentamente la cabeza. Registras. Arriba, detrás de la barra, alumbrada por tubos fluorescentes de luz blanca, una estantería empotrada cubre por completo dos de las cuatro paredes de la sala. Está dividida en seis hileras con repisas de madera colmadas de botellas de distintos licores. Aunque predomina el pisco, también destaca una selecta variedad de vino, ron, vodka, gin, anisado y whisky.

Un detalle importante: cada marca de licor tiene su propio estante y cada estante tiene una sola hilera de botellas. Parece concebida por alguien que ama las bibliotecas. Salvo un pequeño microondas blanco a la altura de la barra, no hay otro objeto significativo. Pese a que te mueves lentamente, la distancia te impide apreciar los detalles. Por ejemplo, las fotos. Hay una en blanco y negro sobre el anaquel que está encima del microondas. Lleva un marco horizontal plateado y opaco con ligeros ornamentos. En la imagen hay seis hombres sentados en herradura alrededor de una de las mesas del bar. Ríen o sonríen. Delante de ellos, una res de pisco y varios ceniceros saturados de colillas.

El del centro es el chino Tito, el dueño. Lo rodean cinco escritores peruanos, todos mayores que él. A su izquierda, Oswaldo Reynoso y Washington Delgado; a su derecha, Eleodoro Vargas Vicuña, Gregorio Martínez y Cesáreo Martínez. No es la única foto sobre las baldas. Hay otra en esa sala, también en blanco y negro, que no es estrictamente una foto casera sino una antigua postal en la que aparece Antonio Gramsci, uno de los miembros fundadores del Partido Comunista Italiano. Fue enviada desde Barcelona a Lima en 1986 por una mujer llamada Casandra y está dedicada «a Tito, mi dulce perdición». En el retrato Gramsci aparece muy joven y con el pelo levantado sobre la frente como un mar retirado a punto de abrirse. Lleva sus clásicos lentes redondos y se le ve serio y reflexivo mirando a la cámara con resolución pero también con inocencia. Por la luz lateral que hace resplandecer su cara y el abrigo de largas solapas que ha cerrado hasta el cuello, más que un revolucionario parece un seminarista perplejo. A la altura del pecho hay una cita en letras blancas que reza:

EL VIEJO MUNDO SE MUERE,
EL NUEVO TARDA EN APARECER
Y EN ESE CLAROSCURO SURGEN LOS MONSTRUOS.
A. G.

La última parte de la estantería tiene solo un armario vertical con la misma distribución en seis repisas. En las tres primeras, solo hay vasos y copas; en las tres últimas, unas cajas negras, azules y rojas con juegos de cubiertos. La puerta que rompe la armonía del mueble, justo al costado de la estantería, comunica la sala principal con la cocina. Suele estar tapada por una cortina negra. Arriba de ella, pegada al dintel, hay una placa de madera que pasa desapercibida para los clientes. Dice: «El bar del chino Tito, 1986». El dueño considera que es fea pero imprescindible por su valor fundacional: es el único vestigio del primer año de vida de su negocio.

La barra del bar es de madera. Tiene un estribo para colocar los pies y una encimera reluciente de mármol blanco. Salvo unos servilleteros cuadrados de metal y unas bases cromadas que portan los frascos de aceite, sal y pimienta, el primer mostrador suele estar vacío y servir de mesa de trabajo para los camareros. No hay taburetes. Las mesas han sido distribuidas copando todo el espacio. De esa manera impiden que los clientes se queden conversando frente a las barras.

El segundo mostrador es en realidad una vitrina con bandejas de comida criolla, quesos y suculentas piernas de jamón. La especialidad del bar son las butifarras. Suelen pedirse acompañadas de cervezas o chilcanos de pisco. La segunda entradita hacia las vitrinas de los licores está justo al final de esta barra. Tiene una puerta pequeña que se puede abrir con las piernas y termina en un mostrador lateral sobre el que se observa la antigua caja registradora.

111

Los parroquianos del bar –acostumbrados a la severa eficiencia del dueño para cobrar y mantener el orden– lo llaman «el trono del chino Tito».

4

Aquí precisamente se termina el paneo que no dura ni diez segundos. No vas a cortar la toma. Ya has interrumpido el primer impulso del plano secuencia. Ahora tienes que moverte por el espacio siguiendo la escena sin cortes. No importa si la narrativa visual es mediocre: ya sabemos que esta noche no pasa nada. Concéntrate en el registro. En este instante, por ejemplo, estás mirando hacia la entrada que comunica dos de los tres ambientes de la cantina y el primero en aparecer en tu encuadre es Ishiguro. Viene hacia ti. Vas hacia él. Lo primero que distingues es su inconfundible flequillo ondulado: un pequeño y oscuro racimo triangular que reposa como un adorno sobre su frente. Lleva un jersey negro de cuello en V que resalta su escuálido tórax, un pantalón pitillo oscuro y las infaltables Converse azules de cuello alto que calza hasta con traje. Más que el empleado de un bar parece un músico *dark* sobreviviendo de camarero mientras espera la gloria. No puedes evitar sonreír. Ishiguro, pese a su voluntad, a su recurrente tristeza, a su mansedumbre, siempre termina alegrando a los demás y esa paradoja lo desconsuela.

En tu pausado camino hacia él, con brevísimo relojeo hacia la derecha, reconoces a Blanca y a Sylvia. Están sentadas, una frente a la otra, conversando con los vasos en alto como si le dedicaran un brindis a cada sorbo. Encima de su mesa hay dos pomos de cerveza y un vaso sobrante con el conchito espumoso hasta la mitad. Te preguntas si la persona que las acompaña es Lurgio, el antiguo cocinero del bar. Lo imaginas en el baño, sentado sobre la tapa del retrete y pellizcando terroncitos de cocaína con su DNI.

Justo al volver la cabeza, desde abajo, como un destello que aturde, sientes la mirada fija e intimidante de Blanca. Podrías pensar que realmente te ha visto pero sabes que no es posible. Prosigues. A escasos veinte centímetros de chocarte con el mozo, te detienes en seco y dejas que avance en dirección a la barra lateral. Lo sigues hasta encontrar la mesa que busca. Como un caminito que se bifurca, él va hacia la derecha y tú, hacia la izquierda. Intentas un plano medio de la mesa para mostrar el breve intercambio entre Ishiguro y los piratas cultos –Milton y el chato Iván– en ese bonito instante en que el mesero abre las cervezas con un encendedor.

Ishiguro tiene reservado ese gesto canchero para los amigos, pero Milton y el chato Iván no son sus amigos sino sus caseros cinematográficos. Los piratas cultos solo hablan de cine. Cualquier alteración del protocolo –una pregunta sobre fútbol o política, por ejemplo– tendrá como respuesta una referencia eufórica a una película, secuencia, actor o director. En eso son muy estrictos. Cuando, por ejemplo, alguien le pregunta su nombre al chato Iván, la respuesta mecánica es: «Iván, así como *Iván el Terrible* de Eisenstein». Ahora te ríes imaginándolo hasta que el «¡Asu!» de Milton te despabila. No escuchas bien su comentario pero sus brazos inquietos se mueven haciendo aspas de júbilo. Milton hizo referencia a una película de Tony Scott –el título, por cierto, lo dijo en inglés– con guión de Tarantino.

Sus palabras exactas fueron estas:

«¡Asu, chino! Me has hecho acordar esa escena locaza de *True Romance* cuando Christian Slater abre una botella de vino con el sacacorchos de una navaja suiza… y luego, ¿te acuerdas, chato?, Patricia Arquette, la musa de mu-

113

sas, nuestra mamacita eterna, se baja brutalmente al tío calvo de *Los Soprano* clavándole dos veces el mismo sacacorchos… ¡Dos veces, conchasumare! Qué linda y qué brava es esa huevona».

No te preocupes por la toma: todo quedó registrado. Ishiguro asiente protocolariamente porque no sabe de qué demonios está hablando Milton y luego continúa su marcha. Tú lo sigues por detrás mostrando otra vez su espalda de tísico. Solo por unos segundos porque el mostrador con la vitrina de comidas y el trono de Tito están a solo cuatro pasos. Cuando el camarero sale del encuadre doblando hacia la derecha –es decir, hacia Tito–, tú te quedas quieto un ratito frente a la vitrina con los jamones pero alzando la lente. Encuentras con facilidad la placa de madera que nadie percibe –en efecto, dice «El bar del chino Tito, 1986»– y compruebas que es razonablemente fea.

5

De vuelta por la senda que había abierto Ishiguro, caminas pegado al mostrador esquivando a las personas que invaden el encuadre. Te concentras en el dueño del bar. Lo muestras de espaldas, moviéndose en un leve vaivén sobre su acolchada silla giratoria. Lentamente, acercándote para descubrirlo en un plano cerrado, aprecias la coronilla del cráneo disimulada por largas hebras de cabello plateado, y luego, mientras lo rodeas, la punta brillante de sus bigotitos dalinianos, el perfil pronunciado de su nariz bulbosa y ese mechón blanco que entierra con elegancia su barbilla flaca.

El chino Tito todavía no se da cuenta de tu llegada. Tiene los brazos abiertos y las manos trabajando a distancia como si estuviera en un concierto tocando dos teclados al mismo tiempo. Con la derecha, cobra y da vuelto y hace cuentas pulsando rápidamente una calculadora. Con la izquierda, recibe los pedidos y los cuelga en un cordel con ganchitos que retiran los meseros o la señora Marcela, la ayudante de cocina que trabaja los fines de semana lavando platos.

Ese momento en que Tito alza la cabeza para verte es tan épico como anómalo, porque eleva el mentón y te sonríe *como si te conociera*. Dura apenas un instante pero está clarísimo que dirige sus ojitos rasgados y penetrantes hacia ti. Eso, desde luego, te desconcierta porque es imposible que el chino te pueda estar saludando. Y aunque lo intentas, ya no puedes evitar observarlo con cierta condescendencia, como si su sola presencia te disminuyera porque –compruebas asustado– ese breve y cordial gesto de reconocimiento te ha colocado automáticamente *del otro lado*.

–Pero entonces ¿quién narra?

–Narras tú, claro…, pero ¿desde dónde?

Demasiadas emociones se agolpan de pronto y te hacen perder el equilibrio (la cámara se tambalea, hay un vértigo como de desmayo que ensucia la toma). Toca detenerse. Respirar. Sosegarse. Des-dra-ma-ti-zar. Esto bien podría ser solo un malentendido. Es mejor abandonar de una vez ese espacio. Te has quedado inmóvil bajo el dintel de la entrada apoyándote en la barra que se extiende hasta el segundo ambiente. Con una toma general miras el caos eufórico de la primera sala evitando enfocar el trono de Tito. Ya no deseas verlo.

6

Al volver la cabeza, celular en mano, deditos golpeando furiosamente la pantalla, descubres a Fernando Arrabal: el chico que grita en el baño y paga con moneditas de diez céntimos cuando la mujer que espera no llega al bar. El muchacho está tranquilo porque hoy sí llegó. La vigila pretendiendo que no y la mujer lo sabe: Sylvia Arreola es perfectamente consciente de que Fernando la acosa a distancia pero finge que no se entera. Igual hoy no es lunes. Hoy no deberían encontrarse, y sin embargo...

Un error de principiante sería quedarte quieto frente al muchacho y eso es precisamente lo que haces. Fernando no te ve. Continúa manipulando su móvil y estirando cómicamente el cuello para vigilar a Sylvia. De manera repentina, sin levantar la capucha que le cubre el rostro, se pone de pie y gira con un pasito de baile hasta ponerse de espaldas. No quiere que Sylvia lo reconozca ni por detrás, así que se aleja raudo y encorvado hacia los servicios.

La lente hace un pequeño paneo para seguir su recorrido y logra captar el momento en que Fernando se cruza con Rosalba. Tu reacción de sorpresa y confort es automática. Basta que la cocinera se aproxime para que el entorno se difumine y pierda consistencia. No es necesario cerrar el encuadre ni ajustar el enfoque en ella: bajo tu mirada, caminando en cámara lenta, Rosalba Díaz se eleva como si levitara. Tampoco puedes dejar de contemplarla porque es adictivo. ¿Qué es aquello que te cautiva de Rosalba hasta anularte? Su sonrisa: hay algo luminoso en su sonrisa que produce bienestar; no sabes si esa es la palabra, podría ser sosiego o placer, incluso lujuria. Te gustaría poder explicarlo de otra forma pero no puedes, es como si verla sonriendo fuera suficiente para sentirte tranquilo (pero tranquilo deseándola).

Por la sensualidad de su cuerpo tierno, algunos pensarían que es otra chica joven y atractiva demasiado consciente de las infinitas posibilidades del trabajo en los bares para arruinarse la vida. Es el típico pensamiento patriarcal de los clientes que, embriagados por el pisco y su soltura atrevida, se lanzan al flirteo rapiñoso con proposiciones y galanterías. Rosalba no les hace caso. Ironiza o se burla de ese hostigamiento disfrazado de cortejo y no duda un segundo en mandarlos a la mierda si se ponen pesados. Esta noche la ves particularmente guapa. No hay nada de especial en su atuendo pero te parece espléndida con esos vaqueros chinos de color beige y el suéter negro de cuello abierto que ciñe sus pechos redondos. ¡Vaya maravilla! Son unos senos tan bonitos e imponentes y están tan perfectamente alineados que consiguen mitigar la ligera asimetría que producen, en contraste, sus caderas estrechas.

«Es la típica flaquita tetona sin culo», dice, por detrás, un chico con voz de enano. No sabes quién es. No logras divisarlo. Llevas varios segundos detenido y este plano secuencia ya es cualquier cosa.

7

Rosalba sale del encuadre y el espacio que deja esa ausencia se llena hacia el fondo con un hombre blanco, esmirriado y canoso que habla juntando y separando las manos y golpeando los nudillos contra la mesa. Es inexpresivo pero intenso, uno de esos tipos de traje y corbata que cultivan el *look* argentino del erudito versátil y solo aceptan conversar si el resto lo escucha. Tiene la cara pálida, alargada, pecaminosa. Los ojos hundidos pero expresivos. La mujer que lo acompaña parece más joven que él. No puedes apreciarla bien, está sentada de espaldas a ti con el cuerpo recostado contra la pared. Es una mulata carnosa y de espalda ancha, lleva el pelo negro amarrado en un moño de bailarina que descubre su cuello delgado y resalta unos aretes incaicos de bronce que bailan bajo sus pequeñas orejas. Aunque no se tocan, por la manera en que ella disfruta en silencio el monólogo inspirado del hombre, es posible presumir entre ellos una secreta intimidad, la traición meditada, el adulterio.

No te sorprendes mucho cuando te das cuenta de que el hombre de cabellos grises es el maestro Gálvez, el entrenador de las divisiones menores de Alianza Lima. El asombro surge como un temblor cuando descubres que la mujer que suspira a su lado es Zenaida Basombrío, la madre de Tyson Basombrío, el delantero estrella de la Sub-17 aliancista que dirige el amante de su madre con diligencia, sabiduría y mano paterna.

Hacia el final de este segundo salón, pegada a la entrada que conduce a los servicios higiénicos del tercer ambiente, hay una pequeña pared cubierta con reproducciones de grabados de distintos lugares de Lima. Son dibujos de calles, jirones, parques y plazas del centro histórico en el siglo XIX. Aquello te interesa y por eso disminuyes el paso y te quedas observando ese cuadrito que lleva por título *Plaza de la Inquisición, 1863*. Reconoces enseguida el monumento a Simón Bolívar. Es la plaza del Congreso de la República, la que renombraron «plaza Bolívar» en el siglo XX. Es fácil identificarla por la estatua ecuestre del Libertador en la que aparece cabalgando, llevando su bicornio en la mano para saludar al pueblo mientras Palomo, su caballo blanco, se eleva alzando ambas patas.

Esta imagen valerosa que te emociona es el preludio de otra más bien decadente que nos regresará al inicio de esta historia.

8

Giras noventa grados con brusquedad y te topas con los Terna. La mesa grande de los Terna en el rincón de los poetas, justo debajo de la foto en blanco y negro de Hudson Valdivia, el mejor intérprete de César Vallejo, el galán de las telenovelas al que mataron la tristeza y la noche feroz de Lima, Hudson, el gran amigo del chino Tito, casi de perfil y con los ojos cerrados hacia el piso, invocando a Vallejo con la palma derecha exasperada, abierta en pequeños temblores como si estuviera pidiendo calma o silencio o permiso para recitar.

Los policías del Grupo Terna bajándose una res de pisco en la mesa de los letrados de Lima. Esa es la toma final: el comandante Píper, el capitán Contreras y tres suboficiales vestidos de civil, disfrazados de oficinistas de alguna dependencia pública atiborrada de apristas que se roban hasta el papel higiénico. Cinco burócratas celebrando la llegada del viernes para dilapidar el sueldo de fin de mes. Y aunque es raro y peligroso que un grupo de rayas aparezca en una cantina del Centro de Lima, aquella imprudencia fue una orden directa del comandante Píper Arroyo, que ese día les dijo: «Muchachos, hoy nos hacemos mierda», ¿y a ver quién tenía los huevos de atreverse a decirle: «No, mi comandante, hoy no puedo»?

Decides no acercarte. El plano secuencia se detiene y así se quedará hasta morirse. Los efectivos están sentados alrededor del comandante, que se pone a la cabeza de la mesa como si estuviera ante su pequeña corte. A su diestra, Alfredo Manyoma, el técnico puneño de los bigotitos peinados: un serrano flaquito y delicado que mueve las manos con parsimonia y habla como cantando. El suboficial Manyoma tiene distintas particularidades pero quizás la más resaltante sea que siempre va a la moda. Es tan cuidadoso con su apariencia que no parece tombo. Lleva el pelo corto, rapado a los lados en degradé para resaltar unos rizos coquetos que siempre lucen brillantes. Su rostro mestizo de nariz larga y labios delgados no es bonito ni feo, sino anodino, y está parcialmente salpicado de marcas de acné que cubre con base de maquillaje. Manyoma vive obsesionado con Inglaterra y los Estados Unidos y en especial con las estrellas de la música pop. Su favorito es George Michael. Pese a no hablar inglés, se conoce la letra de todas las canciones gringas que salen en la radio y hasta las canta a viva voz, improvisando un lenguaje musical hecho de sonidos y onomatopeyas que transforma creativamente en cada interpretación.

Deberías mirarlo bien, enfocarlo con detenimiento: parece inofensivo pero está loco. Lo mismo pensaron sus compañeros del cuerpo policial cuando fue trasladado desde Trujillo. No lograban entender cómo un pata que se depila las cejas y al que jodían en secreto de rosquete podía ser tan efectivo en la calle. Tampoco comprendían por qué el comandante Arroyo lo protegía desde que llegó al escuadrón. Luego lo vieron en acción y se quedaron cojudos. Era brutal. No podía ser el mismo. Apenas arrancaba un operativo, el flaco metrosexual se pulverizaba y, en cuestión de segundos, aparecía su gemelo abyecto. Manyoma se volvía un salvaje que gozaba golpeando a los cogoteros y vendedores de droga que acababa de capturar. Parecía personal. No le importaba disfrazarse de lo que fuera: loco, vagabundo, pastelero, ambulante, evangelista, vendedor de tamales travestido. Le daba lo mismo. Si ya estaba en el papel, se le acababa de golpe la delicadeza y podía convertirse en uno de esos policías canallas que gozan haciendo llorar a los delincuentes.

¿No te lo crees? ¿Te parece inverosímil que ese hombrecito curioso que juega a hacer un avión con su servilleta pueda ser un psicópata?

Bastaría preguntárselo a Contreras. El capitán Rudecindo Contreras está sentado a la izquierda del comandante Píper pero, por un asunto simbólico de jerarquía, su silla está más cerca de Arroyo que la de Manyoma. Él lo tiene perfectamente claro: si algo ha entendido en estos pocos años de tenerlo bajo su mando, es que el suboficial Manyoma parece habitado por dos personas distintas. Contreras no tiene motivos reales para odiarlo. El técnico de primera nunca le ha faltado el respeto; por el contrario, ha soportado un recurrente maltrato de su parte con la sumisión esperada de cualquier subalterno. La animadversión de Contreras por Manyoma tiene muchas motivaciones genuinas, pero el capitán suele reafirmarse en las previsibles.

¿Por qué, por ejemplo, él que no era serrano y se bañaba todos los días y deploraba a la gente sucia, por qué si servía a su patria, si arriesgaba su vida aquí, en su casa, en Lima, él que era blanco y guapo y tenía una infinidad de culitos, él que lidiaba todos los malditos días con sus superiores, «sí, mi general, sí, mi coronel, sí, mi comandante», ¡por la puta madre!, ya lo tenían huevón esos cholos ignorantes con galones que se creían la gran merca, por qué, carajo, por qué precisamente él, Rudecindo, tenía además que soportar a este indio feo y creído y lleno de granos que se computaba la cagada y se arreglaba como hembrita porque era una tremendísima loca?

Dato curioso (si cabe): Rudecindo Contreras es el más alto del escuadrón y también el más guapo (lo cual no es difícil). Tiene el rostro ovalado y simétrico, el pelo rizado, los ojos pardos ligeramente achinados, las orejas pequeñas, la nariz aguileña, y una boca carnosa que tiene la manía ocasional de morderse. Pese a lo que siente y defiende, Rudecindo no es blanco sino mestizo: hijo de madre blanca y padre negro, un mulato con la tez bronceada y brillante cuyos rasgos varoniles bien definidos generan atracción y confianza. Todo esto es importante porque, a diferencia del suboficial Bocanegra, que ríe a su costado sentado de

121

perfil, el capitán Contreras solo aparecerá de espaldas en esta toma.

Bocanegra, por cierto, es el gracioso, el pícaro, el bufón de la tragedia que hace chistes feroces hasta cuando están rodeados de cadáveres. No hay nada en Bocanegra que no sea motivo de chanza. Incluso él mismo, con su enorme cara de ewok intoxicado y su obesidad diabética, suele degradarse públicamente para justificar su humor cruel. «¡Qué tanta vaina, carajo, si a mí también me paran jodiendo!», dice con frecuencia. «No hay que picarse pues, tampoco se ahueven ni chillen como hembritas», repite su ya clásica frase, la que suelta todo el tiempo Mario Bocanegra o «el gordo Bocamierda», como alguna vez lo bautizó con furia el comandante Arroyo.

Ese infausto día al gordo se le había ocurrido gastarle una broma a su superior y terminó en el piso con la bota de Arroyo apretándole el pecho.

—Atrévete a respirar y te mato a golpes, gordo Bocamierda, ¿con quién chucha crees que te estás haciendo el payaso, perro conchatumadre?

Y ya estaba. El suboficial Bocanegra estaba tan asustado que se le escapó un pedo larguísimo que al final sonó a caca. Y pidió perdón, perdón, perdón, mi comandante, rogando, yo no quería, se lo juro, llorando, y los compañeros del escuadrón en el piso, retorcidos de risa: «¡Este gordo pendejo es un caaasooo!». Nunca más tuvo un comentario altisonante para el comandante Arroyo. Sin embargo, la comedia eterna continuaría en su vida porque si Mario Bocanegra no viviera haciendo chistes probablemente se hubiera metido un balazo en el corazón.

No es el caso de la suboficial Patiño. Ella es del tipo callada-pero-efectiva y se ríe de los chistes pero nunca los hace. Seguro ya te diste cuenta de que la has visto antes. Es la chica que estaba con Arroyo y otros dos policías en-

122

cubiertos el día que el comandante vino a negociar con Tito el cierre del bar. Es cierto que era un poco más joven por entonces pero se mantiene en forma pese a que sigue chupando como vikinga. El gordo Bocanegra la llama Muñeca Brava por esa telenovela argentina con Natalia Oreiro que lo tenía obsesionado de adolescente. Conserva un intenso recuerdo de los maratones de pajazos que se metía en honor a la Mili, la Cholito, el personaje de la Oreiro. Le da igual que Melissa Patiño no se le parezca en casi nada. La cara bonita, grácil, de facciones finas, una sonrisa que alegra y engaña porque da ganas de pensar en el mundo con bondad: eso es lo único que tienen en común Melissa Patiño y la Cholito. El cuerpo terso y carnoso de la suboficial Patiño es, por el contrario, piensa Bocanegra, un efusivo homenaje al erotismo más sucio.

«Es una chata fuertota, gordo, pero cuidado que no es ninguna cojuda, no… Si le caíste mal te jodiste, la flaquita puede ser bien mierda, yo la he gozado… Además con ella no choca nadie, imposible, está pedida por el jefazo desde que llegó», le dijeron apenas entró al Grupo. A la suboficial Patiño todos los Terna de Lima la desean pero nadie se atreve a enamorarla. Ya hubo uno, recuerda Bocanegra, un chibolo charapa, pintón y ahuevado, que no entendió que un tombo celoso es peor que un chacal con hambre. Lo sembraron. Medio kilo de coca y terminó degradado de la fuerza y más tarde caneado por narcotráfico. Le cagaron la vida. Un abuso. Al gordo le dio mucha pena pero qué podía hacer. Si tu propio comandante te ordena sembrar a un compañero, tú acatas y cierras la boca, por algo será. La vaina es muy simple: o haces lo que te ordenan o luego te joden a ti, y luego ya no hay más, loco, luego ya te cagaron. Esta huevada es como la mafia…

9

¿Quién narra?

No lo sabes y ahora te da lo mismo. Estás cansado, aburrido, quieres apagar la cámara y partir. Sabes que la toma se termina pero no sabes cómo. Sigues detenido a unos metros de la mesa de los Terna y sientes ansiedad mientras esperas el grito de corte que nunca llega. Este es el tiempo muerto en el que todo parece inútil. Los cinco policías siguen hablando y bebiendo y estás convencido de que ya no hay nada más por registrar. Quizás un cambio de encuadre podría darle un final menos prosaico, alguna dignidad estética, ¡VIDA!... Mientras cavilas y te lamentas, el comandante Arroyo alza impulsivamente el brazo derecho y, tras un rápido y despectivo movimiento con el índice, el suboficial Manyoma abandona la mesa y se precipita hacia el primer ambiente del bar.

Te despiertas: algo ha resucitado tu curiosidad, sientes como sed. Rompes la toma quieta del plano secuencia interminable con un paneo horizontal y luego sigues al policía hasta que desaparece. Esperas. Ese no puede ser el final. Una pequeña euforia emerge de pronto como un temblor hirviente... ¡Ya lo tienes! ¿Cómo no pudiste verlo antes? ¡Es la ropa! Hasta ese momento habías ignorado la vestimenta de los Terna pero bastó que Alfredo Manyoma invadiera la lente con su *jean* blanco pitillo y una correa negra brillante de cuero falso para destrozar esa monotonía acromática que los hermanaba. ¡Se había disfrazado! Con el pantalón ajustado, un polo negro ceñido de mangas cortas y las botas oscuras con punta de acero, el suboficial Manyoma era lo más parecido a un narco de Sinaloa. Solo le faltaba el sombrero vaquero.

La entrada inesperada de un fondo musical, ese dulce *riff* de saxo que estalla y contagia al inicio de «Careless

124

Whisper», dio inicio a la banda sonora de esa noche. El comandante Píper Arroyo decidió que la rocola se abriera para el público. No pidió permiso. Era directamente una orden. Manyoma la captó en segundos y por eso partió velozmente al primer ambiente del bar. Eso es lo que entiendes. Tu lectura de la situación es correcta, pero hay algo insólito en todo el numerito que te desconcierta: si el comandante pidió música, y todos saben que es fanático de la salsa, ¿por qué carajos estaban escuchando una balada pop en inglés?

Cuarenta y nueve segundos más tarde, justo cuando está entrando el primer coro de la famosa canción del grupo Wham!, el suboficial Manyoma emerge del barullo de cuerpos que deambulan como si resurgiera intacto del estallido espumoso de una ola. Entra casi contento, siguiendo la melodía romántica con la cabeza y las manos abiertas y cantando en voz baja justo esa parte que habla de ya no volver a bailar.

> *I'm never gonna dance again*
> *Guilty feet have got no rhythm*
> *Though it's easy to pretend*
> *I know you're not a fool.*

Pese a que no sabe inglés y solo está imitando el sonido de las palabras que escucha, la pasión con la que sincroniza los labios con la voz de George Michael es digna de un fononímico. Todo esto es tan desproporcionado que parece irreal. Frente a la lente de la cámara es como si Manyoma estuviera grabando un video casero de la canción. La gente del bar empieza a notarlo, a señalarlo, a matarse de risa. Lo festejan porque creen que está borracho y se hace el payaso. Pero están también los jóvenes intelectuales y los artistas de Bellas Artes que sospechan que se trata de una performance artística. Hay un flaco que intenta sacar su teléfono para filmarlo. El suboficial Bocanegra lo divisa, se acerca y, con un rápido manotazo, detiene el impulso del brazo que se alzaba con la cámara ya prendida: «Guarda tu mierda ahora, carajo, ¡acá nadie filma!».

Todo esto ocurre en pocos minutos. No has dejado de registrar. La canción prosigue pero el suboficial Manyoma ya ha abandonado la coreografía y ahora se dirige tranquilamente hacia la mesa de los Terna. La cabeza te estalla imaginando lo que vendrá. Estás impaciente y decides por fin moverte. Quieres capturar el preciso momento en que Arroyo reaccione con la ferocidad esperada en todo caudillo.

10

Te colocas detrás de Manyoma, justo por encima de su hombro derecho, repasando mentalmente el inventario de golpes con el que Arroyo debería madrugarlo. Fantaseas. Una cachetada que cae como un látigo sobre su rostro. Un cabezazo que le destroza el tabique y lo baña en sangre. Un puñete salvaje que le abre el pómulo y luego se transforma en una máquina furiosa de patadas hasta dejarlo inconsciente. Ese final te parece perfecto para darle emoción a la toma y restituir la dignidad del plano secuencia frío y cansino que consideras un fraude. Es probable también que el comandante solo se acerque al suboficial para intimidarlo: un grito destemplado que lo humille o, peor aún, un susurro quedito que presagie un castigo prolongado y cruel.

No puedes imaginar cómo reaccionarán los otros policías en la mesa porque todos se han quedado impávidos. Reciben a Manyoma bebiendo en silencio. Parecen demasiado acostumbrados al teatro vodevil del compañero bailarín. Nadie controla su borrachera, está claro, pero el capitán Contreras la deplora. No soporta los arrebatos carnavalescos y abiertamente travestis del suboficial. ¡Es ridículo! Solo basta que se ponga un poquito huasca para que toda la mariconería reprimida se le chorree en plan cabaret.

¿Cómo es posible, carajo, que el comandante admita todas las cabreadas repugnantes que se permite este serrano rosquete? Ni te imaginas. Lo que has visto ha sido corto y amable. Si no le da por la bailadera, el puneño empieza con las historias escandalosas de sus ídolos relatadas con grandilocuencia: ay, que la audaz mamadita de George Michael en un baño hollywoodense, ay, que la fabulosa conversión de Prince en testigo de Jehová, ay, que los guapísimos amantes negros y latinos de Madonna... Dale un poco de cuerda a ese loco y empieza a explicarte de qué se tratan sus canciones.

Manyoma no es un tipo común. Su extravagancia es siempre ambivalente: puede ser ingeniosa y divertida y hacerte reír, pero luego sin previo aviso puede volverse incómoda de una manera violenta y peligrosa. Por ejemplo, cuando luego de hacer entrar en confianza a los detenidos, en el momento más inesperado, se le da por golpearlos sin parar. Al comandante Píper Arroyo eso parece divertirle casi todo el tiempo. Imposible quejarse de su rendimiento porque Manyoma ha sido pieza clave en muchos operativos policiales que terminaron como éxitos televisados del Grupo Terna.

−¿Y entonces qué se le hace, Contreras? ¡Si el coronel está conforme con el muchacho!... ¿Acaso no lo trajimos a Lima para eso? Mejor que sea un poco cabrito a que sea un completo inútil, ¿no le parece?

Y eso era todo, no había más que agregar. Manyoma está blindado y tú estás esperando en vano que corra sangre. El encuadre en plano americano se mantiene quieto en la mesa de los Terna. Ya no sabes qué hacer. Quieres que se acabe todo de una vez, pero apenas se sienta, como impulsado por un resorte de juguete, el suboficial Manyoma se alza de nuevo y, elevando su vaso tibio de chilcano, propone un salud conjunto.

Nadie lo sigue. Lo ignoran. El brazo estirado por encima de la cabeza se queda congelado ante la indiferencia de sus compañeros, que hacen como que no lo oyeron. La tensión sube. Manyoma se rasca nerviosamente los bigotitos. Bastaría observar la escena para percibir la hostilidad latente en el silencio de esos segundos que corren muy lentamente.

Entonces te das cuenta. El único que realmente lo observa impasible es el comandante. Vas cerrando con mucha sutileza el encuadre hasta llegar a su rostro en primer plano. De cerca te resulta impactante el contraste entre el cuerpo hercúleo de Arroyo, de grandes y fornidos brazos que le explotan bajo la camisa, y su rostro más bien lechoso, coloreado por unas chapas rosadas que evocan algo parecido a la pureza espiritual. No se ve particularmente peligroso y ese malentendido lo complace. Disfruta mucho, por ejemplo, esos momentos en que el rostro confiado de los incautos que lo retan se muestra asustado y doliente cuando los aplasta. Ese terror le gusta porque le parece justo. Y es, ante todo, muy observador. Le gustan también las marcas que dibujan las muecas de miedo en los rostros. Le producen un extraño placer.

La demora en la reacción del comandante no tiene otra explicación que esa. Es como si disfrutara de esta pausa exasperante porque le da la gana, con plena conciencia del poder que ejerce no solo sobre sus subordinados —el uno que sigue de pie, con el brazo ya tembleque; los otros que parecen agotados de ignorarlo—, sino también sobre esta historia y sobre aquellos que esperan su palabra o cualquier gesto de su parte para saber cómo sigue.

–¿Quién narra?

–Nadie... No narra nadie.

Los ojos pequeños de Píper Arroyo se abren de pronto con ímpetu, como si alguien hubiese aplaudido frente a su cara para despertarlo. Parece regresar de una ensoñación vertiginosa y, como alza las mejillas delineando una sonrisa, se diría que está conforme con lo que ve a su retorno mental al bar. No ha dejado de observar a Alfredo Manyoma, pero es solo cuando aprieta su copa para elevarla que los otros policías reaccionan. En ese instante todos vuelven sus ojos condescendientes hacia el hombrecito disfrazado de narcotraficante que, en el fondo, desprecian.

–¡Salud conchatumadre! –vocifera el comandante Arroyo y todos ríen exageradamente mientras a Manyoma le vuelve la vida al cuerpo.

... y entonces, aunque nadie ha lanzado el «corten», se baja el telón.

No se puede ver más.

Lo que siga en adelante, tras la lente, se ha vuelto irrelevante.

No hay que preocuparse: el registro es defectuoso pero existe y esta historia sigue su curso.

Segunda parte
La colmena

Uno

... un sismo de magnitud 5,9 sacudió este domingo 7 de junio el noreste de Perú, con un epicentro registrado cerca de Santa María de Nieva, en la provincia de Condorcanqui, en Amazonas. El temblor del domingo se dejó sentir en varias zonas de la selva peruana, así como en algunas ciudades de Ecuador, entre ellas Loja, Chimborazo y Guayaquil, aunque con poca intensidad. Según las primeras estimaciones del Instituto Geofísico del Perú, el epicentro del movimiento telúrico, que se registró a las 5.31 horas locales (10.31 GMT) a una profundidad de 126 kilómetros, se situó a 29 kilómetros de Puerto Madres, en Loreto, y a 60 kilómetros al noreste de Santa María de Nieva, en la región Amazonas, en una zona escasamente poblada del Perú...

LOS TERNA

Al chibolo se lo había levantado ella sola. Sin violencia. No se demoró ni dos minutos y apenas fue soltarle tres frases insinuantes con una sonrisita medio pendeja. «Ya pes vamos», respondió el púber fascinado y subió quedito a la camioneta sin hacer preguntas. Había sido tan sencillo convencerlo que ahora maldecía la peluca negra, los lentes triangulares de sol, la minifalda de cuero, la excesiva base de maquillaje que la empalidecía como si estuviera muerta.

El chico había empezado a babear. Parecía soportar estoicamente ese frenesí sexual que lo ahogaba por dentro. Estaba afectado por la aventura prometida para treparlo al coche pero no decía mucho. Ni siquiera le importó la presencia del hombre obeso al volante ni que manejara comiendo unas galletas Margarita mientras fumaba. No podía cerrar la boca ni dejar de salivar. Despedía una risa áspera y gutural como de zombi alegre y lo único que repetía cada cinco minutos eran dos frases cuyo orden trastocaba: «Susana, ¿cuándo vamos a cachar?» y «Susana, no seas pendeja, no te olvides de mi helado».

La idea de disfrazarla como prostituta de lujo había sido de Manyoma. El suboficial le había dicho que no, por favor, ¡cómo se te ocurre Melissa!, es de *mujer fatal* como en las películas de Hollywood, pero para Patiño estaba clarísimo que el comandante había aceptado que la vistieran como puta y eso la mortificaba.

—¿Por qué el huevón de Arroyo me obliga a disfrazarme de prosti para levantarme a este mocoso idiota, gordo? ¿A ti te parece normal?

No lo llamó «idiota» para denigrarlo sino para describirlo. La suboficial Patiño podía ser hiriente con quien fuera si quería, pero tenía especial cuidado con los abuelos y los menores de edad, incluso si eran delincuentes. Miguelito no lo era. Tenía quince años y se llamaba a sí mismo Miguelito en tercera persona, y esto a nadie sorprendía porque lo que Patiño había identificado como «idiocia» —es decir, como ese trastorno caracterizado por la profunda deficiencia de las facultades mentales—, para cualquiera que viera y hablara con el muchacho era simple retardo mental.

—Ya de por sí era bien maleado el operativo con el mongolito, petisa. Estos huevones se pasan. No respetan nada... Y tú ya te jodiste porque además le has prometido su rico chuculún.

—Y también un helado, al pobre... —Mario Bocanegra, el gordo, se ríe; no agrega nada porque, además de reírse, come, fuma y maneja.

—Susana, ¿cuándo vamos a cachar? —dice de pronto Miguelito, haciendo un desagradable ruido de mocos con la nariz, y ambos suboficiales estallan de risa.

—Ya pronto, amorcito, cuando lleguemos a casa —responde Melissa con voz cachonda y, por primera vez, como un bofetón ardiente que la despierta, siente asco de sí misma.

La «casa» a la que llegaron quince minutos más tarde era un taller automotriz clausurado en la calle Pataz en el

Rímac, justo a media cuadra del cruce con el jirón Cajamarca y a solo doscientos metros de la plaza de Acho. El gordo dio dos ligeros puñetitos contra el volante de la Nissan *pickup* para hacer sonar el claxon. El extraño sonido que produjo la bocina no fue estrepitoso sino agudo y chillón como el de la corneta de un panadero ambulante. Cada vez que sonaba la corneta, cagados de risa, los tombos se largaban a pedir cachitos de manteca, bizcocho, alfajores y pan tolete: un chiste monse y gastado que ya no daba risa pero que se repetía por costumbre. La camioneta pasaba piola porque no había sido convertida en patrullero. Era alta, blanca, rápida y ligera como un coche deportivo. Tenía doble cabina, cama trasera de cinco pies y un motor diésel para economizar el combustible. Solía utilizarse en los operativos de inteligencia o repartirse entre los agentes de la policía técnica que iban vestidos de civil. El Ministerio del Interior la tenía asignada a la oficina del Grupo Especial de Inteligencia Contra el Crimen (GEICO) y este solía prestarla a otras divisiones para estos trabajitos, que eran espaciados y más bien infrecuentes para no levantar sospechas.

El que asomó la cabeza entreabriendo el portón de acero fue el flaco Perfumo. Parecía un actor inquieto vigilando la platea detrás de las cortinas de un telón teatral. Esta era la segunda vez que Melissa lo veía y la sensación de que solo le faltaba el polo oscuro y el gorro celeste para ser la encarnación peruana de Don Ramón se le hizo más intensa. Perfumo, efectivamente, era moreno, alto y delgado. Tenía el cuello largo y espigado y el cartílago de la garganta –la manzana de Adán– era un nudo notorio que subía y bajaba cada vez que hablaba. Aunque sonreía poco, tenía uno de esos rostros carismáticos que no necesitan de gestos para atraer la atención de la gente con empatía. El bigote de brocha y las cejas pobladas eran sin duda ramonescos, pero estaban ante todo esos ojos redondos y almendrados que solían caérsele porque pasaba la mitad del día completamente fumado.

El gordo Bocanegra le había contado a Melissa que Perfumo, expresidiario semirretirado de la vida delincuencial y un drogadicto sin remedio, era el «fite» recurrente para este tipo de operativos fugaces. Los «fites» eran los informantes de la policía, pero en el caso de Perfumo no se trataba de un delator de otros delincuentes, sino de un datero que traía información segura para dar golpes rápidos y exitosos. No era la primera vez que el flaco colaboraba con ellos. Nunca había fallado. En este caso fue Perfumo el enlace para llegar hasta el señor Alipio Ponce, el chofer y cuidador de Miguelito. Y así fue como todo empezó.

«¿Cómo van a sospechar de ti pues, padrino, por favor, si el Chucky hasta te confía a su hijo? ¿Acaso no necesitas la guita ahora, Alipio? ¿Ya te olvidaste de la operación de tu mujer? ¿Y qué te dijo el Chucky cuando se la pediste? "No tengo ahora, Alipio", te dijo, ¿no?, así sin asco... ¿Y acaso es verdad? ¿Sabes cuánta plata se levanta ese huevón en Gamarra en una semana? ¿Sabes? Yo sí sé porque tengo mis patas que chambean ahí al lado y te juro, Alipio, que este enano feo de mierda tiene más billete que Acuña. Se hace el huevón nomás... Se queda viviendo en Zárate para que nadie sospeche pero podría comprarse cinco edificios en La Molina. Y a ti, Alipio, dime, a ti que hasta lo llevas a cachar al mongolito, ¿cómo no va a poder darte esos quinientos cocos que te faltan para que tu mujer se opere? No te pases pes. Eso es abuso... Además, ya te dije, esta vaina es exprés. Cero riesgo. Una tardecita nomás y tienes los quinientos cocos en tu mano. ¡Limpios! Y no tienes que hacer prácticamente nada, padrino, ya te dije. Le dices al mongo que la señorita Susana viene por él, haces la finta de que hubo tráfico para llegar diez minutos tarde y yastá: te lo juro, nadie se va a dar cuenta. El Chucky además es una basura, una buena mierda. Odia a su hijo por mongo. Si no fuera por su mujer, el chibolo estaría en el puericultorio desde que nació. El Chucky va a pagar de todas maneras, padrino, o la tía lo divorcia y le quita la mitad de su guita. No seas terco. Confía. Me conoces desde la cuna, conoces a mis viejitos, cómo pues…, ¿cuándo te he cagado yo, Alipio?»

Nunca. Perfumo no lo había cagado nunca. Podía ser un pastelero perdido pero no chocaba con todo el mundo. Tenía sus límites. Así que haciendo un rápido control de daños, sabiendo que lo de Alina, su mujer, revestía urgencia, Alipio atracó.

La pregunta reincidente era cómo un poco de plata podría dañar al patrón si tenía guita hasta para regalar. Perfumo estaba en lo cierto: el Chucky era un tremendo amarrete y no había querido ayudarlo. Tampoco había manera de relacionarlo con el secuestro; salvo, claro, que Perfumo cayera y lo delatase… Pero vamos, Alipio, piensa: ¿quién se lanza a una locura como esta sin correr ningún riesgo? ¿O realmente crees que puedes ganarte toda esa guita solo por llegar tarde? No hay que pensarlo mucho. Si te lanzas es por algo. ¿O qué piensas hacer?…

¿Rechazarlo? ¿Olvidarte? ¿Dejarlo pasar?

No puedo: Alina me necesita.

Y ya estaba.

«Salgo ahora, doña Domi, voy al toque por el Miguelito», dijo ese día, más alto que de costumbre, para dejar una pequeña coartada en el registro mental de la patrona por si todo salía mal. Tomó la misma ruta diaria que en doce minutos lo llevaba desde Zárate hasta el colegio privado de Miguelito en Santa Anita. Por primera vez en sus diez años de chofer la radio de la camioneta se mantuvo apagada y, repitiendo el parlamento que había escrito hasta la madrugada, variando el tono de su voz para encontrar la inflexión correcta, ensayando un rostro genuino de culpa y de tristeza, actor teatral que calienta y se abandona al personaje, Alipio Ponce se sintió listo para lo que tuviera que venir y luego se encomendó a Dios.

Alina lo entenderá.

Se estacionó en la calle Pinos, la más larga de las vías que perfilaban el parque Santa Anita, y fue caminando medio tembleque en dirección a la puerta de la escuela. En ningún momento se dio cuenta de que el suboficial Manyoma lo venía siguiendo. Ni siquiera sospechó que la policía lo estaba marcando. Alipio no estaba lejos, apenas a unos doscientos metros del parque. Ya tenía peinada la zona. Se había cerciorado de que no hubiera cámaras en los alrededores. Incluso había dibujado un croquis señalando el árbol que usaría para ocultarse mientras comprobaba que se levantaban a Miguelito sin violencia.

Alipio le había puesto un tope de cinco minutos al secuestro pero se lo llevaron en dos. Estaba alucinado. La señorita Susana, «esa mujer que vendrá hoy a recogerte, Miguelito (no te preocupes que es amiga de tu mami)», era una chata menuda y razonablemente atractiva que parecía disfrazada de actriz porno. Pese a que le sorprendió la rapidez con la que logró trepar a Miguelito a la *pickup*, le asustó la payasada esa del atuendo con la minifalda y la peluca, como si en vez de pasar piola estuviera buscando llamar la atención.

Entró en pánico (¿en qué mierda te has metido, Alipio Ponce?), pero luego se tranquilizó: si a él se le había ocurrido revisar que no hubiera cámaras en la zona, ¿cómo no se les iba a ocurrir a estos huevones?

Alina hubiera preguntado si por lo menos sabía quiénes eran.

Y no, no lo sabía. No quiso saber. Había confiado ciegamente en la palabra de su ahijado Perfumo, hijo de Arnulfo Campos, su compadre de toda la vida (que en paz descanse). Lo conocía desde que era un bebé, lo había visto crecer, jugar al fútbol, tomar su primer trago, irse de putas, enamorarse, y también lo había visto sufrir como nadie cuando un cáncer fulminante se llevó a Arnulfo en apenas dos meses. Alipio lo sabía bien: ahí se había torcido el pobre Perfumo, buen chico en el fondo, una lástima que nunca se recuperara de lo de su viejo; además ya habían hecho antes otro trabajito juntos, nada grave, un recurseo inofensivo como cualquier otro, y Perfumo se había portado como un caballero, Alina, ¿por qué iba a cagarme ahora?

Lo único que no entendía era cómo habían hecho para que el chico saliera del colegio solo. ¿Habrían llamado haciéndose pasar por él? ¿Sería Dolores, la vieja cojuda de la puerta? ¿La habrían sobornado con la misma promesa que le habían hecho a él? Y es que a fin de cuentas, se dijo, sintiéndose un poco noble, ¿la seguridad del muchacho no era su verdadero miedo, su única prioridad ahora que ya todo estaba consumado?

A Miguelito no lo van a tocar, le aseguró Perfumo; pero si algo le pasaba, si lo traumaban, si le pegaban, si le cortaban un dedo, una oreja, si lo torturaban hasta matarlo, piensa Alipio: ¿qué harías luego con la culpa?

EL *TROLL*

Fernando Arrabal se despertó a las seis y cincuenta y dos de la mañana, ocho minutos antes de que los primeros acordes de «Should I Stay or Should I Go» estallaran en el despertador de su Huawei. Según su calendario esa era la Semana The Clash.

Luego vendrían la Semana Chacalón y la Nueva Crema y después vendría la Semana, la Semanaa, la Semanaaa... «¡Rechucha!», gritó mentalmente. No se acordaba... ¿Qué banda venía después? Tenía la respuesta en la lengua, en los dientes, en el paladar. Tenía el sonido y la forma de las palabras saltando furiosamente en su cerebro pero no lograba armonizarlas. ¿Bill Withers? ¿Pavement? ¿Gilda? ¿Cannibal Corpse? No era ninguno. Esos locos estaban programados para después de Fiestas Patrias. No podía creerlo. ¡Se había olvidado! ¿Lucha Reyes? ¿Virus? ¿Héctor Lavoe? Tampoco. Estaba adivinando, lanzando nombres y, aunque intentaba concentrarse, no llegaba. Era oficial: ya estaba sufriendo los efectos nocivos del Alzheimer anticipado que se había diagnosticado la noche anterior investigando por internet. La lista temática y musical del año había sido prevista con dos meses de antelación y él no podía pasar de la segunda semana. Era patético. Estaba bien jodido. ¡Alzheimer juvenil! «Eso debe ser... si existe.» Lo googlearía después de cagar. Si era eso, ya no podría vivir solo porque el trastorno cerebral que producía la enfermedad te comía lentamente las neuronas y luego ya no podías hablar ni pensar ni recordar... ¿Los Mirlos? ¿Black Sabbath? ¿Nina Simone? El reflujo gastroesofágico que padecía le incendiaba el pecho, pero él no sabía si realmente se trataba de esa cochinada que le había descubierto el médico o si era un ataque cardiaco lento y maligno que lo eliminaría del mundo sin asco en un par de horas. ¿Dónde encontrarían su cuerpo enjuto si muriera solo en su cuartito de clasemediero empobrecido todavía aspirante a escritor universal? «Morirte solo, Fernando. Como una rata. Sin haberle dejado al país la *gran* novela peruana del bicentenario que tenías casi lista en tu cabeza. ¡Ni cagando!», pensó sacudiendo el tronco como si tuviera escalofríos. A ver si hoy la empezaba. Llevaba media vida planificándola y, salvo el título (*La lealtad de los caníbales*), no había escrito ni un solo párrafo.

Su caca lo llenó de espanto. Todavía calato, iluminándola con la linterna de su móvil, se agachó para analizarla con ojo clínico mientras flotaba. No era del color ni de la forma que esperaba. Gracias a una búsqueda cibernética, en la que leyó desde artículos de literatura médica hasta tesis doctorales, Fernando Arrabal creía saberlo todo sobre la morfología de los excrementos y cómo un simple pedazo de mierda bastaba para poder diagnosticar distintos problemas intestinales que podían ser mortales.

Con un rápido tecleo sobre la barra de búsqueda encontró «La escala de heces de Bristol: ¿qué es lo que tu caca dice de ti?», un artículo periodístico muy informativo que, además de la escala, traía una ilustración complementaria sobre el color de las heces. El resultado lo dejó preocupado, atrapado por la incertidumbre que se convertiría en pánico si, al hurgar más en la red, confirmaba sus sospechas sobre esa enfermedad rara, degenerativa y mortal que padecía sin saberlo. Su estrategia de guerra era anticiparla: si los análisis de sangre que se hacía periódicamente no mostraban nada alarmante, su arma secreta era la interpretación matinal de su mierda.

La correspondencia que encontró en la escala de heces fue la del Tipo 6, que señalaba: «Fragmentos blandos con bordes irregulares y consistencia pastosa». En otras palabras: una caca sin carácter que coqueteaba con la diarrea. Esto, felizmente, no era tan preocupante como el color. Fernando la percibía roja pero era probable que fuera vino o café. Si era roja (o rojiza o escarlata) podía tratarse de manchas de sangre y, para su horror, esa puerta siniestra que se abría desembocaba en un escalofriante «sangrado en el tracto intestinal inferior y un posible síntoma de cáncer».

Ya estaba. No había mucho más que decir. El horror: cagaba sangre y probablemente fuera su colon. El cáncer reaparecía en sus pesquisas virtuales. La misma palabra *cáncer* le producía vértigo hasta el punto de poder provocarle una subida transitoria de presión. No solo ocurría con el cáncer. Fernando siempre recuerda aquella vez que llegó a tener una presión arterial de 140/90 porque creía tener sida. Con apenas quince años ya había aprendido a detectar las señales de alarma en los médicos, y ese señor calvo y risueño que bromeaba con él mientras le pedía sacar la lengua se había quedado callado justo después de auscultarlo. ¿Por qué ya no hablaba si hasta hace unos segundos estaba contándole chistes? ¿Qué desgracia había encontrado en su frágil cuerpo para que se esfumara su buen humor? Estaba claro: tenía todos los primeros síntomas del sida pero no se atrevía a decírselo, tan joven él, tan lleno de vida, y Fernando empezó a temblar de miedo, se imaginó cadavérico, lleno de pústulas y erupciones oscuras, agonizando en un moridero clandestino con otros miserables en un cono perdido de Lima, y su presión se disparó.

No tenía sida ni nada. Estaba sano pero eso lo dejó curiosamente indiferente. De hecho, parecía que le hubieran dado una mala noticia. «No hay nada más peligroso que el silencio repentino de un médico», pensó de manera automática, repitiendo una regla de vida, y luego pasó a otra cosa. Dedicaría esa tarde a determinar digitalmente si lo suyo era un cáncer colorrectal o si solo se trataba de unas hemorroides frescas y difíciles de palpar. De todas maneras, estaba menos alarmado que de costumbre: la edad promedio para desarrollar este cáncer en los varones era de sesenta y ocho años, y él apenas tenía veinticinco.

Seguía calato. Le gustaba andar en bolas por su cuarto. La *playlist* que había creado en su Spotify pirateado para la Semana The Clash soltaba ahora «The Guns of Brixton»: una de las canciones que más apreciaba de la banda inglesa, no solo por ese feliz acoplamiento del reggae con el punk –todavía medio hereje para 1979–, sino porque esa era la primera canción que compuso y cantó el bajista Paul Simonon, el único de los Clash que no sabía cantar, o en todo caso, a diferencia de Joe Strummer y Mick Jones, el único cuya voz era perfectamente irreconocible. Para no perder el impulso «Punky Reggae Party» fue con la llegada de «Bankrobber» que Fernando tomó las primeras decisiones relevantes del día:

1. Como estaba un poco atrasado en la chamba, hoy no habría porno ni pajazo mañanero. Los pasaría para después del almuerzo, justo antes de la siesta.
2. Le escribiría al comemierda de Juan. Hacía seis meses que no sabía nada de su padre. Y así era mejor. No tendría el menor inconveniente en mantener su silencio hasta la eternidad, si no fuera porque el ca-

147

brón pagaba el alquiler de su cuarto en La Victoria y se había atrasado de nuevo ese mes. Miserable tacaño. ¡Con todo el billetazo que se había levantado con Fujimori! Estaba seguro de que tenía algunos millones bien guardados en Suiza: «Un testaferro mosca y leal como un padre, pero que te tenga mucho miedo, Juancito, y luego distintas cuentas ocultas por si acaso, hermano, uno nunca sabe», le había enseñado Montesinos, a quien Fernando, de niño, llamaba «padrino Vladimiro» cuando caía de improviso por casa y se quedaba a cenar y a chupar hasta la madrugada con su viejo. Fernando, por cierto, estaba convencido de que Juan le había conseguido esa chamba solo para humillarlo. Milico de mierda. Si a su hijo le avergonzaba que su padre fuera fujimorista, lo obligaría a trabajar para ellos (es decir, *para él*). Fernando aceptó, en parte, porque ya estaba aburrido de ser el *negro académico de tesis universitarias* para chibolos vagos, malcriados y mediocres que le pagaban tarde y mal, y en parte porque ser un *fujitroll* y defender en las redes todo aquello que le producía repulsión, le parecía tan perverso y deshonesto que se lo tomó como un desafío creativo de supervivencia. Solo le quedaba ser pragmático pero en plan cínico: si realmente era escritor, pensó, si nada era más importante en su vida que la ficción y estaba preparado para comerse al mundo con su escritura, ¿por qué no podría ejercitar la imaginación y la pluma creando personajes virtuales que fueran tan despreciables como extravagantes y únicos? ¿Quién se atrevería, en todo caso, a decirle que eso no era literatura? ¿El comemierda de Juan?

3. Ya tenía su nombre y su dirección. Ya sabía quién era. Carmen Sylvia Infante Arreola. La tía. La ñora.

La señito. La *cougar*. La madurita hermosa. La vecina que un día iba a tocarle la puerta para pedirle azúcar. La casera que lo encontraría calato de casualidad y sorprendida le miraría deseosa el paquetón. Carmencita: la Milfa amada. Estaba decidido a contactarla. Sería un mensaje rudo. ¿Así como en esa peli *Happiness*? De repente. Pero el personaje de Philip Seymour Hoffman llamaba por teléfono a mujeres desconocidas mientras se masturbaba. Lo suyo no era la perversión desenfrenada del enfermito sexual. Él quería a Carmen, la quería para él como si fuera su mujer. Hacía falta romper el hielo y no encontraba la forma. Fernando, no obstante, estaba seguro de que Carmen también lo observaba desde su apartamento. No sabía si lo hacía con unos discretos prismáticos o si usaba una lente teleobjetivo y le tomaba fotos como él. No era ninguna alucinación. Tenía una colección de imágenes de ella desnuda y se jactaba de aquellas en las que, estaba convencido, Carmencita posaba. Las había digitalizado en HD. Todavía no sabía muy bien por qué. Solo había impreso una en la que se podían ver sus bellísimos pechos con nitidez. Nadie, en toda Lima, en todo el Perú, tenía unas tetas más redondas, firmes y perfectas que Carmen Infante Arreola. Nivel Sophia Loren. Nivel Monica Bellucci en *Malena*. Unas soberbias tetas italianas de grandes areolas *Made in Peru*. La ca-ga-da. No la merecía. ¿Quién era él para recibir tanta belleza? Seguro, por eso, nunca le había dicho ni una sola palabra pese a haberla seguido por la calle muchas veces. Solo una vez había intentado abordarla. Se había detenido en un paradero informal de combis en la avenida México. Él estaba muy cerca, casi respirando en su espalda, pero el miedo lo

149

dejó mudo y paralizado hasta que Carmencita partió repentinamente en un taxi y Fernando regresó corriendo a su cuarto para ver porno de viejas mamacitas y masturbarse. No existía nada que le produjera más placer en el mundo que hacerse una paja. Algún día se vendría profusamente sobre los insuperables mangos de Carmen y, apasionado, conmovido, más templado que nunca, le diría llorando que la amaba, señora, y estaría dispuesto a lo que fuera por tenerla a su lado hasta el fin.

El *riff* inicial de «Police and Thieves» lo sacó del letargo. Él también se había enterado tarde de que uno de los *hits* de The Clash era un *cover* de un artista jamaiquino, Junior Murvin: un loquillo que había escrito esta canción revolucionaria contra la brutalidad policial en Jamaica y la cantaba con un divino *falsetto*. La versión original era muy buena. El *cover* le parecía mejor. A veces pasaba. Y este, por cierto, era el tercer reggae de The Clash en su lista. Seducido por la melodía del rasgueo simple, Fernando se puso a cantarla imitando –mal– la voz de Joe Strummer:

Police and thieves in the street... Oh yeeaaah
Scaring the nation with their guns and ammunition.

«¡Qué buenos eran esos cabrones!», pensó imitando en su cabeza el acento mexicano. Seguía calato pero esta vez se había cuadrado de pie frente al espejo para admirarse el miembro.

And all the crimes come in, day by day
And no one stops it in any way
All the peacemakers turn war officers
Hear what I say.

Creía tener una verga grande y bonita pero tendía a la hipérbole: más que grande era larga y delgada. Fernando encontraba un chorizo robusto donde apenas había un *hot dog* cumplidor, acaso un *frankfurter*. Y de alguna manera daba esa impresión porque además de alto era muy flaco: su delgadez era tan pronunciada que daba miedo. Su pene sobresalía de su cuerpo por un efecto visual algo tirano en el que todo lo que le colgaba terminaba difuminándolo. «¡Sos un fenómeno!», pensó imitando en su cabeza el acento argentino. Pero no hablaba de sí mismo sino de su falo, y tampoco lo decía en serio: esas bromas en las que alardeaba eran siempre privadas. Si algo no hacía bien Fernando era quererse. Ya había intentado quitarse la vida una vez. A los trece. Nunca supo por qué. Era raro que, en solo dos años, pasara de suicida a hipocondriaco, pero Fernando ni siquiera se lo cuestionaba. Solo recordaba haberse metido en foros sobre suicidio en la red y quedarse enganchado con los casos de personas reales que intercambiaban en línea experiencias, métodos y planes detallados para matarse. «Me dio como ganas», le dijo a uno de los tantos psiquiatras que tuvo desde que era adolescente. El impulso se durmió algunos años más tarde, cuando ingresó a la Facultad de Letras de la Universidad Católica. También empezó a escribir y a dibujar en unos diarios de pasta negra que nombró Cuadernos de Lucha.

Le quedaba media hora antes de ponerse a trabajar. Hoy empezaría a surfear por Facebook, Twitter, Instagram, TikTok y en los distintos grupos de WhatsApp y Messenger con su *troll* favorito: una mujer divina, la única que nunca perdía los papeles y se mostraba comprensiva hasta el punto de darles la razón a los usuarios progresistas, rojos y caviares que denunciaban y bloqueaban a los *fujitrolls*; una infiltrada, digamos, una agente bellísima que hacía labor de espionaje como amiga virtual de los principales líderes de las organizaciones de derechos humanos y de los políticos, partidos y movimientos civiles antifujimoristas. Desde su nombre era un homenaje a Carmencita. Bastaba esa foto de perfil de señora divorciada o viuda, madre sin duda, sonriendo con una hermosísima malicia bajo esos lentes coquetos de lectora compulsiva y la camisita de trabajo que se abría impenitente para mostrar el riquísimo escote de grandes y explosivos pechos maternos. La imagen la había robado de un *site* alemán de reencuentros sexuales para personas casadas y, con un humor muy sutil, comprensible para pocos, su *troll* preferida fue bautizada como Milfa Arreola (@Milfa_Arreola).

Un arrebato creativo lo obligó a abrir su último Cuaderno de Lucha justo antes de ponerse a chambear. Una idea sobre su novela que era una revelación y no podía esperar o perdería esa súbita inspiración que le había llegado como una epifanía. Sin pensarlo mucho, con un lapicero de tinta verde –lo único que tenía a mano–, se dejó caer sobre el colchón y, con una mueca rocanrolera de aprobación, mientras los parlantes lanzaban los primeros acordes de «London Calling», Fernando Arrabal se puso a escribir automáticamente esto que aquí prosigue:

¿QUIÉNES SON LOS CANÍBALES?

Como en una radiografía desencantada del estado actual de las cosas y de un futuro que va camino de suprimirse (idea del retorno del fascismo que parecía enterrada hasta hace unos años), los caníbales son todos aquellos que traicionan sus principios de vida y están dispuestos a llevar a cabo el horror antropófago de «comerse» unos a otros para obtener un poder sobre el resto. El acto no tiene que ver con la supervivencia. El hambre que palpita en sus cuerpos no es física. Hay un enaltecimiento secreto de la deshumanización. Comerse es imponerse a los demás. El ideal humanista de la solidaridad comunitaria se pone bajo sospecha hasta suprimirse. De la metáfora a la realidad de la novela: los personajes intentarán devorarse si aquello es posible en una ficción protagonizada por monstruos.

EL PLAN MIGUELITO

La primera llamada del capitán Rudecindo Contreras a la casa de la familia Huamani llegó minutos después de la llamada de Alipio Ponce al celular de doña Domi. «¡Miguelito no está en el colegio!», exclamó el chofer varias veces con fingida desesperación. El capitán, por su parte, con un perfecto acento de lumpen venezolano pero sin perder la compostura, informó del secuestro de su hijo y amenazó con matarlo si llamaban a la policía. Contreras tenía experiencia en eso de imitar la voz torva y achorada de los delincuentes porque en general era talentoso para las imitaciones, aunque lo suyo no fuera la comedia sino el canto. Hacía una caracterización tan espectacular de Juan Gabriel que hasta el mismo comandante Arroyo le había sugerido que se presentara al programa *Yo soy* de Frecuencia Latina para interpretar la canción «Así fue», que le salía de puta madre, Contreras, usted preséntese y gana. Tendría el aval del escuadrón. Sus compañeros le harían barra y publicidad. La institución lo apoyaría en las redes sociales. El capitán sonreía pero no estaba dispuesto a hacer algo semejante. Su fidelidad al arte de la representación era demasiado seria como para obviar esos irritantes gestos amanerados del cantante mexicano. Adoraba su música pero repudiaba hasta el asco que fuera maricón. Prefería morirse antes que salir en la televisión nacional actuando como rosquete, mi comandante.

La segunda llamada a la casa de los Huamani llegó un par de horas más tarde y no tuvo los resultados esperados. El padre, Nemesio, fue parco y cortante pero ante todo elusivo: no quedaba claro si estaba dispuesto a pagar por el rescate de su hijo o si prefería que se quedaran con él. Una locura. Los gritos y las amenazas del capitán no obtuvieron otra respuesta que un silencio disciplinado en el que, a lo lejos, Contreras pudo distinguir el ruido ahogado de unos sollozos femeninos. Era como un llanto brusco que se entrecortaba: la mujer, seguramente la madre de Miguelito, imaginó el capitán, apretaba ambas manos contra la boca sin conseguir silenciar sus lamentos. Esa desavenencia, se dijo, era buena señal. Confirmaba lo que Perfumo les había asegurado sobre el Chucky: «Odia al hijo por mongo y es recontratacaño pero pagará; la vieja lo tiene agarrado de los huevos y va a obligarlo».

Un poco nervioso ante la indiferencia –real o fingida– de Nemesio Huamani, el capitán se apresuró a cortar la llamada no sin antes soltar una advertencia revestida de ultimátum:

–Tiene dos horas, viejo coñoesumadre. O paga o su hijo está muerto.

En el refugio del Rímac, mientras tanto, el plan seguía su curso con leves contratiempos. El suboficial Bocanegra acababa de enviarle a Contreras el video en el que aparecía Miguelito sentado y con la boca abierta, mirando inexpresivo el teléfono desde el cual Melissa Patiño lo filmaba. Ya se había zampado dos helados Frío Rico de capuchino. Veinte minutos más tarde, gritando indignado, lanzando manotazos al aire, bajándose el pantalón hasta los tobillos y apretándose el pene con fuerza como si estuviera quebrándole el cuello a un pollo, Miguelito se transformó en un pequeño energúmeno. Le reclamaba histérico a Susana («¡quiero cachar ahora, zorra conchatumadre!») llorando y babeando sobre su camiseta importada de los Transformers.

—¡Por la puta madre! —se desesperó el gordo—, ¿cómo mierda vamos a calmar a este chibolo de mierda si está locazo?

Sereno como un médico acostumbrado a las contingencias, el flaco Perfumo convenció a Miguelito de tomar un vaso de agua en el que había disuelto un comprimido de diazepam de 10 mg. Ni Patiño ni Bocanegra entendieron de dónde había sacado un ansiolítico ni cómo había previsto algo que se les había escapado a todos. De hecho, pese a que tenía la confianza del comandante Arroyo, Perfumo no estaba autorizado a intervenir en los operativos. ¿Hubiera podido dañar al chico? Sin duda, pero era eso o dormirlo a golpes y ninguno de los tres estaba dispuesto a pegarle a un menor de edad («ni que fuéramos delincuentes», pensó el gordo Bocanegra reprimiendo una risita). Miguelito se quedó privado, balbuceando algo incomprensible. Respiraba. Parecía en paz. Tendrían que apurarse, aún no habían recibido órdenes de Contreras, el oficial a cargo del operativo. Solo faltaba que el capitán volviera a llamar a Nemesio Huamani luego de enviarle el video de su hijo mirando a la nada para ablandarlo.

Todo esto formaba parte del Plan Miguelito.

La idea perversa del nombre también había sido del suboficial Manyoma y, como solía ocurrir en estos casos, no había encontrado mayor oposición del comandante. Ponerle al operativo el nombre de un menor de edad discapacitado que sería secuestrado por algunos efectivos de su escuadrón no le pareció ni riesgoso ni delirante y hasta se emputaba golpeando el escritorio cuando el capitán Contreras llegaba hasta su despacho para persuadirlo, comandante, por favor, cálmese, sabe que no podemos llamarlo así, ¿no es simple sentido común? Y a Píper le hubiera gustado responderle que no había sentido común, Contreras, que nada de lo que estaban haciendo tenía sentido y que daba igual, no tenía la menor importancia: usted bien sabe que a esta vaina podríamos ponerle Plan Caca si nos saliera de los huevos y no cambiaría absolutamente nada.

Exageraba, sin duda, pero en algo tenía razón: el Plan Miguelito oficialmente no existía y, por lo tanto, el nombre era lo de menos. Era uno más de esos operativos simulados que se coordinaban desde las entrañas de las distintas divisiones de la Policía Nacional del Perú. Se trataba de simulacros de robos, atracos o secuestros diseñados por los mismos efectivos y que, en muchos casos, eran usados para ejecutar extrajudicialmente a delincuentes comunes que luego eran presentados a la prensa como temidos cabecillas de bandas criminales.

Y aunque parezca inverosímil, lógica nazi de las políticas de limpieza social, el objetivo de estos escuadrones clandestinos que actuaban con personal de varias divisiones y direcciones del comando policial era obtener beneficios económicos, felicitaciones, premios y hasta ascensos. Todo esto al amparo del Decreto Legislativo 982 –promulgado en el segundo gobierno de Alan García–, que eximía de responsabilidad a cualquier policía que, durante un enfrentamiento, «en uso de sus armas en forma reglamentaria, causara lesiones o muerte».

Al comandante Arroyo, sin embargo, le desagradaban esos ecos funestos que hablaban con ligereza de «escuadrones de la muerte» y que señalaban investigaciones en curso de la Inspectoría General de la Policía. No entendían ni mierda. Siempre hacían la misma chilla para los medios y hasta aparecían políticos cojudones figureteando en la tele para luego no llegar a ningún lado. Los tenían cagados. Todo estaba calculado para que la fiscalía no pudiera hacer su trabajo. Y era normal que el comando se protegiera, ¿no? ¿O qué iban a hacer? ¿Aplaudir? ¿De qué servía, oiga, Píper, arriesgar la vida de sus hombres para capturar a la más repugnante escoria de las calles de Lima si estos miserables salían libres a los dos días? A veces ni sembrándoles droga podían canearlos. Era frustrante. Todo estaba podrido. Y ese Poder Judicial, que tenía la concha de querer investigarlos, estaba lleno de ratas. Puro cogotero con terno pidiendo guita para liberar hasta a violadores de niños. No había peor mierda en el Perú que esa basura de fiscales y jueces corruptos que querían tratarlos como si fueran carne de cañón... ¿Estos conchasumadres, que eran los peores, iban a atrasar al comando policial con sus investigaciones de mierda?

—¡La pingaaa! —gritó el comandante Píper, solitario en su oficinita caótica asediada por torres de documentos apilados en equilibrio contra las paredes. El espacio hubiera podido ser un poco más acogedor pero no tenía adornos ni plantas ni calendarios y los anaqueles a la cabecera de la pared principal, justo detrás de su escritorio, eran tan asépticos que parecían repisas de clínica. Tampoco había luz natural porque ni siquiera tenía ventanas. La única imagen en toda la sala —altar sagrado sin velas— era la foto descolorida de su padre, el capitán PNP Walter Arroyo Cárdenas, con una leyenda escrita a mano sobre el mismo papel fotográfico que decía:

HÉROE DE LA PATRIA, MÁRTIR DE LA LUCHA
ANTISUBVERSIVA EN EL PERÚ.

Luego de un breve y tenso silencio, el comandante soltó una risita que empezó tímidamente y pronto se transformó en carcajada. Se desternillaba sobre su asiento sin poder contener las lágrimas que bajaban por sus mejillas mientras las iba limpiando con el dorso de las manos. Cuando la risa se acabó, se quedó ido y como quieto hasta que, de un golpe inesperado, Arroyo cerró la boca como si estuviera mordiendo algo con mucha hambre, apretando la mandíbula con la fuerza y la fiereza de un perro dogo. Automáticamente sus muelas empezaron a friccionarse entre ellas y a dañarse en una tensión dolorosa que se irrigaba por los pómulos hasta los ojos y la cabeza. Era uno de los muchos ataques de estrés que sufría a diario sin poder controlar. Sin embargo, pese a sufrir los estragos en el cuerpo, prefería ignorarlos. Solo una vez fue al médico buscando alguna pastilla para calmarlos. Se despertaba adolorido, le explicó, como si lo hubiese atropellado un camión... ¿Estrés?, repitió después de escuchar el apresurado diagnóstico del galeno. Eso no existía. ¿Qué chucha era el estrés para él sino una cosquilla, doctor? Sonrió irónicamente: oiga, qué fácil se la lleva ¿eh?, qué bárbaro, ¿para eso se pasó diez años estudiando? La mandíbula volvió a cerrarse mientras la tez lechosa de Píper Arroyo enrojecía velozmente como si, en silencio, se estuviera atorando. Váyase a engañar a otro cojudo, soltó de pronto exaltado. Floree a otro huevoncito con ese cuento pero a mí no venga a joderme, agregó ya gritando. ¿Con quién cree que está hablando? Qué estrés ni qué mierda, ¡carajo! Y váyase con cuidado, doctorcito, que ahora mismo está chocando con la ley. Usted está hablando con un comandante, no con cualquier cojudo, y ya bájame la mirada, so mierda, que estoy a punto de perder la paciencia.

El Plan Miguelito, entonces, se mantuvo en nombre y alma con algunas de las extravagancias propuestas por

Manyoma, y Contreras tuvo que aceptar que un subordinado se diera el lujo de pasar por encima de su autoridad.

No era normal. Eso iba a terminar mal, Rudecindo, lo sabíamos todos. Lo que no sabíamos era cuándo ni cómo. Tampoco por qué el comandante insistía en darle la razón en casi todo a un técnico. ¿Qué chucha pasaba ahí? Los Terna hablaban. Rudecindo Contreras hablaba («rosquetes de armario, la peor basura que existe»), solapa nomás, a su grupito de leales, no vaya a ser que el comandante se enterase y se armase el cagadón. Igual para el capitán todos eran un poco cabros («tenía un problema mental ese huevón, siempre fue mala leche»). Lo único que los Terna sabían con certeza era que todo operativo al mando del comandante Arroyo sería raro y aventurado desde el saque. No era impericia ni descuido. Estos locos no se lanzaban al vacío ni querían ser atrapados y salir en televisión expuestos como delincuentes. Se trataba de algo parecido a una doctrina esotérica del comandante en la que estos operativos de entrenamiento solo funcionaban bajo la adrenalina del peligro.

Igual todo estaba calculado al milímetro porque, si bien tenían a varios grupos actuando con personal diverso, la cadena de mando llegaba hasta lo más alto y funcionaba con la lógica de la mafia: si caía una unidad, salvo que fuera sacrificable, la policía usaba toda su fuerza institucional para anular al Poder Judicial.

Y esto no era tan complicado como parece. No solo por ese decreto legislativo del expresidente García, que en la práctica promovía el gatillo fácil, sino, sobre todo, por la misma fuerza policial que controlaba todas las pericias balísticas en el Perú. Y si estos operativos terminaban con muertos, no existía un solo perito independiente que pudiera hacer su trabajo. Por eso cuando la fiscalía solicitaba los presupuestos de las intervenciones, las órdenes de destaque, las nóminas o los planes operativos, el comando policial se negaba rotundamente a facilitarlos señalando que eran «secretos nacionales» (que era la forma educada de decirles que se fueran bien a la mierda). Y luego ya todo volvía a fojas cero. El tiempo pasaba. Las denuncias se archivaban. Y los ejecutados terminaban dando lo mismo. A fin de cuentas, no iban a perder tiempo, energía y presupuesto en unos cuantos delincuentes muertos.

CARMEN Y SYLVIA

«Señor, me acojo a tu misericordia y pongo en tus manos mi vida para que la protejas de mí. Recíbeme, recibe a tu sierva en el paraíso, ilumíname entre las tinieblas de esta vida que me sabe a muerte, dame una nueva lejos de este lugar, líbrame de este calvario que acepto para que me aceptes. Sáname. Compadécete de esto que soy. Tengo la culpa enterrada en el fondo de mi cuerpo. La tengo en la garganta, en la lengua, en esta boca penitente con la que me confieso y te pido perdón.»

Aunque era una oración y la repetía como un rezo en todas sus noches de insomnio, Carmen Infante la había escrito pensando en un responso fúnebre para sí misma. No buscaba redención sino muerte, pero se sentía físicamente incapaz de dársela. Le daba igual que el suicidio fuera un pecado. No le interesaban las leyes ni los preceptos de la Iglesia. Asistía a misa, rezaba, se golpeaba el pecho, combatía el insomnio escribiéndole a Dios, pero no era realmente creyente y tampoco le importaba lo que dijera la gente de la Unidad Vecinal que la encontraba en la parroquia San Ricardo. Pensaba que su vida era agónica y que su castigo era vivirla.

«Y es como el dolor que ya no duele pero persiste en

mi cuerpo y en mi cabeza como el recuerdo del dolor. No sé cómo explicarlo sin parecer loca. Tampoco encuentro la manera de no pensarlo. Quizás esté loca. Y me canso, Señor. Ya no quiero pensar ni sentir ni vivir deseando no hacerlo. ¿Por qué no la muerte? ¿No es acaso más dulce la muerte? A veces me cuesta seguir pretendiendo que no llevo un planeta de dolor sobre el pecho. No es que yo quiera. Hay días en los que me calma pensar que eres Tú. Que este delirio es designio tuyo por aquello que pasó y nunca podré enmendar. Sufrir para sanar. Recordar para sanar. Soñar para sanar. Rezarte para sanar. Cargar la pena infinita como una cruz sabiendo que nunca seré crucificada. Empujar como Sísifo la piedra que nunca llega a la cima. Y no sanar. Nunca sanar.»

No podía ser un responso porque no ofrecía ningún consuelo. De esto se percató tarde, cuando ya le era imposible dejar de escribir. Lo que había hecho esa madrugada, en un estado de gracia que sentía más terapéutico y literario que espiritual, era tan genuino y desgarrado que finalmente volvió a sentir esa congoja insondable que por años se había negado a verbalizar. Carmen podía estar físicamente entera pero, por dentro, era una mujer rota.

Nunca había podido superar la culpa de lo ocurrido cuando apenas era una adolescente. Tampoco había sido capaz de compartirlo con nadie. Ni siquiera lo sabía Helmut pese a todo lo que seguía haciendo por ella. Hacía treinta y ocho años que ese secreto estaba enterrado mas no muerto. Dormía como duermen algunas enfermedades perversas que vuelven de un momento a otro para romper la tranquilidad del rehabilitado y deteriorar un cuerpo que parecía liberado de todo suplicio. Por el genuino terror a los monstruos salvajes que podían aparecerse en su sueño, Carmen se había disciplinado en mantenerse insomne. No se trataba de seres sobrenaturales ni de criaturas diabólicas: eran unas ratas gordas, ventrudas y hambrientas que se aparecían en colonia y destrozaban lo que tuvieran delante para morderla. Ahora que tenía cincuenta y dos años, ya era capaz de predecir la llegada de esas pesadillas y conseguía pasar de corrido algunas noches en vela. En público ocultaba su rostro lívido con unas gafas oscuras que lo cubrían hasta las mejillas y que no se quitaba ni en invierno.

Así la conoció Helmut Bauer, sola y callada, con el pelo recogido en un moño y unos anteojos oscuros de silueta cuadrada que usaba para leer. Más que la extravagancia de los lentes de sol para la lectura en un espacio cerrado, a Helmut le pareció increíble y fascinante que el libro que reposaba abierto entre sus palmas fuera *Introducción a la metafísica* de Martin Heidegger, uno de los filósofos más importantes del siglo XX, alemán como él. Carmen estaba sentada en una de las mesitas circulares de mármol y granito que miraban hacia la puerta de madera desde la que podía verse el Palacio de Gobierno. Frente a ella, con los hielos casi derretidos, una copa de capitán: el clásico cóctel peruano hecho con vermut y pisco.

Era la primera vez que Helmut estaba en el Perú y no había caído precisamente en el momento más feliz de su historia política: a tres años del autogolpe con el que había cerrado el Congreso, intervenido el Poder Judicial, tomado los medios de comunicación y encarcelado a sus opositores –y gracias al cambio de Constitución que había forzado para presentarse de nuevo a las elecciones–, Alberto Fujimori acababa de reelegirse presidente de la República por cinco años más. Helmut sabía por definición que viajaba hacia un país en dictadura pero aquello, lejos de desanimarlo, lo había convencido de que *era ese y no otro* el momento preciso para conocerlo. Tenía una maestría en Ciencias Políticas por el Instituto de Estudios Latinoamericanos de Berlín y creía entender bien lo que estaba ocurriendo. Siguiendo los pasos de Stroessner en Paraguay y Pinochet en Chile, Fujimori había cambiado la Constitución en 1993 para legitimar su golpe de Estado y quedarse en el poder. Tuvo el apoyo de los empresarios y de la Iglesia porque las reformas hechas a la carta magna introducían cambios estructurales que instauraban un nuevo modelo económico de corte neoliberal. Lo que esto significaba en la práctica, pensaba Helmut, era el predominio pleno del mercado sobre un Estado profundamente debilitado que pasaba a tener un rol subsidiario.

Todo esto le resultaba muy atrayente en el nivel de la teoría política, pero su interés por entonces ya no era académico sino vivencial: se había pasado mucho tiempo estudiando los procesos dictatoriales en América Latina sin tener una idea cabal de lo que era una dictadura *en el mundo real*. Tampoco la tendría. Su vida había cambiado drásticamente. La razón para viajar al Perú ni siquiera estaba vinculada a la investigación universitaria sino a los negocios: Helmut se había visto obligado a abandonar su carrera de investigador para dedicarse de lleno al negocio familiar iniciado por su abuelo y heredado por su padre, que ya estaba viejo y enfermo. Un MBA acelerado en Inglaterra sería suficiente para pasar de futuro catedrático a presidente ejecutivo de esa próspera empresa de equipos electrónicos. Lo del Perú, sin embargo, más que una buena oportunidad para el salto intercontinental de Bauer Elektronik fue una excusa para viajar a ese lugar milenario del que había oído desde niño gracias a Mama Rosa, su nana peruana.

¿Qué tan importante era para Helmut esa señora dulce y reilona que apenas hablaba alemán y lo había criado con tanta dedicación en la residencia familiar de Lichterfelde? Aunque nunca se lo dijo a nadie, no tenía la menor duda de que Mama Rosa era su verdadera madre porque, en la práctica, había sido más amorosa, leal e influyente que la real. Gracias a ella aprendió el español desde muy niño y a los trece ya era completamente bilingüe.

Hablarle a Carmen, como a cualquiera en Lima –taxistas, ambulantes y comerciantes de artesanías que ya habían intentado cobrarle en dólares y triplicarle los precios–, no sería un problema. Antes de partir de Alemania había visitado a Mama Rosa en la residencia para ancianos que él financiaba en secreto. Muy emocionada primero por la visita y luego por la noticia del viaje de su «hijo alemán» a su patria, despierta y activa pese a sus ochenta y dos años, Mama Rosa dedicó la hora de la visita a darle consejos («para que no te roben ni te hagan daño»), recomendaciones («para comer riquísimo, Helmutcito, como un emperador inca»), direcciones y teléfonos («de mis comadres y mis paisanos que te van a recibir como familia, ya verás»), bendiciones rosario-en-mano («para que la gloriosa santa Rosita te proteja de todo peligro») y, finalmente, una estampita del Señor de los Milagros «que va a protegerte como un escudo divino, mijito».

Apenas llegó a Lima fue relativamente fácil entender la dialéctica urbana de la capital porque no existía orden ni ley que no fuera quebrada a cada instante. Era un fracaso alegre y festivo del civismo más elemental y la gente parecía tomarlo con calma. Esto era muy notorio en el sistema de transporte porque las reglas de tránsito parecían diseñadas para la interpretación libre. El tráfico, en pocas palabras, era un monstruo sediento. Autobuses, combis y taxis se deslizaban en zigzag por las avenidas haciendo carrera para ganar pasajeros. Cerraban el paso a los coches particulares con una prepotencia tan natural que se volvía vistosa. Los paraderos se improvisaban en las calles y avenidas de acuerdo a las necesidades del chofer y a las urgencias del usuario («¡Esquina bajaaa!», escuchó constantemente en su camino al Centro de Lima y rió de perplejidad cuando entendió que el bus se paraba donde quisiera el pasajero). Más que la ruta diaria de un vehículo de transporte parecía una persecución policial.

De todo lo que Helmut había visto en apenas tres días en la capital, esto era sin duda lo más atemorizante; sobre todo por la pasividad con la que los ciudadanos y los policías de tránsito parecían normalizarlo. Nadie en Lima cruzaba por un paseo peatonal sin haber girado la cabeza trescientos sesenta grados como la niña posesa de *El exorcista*: el paso de cebra era pura decoración porque ningún vehículo motorizado cedía el paso a los transeúntes y, si la gente se confiaba, moría atropellada. Helmut aprendió rápidamente que las reglas de convivencia en esa sociedad habían sido mutiladas por un individualismo feroz. No era entonces sorprendente que la llegada de una nueva dictadura –esta vez civil– tuviera el apoyo de una población sedienta de orden autoritario, pensó Helmut. Exigían pena de muerte para enderezar todo aquello que muchos de ellos ejercían cuando paradójicamente clamaban por orden. Ansiaban un Pinochet peruano, la disciplina de la mano dura y el miedo a la autoridad, un sacrificio como el de las Caravanas de la Muerte que recorrieron Chile torturando y asesinando «extremistas» sin piedad: el terror del Estado para acallar y apagar el terror de la injusticia, concluyó el alemán.

Hacia 1995, año en el que Helmut Bauer conoció a Carmen Infante en el bar más antiguo de Lima, las protestas en las calles eran escasas y la popularidad de Fujimori estaba en ascenso pese a su reelección fraudulenta. No había ninguna señal externa de la presencia barbárica de un Estado policial. Ya no era –no podía ser– la represión asesina de las dictaduras militares de los setenta en Argentina y Chile. De alguna manera *eso* –una dictadura camuflada que operaba puntual y subrepticiamente a través de grupos paramilitares– era lo que Helmut esperaba encontrar en su visita a la tierra de Mama Rosa. Lo que no esperaba, bajo ninguna perspectiva, era la llegada repentina a su vida de esa mujer enigmática que bebía a las nueve de la mañana mientras leía a Heidegger.

Al Cordano fue a tomar desayuno. Le habían dicho que era un restaurante tradicional con un fino toque criollo que existía desde 1905 y al que solían acudir los presidentes de la República. Se ubicaba en el centro de la ciudad, a una cuadra de la plaza de Armas, justo en la esquina del jirón Áncash con Carabaya. Uno de sus atractivos era estar ubicado al frente del Palacio de Gobierno y de la estación de Desamparados en la que envejecía el antiguo ferrocarril de Lima.

Aunque su primer impulso fue sincero en plan alemán –la franqueza seca por delante–, algo frío en el escrutinio de sus ojos lo llevó a desistir. Más que mirarlo, Carmen parecía haberlo examinado con una cierta inquietud naturalista, como si estuviera observando a un animal en peligro de extinción. Presentarse sin merodeos y preguntarle si le placía el libro de Heidegger le pareció luego insensato. Se sentó entonces como pudo a la primera mesa que encontró en su camino. Estaba aturdido y con un sentimiento de culpa por algo que ni siquiera había intentado y probablemente estropearía. Era la primera vez que una mujer desconocida le producía ese deslumbramiento. Todo era raro porque era nuevo. No es que no hubiera tenido alguna que otra aventura de viaje en el pasado, pero siempre habían sido amoríos intrascendentes, asuntos de una noche o dos. Helmut no era alguien que pondría en peligro su vida familiar por algo tan insignificante como un *affaire*. Desde pequeño Mama Rosa le había repetido la misma frase que terminaría internalizando como un dogma: «*Nada* es más importante en la vida de un hombre que su familia, Helmut». Debía protegerla y mantenerla unida por encima de cualquier sacrificio porque era lo único que podría darle consuelo en los momentos más duros.

Ya en la juventud, universidad de por medio, Helmut se daría cuenta de que Mama Rosa defendía el mismo orden patriarcal que la había excluido de una manera cruel. Nunca tuvo hijos. Por más que ella y Karl, su marido alemán, lo intentaron una y otra vez, no hubo manera de que pudiera concebir. Su infertilidad era absoluta. Incapaz de darle descendencia, el hombre por el que había dejado todo en el Perú la abandonó sin ofrecer otra explicación que su innegociable voluntad de procrear. No le interesaba adoptar, era demasiado caro y desgastante. Quería hijos suyos, de su sangre, de su esperma, que se parecieran a él. Helmut creía que Karl desapareció para siempre. Mama Rosa, por lo menos, no volvió a mencionarlo.

Consumido por estos recuerdos ajenos que lo asaltaron de pronto, Helmut se descubrió quieto y con la mirada perdida; absorto frente a una copa de capitán («deme el mismo trago de la señorita, por favor»), arrinconado por sus fantasías y temores sobre la mujer desconocida que seguía leyendo en silencio ya con la copa vacía. «Esto no tiene ningún sentido», musitó desanimado, con pereza. Si Mama Rosa supiera lo que ahora estallaba en su cabeza, lo reprocharía. Si supiera que estaba poniendo en peligro todo lo que había construido por este hermoso delirio, con unas breves y severas palabras lo haría recapacitar. No se veía abandonando a Greta y a los niños por nadie, pero al mismo tiempo se sentía sofocado y extrañamente ansioso por esta mujer desconocida como si se tratara de un conjuro amoroso...

«¡Vaya disparate!», volvió a susurrar, ya avergonzado. ¿Hasta cuándo iba a esperar? Parecía un adolescente aterido, observando en silencio el objeto de su deseo, deslumbrado por el descubrimiento de la belleza. ¿Por qué no se acercaba de una vez? ¿Qué podía perder si era rechazado en un país extranjero al que apenas había llegado y del que se iría pronto? No tenía respuesta. Lo único que sabía era que temía ese posible rechazo. ¿Desconfiaba acaso de su físico? No realmente, aunque nunca se hacía ese tipo de preguntas. Era un hombre alto, guapo y amable con un aire a Jean-Paul Belmondo en los labios gruesos, varoniles y perfectamente delineados, pero también en los ojos azules y penetrantes con unas ligeras ojeritas que le daban un aspecto de antihéroe trágico. En todo caso, un Belmondo rubio, macizo, de porte atlético. Un tipo bien plantado de treinta y cinco años que sin embargo podía acoquinarse si recibía un desaire de alguien que *realmente* le importaba. Y no era un asunto de vanidad sino, por el contrario, de modestia: Helmut había conseguido interpretar a la perfección al empresario exitoso y pragmático, pero íntimamente seguía fracasando en su intento de abandonar al cálido y sensible profesor de humanidades.

Si hubiera ocurrido de otro modo no habría perdido de vista, por ejemplo, el detalle de la copa vacía en la mesa de Carmen. Cualquier otro hombre le habría enviado un nuevo capitán de cortesía y un escueto mensaje con el mozo, intentando que se le abriera una puerta a la distancia. Helmut no lo habría hecho nunca. Deploraba esa forma de cortejo impersonal y un tanto cobarde que se asemejaba a una transacción comercial. En muchos sentidos, Helmut seguía siendo un romántico. Este último pensamiento disparó de pronto una sensación que rápidamente se convirtió en certeza: estaba jodido, si no estaba dispuesto a acercarse a la mujer, si prefería continuar en el papel involuntario del mirón silencioso, no tenía ninguna posibilidad de conocer a Carmen Infante.

Entre la inmovilidad y el reproche por no haber seguido su primer impulso, resignado de verla partir pronto y perderla para siempre en ese laberinto turbulento que era Lima, desganado, ya sin hambre, convencido de que no le vendría mal zamparse quince rondas más del espléndido capitán y emborracharse perdidamente hasta caer, Helmut se convenció de que ese episodio de la mujer enigmática y el hechizo amoroso en un bar era un sinsentido. Si había servido para algo era para que reapareciera la congoja, ese nudo de angustia que Helmut Bauer sentía atascado entre el pecho y la garganta desde que su carrera universitaria se pulverizó para salvar el negocio familiar. A punto estaba de enterrar la cara entre los antebrazos, como si se abandonara al llanto, cuando una armoniosa silueta a contraluz apareció en su horizonte como una visión divina... ¡Era ella!

No sonreía. Se quedó en silencio frente a él con una solemnidad rara que era difícil de predecir. Helmut estaba dispuesto a recibir lo primero que llegara: una sonrisa, un reclamo, un grito, una bofetada. Era probable que Carmen se sintiera acosada por ese extranjero fisgón y ahora se le cuadrara para defenderse. No sabía qué hacer. Tenerla tan cerca y poder observarla sin fingir que no lo hacía era placentero. Pese a las gafas oscuras que cubrían la mitad de su rostro, Helmut sintió su mirada de frente, tan dura y tan fija que consiguió intimidarlo, como si su presencia repentina fuera solo un pretexto para hacerlo desistir de *lo que fuera* que estuviera buscando en ella. No se arredró. Por el contrario, supo leer las coordenadas de lo que entendió como una prueba o un desafío y decidió alzar el cuello con cierta provocadora altanería, como si la posibilidad de perderla le fuera absolutamente indiferente.

Redobló entonces su apuesta por contemplarla con una sincera fascinación y luego ocurrió algo raro: las pupilas de sus enormes ojos azules comenzaron a dilatarse, como si del cuerpo de Carmen emanara una luz propia que las agrandase. Estaban tan abiertas que ya casi tapaban el disco del iris cuando ella se quitó los lentes con la elegancia y la sensualidad cinematográfica de una mujer fatal. Era una veinteañera seria, intensa, de mediana estatura, con una hermosa cabellera de pelo largo y castaño que caía en ondas sobre los hombros. Llevaba un vestido de lino con botones delanteros, unos tirantes finos coquetamente sueltos y un escote en pico que dejaba al descubierto la piel tostada y firme de los brazos y del pecho. Tenía los ojos pardos y almendrados y unas largas y arqueadas pestañas que refulgían mientras lo miraba sin parpadear. Eran profundos e inescrutables y su belleza era triste porque en su mirada expresaban una silenciosa melancolía. Helmut, no obstante, los encontraba conmovedores. Conocerla, saber de ella y de esa desolación silente, se volvió de pronto imperioso. Quería amarla pero también protegerla. Quería darle amparo sin darse cuenta de que no era un deseo de amante sino de padre. Todo esto era nuevo para él. Se sentía desconcertado y gozoso como si estuviera ebrio: Carmen era un accidente propicio para entregarse sin culpa a la secreta fantasía del adulterio. Y no parecía casual tampoco que pudiera ocurrir en el Perú, en la tierra de Mama Rosa, su madre encubierta.

Estas ideas, sin embargo, no pasaron por la cabeza de Helmut mientras estuvieron mirándose quietos. ¿Cuánto tiempo se quedaron de pie, el uno frente al otro, en esos interminables minutos de tensión silenciosa que parecían escenificados como si los estuvieran filmando? Era imposible saberlo. Ni los mozos del Cordano que los miraban sorprendidos, cuchicheando y sonriendo con sus bandejas bajo el brazo, tendrían una respuesta satisfactoria. Alguno dijo susurrando que se trataba de amantes descubiertos que volvían a encontrarse en secreto. Otro, más imaginativo, seguro que cinéfilo, propuso el escenario de los dos espías enemigos («el rubio es el ruso de la KGB que habla español para despistar; la flaquita es perucha pero chambea para los gringos») y la escena del enfrentamiento final: un duelo por el honor, los dos estaban armados, se apuntaban mutuamente por debajo de la mesa, uno moriría, o quizás los dos.

El largo preámbulo que precedió a la voz de Carmen se rompió con su sonrisa y una frase que sorprendió al alemán y, de manera espontánea, lo hizo reír:

—Deja de mirarme como un cojudito, gringo loco.

Ese fue el inicio de lo que sería una relación secreta que duraría muchos años. Helmut no tuvo que romper su promesa de mantener unida a su familia por encima de todo. Greta, su esposa, nunca estuvo interesada en saber si Helmut tenía otra mujer y, pese a ser amigos y amantes, ni Helmut ni Carmen estaban interesados en una vida de pareja. Él cuidaba de Carmen como lo hizo de Mama Rosa hasta el final de sus días. No fue fácil. Después de ese primer año de amor loco —Helmut agregaría tres viajes más al Perú pretextando un contrato ventajoso para la empresa—, entregados al placer de conocerse y acompañarse, celebrando como adolescentes libertinos su dulce adicción a fornicar sin descanso, con ternura y con furia, Helmut supo pronto que algo no andaba bien con ella.

Nunca se atrevió a preguntarle qué era aquello que la dejaba repentinamente muda y parecía atormentarla. Era demasiado respetuoso y discreto para pretender ese tipo de confesiones que tampoco esperaba. Pero había *algo*, un detalle que fue un descuido justo ese primer día, y que luego, cuando los primeros síntomas de la depresión de Carmen se hicieron notorios, dejó una puerta abierta en Helmut

173

para todo tipo de conjeturas y una sola, indiscutible, certeza: lo único que interesaba a Carmen Infante en esta vida era su penitencia.

Se había ido al baño. Llevaban conversando una hora y, luego de varias rondas de capitán y unas cuantas botellas de cerveza, ya estaban ebrios. El libro de Heidegger descansaba cerrado sobre la mesa y tenía como marcapáginas un pequeño y colorido ticket de autobús que despertó su curiosidad. Carmen estaba en la página 33, tenía una frase subrayada («El que habla de la nada no sabe lo que hace. El que habla de la nada la convierte en algo con su hablar») y otra escrita con una elegante caligrafía que no parecía ser una cita de Heidegger sino un pensamiento, una oración sagrada, o un verso:

Las ratas, Señor, líbrame de soñarlas.

No le preguntó nada a su vuelta. Imaginó que podría ser poeta y la idea de haber conocido a una artista lo ilusionó. No lo era. La había sublimado en ese primer encuentro pero aquello no lo inquietó. Las ratas, no obstante, regresarían pronto, evocadas precisamente en el sueño. Carmen hablaba dormida, gimoteaba, abría los ojos, pedía clemencia. Soñaba con ratas. Era una locura tristísima que, contra todo pronóstico, fortaleció el deseo de Helmut por cuidarla.

Para amarla tenía que protegerla como había protegido a Mama Rosa hasta su muerte. No podía dejarla sola. Tenía que salvarla. ¿Salvarla de qué? De la demencia, de la perdición, del abismo que presagiaba si se quedaba sola y cuya manifestación simbólica eran esas ratas imaginadas o soñadas. Más que una aventura amorosa, lo que Helmut había empezado era el primer tramo de un larguísimo viaje de resarcimiento. La infidelidad, si existía, pensó con

174

alegre complacencia, estaría plenamente justificada si lograba proteger a Carmen de la misma Carmen.

De Sylvia Arreola no supo ni sospechó nada hasta el momento en que Carmen Infante viajó hasta Alemania para abandonarlo.

«HE'S GONE MEANS HE'S DEAD»

Miguelito dormía roncando mientras el gordo Boca-negra jugaba Candy Crush en su celular. La llamada del capitán Contreras no entraba y no sabían nada de Man-yoma desde que treparon al chibolo a la camioneta. ¿Dónde mierda se había metido la petisa? Probablemente durmiera en la otra habitación y apostaba su sueldo a que Perfumo estaba fumándose un clavo detrás del baño del patio.

«Por lo menos tiene la delicadeza de bañarse en perfu-me cada vez que se prende», pensó el gordo y enseguida, sin desearlo, recordó cuánto aborrecía el hedor dulce de la pasta básica de cocaína, la peor basura del mundo, Mari-to, óyelo bien, te meto plomo antes de verte fumando esa porquería. Se lo decía Rafael, su hermano mayor. ¿A qué edad había caído Rafa en las garras del vicio? No lo recorda-ba bien, todavía estaba muy chico. Lo que no olvidaba –ni había podido procesar– era que se fuera tan rápido. A Rafa le bastaron cinco años sumergido en los peores fumaderos de Mendocita para morirse. Treinta y dos años. Cristiano. Buen estudiante en el colegio pero luego (¿de la nada?) un drogadicto perdido.

–Se volvió mala hierba –decía su padre escupiendo al

suelo–, ¿para qué intentarlo de nuevo, hijo, si Rafael vivía pero ya estaba muerto?

No lo mató la pasta sino otro fumón que le hundió seis veces un cuchillo en el estómago mientras dormía. «El Yonatan se la tenía jurada», le dijo a Mario otro pastelero de Mendocita a cambio de veinte «quetes» y dos gramos de marihuana. El suboficial Bocanegra todavía era un adolescente pero el asesinato de su hermano marcó su destino. Siempre había soñado con ser arquitecto pero terminó de policía: uno de esos agentes rocambolescos que se disfrazan para atrapar a delincuentes de la peor calaña, esos pobres miserables que delinquen, entre otras cosas, por hambre y desesperación.

El Yonatan –todos usaban el artículo para pronunciar su nombre– cayó preso rápidamente por el homicidio de Rafael Bocanegra, pero solo se comió cinco años en el penal de Lurigancho. Nadie supo cómo ni por qué salió libre y a sus padres ya no les interesaba gastar tiempo, dinero y energía en hacer justicia.

Cuando el suboficial Mario Bocanegra piensa en sí mismo como miembro de la Policía Nacional del Perú, y luego pasa a cuestionarse, a sufrir severas depresiones por haber terminado como un bribón uniformado protegido por un sistema descompuesto, se acuerda de toda la paciencia y el tiempo que invirtió en secuestrar, torturar y asesinar al Yonatan sin el menor remordimiento, justo el primer año en que recibió su placa y su arma de reglamento.

El cadáver del Yonatan apareció en una caleta en Cañete. Un pescador lo divisó a distancia pero el cuerpo estaba tan negro, hinchado y descompuesto que pensó que se trataba de un lobo marino muerto. La policía y el fiscal tardaron varias horas en llegar pero con un simple vistazo comprobaron lo que el pescador había descubierto horrorizado apenas se dio cuenta de que era un cuerpo humano:

no tenía uñas ni dientes ni lengua ni ojos ni verga y todo parecía indicar que se los habían arrancado para que muriera sufriendo. Antes de alarmar a la población con la posible llegada de un asesino en serie, las autoridades concluyeron que era un típico ajuste de cuentas entre narcos y el caso se cerró –o se olvidó o se perdió– para siempre.

«No había de otra», suele pensar el suboficial Bocanegra para justificarse. De ese horror nunca ha sentido pena ni vergüenza. No las necesita. Ninguno de los policías implicados en estos comandos secretos habla de sus trapos sucios. Nunca se le ha ocurrido, por ejemplo, preguntarle a Melissa si entró a la vaina solita o si fue presionada por el comandante Arroyo. Imagina que su principal motivación pudo ser económica porque, a fin de cuentas, pensaba el gordo, ellos se jugaban la vida todos los días en la calle y el Estado les pagaba una miseria. Cuando comprendió que el problema era estructural, que nada de lo que ocurría era realmente clandestino porque arriba del comandante había oficiales invisibles cobrando su parte, y que muy probablemente esto escalase hasta los altos mandos de la fuerza policial, sintió un alivio ciertamente cínico que le permitió seguir.

La confirmación del capitán Contreras para proceder siguiendo el plan demoró algunas horas más de lo previsto, luego de una tercera y última llamada a casa de los Huamani. Aquello enfureció al comandante Arroyo, quien no solía comunicarse salvo si algo se salía de control.

«Y es que el verdadero problema, mi comandante, el salido-de-control aquí en esta farsa que nos pone en riesgo a todos, es el psicópata comepingas de Manyoma, su protegido», decía Contreras tajante, imaginando que interpelaba a su superior. «No me joda pues, mi comandante, ¿qué tan cojudo hay que ser para disfrazar a Patiño de puta en plena operación? ¿O quería humillarla? ¿Lo adornó como venado y ahora se está vengando? Sincérese de una vez: ¿Melissa es su flaquita o su pantalla?»

¡Vaya huevos! Se sentía audaz y orgulloso aunque no tenía la menor duda de lo que llegaría luego: apenas cesara de hablar, impasible ante las consecuencias, Edulfamid Arroyo le pegaría un tiro en la cabeza. No lo interrumpiría, no. Lo escucharía en silencio por curiosidad o por morbo. Incluso, pensaba Contreras, el comandante era capaz de preguntarle si ya había terminado. Luego, con mucha calma, lo mataría. «He's gone», le diría a quien preguntase qué pasó con el capitán pese a que ni Arroyo ni él hablan inglés. Contreras, no obstante, fan perdido de las películas de criminales y adicto al Google, entiende bien que «He's gone» quiere decir que ha muerto, que ha sido asesinado («He's gone means he's dead»).

Era curioso y tremendista el capitán Contreras, le gustaba crear escenarios catastróficos para anticiparlos. A veces se imaginaba a sí mismo cayendo de espaldas con los ojos abiertos y haciéndose preguntas absurdas como qué tan grande sería el hueco de bala en su frente o si el impacto lo mataría al instante. Otras, varias, como ahora, imaginaba que se enfrentaba al comandante Arroyo con ferocidad. Incluso llegaba a construir discursos cargados de sentido que recitaba frente al espejo del baño justo después de afeitarse. Siempre terminaba conmovido. Para él aquello estaba clarísimo: si no hubiera sido policía, habría intentado el canto y la actuación, acaso un programa en la tele en el que pudiera explotar ese talento que apreciaban tanto sus padres y sus compañeros en la fuerza cuando imitaba a los artistas famosos.

«Porque, digo (se dijo), guapo era, ¿no?... ¿O qué? Vamos a ser serios, compañero –le explicaba Rudecindo a Rudecindo todavía de pie frente el espejo–, guapo, así lo que se dice churro, churro nivel papacito, nivel cuero, nivel Dios, nivel qué-chucha-hace-este-huevón-de-tombo si podría estar tranquilamente haciendo películas, ¿me explico? (se dijo)… Guapo y alto y blanco (en realidad, moreno) y con esos ojitos verdes brillantes (en realidad, pardos) y esa boquita seductora de labios carnosos que era el delirio de tantas flaquitas que te acosan, Rudecindo, déjate de huevadas, mi bróder: *The World Is Yours* como Tony Montana mirando el cielo… ¡y tú en el Perú perdiendo billete!»

La vida soñada del capitán Rudecindo Contreras ocupaba una parte importante de su tiempo hasta que la realidad irrumpía brutalmente y lo dejaba como vacío. De estas cosas no hablaba con nadie. Por fuera estaba entero y confiado en que su ascenso a mayor se daría ese año sí o sí. Ya estaba agotado de esas operaciones secretas que ponían su futuro en riesgo; pero, sobre todo, de las cojudeces y extravagancias del comandante, ese loco de mierda al que apreciaba y despreciaba con la misma frecuencia e intensidad.

El ultimátum a Nemesio Huamani fue orden de Arroyo. Estaba furioso. Algo en la operación que le había vendido el flaco Perfumo no cerraba. Se suponía que iba a ser rápido y efectivo como un secuestro exprés, pero nadie contaba con el desinterés del padre de Miguelito por la vida de su hijo.

«¡Tremendo conchasumadre el feo de mierda este! Rico y amarrete como todo buen indio que se vuelve millonario», pensó enfurecido el capitán Contreras.

Si no prosperaba esta última advertencia, si el video no terminaba de ablandar a la familia y dejaban a Miguelito a su suerte, la única opción que quedaba era ejecutarlo. Nunca habían llegado hasta ese extremo. Ni siquiera se lo habían planteado como posibilidad real. Existía solo en el terreno de la lógica criminal y, aunque parezca disparatado, ninguno de los policías de la banda se consideraba estrictamente un delincuente. Menos aún cuando se trataba de un *nuevo rico* de perfil bajo como Nemesio Huamani. Robarle a ese empresario con fama de miserable y explotador les parecía casi un acto de justicia, aunque jamás se les hubiera ocurrido robarles a otros empresarios posiblemente mucho más miserables y explotadores pero que no se apellidaban Huamani sino Anderson o Labarthe.

¿Por qué, en todo caso, bajo qué perversa lógica este hombre repugnante había pretendido deshacerse de su hijo aprovechándose de su secuestro? No seas pendejo pues, Nemesio, ¿la posibilidad de ver muerto a tu propio hijo no es una desgracia sino un privilegio? Era absurdo y retorcido y tan asqueroso que hasta indignaba a los secuestradores y, en particular, al comandante Arroyo, quien, de una u otra forma, sobre todo cuando estaba duro y borracho, volvía con rabia sobre la historia del padre asesinado en la selva por Sendero Luminoso.

Incluso en algún momento se le pasó por la cabeza la idea de abortar la operación y mandarlo todo a la mierda: liberarían a Miguelito, sí, pero solo si luego se quebraban a Nemesio. «Una con otra, serrano conchatumadre», pensó furioso Píper Arroyo mientras le marcaba al suboficial Manyoma («Alfredo, sí, que puede haber un trabajito pronto por aquí... Tú estate listo y que sea rápido y elegante como siempre, por favor»). Y ya estaba. El suboficial Alfredo Manyoma resolvía sin preguntas y con extrema eficiencia pero esa vez no fue necesario. Quién sabe si el zorro de Nemesio se las olió o si su mujer le apretó las verijas para que soltara los diez mil dólares del rescate. Lo cierto es que doña Domi le terminó salvando la vida a su marido creyendo salvar la de Miguelito. La última llamada de Contreras a la casa de los Huamani no necesitó de amenazas ni de insultos. «Vamos a solucionar este problema sin daños, caballero», le dijo Nemesio al capitán. Se había comido enterito el cuento del hampón veneco y, en represalia, de puro picón, segurísimo de que «los malparidos» que lo estaban cagando trabajaban para él, resolvió despedir a todos los venezolanos de sus empresas sin excepciones.

No creía en nadie, Nemesio, y nadie creía en él. Lo soportaban porque era rico pero como persona era un residuo humano. En una extraña y feliz coincidencia que nadie objetaba, amigos y enemigos lo llamaban el Chucky. Era un apodo raro pero efectivo: Nemesio no se parecía en nada al muñeco diabólico de cabellos rojizos que aparecía en las películas asesinando a cuchillazos, pero bastaba tenerlo cerca unos instantes para sentir ese aire de malignidad que emanaba naturalmente del empresario textil, como si al verlo quieto no hubiera duda alguna de que ese hombre hosco, enano y regordete sería capaz de clavarle un puñal a quien fuera con tal de acumular más poder.

Era eso, claro, pero también estaban el desaliño, la aspereza, el mal genio y esa obstinada fealdad que intentaba disimular tapándose la cara con un flequillo lacio y juvenil que le caía de lado sobre la frente. Contrario a lo que se creía, la melena azabache de Nemesio –que se tomaba por peluca– no era una extravagancia sino una ofrenda. Si había algo que podía conmoverlo hasta desarmarlo era la música, pero no cualquier música, sino la música chicha: ese género híbrido inmensamente popular en el Perú que tomaba del huayno, la cumbia y el rock psicodélico y reivindicaba el provinciano migrante que, como Nemesio, sus padres y sus ocho hermanos, había llegado a Lima huyendo del horror de la guerra entre Sendero y los milicos. Su banda favorita era Los Shapis. No solo porque era originaria de Chupaca, su tierra, sino también porque sentía que

Chapulín el Dulce, el cantante, además de su paisano era su héroe. Y esto llegaba hasta el fanatismo de copiarle el *look* de sus años juveniles: cada dos o tres semanas, Nemesio pasaba dos horas en la peluquería Hair Company tiñéndose las canas y alisando su pelo grueso y trinchudo para que el flequillo le cayera sedoso sobre la ceja derecha.

Fue también en esa barbería de La Victoria donde vio por primera vez a Blanca Higuita y, aunque era muy probable que ni empinándose le llegara a las tetas, Nemesio quedó prendado de esa afrodita alta, prodigiosa y de piel chocolate a la que todos en el negocio llamaban afectuosamente la Colocha.

CUADERNO DE LUCHA

Carmencita, escúchame:

Le robo este primer verso al poeta Santiváñez[1] y altero el nombre de su amada para dártelo porque no sé cómo hablarte ni tampoco sé si estarás dispuesta a ser mi amada. Ya quisiera ofrendarte estas palabras pero *ofrendar* es un verbo cursi que desaprobarías por presuntuoso. Justo lo que no buscarías de un hombre. Y aunque no sé realmente qué es lo que buscas de un hombre, te escribo esta carta para confirmarte que ese hombre que no sabes que buscas soy yo.

Te pido un favor que son dos: 1) no te asustes (soy un escritor joven, inofensivo y buenmozo) y 2) no dejes de leer (escribo esto <u>en borrador</u> como una entrada a mis Cuadernos, pero terminará <u>en limpio</u> como un correo electrónico)... Sí, Carmencita, conseguí tu mail y lo siento pero fue por una razón noble: Te amo.

Si me vieras (me has visto) podrías pensar que soy un chibolo atrevido y posero que se vino a La Victoria (vivo cerquita, casi te toco) para despitucarse. O quizás no. Si te

1. «Mariela escúchame: Ya sé que estás cansada de la autoridad de tu padre / y sin embargo no puedes dejar de amarlo...».

escribo es porque tengo esperanza de que puedas verme así como te veo yo desde que te encontré. Eres un hermoso milagro, ¿lo sabías? Y yo, más que un pituco proletarizado a la fuerza, soy un hombre solitario y opaco que, sin esa terrible arma liberadora que es la escritura, hace rato estaría merecidamente muerto. Entonces, sí, como ves, en definitiva soy un posero y un pituco, Carmencita, pero un pituco que te pide por escrito una oportunidad para verte.

Más sobre mí: Mi nombre es Fernando Arrabal. Llevo adrede el apellido de mi difunta madre (mi padre vive pero está muerto). No escribo poesía porque no tengo el talento suficiente para poetizar (garrote público para los *poetos* que lo hacen igual). Debo tener unas dos décadas menos que tú (pero eso no te importa y a mí menos). No busco nada que no desees o hayas imaginado. Te daré lo que pidas. Sabes que no soy un hombre feo (me has visto) ni un enfermito ni un psicópata ni un maltratador de mujeres ni un drogadicto ni un farsante ni un aprovechado ni un hipócrita ni un facha ni nada que pueda hacerte el menor daño. Por el contrario: si desearas tú hacerme daño, querida, siempre me tendrás disponible y dispuesto → Prefiero el dolor y el sufrimiento a no tenerte.

¿Qué más? Fui educado entre varones, con los curitas (algunos de ellos reprimidos y sufrientes pedófilos), rodeado de otros pituquitos de mierda que fueron preparados desde niños para aceptar a Cristo en sus vidas. Lo único que sé de esos pendejos es que terminaron de hocico en el fujimorismo y, como buenos retrasados mentales, siguen cantando el himno del colegio cada vez que se emborrachan. Gracias a esa crueldad de mi padre (milico, católico y un perfecto hijo de puta), me volví alegremente ateo. En cuanto a mi físico, agregaré que soy alto y delgado y tengo los cabellos desgreñados pero limpios como todo chico sensible de clase media. Desde luego tengo una barba castaña que se pone medio rubia en el verano y, por ende, soy lo que se dice un «limeñito blanco o colorado», como me llaman los vecinos de la Unidad Vecinal (me has visto).

Alguna gente piensa que soy raro porque apenas hablo. Y alguna razón llevan. No hablo mucho porque hablar cansa. Lo que debería resolver hablando lo termino escribiendo. Lo paradójico y tristísimo es que por ahora solo escribo en mis Cuadernos. Pero eso, Carmencita..., ¡no me hace menos escritor! De hecho, es casi todo lo contrario. Verás, me sigo preparando para una novela que llevo escribiendo mentalmente desde hace años. Es una novela monstruo cuya arquitectura tengo resuelta aunque solo en abstracto. Me falta terminarle el corazón. No quiero aburrirte más con esto que ni siquiera sé explicar con decencia. Si algo sé ahora es que la literatura no sirve para nada pero no puedo abandonarla → En toda esta declaración no habrá nada más posero y trágicamente real que eso.

Ahora, con miedo, pero más que miedo con esa ansiedad lacerante que me produce vértigo y luego algo parecido a la desesperanza, aunque otras veces ha llegado como un sueño insoportable, como eso que llaman «somnolencia» y es tan poderoso que te vuelves torpe e inútil si no duermes, he estado como eufórico, Carmencita, imaginándote, te he visto leyendo esta carta echada en tu cama (oh, calatita y tan bella, ¡sí!) hasta que, de pronto, he pensado con horror que ya no la lees, que te aburriste, que la abandonaste o, peor aún, que ni siquiera la tienes..., ¡que nunca la recibiste!

Y esa no es una posibilidad, Carmencita. Ni cagando.

Las razones son muchas pero la más importante es que no puedo ni quiero darme el lujo de perder esta oportunidad. No deseo hundirme en ese foso de angustia que genera el no saber si esta declaración te llegó. Además es horrible. El pecho ardiéndome en cada respiro y yo pensando maniáticamente en derrames y paros cardiacos fulminantes. No puedo permitirlo.

Mi resolución es firme:

De no encontrar una respuesta en un plazo prudente, estoy considerando seriamente llevártela a tu casa. Esto es → Mi mano piadosa deslizando un sobre por debajo de tu puerta y una carta escrita *de mi puño y letra* llegando a tu vida como llega el recibo de luz... Sí, Carmencita, también me conseguí tu dirección y lo siento de nuevo pero, ya sabes, para un hombre enamorado no existen barreras ni obstáculos y si me permito esta cursilería es porque Te amo.

Me voy despidiendo por ahora. Igual no estoy lejos (me has visto). Una última confesión que será importante si llegamos a conocernos: No puedo vivir sin música. Canto hasta las huevas, no toco bien ni la puerta, soy absolutamente negado para cualquier ritmo y bailo sinceramente horrible (de niño me decían «canguro» porque ya era alto y en las fiestas bailaba saltando) pero, con todo y eso, no puedo ni imaginar qué sería de mis días sin un *soundtrack* diario para soportarme. Diría incluso que todo lo hago peor cuando no tengo música de fondo especialmente elegida por mí. A veces me siento un poco como en *High Fidelity*, esa película gringa con John Cusack, ¿la viste? Es una de mis favoritas. Si no la viste, no te preocupes que la veremos juntos: la tengo en todos los formatos y también tengo un proyector. De hecho, como el Rob Gordon de la peli (o sea, como el personaje de Cusack), a veces me paso el día haciendo compilatorios en mi cuenta de Spotify. Gordon tiene mucha razón cuando nos dice –siempre le está hablando a la cámara– que la elaboración de un *mixtape* es un «arte sutil en el que usas la poesía de otro para expresar tus sentimientos» y, aunque tengo serios problemas con el uso indiscriminado de la palabra poesía, seguí su consejo y empecé a hacerlo con frecuencia. Él les obsequia estos compilatorios (¡en casetes!) a las mujeres que busca conquistar y a las que luego, cuando lo dejan, intenta recuperar. Y es que Gordon, que es encantador (y también un poco hijo de puta pero parece que no se entera), consigue que todas sus parejas lo abandonen. Yo no tengo pareja ni nada por el estilo porque no quiero, Carmencita, pero debo confesarte que has sido la inspiración de varios compilatorios: listas de Spotify que luego convertí en casetes y guardo pensando en ese bonito día en el que pueda obsequiártelos.

Tendría mucho más por decirte pero no quiero adelantarme ni arruinar el momento. Abandoné esta carta ayer por la noche al darme cuenta de que deseaba regalarte una canción. Era exactamente la una y treinta de la mañana. No he dormido nada pero eso es habitual porque padezco insomnio crónico. Durante cinco horas y cincuenta y dos minutos me la he pasado escuchando música y haciendo listas con centenares de grupos y canciones que agregué y taché, para luego volver a agregar y tachar. Como era de esperarse, ya son las siete de la mañana y todavía no he podido decidirme.

Perdóname, Carmencita, soy consciente de que a menudo soy terco y obsesivo, sobre todo cuando me entusiasmo, pero esta vez te juro que no puedo más. Me gana el cansancio. Por eso me he convencido de dejarlo todo al pragmatismo más indigno y, como una suerte de cábala, volver sobre la canción de Robert Forster[1] que tenía como primera opción.

1. Ojo que, si te pones a buscar en internet, me refiero al músico australiano, el que tenía su banda The Go-Betweens, y no al actor estadounidense, que es el que sale en la película *Jackie Brown* de Quentin Tarantino.

Advertencia: no prestes mucha atención a la letra sino al triste rasgueo de la guitarra y a ese órgano dulce y melancólico que suena como una cajita musical. Forster, como verás, nos habla de la desesperanza de los días demoniacos, del fracaso que persiste pese a nuestros sueños y a la luz que nos alumbra. Es hermoso pero inadecuado y, por lo tanto, para ti y para mí, es falso. «Algo no está bien. Algo salió mal», repite en inglés, casi susurrando, pero eso no nos atañe, Carmencita, y me odiaría hasta el flagelo si creyeras que te estoy enviando algo parecido a un mensaje... *Vade retro!*

Te copio aquí el enlace: <https://www.youtube.com/watch?v=MEmMtULxpK4&ab_channel=RobertForster-Topic>.

(Ahora que veo el *link* en la pantalla, subrayado y resaltado en azul, me he preguntado inquieto qué pasará con la canción de Forster si no recibes este mail, si termino copiándolo a mano y deslizándolo por debajo de tu puerta porque no me llegó tu respuesta... ¿Cómo harías para escucharla? ¿Tipearías el enlace en la barra de búsqueda? ¿Googlearías a Forster sin saber el título de la canción? ¿Escribiendo su nombre junto con la traducción de las dos frases que te puse arriba en español? Si así fuera, Carmencita, no dudo que sería más fácil dejarte el título de la canción... pero... hay algo que estuve pensando y me pareció interesante... ¿Y si este enlace apareciera en una novela (o sea, en mi futura novela)? Si no fuera posible acceder con un clic, ¿qué haría el lector? Porque el de ahora, el lector que navega por las redes y ya no compra periódicos ni revistas ni va a la biblioteca, no es el lector de antes, no. Ese lector ya no existe, cariño. Lo que existe es una minoría nostálgica y colérica ante un pasado idílico que sienten profanado. Esta minoría furiosa odia al lector vago, narciso y cretino de las redes. Y lo odia porque es un lector larvario que se resiste a leer sin enlaces o Wikipedia, y solo disfruta si tiene acceso fácil a todo lo que encuentra. Ya no quiere bibliotecas en su casa, por ejemplo, porque piensa que los libros pesan. O sea, como puedes ver, es un tremendo huevonazo. Un pendejo que se toma fotos con libros (que no leerá) solo para adornarse en Instagram, para que el mundo entero sepa que es inteligente y sensible cuando en realidad es un pobre analfabeto sin amor propio. ¿O cómo se les llama a los cojudones que solo viven y respiran por el reconocimiento artificial de gente que ni siquiera conocen? ¿Podrías creer que en el Perú hay hasta escritores pidiéndole públicamente a la gente que se tome selfis con sus libros? Estamos hasta las huevas, Carmencita… ¿No habría que escribir contra eso?)

Lamento esta digresión. Discúlpame, no quería ponerme intenso. Espero no haberte aburrido. Sé que podrías pensar que soy un acosador. Cualquiera lo haría. De hecho, ensayando un poco la objetividad, sería difícil negarlo. Según la RAE, *acosar* es 1. «Perseguir, sin darle tregua ni reposo, a un animal o a una persona» y 2. «Apremiar de forma insistente a alguien con molestias o requerimientos». Entonces, me pregunto, ¿te he perseguido? Sí, en la calle, pero con mucha distancia y respeto y el dulce desconcierto del hombre que contempla la belleza y se siente pleno, tranquilo. No dejo de preguntarme si te diste cuenta, si acaso me viste. ¿Te he apremiado de forma insistente con molestias y requerimientos? No, tenía miedo hasta de hablarte (lo sigo teniendo, por eso te escribo) y, espero que esto quede claro, si no recibo ninguna respuesta a mis cartas, no volveré a molestarte.

Nadie muere realmente de amor, Carmencita, pero igual Te amo.

Tuyo,

F. A.

HOMENAJE A JOHN LENNON

Desde el acantilado de San Miguel, Alipio Ponce observaba impávido el puente peatonal que atravesaba los dos carriles de la Costa Verde. Era una estructura larga y precaria que luego se bifurcaba hasta llegar a la playa. En realidad no era una playa. No tenía arena ni piedras ni muelles y nadie se bañaba en ella por su alto nivel de contaminación. A Alipio le parecía triste que durante tantísimos años esas aguas hubieran servido de basurero para el desmonte. No hacía frío pero la humedad era penetrante y había como un vientecillo helado que soplaba y le adormecía el rostro.

Quedaban treinta minutos para las cinco de la mañana. Salvo uno que otro perro callejero, no había ni un alma en el parque John Lennon del malecón Bertolotto. Si Perfumo no llegaba en diez minutos, regresaría a casa.

¿Qué más lograba distinguir en ese terreno estéril que precedía al mar? Había un amplio estacionamiento en desuso cercano a la autopista y, en el centro, como un oasis verdísimo, una superficie de césped sintético del tamaño de una cancha de fútbol. Sobre esta área, pegadas una a la otra como si fueran las cabañas de una aldea, cinco estructuras semicirculares semejaban cúpulas o huevos gigantes cortados por la mitad. Alipio sospechaba que se conver-

191

tirían en domos para proteger una decena de canchitas de Fútbol 6. Le parecía bastante feo todo el asunto pero al menos se veía novedoso.

«Lima cambia con violencia», pensó mientras se subía el cierre del abrigo hasta la manzana del cuello, «crece sin control, hacia arriba, se lo tumban todo para levantar edificios horrendos y baratos que se derrumbarán con el primer terremoto… *Es una desgracia*», frase que susurró como para escucharse a sí mismo. Luego giró instintivamente el cuerpo inclinando la cabeza como si buscara estrellas y se dejó llevar en una vuelta morosa sobre su propio eje. Era como el lento paneo de una cámara en contrapicado. Arriba, cercándolo, un bloque de cuatro o cinco edificios anodinos que parecían fotocopias mal hechas: más que un malecón con vista al mar, tenía la impresión de estar en el corazón de un complejo industrial.

«¿Qué chucha le pasa a este huevas? ¿A qué hora llega?»

El flaco Perfumo lo había citado en San Miguel porque ese había sido su barrio. Sus viejos solían vivir cerca, a unas pocas cuadras del parque. Siguiendo por Comandante Espinar hacia la avenida Brasil y entrando a la izquierda por el jirón Echenique, estaba la casita de los Campos: su compadre, Arnulfo, y su esposa, Leticia. Alipio fue uno de los testigos de su matrimonio y se sintió honradísimo el día que le pidieron ser el padrino de bautizo de Perfumo, su primogénito.

Perfumo tenía dos hermanos que también llevaban nombres inusuales: Kempes y Riquelme. Todo esto siempre había sido raro para Alipio, pero raro en plan pintoresco. Nunca entendió, por ejemplo, por qué usaban apellidos de futbolistas argentinos para nombrar a sus hijos y, cada vez que se lo preguntaba a Arnulfo, su compadre soltaba respuestas extravagantes que modificaba radicalmente apenas se lo volvía a preguntar.

El que tuvo serios problemas de autoestima y una leve depresión en la adolescencia fue Kempes Campos. Incapaz de seguir soportando los chistes que propiciaba esa cruel cacofonía, puso fin a su calvario cambiándose legalmente el nombre: Kempes ahora se llamaba Paulo. En cuanto a la relación de Perfumo con sus hermanos menores, cabría señalar que nunca fue la mejor y ahora ya no existía. Lo habían aislado. Dejaron de llamarlo y de contestarle el teléfono. Le pidieron que ya no volviera. Estaban hartos de sus mentiras y de sus chantajes y de sus robos y de sus estafas pero, sobre todo, estaban agotados de intentar ayudarlo, heridos por todo el dolor que la maldita adicción de Perfumo le había provocado a su madre.

«Tantos recuerdos», musitó Alipio. Parecía que ninguno era feliz pero, cuando Arnulfo estaba vivo, pese a algunas cagadas que podía mandarse de vez en cuando, había algo parecido a la felicidad en casa de los Campos, o así lo había sentido Alipio cada vez que llegaba con Alina y se quedaban a pasar el día con ellos.

Siempre había creído que Perfumo se volvió pastelero por la pena infinita que le produjo la rápida muerte de su padre. A fin de cuentas era claramente su preferido y así lo habían sentido tanto Kempes como Riquelme, e incluso Leticia, aunque Arnulfo lo negara y hasta se enfadara cuando alguno de los tres se lo decía. La idea inconsciente de Perfumo era matarse lentamente, abandonar la vida fumando pasta mientras se apagaba esa melancolía que lo ahogaba y no podía soportar. Así lo interpretaba Alipio cuando lo encontraba angustiado, y ya era cosa de dejarle algún centavito para que no robase en esas épocas de intenso consumo que duraban algunas semanas, pero que luego extrañamente se aplacaban.

Lo cierto es que Perfumo no dejaba de consumir. Y estaba tan consciente de eso que tenía una «explicación sincera y hasta científica» que solía repetirle cada vez que lo veía:

«No se puede, Alipio. Eso es imposible para cualquiera que está enganchado a la pasta o al "basuco", como le dicen en Colombia, o al "pitillo", como lo llaman en Bolivia, o al "paco", que es como lo conocen en Argentina y en Uruguay, padrino, la misma basura sagrada con mil nombres en América Latina, el veneno más peligroso y el más rico. Porque la pasta es rica, Alipio, ¡riquísima! Y fumarte un clavo es regalarle una alegría intensa a tu desgracia, a la vida de mierda que tienes y que odias justo hasta ese preciso momento en que te prendes otro clavo y el humo dulce te revienta los pulmones pero *con amor*, y en ese momento lo único que deseas para ti, o para lo que queda de ti, es que esa euforia no pare, que no se acabe, padrino, que no se detenga nunca, ¿me entiendes?...».

Perfumo lo decía con alguna lucidez, como si ya hubiera dejado atrás todo ese infierno. Pero no era así. Solo estaba dormido. Seguía consumiendo diariamente pero su ritmo se volvía menos frenético, se equilibraba mientras Perfumo buscaba un nuevo golpe rápido que pudiera permitirle seguir fumando hasta ese día en el que la pasta lo matara de verdad.

Y así era como esperabas encontrarlo esa mañana, Alipio: despierto, tranquilo, probablemente drogado pero quieto. ¿Cuánto tiempo había pasado? No querías saber. Te asustaba consultar la hora y comprobar que no se trataba de una tardanza. Tampoco querías desengañarte, confirmar que las funestas predicciones de Alina habían sido reales y que Perfumo te había cagado, que había decidido cerrarte con tu parte del rescate porque eso es lo que hacen los drogadictos, Alipio, no seas cojudo, no te metas en esa porquería, puedes perder tu trabajo, ¡puedes terminar preso!

El grito resonaba en su cabeza como un eco decreciente, así como pensaba que sonaban los recuerdos en las películas... Y sin embargo, Alipio, piensa un poco: ¿era realmente un recuerdo? ¿No habían pasado apenas tres días desde que devolviste a Miguelito sano y salvo a su casa? ¿Has olvidado que te quebraste ni bien saliste del hogar de los Huamani y manejaste llorando, todavía asustado, culpándote por no haberle hecho caso a tu mujer?

—Estás hasta las huevas, Alipio —se dijo enfadado.

Y entonces, sin buscarlo, como todo aquello que regresa sin importar cuánto te esfuerces en olvidar, un trauma, uno de esos choques emocionales que se quedan porque causan un daño horrible en el cuerpo, Alipio volvió a recordar esas diez horas de terror que pasó imaginando al muchacho muerto. Fue muy duro. Estaba seguro de que le daría un ataque o un derrame cerebral porque sentía que le faltaba el aire y al mismo tiempo, pese a que la culpa era aplastante, tenía que fingir que no sabía nada. Eso lo asqueaba. En algo estaba claro: él no era un delincuente pero había actuado como uno. La desesperación por encontrar el dinero para operar a su mujer no podía justificar la monstruosidad de haber puesto al niño en peligro. Desde hacía diez años lo llevaba al colegio, al doctor, a la casa de los abuelitos, creía fervientemente que Miguelito había mejorado gracias a él, a sus consejos, a sus historias, a sus chistes... Alipio era su chofer y lo cuidaba, sí, pero también era un poco como su hermano o su tío, ¿no?... ¿O quién lo había llevado al prostíbulo para que debutara?

El cretino ignorante de su viejo estaba convencido de que el sexo podría ayudarlo a ser «menos mongo» y así se lo dijo:

«Llévatelo a cachar al Miguelito y con suerte se vuelve un poco menos mongo; pero asegúrate, Alipio, que la puta sea *bien* rica. Si es una venequita tetona y culona, mejor…».

«¡Qué tal hijo de puta!», pensó mortificado. Su cabeza era un campo de batalla. Mientras más vueltas daba, más impostor se sentía. ¿O quién había madrugado para cobrar el dinero por la entrega de Miguelito? No tenía respuesta (mentira, sí tenía, pero no quería aceptarla porque le daba vergüenza). Volvían entonces los remordimientos. Volvía el mismo nudo en la garganta que lo había quebrado cuando pudo por fin recuperar al chico. Entre ese momento en el que vio cómo se lo llevaba la loca de la minifalda hasta ese bendito instante en que el patrón aceptó pagar el rescate, con toda la hipocresía que se permite un traidor arrepentido, Alipio Ponce sintió morirse.

Y toda esa vaina solo porque Nemesio se negó a pagar el rescate. Ganaba diariamente miles de dólares y era incapaz de soltar diez mil míseros cocos por la vida de su propio hijo. Ni siquiera quería llamar a la policía porque le daba igual, parecía que le habían hecho un favor llevándose a Miguelito. Y si no hubiera sido por doña Domi, que empezó a pegarle cuando les llegó el video, a corretearlo por toda la casa con un bate de béisbol mientras lloraba y gritaba descontrolada, si no le hubiera soltado lo del divorcio millonario delante de todos ellos, que veían incrédulos cómo se le transformaba la carota al Chucky, sin todo ese chongazo que duró su buen par de horas y dejó al patrón con moretones y una ceja sangrando, Alipio estaba segurísimo de que Nemesio habría abandonado a Miguelito a su suerte.

El cobro y el rescate se dieron de manera simultánea. El comandante Arroyo ordenó que se realizaran en dos lugares distintos. Alipio siempre sospechó de la policía. Intuyó que habría por lo menos tres tombos metidos y quizás por eso el monto exigido era razonable. Necesitaban que fuera rápido y efectivo. Descartaron un secuestro exprés porque no podían exponerse en la vía pública ni hacer roche. Tranquilamente hubieran podido pedirle ochenta mil o cien mil dólares si no fuera porque, además de un empresario tirano y amarrete, el Chucky era un perfecto miserable que prefería un hijo muerto a uno mongo. Y todo esto seguramente lo sabían los policías gracias a él: a través de Perfumo, Alipio les había hecho el trabajo del reglaje. Era un soplón y un traidor, sí –asintió moviendo la cabeza como un caballo incómodo–, pero lo hacía por la salud de su esposa y también, por qué no, por justicia, porque el Chucky se merecía eso y más, a pesar de que Miguelito no.

¿Qué más lo hacía sospechar de que había policías en la banda? Quizás la insólita llamada que entró al celular de Gilberto, el jardinero, veinte minutos después de que Nemesio confirmara el pago. El «floricultor» (así se llamaba él mismo cuando le preguntaban por su oficio, nadie entendía por qué) llegó corriendo con el teléfono en alto, tan asustado que se veía blanco y muy pálido pese a que era un chinchano de tez muy oscura. Gilberto era el empleado más antiguo de la casa, el de más confianza. Trabajaba con los Huamani desde que adquirieron su primera propiedad en Zárate. Era el único trabajador de la residencia que no despreciaba en secreto al patrón. De hecho, Alipio sabía que Gilberto lo admiraba sin reservas por haber sido un serrano feo, enano y misio que se volvió millonario con su trabajo, sin que nadie le regalara nada; «y eso, Alipio, óyeme bien, tú que ya te vi que eres medio comunista y rojete: *eso* no hubiera sido posible sin Fujimori, que acabó con el terrorismo y nos trajo la paz y la oportunidad de progresar… Si está preso ahora es por culpa de esos peruanos ignorantes y malagradecidos que odian la libertad».

¿Cómo hicieron los secuestradores para llegar al celular de Gilberto? Alipio no tenía ninguna duda: ese era un típico trabajo de inteligencia policial. Los tenían marcados a todos. Era una forma de amedrentar a la familia, de advertirles que estaban al tanto de sus movimientos. Cualquier paso en falso traería consecuencias drásticas sobre la salud o la vida de Miguelito. Curiosamente, el Chucky ni se inmutó. Ya había tomado su decisión, ya estaba cansado y amargo y solo quería salir del problema sin complicarlo más. No dudó en aceptar el plan de la entrega del dinero y la liberación de su hijo. Tampoco tenía otra opción.

La voz del capitán Contreras le indicó puntualmente qué hacer y Alipio, que había estado a su lado, tras preguntarle al patrón qué le habían dicho, reconstruyó mentalmente la información como pudo:

> Se encontrarían a las siete de la noche en el Campo de Marte, debajo del puente de la Amistad Peruano Japonesa / Iría el jardinero / Gilberto no podía levantar la cara ni hablar / Hablaría solo si se le hicieran preguntas / El dinero en efectivo se entregaba en un maletín / En veinte minutos, después de confirmar que no faltara ni un céntimo, el chico sería liberado en el terminal terrestre de Fiori en plaza Norte / Apenas recibieran la llamada podrían buscarlo en el parqueo de los buses, sano y salvo, incluso bien cuidado / Si algo fallaba igual le devolverían a Miguelito, claro…, pero envuelto en papel periódico / Y en pedacitos…

«Qué tales basuras…», musitó Alipio al recordar el detalle macabro del desmembramiento. Algo que podía ser falso y probablemente solo buscara asustarlos, pero cuya violencia le despertó un calor corporal muy intenso y una desagradable sensación de vértigo. Sudaba: la espalda, las axilas, el cuello nervudo, la calva redonda con sus cuatro pelusas peinadas, el culo gordo. «¿Por qué mierda no llega el flaco? ¿Realmente me habrá cagado?» Seguía sin poder creerlo. Ya llegaría, a veces era tardón. Un ligero mareo lo derribó sobre la banca escuálida que miraba hacia el único monumento del parque.

Arriba, encima de un pedestal de mármol, con la inscripción IN MEMORIAM y su nombre en mayúsculas –ofrenda inaudita de un alcalde corrupto pero rocanrolero–, el mismísimo John Lennon tocaba su guitarra para los vecinos de San Miguel. Alipio lo vio, desde abajo, con una mezcla de curiosidad y extrañeza, preguntándose si la familia de Lennon, si esa viuda famosa que recordaba japonesa y con cara de loca, tendría alguna idea de esa sentida muestra de afecto de los sanmiguelinos hacia el admirado Beatle. Luego, riéndose, imaginó un posible parque Mick Jagger, una alameda Madonna y un paseo Stevie Wonder.

Fue justo en ese momento, cuando la ensoñación era agradable porque lo divertía, que escuchó el silbido del hombre flaco y pelucón que se aproximaba lentamente hacia él.

¿Quién era ese loco? ¿Y por qué se le acercaba?

Los ojos de Alipio se cerraron tras un largo parpadeo. Recordó entonces la noche del rescate en Fiori. Recordó cómo reconoció a Miguelito de espaldas, inmóvil, desorientado en el medio del parqueo del terminal terrestre, con los brazos colgando como si le pesaran. Estaba tranquilo y mudo entre la agitación y el bullicio continuo de los cobradores que ofrecían a gritos sus últimos asientos, mientras los pasajeros corrían para no perder sus buses. Lo abrazó como hubiera abrazado al hijo que Alina nunca pudo concebir. Lo abrazó llorando, pidiéndole perdón, Miguelito, no sabes cuánto lo siento, dime algo, háblame, por favor. ¿Te sientes bien? ¿Se portaron mal contigo? ¿Te duele algo? Tus padres te están esperando en casa. ¿Tienes hambre? ¿Desde cuándo no comes? El chico no respondía y Alipio temió lo peor. Todavía estaba en *shock*. La experiencia ló había traumatizado. «¿Será que ya no habla?», pensó culposo. Ya en el coche, de camino a Zárate y con Miguelito petrificado sobre su asiento, solo atinó a preguntarle lo primero que se le pasó por la cabeza:

—¿Qué quieres hacer ahora, Miguelito? —le dijo sin mirarlo y, de pronto, como si Alipio hubiera apretado un botón insospechado, sin alterar la expresión de triste desconcierto, el chico se volvió hacia él y, con mucha serenidad, le respondió:

—Quiero cachar con Susana.

«Jaaa…, quería cachar, ¡eso quería el pendejo!…», lo recordó sonriendo. Sonreía pero quería más bien reírse fuerte. Quería gritar, golpearse el pecho, hacer un escándalo para que se despertaran todos los vecinos y llegara la policía o el serenazgo o alguien —¡quien fuera!— para sacarlo de una vez de ese parque en el que seguía esperando inútilmente a Perfumo.

No se iba a mover. Pese a que todavía estaba oscuro, el canto repentino de un gallo anunció la llegada del amanecer. Alipio se quedó observando a un par de perros callejeros que subían desde la playa y se olían mutuamente el rabo. El hombre oscuro ya había dejado de silbar pero seguía avanzando hacia él. Cuando por fin pudo verlo descubrió con estupefacción que, además del pelo largo hasta los hombros, llevaba unas gafas pequeñas de lentes redondos idénticas a las de John Lennon…

—Buen día, Alipio —dijo confianzudo, casi alegre, como si fueran dos amigos del barrio cruzándose de camino al trabajo—. Perfumo no puede venir pero no te preocupes que aquí tengo tu encargo.

—¡¿Cómo?!…

—¿Estás sordo, huevón, o te haces?

—No, no, disculpe…, ¿qué le pasó a Perfumo?

200

—Nada grave. Su problema, ya sabes, es la fumadera. Ayer se largó a un fiestón electrónico con otros pastrulos y el loco todavía no vuelve.

El hombre soltó una risita como de hiena para confirmar que ese había sido un chiste.

—¿Quién es usted? —preguntó Alipio con la voz entrecortada. Una intensa electricidad trepó ferozmente por su espina dorsal y recién entonces sintió miedo.

—¡Y a ti qué chucha te importa quién soy yo!...

—¿Disculpa?

—¡Coño, Alipio, cállate de una puta vez! —respondió imitando mal el acento español—. Tengo aquí tu billete, ¿lo quieres o me largo y te olvidas del *money* para siempre?

Alipio se quedó en silencio pero aceptó con la cabeza, pestañeando nervioso. ¿Había dicho *money* en inglés o entendió mal? No quería saberlo. Desde abajo, aún sentado, la imagen que lo interpelaba tenía algo de surrealista porque había dos John Lennon.

Estaba la estatua que cantaba con su guitarra desde el pedestal y luego estaba su copia peruana: un imitador mal disfrazado que parecía estar medio orate y lo intimidaba. Físicamente no se parecía en nada a Lennon. Era cholo, delgado, vigoroso, no tendría más de treinta años. Sin duda era raro, pero raro en plan extravagante: tenía las cejas depiladas, los dientes blanquísimos, un cutis algo abrupto que bronceaba artificialmente, y la piel brillante como si la hubiera rociado de escarcha. Su peluca lacia, sedosa y bien cuidada parecía además tan real que cualquiera hubiera jurado que era su verdadero cabello.

—Chápala rápido y ábrela para que revises la guita pero sin hacer mucho roche —le ordenó de pronto el falso Lennon, mientras le chorreaba una bolsa de papel. Parecía una de esas bolsas de merienda de los escolares en Estados Unidos. Estaba arrugada y había sido cerrada con una ridícula cinta de regalo–. Perfumo nos contó que tú y tu esposa Alina no tienen secretos, que siempre se lo cuentan *todo*...

Tomar la bolsa con las dos manos, comprobar que casi no pesaba, no levantar la mirada, entender bien la última frase, el peso estremecedor de ese *todo*, y saber que necesitaba huir...

–Seguro exageras, Alipio. Las cosas importantes, esas que son de vida o muerte, no hay que decírselas a nadie... Menos a tu mujer... ¡Imagínate!... Tantas cosas locas que pueden pasarle a uno por un secreto...

Abrir la bolsa y confirmar la sospecha, una última broma cruel que no podía dejar de sorprenderlo. Había ciertamente un fajo empacado con una tirilla pero los billetes eran falsos. Los reconociste rápidamente porque de niño te encantaba jugar al Monopolio y eras muy bueno, Alipio Ponce, les ganabas a tus hermanos y a tus primos y a tus amigos del barrio... ¿Te quedaba tiempo para abalanzarte contra el falso Lennon? ¿Para detenerlo, para impedir que disparase, para escapar?... Era triste pero no. Ya era tarde.

Levantar la cabeza entonces: abrir los ojos redondos y transformar la mueca de asombro en la más dolorosa resignación. Sentir una explosión sorda y la bala que te perfora el estómago. No escuchar nada. Apenas un silbido que no daba para disparo aunque lograste ver la boca humeante de la pistola. No poder impedir esa última cara de espanto mientras el falso John Lennon recogía la bolsa de papel y largaba otra vez su dulce silbido...

Era una canción que Alipio conocía, que todo el mundo se sabía porque era muy famosa. Y era del mismo Lennon. ¿Se llamaba «Imagine»? Pensaba que sí pero no estaba seguro. El silbido del suboficial Alfredo Manyoma era mucho mejor que su canto. No la empezó por el principio sino por esa parte que hablaba con esperanza de los soñadores del mundo...

You may say I'm a dreamer
But I'm not the only one
I hope someday you'll join us
And the world will be as one...

Mientras Alipio agonizaba –las dos manos sobre su estómago bañadas de sangre–, el suboficial Manyoma dejó abruptamente de silbar. No entendía por qué no había huido. Podrían verlo pero parecía no importarle. Lanzó, entonces, una breve explicación de lo fea que era la agonía cuando te disparan en el estómago.

–Pueden ser horas de dolor, Alipio, imagínate –le dijo convencido, con un rictus de preocupación que parecía sincero.

Se limpió entonces la frente con un pañuelo, se acomodó la peluca con la mano libre y luego, tras pedirle una disculpa cristiana y decirle que *no podía hacerle esto*, disparó contra su cabeza sin piedad.

LA RESPUESTA

From: Carmen Sylvia Infante Arreola <Sísifo70@gmail.com>
to me ▾

French ▾ > English ▾ Translate message

Arrabal:

Sí, claro que te he visto, pero no te acerques a mi casa ni me vuelvas a escribir.

Aquí no puede entrar nadie por su propio bien.

Afuera es otra cosa.

No puedo impedir que me sigas. Tampoco lo he hecho antes.

No tengas dudas: eres un acosador.

Y escribes, sí, pero la escritura es una trampa.

No todos pueden.

Déjame en paz, Arrabal.

No tengo música, solo esto:

https://ciudadseva.com/texto/las-ratas-de-las-paredes/

C. S.

Dos

... un sismo de magnitud 6,0 sacudió la noche de este martes la ciudad de Lima y la costa central de Perú. El Instituto Geofísico del Perú informó que el temblor ocurrió a las 21.54 hora local (2.54 GMT) y su epicentro se ubicó en aguas del Pacífico, a 33 kilómetros de la ciudad costera de Mala, al sur de la capital peruana. El Servicio Geológico de Estados Unidos reportó una magnitud de 5,8 con una intensidad 7/10 que genera una sacudida «muy fuerte». El temblor no generó ninguna alerta de tsunami en el litoral peruano, según la Dirección de Hidrografía y Navegación de la Marina de Guerra del Perú. Tampoco hubo reportes de víctimas ni daños de consideración a la infraestructura, según el primer reporte del Centro de Operaciones de Emergencia Nacional...

LA CASA DE LOS DULCES

Duermes. Sabes que duermes pero no descansas. Tienes los ojos abiertos, gritas pero la voz no te sale, se te atora en la garganta, te ahoga. Estás acostumbrado a ese sueño aberrante que te atormenta. Lo más angustiante siempre fueron los sobresaltos. Esa sensación pavorosa de que alguien te habla o te toca o te observa dormir. Tú sabes que estás soñando, lo sabes perfectamente. Es solo esa pesadilla tan vívida que se repite y se repite porque la bestia acecha.

¡Despierta, Alfonso! Huye de la condena y del sueño monstruoso que te arrastra a ese sufrimiento. Protégete de la inquina y la tentación con el amor piadoso del Señor. «Sed de espíritu sobrio, estad alerta. Vuestro adversario, el diablo, anda como león rugiente, buscando a quién devorar.» Las sagradas escrituras, la palabra de Dios, tu vida entera dedicada a llevar su amor infinito a los pueblos olvidados, a los desposeídos, a los miserables, ¿qué mejor escudo contra las tinieblas, contra ese abismo que te pone a prueba?

Es hora de levantarse. No contraigas los músculos de la cara, no aprietes los tendones del cuello, no alces más los brazos para espantar a esos engendros diabólicos y torcidos que ha creado tu propia debilidad. Recuerda quién eres, Alfonso Corradi de la Serna, recuérdalo siempre a pesar de las derrotas, a pesar de la injusticia con la que consiguieron hacerte daño con tanta mentira y mala fe. No te desalientes. Solo mira hasta dónde llegaste. Recuerda cómo te repusiste del escándalo creado por los Judas y los Caínes de la archidiócesis de Madrid: esos enemigos indignos del propio clero que considerabas hermanos y pensaste leales y bondadosos hasta que te dieron la espalda con una ferocidad impropia para cualquier soldado de Dios.

Fíjate, Alfonso, date cuenta de dónde estás ahora y agradécele al Señor que no te haya abandonado, que no te haya dejado solo cuando todo era penumbra. ¿Cuántos de esos infelices, que te pensaban acabado, tuvieron que aceptar resignados tu regreso a Lima? ¡A la capital del Perú! ¿No era casi un ascenso, Alfonso? Es verdad que te estancaste, que ya no habías podido subir pese a que tenías los méritos de sobra para llegar hasta donde quisieras. No te has olvidado del más preciado de tus sueños, no. Lo creías fervientemente desde que eras seminarista y ahora solo guardas un profundo rencor cuando lo imaginas. Ese día milagroso en que el mismísimo papa te nombraba cardenal y tú llorabas de alegría besando su hermosa mano… ¿Cómo hacía uno para apagar esa tristeza, Alfonso? ¿Cómo se conjuraba ese vacío insoportable que te producía la decepción, la tremenda injusticia de haberte culpado sin querer escuchar ni entender lo que realmente pasó?…

Nunca te creyeron. Volvieron sobre lo que ya estaba enterrado: el malentendido de los colegios en Aranjuez. Tanto tiempo ya de eso y tú tan jovencito; una minucia, una nadería irrelevante, un simulacro entre gitanos que fingen leerse las cartas, ¡pedazo de hipócritas!… ¿Que filmabas a los chavales? ¡Por supuesto!, ¿cómo no ibas a hacerlo, Alfonso, si eras su profesor de educación física, si tu trabajo era comprobar que estaban haciendo bien los ejercicios y no haraganeando cuando no estabas cerca? ¿O cómo se le enseña a un chaval de doce o catorce años que necesita *siempre* tu consejo? ¿Cómo haces para ayudarlos a todos cuando tienes seis o siete clases de treinta estudiantes?

Es cierto que el detalle de la cámara en los vestuarios y en las duchas fue un exceso. Eso lo reconociste y fuiste sincero cuando entendiste que habías sido traicionado por tu ingenuidad o lo que, ante el vicario judicial, llamaste «tu pureza». Porque entonces tú eras así, Alfonso, ¿te acuerdas? Eras puro: un joven sacerdote inocente y tan honesto que siempre pecabas de franqueza. ¿Cómo así pensaste que el lío de los acosos en el vestuario podrías resolverlo solo? No te acuerdas. Fue tan doloroso aquello y ha pasado tanto tiempo…

Lo más probable es que hayas enterrado esos detalles para protegerte del remordimiento. Al vicario le dijiste toda la verdad: ninguno de los estudiantes se animaba a hablar y preferiste callárselo a las autoridades del colegio para resguardar al denunciante, un pajarito triste y herido que te había pedido discreción absoluta. ¿Cómo traicionar lo que llorando exigió mantener en secreto? ¿Qué locura habría cometido el pobre si esa deshonra se hubiera hecho pública? Tuviste miedo. Eso fue lo que pasó. Creíste que grabándolos en secreto podrías descubrir a los agresores. No habías planeado muy bien qué harías luego con ellos. Supusiste que una conversación en privado bastaría para contenerlos, le confesaste al vicario judicial. Y te equivocaste, Alfonso. Horriblemente. ¿Recuerdas ese momento extraño y denigrante en el que pasaste de mediador a acusado? ¿Esas denuncias anónimas de tus propios estudiantes que se habían organizado para hundirte y te acusaban falsamente de «tocamientos indebidos»? Una infamia. Un absurdo. Una vulgar *vendetta*. ¿Por qué tanta crueldad?

211

¿Por qué osaron mentir de esa forma para arruinarte? Las palmaditas, las cosquillas, sentarlos dulcemente en tus rodillas, hablarles bajito... ¿Era eso? ¡Incluso hubo uno que se quejó porque los llamabas «mis currinchines»!

No entendías nada. El vicario judicial ordenó cesar inmediatamente todas tus funciones en Aranjuez y la diócesis te ordenó salir de España, dejar tu casa, abandonar a tus padres (que sufrieron tanto), huir como un apestado para evitar la expulsión de la Iglesia católica. Te irías a América Latina como misionero *fidei donum*. No tardaste en comprender que esa degradación era la que sufrían los curas acusados de pederastia. Las diócesis de Europa los prestaban temporalmente a otros obispados y, de esta manera, no dejaban de pertenecer a su adscripción de origen. Si un cura abusaba sexualmente de menores no era juzgado en los tribunales ordinarios. Quedaban blindados por su sotana. Su castigo era trasladarlos a parroquias humildes de pueblos olvidados de Latinoamérica. Lo hacían de esta forma para evitar los escándalos. Estaban seguros de que la gente pobre y devota soportaba más los abusos. Y el cálculo no parecía muy complicado. Si, por ejemplo, algo les ocurría a sus hijos en los colegios o en las parroquias, ¿esta gente se atrevería a enfrentar a la Iglesia? Y si lo hacían, ¿quién iba a creerles?

Partiste de España asqueado. Tú no eras un pedófilo, Alfonso. Tú no eras un depredador. Eras un clérigo desengañado que seguía amando profundamente a Dios y había perdido toda inocencia. ¿Fue en Guatemala donde empezaron los sueños tortuosos? ¿Las alucinaciones siniestras? ¿La sensación de morirse? Incluso hoy, cuando no eres otra cosa que un anciano obeso y decadente al que pronto vencerá la diabetes, te cuesta encontrar las palabras exactas para definir esa experiencia fúnebre.

Lo más parecido a ese manicomio lo encontraste en

La romería de san Isidro, una de las pinturas negras de Francisco de Goya que fuiste a buscar al Museo del Prado. El estremecimiento fue instantáneo. Una sacudida tan poderosa que te flaquearon las piernas y caíste de rodillas a solo unos metros del cuadro. Al verte enfundado en una sotana, el que menos pensó que te habías reclinado a orar. No te fuiste completamente al suelo porque, al verte pálido, mareado y con los ojos perdidos, la mujer que estaba a tu lado comprendió enseguida que te desmayabas y te rodeo con los brazos para sostenerte. A pesar del pequeño alboroto que se armó, en ningún momento dejaste de observar la pintura. Esa fiesta devota de peregrinación que Goya presenta como una pesadilla monstruosa. No hay celebración. Todo es feo y deforme y ha sido degradado. Parece que los hombres y las mujeres avanzan con espanto hacia su propia muerte. Tienen las bocas desencajadas, los ojos enloquecidos, lo único que expresan sus rostros es un dolor que agrede e interpela a quien contempla la pintura.

Tus sueños grotescos eran así: sentías que Dios te había abandonado y caminabas hacia la muerte rodeado de gente deshumanizada que te hablaba sin parar. Eran susurros pero también eran gritos. Tu cuerpo adolorido siempre estaba agarrotado. Luchabas por moverte para espantar a los espíritus en pena. Pensaste en todo momento que se trataba del demonio –el ángel del abismo poniendo a prueba tu fe–, y respondiste a ese ataque aferrándote a la palabra sagrada. «¡Quítate de delante de mí, Satanás! Me eres piedra de tropiezo; porque no estás pensando en las cosas de Dios, sino en las de los hombres.» No fue en Guatemala donde ocurrieron las verdaderas crisis. Empezaron, sí, algunos breves episodios que te aturdieron pero pensaste que eran fruto del cansancio y la frustración que te ahogaba por verte tan joven en un pueblo perdido donde abundaban evangélicos y niños delincuentes que, algunos años más tarde, terminarían de mareros.

A pesar de todo, la experiencia guatemalteca fue satisfactoria. Terminaste fortalecido, Alfonso. Tu trabajo dio los frutos esperados y la diócesis aprobó tu traslado a Venezuela. Un ascenso simbólico. Ese sería el inicio de un periplo voluntario de largas estancias por distintos países de América del Sur. ¿Recuerdas todas las obras sociales que llevaste a cabo junto a cientos de feligreses en Ecuador, Colombia, Paraguay y Chile? Parroquias, colegios, ambulatorios, albergues, bibliotecas municipales, comedores solidarios, ollas comunes... ¡Nada era imposible para ti! Lo dejaste todo para ayudar a tantísima gente necesitada: ciudadanos hermanados por la miseria y la injusticia que acudían a la Iglesia porque se sentían abandonados por el Estado y necesitaban la ayuda de Dios.

¿Fue ese el momento en el que aparecieron los nuevos currinchines? Aquellos niños bellos y amorosos que te ayudaban con las actividades y los desayunos y las recolectas públicas y que estaban siempre a tu disposición con el consentimiento de sus padres, «hijito, le haces caso en todo al padre Alfonso», y los currinchines obedecían porque era un privilegio servirte, complacerte, agradecerte todo lo que hacías por la comunidad, y se sentaban en tu regazo, recibían tus cosquillas juguetonas, oían tu respiración agitada, sentían de cerquita ese sudor frío que te ahogaba, y al principio solo era esa mano enjabonada que bajaba y subía por la espalda, por los brazos, por detrás de las orejas, y ya más tarde, rápido por el potito tierno y por ese capullito cerrado que podía endurecerse como el tuyo debajo de la sotana, duro y tan caliente que explotaba... Ay, qué barbaridad este niño, ¡parece que no se hubiera bañado nunca!

¿Te acuerdas de eso, Alfonso? ¿También te lo susurran de noche los demonios en tus sueños? ¿Para qué ibas a

214

volver a España si estabas en la casa de los dulces y podías comerte todos los que quisieras? ¿Y acaso era tu culpa? ¿No era Dios Todopoderoso el que te había creado de esa forma y arrojado al mundo para probarte? ¿No sufrías acaso por no poder controlarlo? ¿No recurriste al dolor para reprimir las tentaciones y los placeres de la carne? ¿No emulaste los padecimientos sagrados de Cristo buscando tu redención? ¿No te entregaste a la flagelación, al cilicio y a la penitencia esperanzado en poder curarte? ¿No mortificaste tu carne mil veces para salvar tu alma?

Pero todo fue en vano, ¿verdad? Y es que, a veces —tan poquitas veces que podías contarlas con los dedos de las manos—, no pudiste aguantarte más y, embriagado de placer, te dejaste ir. Cuestión de darse cuenta para dónde tiraba el parvulito. Que los hay amujerados desde pequeños y cualquiera sabe que solo necesitan un leve empujoncito para liberarse. Ya ni recuerdas en qué país fue —ni sus nombres ni sus rostros ni siquiera el momento en que cedieron— pero sabes que nunca hubo violencia ni chantaje ni castigo ni sometimiento…

El chico —llamémosle así— había aceptado ser monaguillo en la parroquia. Todo estaba yendo bien porque era amable y cálido y servicial y te miraba, Alfonso, era bello como un efebo indígena y sus ojos negros se clavaban como dardos en tu corazón. Conseguía incluso intimidarte. No decía mucho pero su mirada era como un reclamo. Te había elegido. Ya casi era un púber alto y flacucho con vellitos enrulados sobre ese pubis angelical. Y el baño ya era poco. Y sobarlo en la ducha también era poco pero no te atrevías a más. Te daba miedo. Y se volvió una obsesión. Estabas fascinado por el deseo pero también estabas roto. Una noche te dedicaste a beber. Nunca lo hacías pero necesitabas valor. El chico se había quedado a dormir porque la misa empezaba tempranito y vivía con su madre en otro pueblo muy alejado. Estaba echado en su cama. No sabías si dormía o si se hacía el dormido cuando escuchó tus pasos en el corredor. Dejaste la luz apagada. La cabeza te daba vueltas. Lo llamaste, musitaste su nombre pero no hubo respuesta. Le acariciaste los cabellos con mucha dulzura, parecía que ibas a darle un beso en la frente y a desearle las buenas noches, pero el impulso lascivo fue irrefrenable y tu mano nerviosa ya le bajaba el pantalón del pijama y, casi al mismo tiempo, el calzoncillo. No reaccionaba, Alfonso. ¿Se hacía el dormido? Repetiste su nombre varias veces: eran murmullos que imaginaste como arrullos para relajarlo porque el niño estaba rígido como un muerto y no sabías si detenerte. No entendías. ¿No era el chico el que te miraba con deseo hasta sonrojarte? ¿No eran sonrisas de gozo las que aparecían cuando lo enjabonabas en la bañera? Tenías que detenerte, Alfonso. Tenías que parar ahora y salir inmediatamente del cuarto, pero el alcohol en la sangre y tu verga erecta —tan rígida que lastimaba— te lo impidieron. Te hubiera gustado ver de nuevo su bellísimo pene cuando empezaste a acariciarlo y el niño durmiente soltó un chillido como de ratita que pensaste de placer y no de espanto. Su nombre arrullado y ya estabas desnudo masturbándolo mientras le lamías los testículos. Su nombre arrullado y tu boca descontrolada que engullía su verguita subiendo y bajando, subiendo y bajando, subiendo y bajando...

PATIVILCA

–Ya pues, Ishiguro, no jodas. Siempre te pregunto la misma vaina y te haces el loco y no entiendo si te da roche o qué... Yo pensaba que era tu mejor amiga y que me lo contabas todo pero te encanta cojudearme...

–¿Qué quieres saber, Rosalbita? Lo que sea, dímelo y te responderé.

–¿En serio? Mira que me jode muchísimo que me mientan. No hagas promesas falsas que no puedas cumplir... ¿O ya estás borracho como el patrón?

–Nunca he sabido si don Tito está del todo borracho –susurró encorvándose, bajando la cabeza como si fuera a contar el secreto del año–. Creo que se hace el dormido pero nos escucha.

–¡Qué va! Está huascaza, ¡míralo!... Si no ha vuelto a poner la canción de Los Panchos que-me-enloquece, ya mancó. Hasta me la he aprendido de memoria...

–A doña Tilsa le encantan Los Panchos.

–¿Quién es doña Tilsa?

–Mi mamá.

–¿A tu mamá no la llamas «mamá»?

–No. Jamás. Por respeto.

–Qué raro eres, amigo... A veces me sacas unas cosas que son... son como adorables, la verdad.

–En Colombia no es tan raro: en Medellín, por ejemplo, los padres y los hijos se tratan de «usted» y esa es una muestra de amor y respeto. Aquí es casi al revés.

–¿Y tú acaso eres colombiano?

–No, pero hubiera podido serlo. Es cierto que la comunidad *nikkei* de Colombia es muchísimo más pequeña que la del Perú, pero las razones para emigrar a América Latina fueron de lo más diversas. Don Tito me contó una historia alucinante sobre cómo llegaron los japoneses a Colombia... ¡Es increíble cuánto sabe el patrón!

–¿Y entonces?... ¿Vas a contármela o se supone que me toca pedirte que lo hagas?

–Si quieres te la cuento, Rosalbita. Es que no me gusta imponer las cosas.

–¡Ay, Dios! ¡Qué desesperante puedes ser, Ishiguro! ¿Cómo te soporta doña Tilsa si eres una ladilla de culo? ¡Cuenta, carajooo!

–Ya... Yuzo Takeshima era un estudiante de idiomas que estaba aprendiendo español y, nadie sabe muy bien cómo, consiguió un ejemplar de la novela *María* de Jorge Isaacs. El pata quedó fascinado por la historia de amor entre María y Efraín, pero sobre todo por las descripciones de los hermosos paisajes del Valle del Cauca. Su curiosidad era tan grande que se obsesionó mal y lo dejó todo para irse a Colombia. Incluso se lanzó a traducir la novela y, gracias a esto, muchos japoneses la leyeron y empezaron a ir al Cauca para conocer la hacienda en la que se enamoraron los personajes. A finales de 1920, Takeshima logró finalmente convencer a su gobierno de instalar la primera colonia agrícola japonesa en el Cauca. Y de esta manera, me dijo don Tito, fue la sagrada ficción la que llevó a los japoneses hasta Colombia.

–¿Y esto es verdad o es puro floro? Porque tú al patrón le crees *todo*, qué bárbaro. Es como si fuera tu padre...

—¡Oye, qué desconfiada eres! Don Tito nunca engaña. De hecho, yo lo busqué al toque en Google y todo es cierto.

—Por lo menos no fue como en el Perú, que aquí llegaron toditos como esclavos...

—Esos no eran japoneses, Rosalba, eran chinos.

—Pucha... Todo es una confusión con los asiáticos aquí. Don Tito también desciende de japoneses, ¿no?, pero todo el mundo aquí en el bar lo llama «chino»... ¿Y acaso el patrón reniega y los corrige? Tanto se queja de Fujimori y...

—¿Cuál es tu pregunta, Rosalba? —la interrumpió el mozo, ya serio.

—Primero un salud, mi rey, ¡seco y volteado! Pero cuidadito que el último martes tuve que echarte agua para despertarte. Estabas bien borracho, contabas unos chistes bien mongos y me mandabas besos volados, jaaa... Bien pollo eres, Ishiguro.

Desde su posición, una mesita redonda cercana a la entrada, lo único que podían percibir del chino Tito era la coronilla de su cabeza encubierta por unos largos mechones de pelo entrecano. Las mechas se tensaban cruzando su calva para darle forma a su clásica cola de caballo. Rosalba afirmaba que el cantinero usaba gel para pegárselas al cráneo y luego las repasaba con la secadora para que no se vieran brillantes ni pringosas. Ishiguro se carcajeaba sin saber si la cocinera bromeaba o si soltaba una infidencia. Había algo de prosaico en la imagen de Tito untándose gel que lo hacía reírse pero de nervios. No se sentía cómodo porque deformaba la altísima consideración que Ishiguro tenía hacia él.

—¿Sabías que a veces tiene sus choque-y-fuga con Marcela?

—¡¿Cómo?!... Nooo, ¿en serio? ¿Marcela la señora que lava los platos?

—Sí, Marcelita, yo los encontré una vez chapando en la bóveda. Estaban tan intensos que ni me vieron.

–¡Qué dices! No me lo creo... Además, ¿la señora Marcela no está casada?

–Es viuda, Ishiguro. Nunca te enteras de nada, tú paras volado... ¿Y qué tanto la señoreas a Marcelita si casi tiene tu edad? Tú te crees chibolo, amiguito, pero ya estás tío. Asúmelo de una vez.

–Bueno, es cierto que tampoco tiene a nadie...

–¿Ah?... ¡De qué hablas, insensato! ¿Quién no tiene a nadie?

–Don Tito... No tiene pareja ni hijos. Está solo. Ni siquiera sé si tiene perro.

–¿Solo?... Ay, Ishiguro, amigo, los únicos que estamos solos en este mundo somos tú y yo... ¿Qué te puedo decir? Al patrón lo tienes como en un pedestal. Estás en estado de negación. Pero no seré yo quien te quite esa alegría...

Lo desmitificaba y no entendía su motivación. ¿Qué necesidad tenía Rosalba de entregarse a ese cotilleo infame contra el patrón? Lo que menos comprendía era esa libertad con la que lo afrentaba en sus narices sin importarle que pudiera escucharla. ¿Sería la borrachera? ¿Estaría ella más ebria que él? Si hubiera sido otra persona –*cualquiera* menos Rosalba– ya habría resuelto el asunto con firmeza. Pero no era el caso y ya empezaba a arrepentirse por haberla juzgado con severidad. Intentó sosegarse. «No perdamos la perspectiva», pensó recordando una de las citas literarias preferidas de don Tito. ¿Seguiría durmiendo el patrón o solo se estaría haciendo el muertito? No se movía. Ni siquiera roncaba para despejar cualquier duda sobre su salud. Era apenas una cabeza inerte recostada de lado sobre la encimera de la barra. Ishiguro recordó entonces esa vez que un poeta maldito –de esos que iban al bar sin un duro y siempre chupaban gratis– le dijo que Tito y él eran como Batman y Robin y que podía tranquilamente imaginárselos culeando.

220

«Es una broma, muchacho, no seas homofóbico, ¿cuál es tu problema si dos locos bien machos se ponen a culear? Normal nomás, hay que disfrutar con mucha humildad de lo que te traiga la noche: a veces nos cae una tierna y jugosa papita y otras, caballero nomás, su rico *hot dog*... Los griegos no se hacían problemas con esas tonterías», agregó el poeta maldito ni bien se dio cuenta de que la cara de Ishiguro se endurecía y sus dedos se replegaban lentamente formando un puño nervioso.

No pasó nada. El poeta continuó sonriendo como si acabara de contar el mejor chiste del mundo y le correspondiera una chela gratis. El chino Tito ni se inmutó cuando, algunas horas más tarde, el mozo le contó lo acontecido.

«Borracho es un pesado de mierda y es mejor ignorarlo. Es uno de los Kloaka. Si todavía no lo he botado a patadas del bar es porque no escribe mal.»

El cantinero no dijo más pero la palabra Kloaka se le quedó resonando y ya de madrugada, en casa, Google confirmaría sus sospechas con un texto que firmaba un tal Roger Santiváñez, que también era poeta:

«El Movimiento Kloaka fue fundado en Lima, Perú, pocos días después del 30 de agosto de 1982 por la joven poeta Mariela Dreyfus y quien redacta este documento. Reunidos en el restaurant Wony del céntrico jirón Belén decidimos iniciar un *estado de revuelta poética* bajo el radical lema *Hay que romper con todo*».

Aunque no tenía redes sociales, Ishiguro estaba complacido con su rol de detective nocturno en la red. Es cierto que no tenía aplicaciones estallando en la pantalla de su celular y estaba como aislado y tranquilo de ese barullo virtual que esclavizaba mentalmente a tanta gente, pero igual le gustaba investigar en secreto la vida de los demás y, para ello, Google y YouTube se habían convertido en sus herramientas favoritas. Era un *voyeur* cibernético. Se había vuelto adicto a mirar sin ser visto. Incluso se había creado una cuenta con seudónimo en el Facebook solo para poder ver las fotos de Rosalba.

La pesquisa sobre el poeta maldito arrojó unos resultados rarísimos (¡ni un solo video y solo una foto donde parecía otro!), pero, como aquello le daba lo mismo, procedió con la búsqueda de lo que había expresado en su segundo comentario:

«Ahora que lo pienso sin chacota, mi estimado, me acaba de caer el veinte, como dicen los mexicanos... Ya sé en qué me equivoqué: lo de Batman y Robin ha sido un exceso festivo de mi imaginación. No importa. ¡Ya tengo a sus dobles! Ojo que son dos admirables hombres de letras...», dijo antes de llevarse el vaso de cerveza a la boca. «¿Sabes quién es el poeta horazeriano Yulino Dávila? Seguro que no. Bueno, ese loco bello es el gemelo negado del chino Tito. Y tú, campeón, eres la fotocopia rocanrolera del narrador Mario Wong. Los dos viven ahora en las Europas. Chécalos y tráeme una chela de premio cuando puedas para agradecerme el dato.»

«Huevadas de ese fanfarrón», sentenció Tito haciendo un rictus de asco y luego ya no volvió a tocar el tema.

Ishiguro no estaba de acuerdo con su patrón. Yulino Dávila sí que parecía el hermano gemelo de don Tito, incluso en las fotos en las que salía jovencito en Barcelona con su larga cabellera suelta y desmelenada y junto a otros escritores igual de pelucones que, según un post de Facebook que encontró por el buscador, se llamaban Vladimir Herrera y Enrique Vila-Matas.

—Uy, pero mi rey, creo que sí... el tal Wong es idéntico a ti —comentó Rosalba mientras buscaba más fotos del susodicho en su celular—. ¿Será familia de los Wong del supermercado?... Fácil no, porque aquí dice que también es poeta, vive en París y tiene una novela que se llama *Su*

Majestad el terror y otro libro de poemas llamado *La estación putrefacta*, o sea, que este loco es bravo y ya tienes a tu hermano satánico-psicodélico en Francia, Ishi…

—¿Ishi?

—Justito de eso quería hablarte, esa es la pregunta que evades siempre y ya no puedo soportarlo, es ahora o nunca: ¿cuál es tu verdadero nombre?

—Me llamo Ishiguro, Rosalbita, franco-franco…

—¡No puede ser! Nadie, ni los japoneses, tiene nombre de apellido, eso creo que es ilegal aquí y en la cochinchina, ¡¿y tú me quieres decir que tus padres tuvieron la crueldad de hacerlo?!

—Fue mi padre.

—¿Y por qué no le preguntas por qué lo hizo?

—Porque Eleodoro está muerto.

Un silencio triste descendió como una pluma sobre ellos. Rosalba se quedó quieta y helada y con la boca abierta. Quiso pedir perdón pero la voz le salió convertida en suspiro. Hubiera querido besarlo en la boca. Dejar que la acariciara con toda la ternura que el camarero estaba preparado para ofrecer. Sentía culpa por no poder corresponderlo, por ser incapaz de amarlo como hombre. La ebriedad se volvió entonces una cálida lasitud. Con los ojos humedecidos por un llanto que brotó por su mejilla como una gota larga y solitaria, Rosalba le pidió perdón y lo abrazó acercando la cabeza a su pecho en un gesto maternal que también era amatorio. ¿Era una invitación a intentarlo, a olvidarse un ratito de todo, a dejarse ir? Lo era porque una parte de ella estaba dispuesta a entregarse, a darle a Ishiguro lo que deseaba con los ojos y había sido incapaz de verbalizar, pero estaba también el miedo al malentendido, a que toda su complicidad fuera devastada por un accidente que podía quedar como un bonito recuerdo o un error perpetuo.

—Discúlpame, por favor, Ishiguro. Soy una tonta de mierda.

—No pasa nada. Eso ocurrió hace mucho.

—No es necesario que me cuentes si no quieres.

—Sí quiero... —suspiró—. Es que... es algo que necesito hacer porque todavía siento como un hueco en el pecho que no me deja respirar... A veces lo siento en la garganta y también en el estómago. Otras veces soy yo mismo un hueco, ¿me entiendes?... Me siento hundido como si mi cuerpo entero hubiera sido vaciado por completo... Me estoy explicando mal. Lo siento. Nunca he hablado de esto con nadie y no sé si estés preparada para oírlo ni yo para contarlo, Rosalba, porque es muy fuerte.

—¿Cómo fuerte? ¿Algo muy feo le pasó a tu papi?

—Sí... A mi papá lo mataron cuando yo tenía diecisiete años.

—¡Qué dices! No puedo creerlo, pobre..., qué espanto... Lo siento, Ishiguro, lo siento muchísimo.

—Si quieres saber lo que pasó estoy dispuesto a contártelo.

—No tienes que hacerlo si no quieres..., pero si es lo mejor para ti, cariño, hazlo. Te escucharé en silencio.

—Está bien... Deja que me llene el vaso y empezaré...

«Esto ocurrió el 92, exactamente la madrugada del 29 de enero mientras mis padres y yo estábamos durmiendo. Nosotros vivíamos en Pativilca desde hacía unos años. Nos habíamos mudado al norte porque mi padre, Eleodoro, había heredado unos terrenitos por allá. No estaba mal el lugar. Teníamos una casa más grande que la de Jesús María y además era nuestra. Las cosas, según las recuerdo, nos iban bien. Entonces fue cuando apareció ese empresario chino. Un tipo con dinero que quería esos terrenos no sé muy bien por qué, pero entró a pelear judicialmente con mi padre y otras familias para obtenerlos. Este señor conocía o era amigo de alguien que era cercano a Nicolás Hermoza Ríos, quien por entonces era el jefe del Comando Conjunto de las Fuerzas Armadas... Estoy hablándote, claro, del gobierno de Fujimori pero antes de que Fujimori cerrara el Congreso, justo tres meses antes del autogolpe. Esto es importante, Rosalba, porque todavía no habían atrapado a Abimael Guzmán y Sendero Luminoso ya estaba recontra-activo en Lima, era terrible... Los atentados, los asesinatos selectivos, los derribos de torres, los coches bomba, eso ocurría todo el tiempo, Rosalba, era una locura que ni te puedes imaginar. La gente estaba harta de tener miedo, de los apagones diarios, de que todo fuera un caos, y Fujimori había prometido mano dura... El empresario chino decidió entonces aprovecharse de esta situación desesperada para resolver su problema. Acusó a mi padre y a otros señores de ser miembros de Sendero Luminoso. Eso no lo sabía nadie, no se hizo público. Imagino que se lo dijo a Hermoza Ríos y, pese a que no tenía prueba alguna de esa asquerosa mentira, eso fue suficiente... Y es que en esa época, en los noventa, todo era así. Bastaba que alguien, cualquiera con más poder que tú, te acusara de terruco y ya estabas jodido. Eso te marcaba para siempre. No había ley que pudiera protegerte. Si te mataban o te desaparecían al Estado le daba igual: no tenías derechos porque se suponía que eras terruco y con Fujimori todos los terrucos debían estar muertos... Fue a las dos de la mañana, lo recuerdo bien porque vi la hora apenas me despertó el estruendo de la puerta destrozada. Ingresaron cuatro tipos altos y agarrados que iban vestidos de negro y llevaban pasamontañas. Delante de ellos, gritando como loca, una mujer bajita vestida con ropa de comando nos llamaba "perros traidores". Tenía el rostro cubierto con pintura. Era feroz. Fue ella la que golpeó a mi padre con la cacha de su pistola cuando intentaba protegernos. Lo tiraron al piso y lo amarraron. Mi madre y yo saltamos como pudimos a defenderlo y también nos golpearon en la cabeza y nos desmayaron. Cuando despertamos estábamos en mi cuarto envueltos con unas sábanas y teníamos a dos de los tipos parados en la puerta apuntándonos a la cabeza. Mi padre ya no estaba. Ya no volveríamos a verlo con vida. Mi madre empezó entonces a suplicarles a los encapuchados que no nos mataran, les dijo que no éramos traidores ni terroristas y que todo era un terrible error. Los tipos casi no hablaban. Solo le gritaban que se callara y así estuvimos como diez minutos hasta que uno de ellos nos dijo que ya se iban, que iban a hacer tiros al aire afuera y que no saliéramos del cuarto o nos matarían. Cuando salimos de la casa había pintas rojas en nuestras paredes y en otras partes del pueblo. "Así mueren los soplones", "Viva Sendero Luminoso", "Viva la guerra popular", decían, y recién entonces comprendimos lo que había pasado. El destacamento de encapuchados probablemente fueran militares haciéndose pasar por senderistas, y lo más probable era que mi padre a esa hora ya estuviera muerto. Recorrimos todas las comisarías de la zona pero nadie nos dio razón de ningún operativo policial. "Se han equivocado", nos decían. Recorrimos hospitales, nos fuimos hasta la morgue pero nada, no había ni rastro de Eleodoro. No éramos los únicos. Así como habían secuestrado a mi padre, también se habían llevado a la fuerza a otros cinco vecinos, justo a los mismos que estaban disputando los terrenos con el empresario chino... A eso de las seis de la tarde del 30 de enero, el hermano de uno de los secuestrados encontró los cuerpos en un cañaveral cercano a la carretera. No permití que mi madre fuera. Fui solo a reconocerlo y ahí lo encontré. El cuerpo de Eleodoro estaba cubierto con una manta como si fuera un animal atropellado. Todos habían sido torturados salvajemente. Tenían las manos y los pies atados. Los golpearon, les quemaron varias partes del cuerpo, los violaron y luego les quemaron el ano con un soplete antes de meterles varios tiros en la cabeza...»

–Ishiiiguroo... –susurró de pronto Rosalba, tartamudeando por los sollozos, ahogada por un llanto doloroso que le bañaba el rostro.

«Fue Hermoza Ríos... El operativo se lo encomendó al capitán Santiago Rivas, el líder del Grupo Colina. Los paramilitares torturaron y mataron a mi padre, Rosalba. Lo acusaron de terruco solo para robarle los terrenos, así de miserable fue todo... Hermoza, Rivas, Montesinos, varios agentes de Colina están presos pero hasta ahora nadie ha juzgado a Fujimori por lo que nos pasó. Y ella, la mujer que entró a mi casa y golpeó a Eleodoro en la cabeza, sigue libre... Nunca la agarraron. Lleva años no habida. Su nombre es Haydée Arroyo y le dicen la Chata... ¿Te das cuenta, Rosalba? Tiene el mismo apellido que el comandante ese asqueroso que le cierra el bar a don Tito para reunirse con los otros tombos... Y tú pensarás que estoy loco, Rosalbita, que hay muchísimos Arroyo en el Perú y que esto no tiene ningún sentido, claro, pero... *Yo sé* que son familia y creo saber ahora en dónde está su tía Haydée. He seguido al comandante varias veces. Sé en dónde vive y lo que hace. Tengo una foto de la Chata, la obtuve hace años con sobornos en el Poder Judicial. Es cierto que está medio borrosa la fotocopia, pero realmente es ella porque, pese a la pintura que le cubría la cara, siempre tendré ese maldito rostro grabado en mi mente. Ahora solo necesito confirmar que esa mujer pequeña y robusta que vi una vez con Edulfamid Arroyo es ella... Doña Tilsa merece justicia antes de abandonar este mundo, y yo dejaría la vida por honrar mi palabra y darle a mi familia la paz que merece...

¿Serás capaz de guardarme ese secreto, Rosalbita?»

«CRACK IS WACK»
(la trilogía amorosa de Whitney Houston)

Había salido de casa a las tres y cuarenta y cinco de la mañana. No había tomado el café pero se había llevado el pan con huevo envuelto en una servilleta. No dijo adónde iba. Tampoco era necesario: Alipio sabía que Alina sabía. Solo prefirió evitar otra discusión. Las cosas no estaban bien desde el secuestro del niño Miguelito, pero habían mejorado apenas lo rescataron. Esa noche Alipio se puso a llorar en sus brazos como un niño, le pidió perdón por su estupidez e hicieron el amor con mucha delicadeza.

Llevaban veinte años de casados. No tenían hijos. Lo intentaron durante diez largos años pero fue imposible: Alina era «severamente infértil», le dijo el doctor con la dureza de un oscuro burócrata de la salud pública, podían seguir intentándolo pero sería costoso y no podía asegurar ningún éxito. Recomendaba vivamente la adopción aunque remarcando que sería un proceso largo y engorroso que bien podía evitarse, señores, siempre puede hacerse todo con más diligencia, claro, pero habría que prever algunos incentivos por los servicios, ustedes me entienden.

«¡Cómo no, doctorcito! Por supuesto que lo entendemos», respondió Alipio, y enseguida le soltó una tremenda cachetada que resonó como un látigo e hizo que sus lentes

228

salieran volando. «¡Basura de mierda! ¡Rata corrupta! ¡Por culpa de gente como tú este país está hundido!» Alina tuvo que contenerlo. El doctor se había caído de la silla por el impacto, estaba grogui y tambaleante como si lo hubieran noqueado. Contra todo pronóstico, pese a ser ella quien intentaba calmar a su esposo, Alina aprovechó el desconcierto y se acercó al hombre aturdido para escupirlo y jalarlo con furia de los cabellos. Estaba frustrada por las noticias y profundamente herida por lo que le había dicho. «¡Ni te atrevas a mencionar esto, malnacido, o te denunciaré por corrupto y por mañoso!», le advirtió completamente fuera de sí, mintiendo adrede a la espera de que la amenaza que lo dejaba como abusador sexual surtiera efecto. Temía una denuncia por agresión pero, para su fortuna, su advertencia funcionó. No supieron más del médico. Tampoco volvieron a intentar ser padres.

Alina aprendió a vivir con la frustración de saber que nunca concebiría. La idea de intentarlo igual había partido de ella porque Alipio ya tenía una hija cuando se casaron y no había pensado en tener más. Se llamaba Marta y vivía en España. Su padre tenía poco contacto con ella. Alina, de hecho, solo la conocía por foto y unas poquísimas veces la había saludado por video desde el WhatsApp. Shirley, la madre de Marta, se la había llevado a los tres años a Madrid. Alipio y ella nunca fueron pareja. La concibieron borrachísimos en una noche de fiesta en la casa de una amiga común. Alipio, con apenas dieciocho años, ofreció pagar el aborto con la ayuda de su familia, pero la madre de Shirley se negó tajantemente y hasta encerró a su hija para evitarlo. Nunca estuvo muy presente en la vida de Marta. La llamaba puntualmente para sus cumpleaños y uno que otro fin de mes, pero siempre le preguntaba lo mismo. No tenía mucho que decirle, parecía un contestador automático. Sabía que no había sido el mejor padre aunque nunca hubiera dejado de enviar dinero para cubrir sus gastos. Cuando Marta cumplió quince se negó a responderle el teléfono. Nunca le explicó a su madre por qué. Desde los siete tenía un padre adoptivo catalán que ella consideraba su padre real. Alipio no supo de Marta durante cinco años. Gracias a Shirley se enteró de que estaba bien, había ingresado a la Universidad Complutense a estudiar Psicología, y andaba de novia primero con un finlandés y luego con un sueco. El día que cumplió veinte lo llamó ebria de madrugada para decirle que lo perdonaba. Alipio no se atrevió a preguntarle nada pero cuando colgaron serenamente se echó a llorar. A partir de ese momento, la relación entre ambos mejoró y Alina pudo por fin ver a Marta por el móvil. Tenían planeado viajar a España para el reencuentro cuando Alina cayó enferma. Incluso tenían los pasajes comprados para el año siguiente y, por eso, la operación para extirparle los ovarios se volvió urgente. Necesitaba hacerse una ooforectomía. Le habían descubierto abscesos en las trompas y unos tumores ováricos que sospechaban benignos aunque siempre cabía la posibilidad de que fueran cancerosos. En el hospital la espera para el quirófano era de dos meses y Alipio no quería esperar. Temía lo peor. Empleó una parte de sus ahorros para atenderla en una clínica pero todavía le faltaba un poco para completar el costo de la operación. El señor Nemesio se negó de plano a ayudarlo. Ni siquiera lo dejó explicarse. Le pagaba holgadamente y con puntualidad, ¿qué más quería? Fue en ese preciso momento cuando apareció Perfumo. Tenía una inmejorable oferta para su padrino: algo rápido, seguro y rentable. Alina le imploró de mil formas que no aceptara. Era una locura. Estaba confiando en un drogadicto perdido, poniendo en riesgo su trabajo, la vida de ese pobre niño, y chocando con la misma familia que ponía un plato sobre su mesa. Era tan estúpido, inmoral y repugnante, Alipio, que le daba asco y vergüenza que siquiera lo considerase. Todo eso le dijo desesperada pero su marido estaba tan resentido y furioso con Nemesio que no la escuchó. Alipio quería castigar al Chucky. Más que de la salud de su esposa, se había vuelto un asunto de honor.

Alina se quedó dormida a las cinco esperando su llamada. Tuvo un sueño inquieto, lleno de malos presentimientos. Despertó desorientada. No sabía qué hora era pero estaba fatalmente segura de que Alipio no había vuelto. Volvió a llamar a su celular. Tuvo ganas de destrozar el suyo cuando saltó otra vez el contestador. Ni siquiera se escuchaba su voz. Alipio se había negado a grabarse en el buzón. Qué raro podía ser a veces. Eso le gustaba de él. Su esposo era un hombre simple y bondadoso, lleno de extravagancias. ¿Cuántos mensajes le había dejado ya? ¿Valía la pena otro? Más que angustiada, se sentía volátil, inquieta. El temor iba creciendo y volviéndose opresivo mientras pasaban las horas. Surgió de pronto una duda: ¿había respondido medio dormida una llamada de la señora Domi? ¿O lo habría soñado? Gracias al registro telefónico confirmó que era real. La patrona le había preguntado molesta dónde estaba Alipio. Como Miguelito se había ido por un tiempo a Estados Unidos, Alipio había pasado a encargarse de su movilidad. Era un martirio. Tenía una cita urgente con el peluquero a las diez, le dijo gritando, ¿qué pasa con tu marido, Alina?, ¿por qué carajo todavía no llega?

«Vieja de mierda... Es solo un poquito menos basura que el enano amarrete de su esposo», pensó Alina mientras le respondía con una mentira demasiado frágil. No volvió a llamar pero lo haría pronto, ya casi eran las ocho y Alipio seguía sin aparecer. ¿Qué podía hacer? ¿Llamar a la policía? Imposible. Sería delatarlo. Estaba entrampada y el único camino posible era la maldita espera. Se sirvió un café muy caliente. El camisón de seda que usaba como pijama empezó a sofocarla y se lo quitó. De repente era bueno darse una ducha larga esperando que el agua fría la espabilase para encontrar una solución. Ya desnuda regresó a su habitación. No dejaba de comerse las uñas y de chuparse los pellejitos de los dedos sangrantes. El desconcierto se parecía al pánico pero Alina lo sentía como en cámara lenta: era un pavor demorado y ascendente que todavía no explotaba. ¿Cuánto faltaba para que perdiera el control? Frente al espejo, Alina se encontró más pálida y desmejorada que nunca. Siempre había sido una mujer delgada, pero ahora se veía escuálida y maltrecha como una moribunda. ¿Exageraba? ¿Alucinaba? ¿Su miedo estaría deformando la realidad? Era posible. Su rostro blanco, gobernado por esas inconfundibles ojeras marrones, estaba más lívido que de costumbre, pero no era el semblante de una persona desahuciada, sino el de una mujer desarmada por una incertidumbre funesta. Su delgadez no era tampoco cadavérica, Alina era una flaca curvada con senos medianos y en forma de lágrima. Una de las cosas de las que Alipio más disfrutaba de su cuerpo eran las areolas rosadas de sus pezones. Cuando hacían el amor no dejaba de chuparlas y morderlas mientras la penetraba. Incluso después de eyacular, si no se venía a chorros sobre su boca o sus tetas, se quedaba adormecido succionándolas como un niño lactante. Alina se descubrió de pronto sonriendo y se sintió perversa.

—¿Estaré loca? Mi marido desaparecido y yo mirándome en el espejo calata... ¿Qué mierda me pasa?

Se quedó observando el pubis cubierto de pelos rojizos y blancos. Seguía odiando sus labios vaginales que, de tan robustos, parecían siempre hinchados. Alipio los amaba. Cerraba los dedos sobre ellos como una tijerita para besarlos y luego los abría suavemente con la lengua. Podía pasarse quince o veinte minutos acariciándolos. Era incansable, persistente, deseaba darle placer hasta cuando regresaba exhausto del trabajo. Ahora pensaba en él con una ternura que no había sentido en muchos años. Tenía mucho de crío y de ingenuo y era cierto lo que decían sus amigas de Bellavista cuando apareció en el barrio con la insignificancia del tipo corriente que nadie mira.

–¿Cómo puedes fijarte en ese pata, Alina? Si es chato, misio y un poco feíto… Amiga, no te castigues así, tú das para *mucho* más.

Tenían razón. Y parecía tan lógico que les había hecho caso. Siempre la hicieron sentir como una de las reinas de la Urbanización Stella Maris y, aunque sabía que exageraban, decidió encarnar ese papel que desde el inicio la puso incómoda. Rechazó a Alipio. Varias veces. No fue por su físico, más bien corriente, ni por esa supuesta ordinariez que tanto enfermaba a sus amigas. Debido a su cuerpo grueso y a su piel cobriza, que lucía como bronceada pero sin brillo, pero sobre todo por ese bigotito hirsuto de dictador caribeño con el que llegó al barrio, a una de ellas se le ocurrió que Alipio parecía turco y, desde entonces, en el barrio lo llamaron el turco Ponce. Él no le dio ninguna importancia. De hecho, aunque se afeitó bien rapidito, le pareció hasta chistoso. El turco Ponce se caracterizaba por su buen humor y por saber escuchar y dar consejos a quien se los pidiese. Ni su rostro cuadrado ni su cabello pajizo ni sus ojos hundidos ni su nariz ancha casi amulatada, ni siquiera esa corpulencia de luchador que lo hacía verse más pequeño que ella, nada de eso le parecía malo a Alina porque Alipio era la única persona en el mundo que podía hacerla sonreír con el gesto más intrascendente. Ese bienestar era curativo y la alegraba pero parecía insuficiente para llevarlo al plano romántico.

Nunca dejó de hablarle pero empezó a salir con otros

muchachos. Estuvo tres años con un chico de La Punta que terminó siendo más cojudo que bello. Los siguientes noviecitos solo profundizaron el molde del chico bonito y simplón que la terminaba agobiando. ¿Era ella realmente hermosa como una reina? ¿Le correspondían hombres apuestos y garbosos que tuvieran un buen patrimonio? ¿De eso se trataba? ¿De encajar? ¿Qué pasaba si la belleza no le bastaba, si la terminaba hastiando? Nunca, ni mientras se observaba desnuda recordando, se había sentido atractiva y le daba perfectamente lo mismo si le aseguraban lo contrario. Desde niña, con esa inseguridad clínica que trajo al mundo, había sido severa para evaluarse: su pelo lacio y castaño lo encontraba grueso, sus ojos eran claros pero muy chicos, su nariz era respingada pero tan puntiaguda que imaginaba que las personas la creían operada, sus labios gruesos eran desiguales y los sentía secos, su cuerpo era estilizado pero enjuto y se le veían las costillas, además era muy blanca, tanto que se le notaban las venas y a veces hasta parecía muerta…

Cuando Alipio apareció en su vida lo primero que hizo fue desconcertarla. Entendió rápidamente que la única manera de darles vuelta a esas agresiones era validándolas con una ambigüedad festiva. Nadie había hecho nada parecido con ella. Sus amigos la contradecían con risas condescendientes, pensando que la ayudaban reivindicando su encanto mientras, en secreto, intuían que lo suyo oscilaba entre la pedantería y la falsa modestia. Supo leerla. Supo entenderla. Supo esperar. Eso ya era suficiente para ella aunque tardó muchos años en decidirse. La familia de Alipio ya se había mudado del Callao pero él solía llamarla y volver a su casa en la avenida Colonial solo para verla. Fueron quince años de espera. Ambos tuvieron distintas parejas, pero nunca perdieron el contacto. Se casaron cuatro meses después de la muerte inesperada del padre de Alina, cuando su madre ya daba muestras preocupantes de una depresión violenta que la sepultaría en su cama hasta matarla. Alina tenía veintiocho años y Alipio, treinta y tres.

La memoria de Alina iba a tientas buscando detalles. Ahora tenía cuarenta y ocho años y lo único que seguía amando de este mundo estaba ausente. No quería ser fatalista. Se negaba a abandonarse a ese presagio fatal que le quemaba el pecho pero era imposible negar. Bastaba respirar para sentirlo porque la ahogaba. El mundo sin Alipio sería un mundo de orfandad y desamparo en el que no podría sobrevivir. Así había sido con su madre, que apenas comía y se negaba a levantarse de la cama. Le dijeron que fue un paro cardiaco pero ella siempre supo que no había podido superar el duelo y se murió de tristeza.

¿Era posible? ¿Podría morirse así, de pena? ¡Qué improbable sonaba! ¿No sería mejor adelantarse a la muerte? ¿Acelerar el proceso no era más honesto? Bajó la cabeza… ¿Qué le diría Alipio si, al volver, le contara lo que había pensado esperándolo? Sintió como vergüenza pero no supo de qué.

El piano vibrante de «Sinnerman» estalló de pronto como un artefacto explosivo. No se hizo esperanzas. Sabía que la señora Domi llamaría de nuevo y la ignoró. Recordó que su esposo detestaba la tonada telefónica de su móvil. Alipio no sabía –ni le interesaba saber– quién era Nina Simone, le parecía una canción horrenda, así que le daba igual, ¿por qué no ponía una salsa o un merengue o un reguetón como la gente normal? Alina se carcajeó a solas pensando en lo adorablemente inculto que era Alipio para ciertas cosas. No es que fuera tonto, en absoluto; de hecho, era tan astuto que ni siquiera parecía vanagloriarse de lo que lograba amparado en su intuición y en la seguridad con la que hablaba hasta de lo que ignoraba.

No leía mucho. Solo iba al cine cuando Alina lo obligaba, pero era agradable hablar con él al final de las funciones porque siempre le encontraba interpretaciones hilarantes a cualquier película. Y la hacía reír. Siempre. Incluso cuando se peleaban él podía soltar algo inesperado que resultaba irresistiblemente jocoso. Era un seductor. Incluso ahora, que había engordado y ya estaba casi calvo, conservaba ese don para cautivar y persuadir como lo haría un timador. Si ella lo abandonara, pensaba con frecuencia, no tenía la menor duda de que encontraría a otra mujer incluso más joven. Pero también estaba segura de que Alipio haría hasta lo inverosímil para que volviera.

Se puso una bata y salió de la pieza. La casita que habían logrado comprar en Chaclacayo era pequeña pero acogedora y estaba a veinticinco minutos en coche de la casa de los Huamani. La terminarían de pagar en veinte años. Si Nemesio terminaba echando a la calle a Alipio –algo que Alina consideraba improbable a menos que se enterase de lo que había hecho–, siempre podría volver a hacer taxi hasta encontrar espacio en otra residencia de ricos. Era un chofer excelente y no era la primera vez que tenía que reinventarse luego de perder un empleo. Ella, por su parte, pediría más horas en la oficina o buscaría algo extra los fines de semana.

Pensar en el futuro sin fatalismo la reconfortó. ¿Cómo había podido pensar que algo grave le había pasado a su marido? ¡Imposible! Lo peor que podría haber ocurrido era que lo descubrieran o que esa escoria de Perfumo lo incriminara, y entonces lo más probable era que Alipio estuviera recluido en el calabozo de alguna comisaría intentando llamarla para que le encontrara un abogado. Eso, sin duda, tendría consecuencias delicadas que pondrían en serio peligro todo lo que habían conseguido. Sería devastador, claro, y ya lo despreciaba porque se lo había advertido a lágrimas y a gritos y no la escuchó; pero eso, o cualquier otra desgracia, era preferible a la locura de no volver a verlo...

¿Y si llamaba a Perfumo?

El timbre de la puerta sonó de repente y Alina lanzó un gritito aterrado que se escuchó como un gemido... «¡¿Alipio?!», pensó con el corazón precipitado. «Pero ¿por qué está tocando...? ¿Y su llave?» Se quedó quieta. Eran las nueve de la mañana y no esperaba a nadie. Alipio siempre le había pedido que no abriera la puerta cuando estuviera sola en casa. Su barrio en la calle Riscos, a unos pocos metros del parque Los Halcones, no era peligroso pero tampoco muy transitado. A esa hora, sin embargo, parecía improbable que hubiera algo amenazante detrás de la puerta. Se trataba de Alipio: traían noticias de su esposo, estaba segura, ¿cómo iba a ignorarlo? A punto estaba de girar la manija pero algo la contuvo. Pensó: Alipio había salido casi a las cuatro de la mañana, ¿y cinco horas más tarde ya tenía a alguien llamando a su puerta? ¿Para decirle qué? ¿Que estaba preso, herido, desaparecido, muerto? Nada funcionaba en este país de mierda, ¿y lo de su marido se resolvía al toque sin siquiera haber llamado a la policía? ¿Y si fuera el cartero, alguien varado en la carretera buscando ayuda, el venezolano buenmozo que les limpiaba el carro? Retrocedió. No iba a abrir ni a preguntar quién era. Lo observaría antes desde la ventana para estar segura.

El que esperaba quieto era un hombre joven y delgado que parecía pulcro. Tenía el pelo rapado a los lados y en la parte de arriba llevaba una melena crespa y engominada que había peinado hacia atrás con una secadora. Llevaba unos lentes de medida con un armazón grueso azulado que le estilizaba la cara y le cubría un poco las marquitas de acné que ensuciaban sus pómulos. Para Alina era un cholón arreglado que portaba una gabardina negra de detective y parecía disfrazado para actuar en una película.

«Este es tombo o narco o las dos cosas; como sea, no le abro ni loca», pensó espantada y, cruzando las manos sobre el pecho, cerró las solapas de su bata como si se abrigara.

—Señora Ponce... —dijo de pronto el hombre—, es urgente, tengo información sobre su esposo Alipio... Soy policía, inspector de la policía de investigaciones, puedo mostrarle mi placa si desea... Es urgente, señora, Alipio se ha metido en un grave problema y podría estar en peligro...

Alina empezó a temblar. Se puso de cuclillas y luego se recostó de espaldas contra una de las paredes de la sala tapándose la boca. Parecía preparada para protegerse de un tiroteo. Respiraba muy agitada, sentía que le faltaba el aire. Pensaba en gritar desaforada para alertar a los vecinos pero le asustaba que la oyera y confirmara que estaba allí. Estaba a punto de llamar a su amiga Sonia pidiendo auxilio (¿por qué no un mensaje por el WhatsApp?) pero la voz del hombre la volvió a paralizar.

—Sabemos lo que pasó, señora Ponce. No se preocupe, esto tiene solución; pero lo otro, lo de su esposo, es algo de vida o muerte... Aquí está mi placa. Salga. Puede verla de lejos si no se fía...

El tipo no estaba nervioso ni levantaba la voz. Después de su última frase se quedó en silencio, pero Alina sabía que seguía allí. Esperó un poco, rogando que se fuera. Intentó pensar con frialdad pero no podía. El miedo no la dejaba. Se lo imaginó pegando la oreja contra la puerta para oír su respiración y tuvo ganas de vomitar. Era un violador. Era un sicario. Era un psicópata. Era un asesino en serie. Todo eso era y ella tenía que salir como fuera de allí... pero ¡estaba en bata! ¿Y si el loco seguía afuera esperándola? «¡Cálmate, Alina, carajo! ¡Piensa! Son las nueve de la mañana, ¿cómo podría atacarte ahora si hay gente afuera que lo puede ver? Tienes que gritar. Tienes que hacer un escándalo y se irá.» Le marcó a Sonia sin dejar de temblar y el teléfono se quedó sonando una, dos, tres, cuatro, cinco veces..., ¿qué estaba pasando? ¡Siempre respondía al toque, esta cojuda! ¿Por qué justo ahora desaparecía? Volvió muy nerviosa a abrir el WhatsApp y estaba escribiendo frenéticamente un mensaje («Sojooniaaa portr favor Ayuddaaa Llamaa policiiaa Hqy un hombre aquui») cuando un ruido, que llegó desde su cuarto, destrozó el silencio.

El sonido no fue estrepitoso pero sonó como sonaba la ventana cuando chocaba contra la cómoda al abrirse... ¿¡La había dejado abierta?! A esas alturas ese detalle ya era irrelevante. Alina sabía que el hombre había ingresado a su casa y su reacción automática fue levantarse lo más rápido que pudo para alcanzar la puerta de salida. Gritó como nunca lo había hecho en su vida. Gritó con rabia y con espanto, aterrorizada pero no sometida, con una repugnancia genuina y cargada de impotencia, dudando incluso si lo mejor fuera enfrentarse al usurpador antes que vivir o morir soportando el oprobio de someterse.

No llegó a hacer nada. Ni siquiera a abrir la puerta. Lo último que sintió fue la mano del hombre jalándola del pelo con brutalidad y un golpe muy fuerte en la cabeza que la dejó inconsciente.

La despertó un chorro de agua fría sobre la cara. Iba a gritar pero estaba amordazada con un trapo y tenía las manos y los pies amarrados con algo que parecía una cuerda delgada. Le dolía mucho la cabeza por el golpe, pero no parecía tener ni magulladuras ni cortes en otras partes del cuerpo. Estaba sentada en su sillón. Frente a ella, sentado con las piernas cruzadas, el hombre la miraba sonriente, como si se alegrara sinceramente de verla despierta.

—¿Me permites tutearte, Alina?

«Este es el día de mi vida en que me van a violar.»

—Lamento profundamente todo esto, te lo digo de corazón, verte así toda amarrada me desagrada y te pido disculpas por eso, pero concédeme que pudimos evitarlo, ¿no?… Como te dije antes, soy policía. Trabajo en la división de investigaciones. Soy el inspector Manyoma, Alfredo Manyoma para servirte… Aquí tienes mi placa para que constates que es cierto.

«Primero va a violarme y luego me va a matar. Y si no me mata él lo haré yo misma por asco.»

—Lo de Alipio no era broma. No respondías, no decías nada y eso me sorprendió un poco feo porque estamos hablando de tu esposo, Alina. ¿Cómo así pensabas ignorarlo si te dije que era de vida o muerte? No entiendo… Tuviste mucha razón en advertirle que no chocara con Huamani, eso no se hace… ¿Cagar al Chucky por quinientos míseros dólares? ¡Qué locura! Nemesio Huamani es un verdadero delincuente forrado en billete. Alipio quiso agarrarlo de cojudo, quiso joder a quien le daba empleo, y perdió… ¿Entiendes ahora la gravedad de esta situación o sigues pensando que era mejor no abrirme?

«Este tipo asqueroso está completamente loco… ¿Nemesio lo sabía y prefirió pagar igual? ¿Para qué? ¿Para darle una lección a Alipio? ¿Para hacerle daño? ¿Para matarlo? Imposible. Es demasiado tacaño, demasiado basura para perder su tiempo en algo que le salga caro. Este serrano asqueroso cree que soy estúpida. Si pudiera desatarme, lo mataría a golpes…»

—¿Sabes a quién me recuerdas, Alina? Lo digo por esta desgracia a la que te ha llevado el amor… Yo sé que sabes a quién me refiero pero como no puedes hablar mejor te

240

ayudo. Pensaba en la historia de amor entre tú y Alipio y no he podido quitarme de la cabeza ese amor sincero, destructivo y atormentado que tuvo nuestra diva-de-divas Whitney Houston por ese pastrulo cara-de-nutria de Bobby Brown. ¿Te acuerdas?... ¡Oh, Whitney, bella y eterna! ¿Por qué tuviste que desgraciarte por un tipejo insignificante que solo envidiaba tu talento? Me lo he preguntado mil veces, Alina, y todavía me lo sigo preguntando porque esa tragedia me afectó personalmente.

«¡¿Realmente este cojudo me está hablando ahora de Whitney Houston?!...»

–Whitney era mi *todo* cuando yo era un adolescente allá en Trujillo. Y es locazo porque yo nací cuando era la estrella más grande del mundo, pero recién descubrí su música cuando su luz empezaba a apagarse. Y me volví loco. Literalmente. Yo quería ser como Whitney pero en blanca, ¿me entiendes? Me sabía toditas sus canciones y ni siquiera hablo inglés, ¡imagínate! Sé que me estoy yendo un poco por las ramas, lo siento... No sabes cuánto me gustaría que tuviéramos esta conversación en otras circunstancias, no sé... Con un cafecito quizás...

«Ya está: hoy me van a matar y me ha tocado un psicópata... Esto no puede ser real. Me niego a aceptarlo. ¿Cómo puede pasarme justo *a mí*, por favor?... Esto solo ocurre en las películas de asesinos con máscaras y serruchos... Cierra los ojos, Alina, ¡ciérralos ahora y despierta! Esto es solo un mal sueño. Si te concentras, todo desaparecerá.»

–No tenemos mucho tiempo, amiga, pero hay algo superimportante en esta historia que necesitas saber. Whitney no se murió drogada y borracha en esa tina de hotel donde la encontraron ahogada. No. Ella se fue muriendo de a pocos desde que conoció a Bobby Brown. Un poco como tú, ¿no? ¿Qué hace una reina chalaca casada con un olluco que no tiene ni billete para tratarla como amerita? ¡Fíjate hasta dónde has llegado por esta locura, Alina! No tiene ningún sentido...

«Sueño. Me está entrando mucho sueño y el monstruo psicópata sigue hablando... Es mejor así, con el cansancio que me atonta. Me dormiré y todo desaparecerá y estaré bien cuando despierte...»

–El amor destructivo es implacable y perverso. Mi punto es ese, Alina. A mí, y a todos los que la amamos, se nos destrozó el corazón cuando nos enteramos de que Whitney estaba fumando *crack*, ¿puedes creerlo? ¡La divade-divas estaba consumiendo la droga de los miserables en Estados Unidos! ¿Y por culpa de quién?... Esta historia tristísima la puedes ver en YouTube, Alina. Incluso hay una frase que ella dice en una entrevista para negar que usa *crack*. No recuerdo cuál es porque no la entendí ni con diccionario. Da igual. Me estoy enredando y pronto me tendré que ir...

«Alipio vendrá luego por mí y nos iremos a Madrid y ya no volveremos nunca más al Perú... Aquí todo está muerto.»

–¿Tú sabes, Alina, que Whitney era tan capa que anticipó todo esto? O sea, si escuchas bien sus canciones, al toque te das cuenta de que son como su diario; es como si nos estuviera narrando todo ese proceso destructivo que es amar hasta morirse. Es locazo. Hay varios ejemplos pero yo tengo tres. Los traduje con el Google para confirmar mis sospechas y es tal cual digo.

»El primer tema, por ejemplo, "I Wanna Dance with Somebody", es el gran *hit* de su segundo álbum, *Whitney*, del año 87, y no es una balada sino una canción pop así como juguetona, ¿te acuerdas? La letra habla de una chica que está sola, o sea, habla de Whitney, y que está triste porque no tiene a nadie *real* a su lado. Se ha enamorado

242

antes y tiene sus buenos revolcones de vez en cuando pero nada serio… y sufre. Ella necesita algo serio porque quiere estar enamorada. Está un poco deprimida y, entonces, desea bailar eternamente con alguien que la ame. La canción es entonces una búsqueda.

»Mira, te la pongo aquí en el teléfono para que la escuches solo un poquito; es la parte del coro para que la recuerdes:

> *Oh, I wanna dance with somebody*
> *I wanna feel the heat with somebody*
> *Yeah, I wanna dance with somebody*
> *With somebody who loves me.*

»¿Te diste cuenta, Alina? Whitney estaba buscando el amor de ese alguien que la correspondiera, una pareja que la amara y bailara con ella para celebrarlo. Y, para su desgracia y para la nuestra, el que apareció dos años más tarde con su carota de cocodrilo fue el chupasangre de Bobby Brown.

»Tres años más tarde, con la llegada de esa hermosísima joya cinematográfica que es *El guardaespaldas*, en la que, ¿te acuerdas?, se enamora de Kevin Costner, que es su escolta, sale el álbum de la película y ahí aparece la *gran* canción de toda su carrera. "I Have Nothing" es la segunda parte de esta trilogía amorosa de Whitney Houston. La mejor. La insuperable. La ya-no-ya. No quiero ponértela ahora porque seguro me emociono…

»Whitney está enamorada pero mal. Templadaza. Ella había empezado muy jovencita a fumarse sus tronchitos y a beber como beben las estrellas que se respetan, pero ahora ya es posible que el Bobby la haya desgraciado. Y como todo es un caos porque se engañan y seguramente se pegan y todo eso que pasa cuando uno tiene mucha fama,

243

entonces, te decía, ella saca esta canción que es como un grito desesperado para que el Bobby la acepte y la ame como es.

»Whitney quería bailar con alguien y mira qué le pasó, Alina: ahora ya está metidaza en un baile que es como un pogo de metaleros porque su relación es tan tóxica que podría ganar competencias internacionales. ¡Qué brava era mi Whitney!… Lo bueno de todo es que estas situaciones son las que muestran el genio de una verdadera artista. Y ella lanza "I Have Nothing" y ya no importa si fuma *crack* o inhala Terokal en la plaza San Martín porque esa canción es el *summum* de su arte.

»Le sigue pidiendo a Bobby que la ame y que comparta su vida con ella pero aceptándola tal como es. Porque lo ama, Alina, lo ama y no quiere otro cuerpo que el suyo. Lo ha intentado otras veces y no es lo mismo y no puede esconderse de esa verdad. ¿Estás comprendiendo lo que te quiero decir con todo esto?… No te duermas, espera. Voy a ponerte ahora el coro y discúlpame si me pongo un poco triste porque siempre me conmuevo:

Don't make me close one more door
I don't wanna hurt anymore
Stay in my arms if you dare
Or must I imagine you there
Don't walk away from me
I have nothing, nothing, nothing
If I don't have youuu.

»¿Viste? ¡Qué hermosa voz! Yo sé que tú sabes inglés, reinita chalaca. Pero yo me he tomado el trabajo de traducir con el Google todas sus letras y aquí le está pidiendo al Bobby que no la obligue a cerrar más puertas porque no quiere herirlo ni herirse… "Atrévete a quedarte en mis brazos, ¿o tengo que imaginarlo?", le dice, y eso… Eso es poesía, Alina. "No te vayas, Bobby", le dice, "no te vayas porque no tengo nada en esta vida si no te tengo a ti…"

»¿Y qué pasó? Un poco lo mismo que a ti, Alina, cuando te fijaste en ese huaco con músculos de Alipio. ¿Por qué te hiciste eso, reinita? ¿Por qué no escuchaste a tus amiguitas pituconas de La Punta, que te decían bien clarito que *con-cholos-no*? ¡Y mírate ahora, carajo! Es indigno… No sabes cuánto me jode verte así… Por lo menos no estás fumando *crack* como mi diva-de-divas… La pobre… ¡Uy, qué rápido pasa el tiempo! Tengo que volver a la chamba. Hay demasiados delincuentes en Lima como para darme el lujo de quedarme chismeando pese a que me encantaría, amiga.

»No te duermas, Alina, que falta una canción. Te la cuento al toque.

»"I Will Always Love You" debe ser su tema más conocido, pero ya era popular porque la rubia-tetotas de Dolly Parton lo había hecho famoso como country en los setenta. Pero ¡era pertinente! ¡Claro que sí! Whitney finalmente se cansa del Bobby y lo deja. La relación ya no da para más. No puede seguir pero ella, que siempre fue noble y sincera, le dice que lo seguirá amando. Se va porque no quiere ser un estorbo en su vida y le desea felicidad y el amor que ella nunca pudo darle… ¡Qué fuerte! Seguro son las consecuencias del *crack*. Nuestra diva-de-divas, a estas alturas, se vuelve *crazy*. Si yo fuera feminista le hubiera pegado duro por cojuda, ¿no?… Pero bueno, ¿quiénes somos nosotros los mortales para juzgar a una diosa?

»¿Quién soy yo, Alina, para juzgarte a ti?

»Uno no elige de quién se enamora, ¿no? Y tú has amado a Alipio con una sinceridad digna de Whitney… y como Whitney te vas a ir de este mundo durmiendo, ¿qué te parece?

»No te preocupes, mi reina, que no vas a sufrir como Alipio. No te lo mereces. Lo que tienes en el cuerpo es como un somnífero que te irá apagando. Ni lo vas a sentir. Tu cartita explicando por qué lo hiciste ya está lista en tu cuarto. Digo un par de mentirillas sin importancia. Golpizas de Alipio y cosas así un poco feas para santificarte. No creo que nadie la crea pero me divertí haciéndola...

»De hecho... A mí me hubiera gustado escribir, ¿sabes? De repente un día dejo esta mierda de ser tombo en el Perú y me dedico al arte. ¿Por qué no? Me gustaría escribir novelas policiales. Tengo mucho material. Si yo te contara todo lo que he visto en este país de mierda, Alina, no me lo creerías. Aquí todo está podrido. El Perú es un país muerto. Es casi una buena idea que no tengas que sobrevivirlo...

»Descansa ahora, mi reina. Duerme tranquila.

»Si existe algo bonito allá arriba en el cielo, no te preocupes que yo luego te buscaré.

LOS PERSEGUIDORES

1

Los pies de Fernando Arrabal se hundieron en la arena. No fueron realmente sus pies sino las botas moradas Dr. Martens que se había comprado hacía tres años en Barcelona. Las usaba cada vez que tocaban las semanas de punk o metal en su calendario musical y hoy iniciaba la Semana Black Sabbath. Tampoco era arena lo que pisaba, sino más bien un montículo de tierra arcillosa sobre el cual dejó sus huellas. Antes de salir de casa había releído ese cuento de Rulfo sobre el hombre que persigue a otro para matarlo y, como se le había quedado la primera frase en la cabeza («Los pies del hombre se hundieron en la arena, dejando una huella sin forma, como si fuera la pezuña de algún animal»), decidió recrearlo. Le tocaba otra vez ser el perseguidor. Esperaba sentado y fumando en la misma banca de todos los lunes. En sus audífonos, a todo volumen, sonaba una versión en vivo de «War Pigs».

Carmen Infante apareció a las dos en punto. Llegó bajando a paso lento por el pasaje Bélgica en dirección al jirón Abtao. Hubiera podido subir tranquilamente hasta el Estadio de Alianza Lima y, en la esquina de Isabel la Católica con Andahuaylas, tomar el bus hacia el Centro de Lima, pero de haberlo hecho no se habría cruzado con Fernando y eso no tenía sentido.

Como siempre, lucía sensacional. Era muy placentero verla caminando distendida por un entorno que, a su lado, se volvía ruinoso. Carmen llevaba el pelo suelto en capas onduladas. Se veía tan fresco y sedoso que resplandecía: brillaba aunque se notase húmedo –como si acabara de salir de la ducha–, y ese «efecto mojado» lo hacía elegante y vistoso. Las gafas de sol cuadradas que usaba con frecuencia habían sido reemplazadas por una estupenda imitación de Gucci doradas que la rejuvenecían. En cuanto a su atuendo, tenía un *look* casual y sofisticado porque el jersey gris de cuello alto que le marcaba ligeramente el busto combinaba bien con la gabardina azul marino que mantenía abierta. Fernando quedó impactado con esta prenda elegante, atípica entre los limeños, porque tenía una parecida en casa y eso, supuso, confirmaba que ellos estaban predestinados. La de Carmen también tenía las solapas cruzadas y los botones redondos a ambos lados del pecho. Era tan larga que le llegaba hasta las rodillas y lograba tapar sus *jeans* pegados en la parte de las caderas.

«Qué rica es, carajo… ¡La amo!», pensó Fernando mientras la seguía con cierta morosidad por el mismo pasaje Bélgica. Iba a escasos veinte metros de ella pero podía pasar desapercibido porque había una decena de personas recorriendo la calle. Ozzy Osbourne le cantaba directo a los oídos. Hablaba de un mundo paralizado por la oscuridad mientras él lo recordaba como un veinteañero pelucón y drogadicto que movía el cuerpo como epiléptico en el concierto del Olympia en París. Fernando ni siquiera había nacido en los setenta pero solía ver ese video obsesivamente e incluso había aprendido a tocar «War Pigs» en la guitarra. Con un grito medio cómico soltó el «¡Chanchaaan!» que imitaba el famoso *riff* de Tony Iommi. Estaba recontraenchufado en ese cómputo de perseguir a Carmen escuchando el heavy metal más glorioso. Era como un *soundtrack* personalizado que se obsequiaba a sí mismo en esta aventura.

Esa era la cuarta vez que la seguía desde que le llegó su mail de respuesta llamándolo «acosador». ¿Había aceptado Carmencita su presencia? ¿Tenerlo ahí detrás como un gaucho rastreador? ¿Quería conocerlo pero de una forma distinta? ¿Ponerlo a prueba? ¿Lo aceptaría? No tenía ni puta idea de nada pero le daba igual. Seguirla era una forma retorcida de cortejarla. Tampoco tenía el menor control sobre la situación. Era lunes la primera vez que lo hizo y en adelante fue Carmen la que decidió aparecer el mismo día casi a la misma hora. Todas las veces previas, la persecución se había terminado con ella tomando un taxi negro que aparecía de la nada. Era siempre el mismo Toyota Corolla de lunas polarizadas. Esa vez, sin embargo, Fernando intuyó que sería distinto por un detalle que le hubiera parecido irrelevante a cualquiera pero que él leyó como una *señal*: justo antes de llegar a Abtao, Carmen se detuvo en seco y volteó la cabeza hacia la derecha hasta rozar el mentón con el hombro. Era como si mirara hacia atrás desde un ángulo ciego. No podía verlo pero podía intuir su presencia.

Ahora existía, pensó Fernando. Había empezado a existir.

2

Su nombre es Haydée Terrazas Arroyo pero su apodo en la guerra contrasubversiva era la Chata. Estuvo perdida por muchos años. Perdida como desaparecida. Desaparecida como no habida. No habida como fugitiva. Fugitiva como prófuga. Pero ¿de qué? ¿De qué huye la Chata? De la justicia peruana. Lo cual, si lo piensan un poco, no es muy difícil. De hecho es facilísimo para cualquiera con dinero o un poco de perspicacia porque no hay nada más abyecto y putrefacto en este país que la justicia. Y por eso yo aquí (yo Ishiguro, yo vengador, yo detrás de ella) ahora soy la justicia. No me queda de otra. ¿Quién se anima a seguir esperando a que hagan algo? Aquí todo cuesta. La justicia cuesta. Esperar cuesta. Respirar en esa basura que llaman Poder Judicial cuesta. ¿Quién se anima a seguir pagando, a seguir bajando la cabeza para que lo escuchen? No tengo salida. Llevo años cargando sobre los hombros el cuerpo muerto de mi padre y estoy cansado pero no puedo descansar. A Eleodoro lo secuestraron, lo torturaron, lo quemaron con un soplete de soldador, lo apagaron para siempre con un disparo en la cabeza. Yo estaba ahí. Yo vi cuando lo golpeaban y se lo llevaban. Yo descubrí su cadáver frío envuelto en una sábana como si fuera un perro atropellado. Mi padre Eleodoro. Mi pobre padre que pena sobre mis hombros esperando justicia. ¿Quién se anima a seguir esperando? Yo ya no puedo más. Madre no lo sabe, ella vive envuelta en su luto interminable, doña Tilsa, siempre fuerte aunque sé que anda como deshabitada por la pena que nunca se acaba. Madre no lo sabe pero si lo supiera lo aceptaría inclinando levemente la cabeza, hijo, haz lo que tengas que hacer para que padre descanse. Ella estaba ahí. Como yo. Como Haydée Terrazas Arroyo, que entró a nuestra casa de madrugada con los milicos, disfrazada, disfrazados todos, la cara pintada y gritando, «¡al piso, carajo, terrucos de mierda!», la Chata, daba las órdenes como si comandara al grupo pero no era así, era solo una pantalla para que los testigos pensaran que se trataba de Sendero Luminoso y no de los Colinas. ¿La idea? Una orden directa del mayor Martín Rivas, líder del Grupo Colina, ahora preso, y ella –aquí cerquita– todavía libre, siempre presente y lista con la cara pintada para cualquier operativo, Barrios Altos, El Santa, la desaparición de Fortunato Gómez Palomino, presente como si comandara y perdida como desaparecida, solo hasta que yo aquí (yo Ishiguro, yo vengador, yo detrás de ella) pude al fin encontrarla…

3

No sabría explicar cómo ni por qué, pero ese sexto sentido traicionero –que odiaba– se lo anunció como un presentimiento.

«Te has equivocado, Rosalba, acaso en todo: el padrecito español no es maricón sino un gran pendejo pingaloca. Por eso ahí están él y Sofía caminando juntos por el Centro de Lima. Si el padre Pablo no lleva nada alusivo a la iglesia, ni siquiera un maldito crucifijo, es porque no quiere que sepan que es cura.»

¿Realmente se había equivocado? Era probable. Y, sin embargo, bastaba observar otra vez ese culito terso y parado, apretadísimo en plan putón contra sus chinos celestes, para concluir lo contrario y hasta reafirmar su primer veredicto.

«El padre Pablo es gay, no tengo ninguna duda; pero acaso también les entre a las mujeres y hasta quién-sabe-a-qué… Lo hace porque puede, porque es tan bello que puede permitírselo y nadie le dirá que no… Si en algo me equivoqué fue en subestimar a Sofía. Esto no lo viste venir, Rosalba, y sería muy deshonesto de tu parte pretender que no te jode.»

Le jodía, claro. Le dolía como si fuera una traición. No podía evitar sentirse herida y por eso se animó a seguirlos. Le bastó hacerlo un par de noches para llegar hasta donde estaba ahora. No podía creerlo. Lo pensaba frenéticamente con leve pánico mientras iba detrás de ellos con el rostro oculto bajo su capucha. Llevaba una sudadera negra muy cómoda que por dentro estaba forrada de felpa. Se la había comprado usada en la Cachina porque le había gustado la frase que traía en el pecho (NORMAL PEOPLE SCARE ME). No era una prenda que llevara con frecuencia y, por lo mismo, le pareció perfecta para su aventura.

Todo esto fue muy repentino. El chisme la tomó desprevenida: llegó al bar como llegan los temblores de madrugada. Que la habían visto bricheando por La Colmena, dijeron, de la mano de un tipo guapísimo que parecía modelo, extranjero de hecho, tremenda pendeja. ¿Cuántos días habían pasado desde esa desconcertante noche de su reencuentro? ¿Dos semanas? Contra todos sus pronósticos, luego de ese ya lejano día de la pelea en la iglesia («Sofía bella, el padre Pablo es joto»), Sofía se había terminado alejando en serio y su amistad estaba prácticamente rota. Aunque le seguían llegando sus mensajes por WhatsApp y las actualizaciones con sus odiosas fotos en Instagram (la pobre había empezado a subir unos ridículos videítos en los que bailaba), lo cierto es que ninguna dio su brazo a torcer. Lo que Rosalba minimizaba por fuera se volvía lentamente un infierno por dentro. ¿Quién era ella para desafiarla? ¿Se olvidaba Sofía de todo lo que tuvo que hacer para que fuera un poquito menos tonta? ¿Cómo osaba rechazar lo que le había enseñado con tanta paciencia? ¿Realmente pretendía crecer sin su ayuda?

«Ingrata de mierda... Malagradecida... Tonta del culo... No entendió *nada* porque es solo una cojudita más... ¡Qué decepción!»

La furia la carcomía pero llevaba esa procesión en silencio. No aceptaba culpa alguna y hasta se declaraba inocente. Era incapaz de comprender el trabajo pernicioso que lleva a cabo el narcisismo herido.

En cuanto a *lo otro* —eso que la asustaba pero no podía ignorar, eso que mantenía la herida abierta y a duras penas había logrado adormecer—, tardó en aceptarlo hasta que le estalló en el pecho la noche que Sofía volvió al bar completamente ebria, quejándose como siempre de los hombres asquerosos de su vida, Rosalbita, tómate una chela conmigo, amiga, carajo, qué chucha te pasa... Explícame ahora mismo por qué me sacaste de tu vida si yo te quiero..., si soy como tu hermana, huevonaa...

4

Lo había visto muy pocas veces y nunca le prestó la menor atención. Sabía que solía observarla desde la ventana del cuartito que alquilaba a los viejitos del edificio de enfrente. No podía distinguirlo bien pero imaginó que usaba binoculares o una de esas cámaras con teleobjetivo para fotografiarla de lejos. No recordaba si aquello la perturbó. Intuía que sí pero igual no había hecho nada para remediarlo. Toda esa historia del mirón sofisticado le parecía muy de película gringa. Además era un nene. Si quería masturbarse viéndola calata, que lo hiciera. Le daba lo mismo. Carmen seguía viviendo como sonámbula. Se había acostumbrado a existir atrapada en su depresión. Su única estabilidad era seguir con vida y si algo lamentaba era no tener la valentía suficiente para quitársela.

Quien la viera, una mujer madura y guapísima y siempre elegante, enigmática tras las inamovibles gafas de verano, quien escuchara esa voz suave que arrullaba y desconcertaba al mismo tiempo con una ternura inaudita, no hubiera imaginado jamás que estaba frente a una persona que vivía agonizando. Igual no estaba sola. Nunca lo estuvo. No hubiera podido resistir ese infierno sin alguien que tuviera el compromiso de apoyarla sin importar lo que hiciera. Carmen Infante lo tenía. Habían pasado más de veinte años desde que se conocieron en Lima y Helmut Bauer, inamovible, seguía a su lado.

Todavía vivía con su esposa en Berlín. Seguía siendo el presidente ejecutivo de Bauer Elektronik y yendo al Perú de manera intermitente para resolver negocios que no existían. Lo que menos le preocupaba era el dinero. Ya tenía lo necesario para jubilarse asegurándoles la vida completa a sus hijos y nietos. Si alguien le hubiera preguntado por qué seguía con Carmen, él no habría pensado en otra cosa que en ese pacto implícito que tenía con ella: un acuerdo que Carmen no le había exigido y que, curiosamente, de manera automática, lo remitía conmovido a Mama Rosa como si se tratase de una redención. Ayudarla en todos sus gastos, apoyarla para que trabajara su depresión y su alcoholismo, velar por su seguridad con un conductor particular que estuviera a su disposición, estar físicamente con ella, asegurarse de que tomara su medicación, dormir a su lado y hacerle el amor convencido de que todo eso formaba parte del acuerdo, ¿cuál era el problema si Helmut podía y quería hacerlo? Nunca tomó con seriedad lo que alguna vez le sugirió su terapeuta sobre el Edipo desde el cual había construido esa relación: protegía y tenía intimidad con la hija mientras pensaba en la madre. Tenía sentido y hasta era osado y creativo como diagnóstico, pero no le interesaba aceptarlo. Si eso iba a terminar en cualquier momento, que lo decidiera ella. Se fuera o se quedara, Helmut estaba dispuesto a aceptar las consecuencias.

254

Igual no iba a pasar. No lo hizo en tantos años, ¿por qué lo haría ahora? Si Carmen lo hubiera dejado se habría sentenciado a muerte. Eso era lo que pensaba. Tampoco le convenía porque sin el alemán se hubiera quedado en la calle. Carmen no solía pensar en todo lo que tenía a disposición. Asumía que lo merecía porque nunca se lo había pedido a nadie. Por lo demás, nunca sintió un amor real por Helmut, entre otras cosas porque no era capaz de amar a nadie. El alemán seguía siendo un hombre bellísimo y Carmen seguía sinceramente atraída por él. Le gustaba mirarlo, besarlo, sentirlo dentro de ella, darle placer de la forma en que quisiera para satisfacerlo. Su vida sexual era plena. A él lo enloquecía la manera en que Carmen paseaba lentamente su lengua por su verga, cerrando los ojos y besándola con pasión mientras masajeaba suavemente los pliegues de su ano haciendo unos leves circulitos. La lengua traviesa de Carmen recorría con delicadeza cada centímetro de sus genitales y solía culminar penetrando su culo con la puntita ansiosa mientras Helmut se retorcía de placer. A ella, por el contrario, le gustaba la rudeza: que lo hiciera fuerte, que se la metiera duro y parejo por la vagina y luego por el culo y luego de nuevo por el coño empapado y que le tapara la boca y le jalara los cabellos para levantarle la cabeza cuando la embestía por detrás y que, en todo momento, la penetración fuera rápida y vertiginosa. Cuando eso ocurría, ella se venía gritando y soltaba unos chorros largos y calientes que saltaban hacia el cuerpo de Helmut con la contundencia de una pistola de riego. Desde luego no siempre funcionaba con esa intensidad. Los años no perdonaban. La energía tampoco podía ser la misma. Nunca fue un problema para ellos porque su intimidad era lo más sólido de toda su relación.

Cuando Fernando Arrabal asomó a la vida de Carmen, fue recibido como otro ejemplar de esa tira de acosadores

255

que había aprendido a desarmar en plena calle con dos o tres palabras hirientes. No necesitaba ser violenta. A veces bastaba con un poco de ironía y mucho desparpajo para neutralizarlos. Tampoco era que viviera exponiéndose. No salía mucho de su departamento. Si lo hacía era para beber pero siempre regresaba con el chofer. Tenía aventurillas casuales, claro, como todos, pero eran más bien esporádicas y nunca pasaban de una noche. En la Unidad Vecinal tampoco había sido fácil. Si bien al principio los vecinos se mostraron reacios a lidiar con sus extravagancias, ya con los años había dejado de ser la mujer rara (loca, malcriada, puta, brichera, borracha, vividora, roba-maridos, ninfómana, tortillera, coquera, satánica, mala persona) y hermética del quinto piso. Ahora nadie se metía con ella. Incluso los chicos del barrio y los hermanos de las cuadrillas del Señor de los Milagros velaban por su seguridad. Desde que apareció en la iglesia de la mano de la señora Sonia, su vecina colombiana, todo empezó a cambiar. Fue Sonia la que se compró el pleito para defenderla de los ataques del vecindario y también sería ella la que vio en la religión la única solución para que pudiera vivir tranquila.

¿Y cómo llegaba Carmen a ese momento raro y exquisito en el que se dejaba seguir adrede por el muchacho? ¿Por qué no lo había encarado, como a los otros infelices, apenas notó que la acechaba? ¿Era Fernando menos acosador que los demás? ¿Parecía menos peligroso? ¿Lo dejaba porque era un mocoso solitario con pinta de pituco extraviado en La Victoria? ¿Lo permitía porque era blanco y eso lo volvía menos amenazante? No lo sabía. Presumía que todo eso tenía algún grado de verdad. Tampoco le daba importancia. Era casi anecdótico verlo ponerse tieso apenas Carmen se detenía adrede en las paradas del bus: Fernando pegaba los brazos a su largo y escuálido tronco como un soldado en firmes. Parecía un fideo crudo con peluca. No era del barrio. No tenía amigos ni tampoco los necesitaba. Vivía en la Unidad Vecinal más por rebeldía que por convicción. Era casi su vecino y la espiaba. Acaso, como ella, leía o escribía o las dos cosas.

La noche que apareció el correo de Fernando en su bandeja de Gmail todo se desordenó. Ya desde el «Carmencita, escúchame» que iniciaba la carta, el chico había conseguido captar toda su atención. El escenario cambiaba, ya no podía subestimarlo. Lo escrito había conseguido remover *algo* en ella que pensaba dormido. Se asombró y se conmovió y se mató de risa y se preocupó y, luego de leerla y releerla, en algún momento de la madrugada, pensándolo, imaginando que llegaba a tocarle la puerta, se masturbó. Tal era el poder de las palabras. Aunque al inicio pensó con firmeza en no responderle, no pudo evitarlo. Sabía que él saldría a buscarla. «Nadie muere realmente de amor, Carmencita, pero igual Te amo», le había escrito Fernando al final de la misiva para sorprenderla con un golpe de efecto.

«Muchachito tonto», pensó sonriendo, «ahora te tocará probarlo.»

5

¿Y si no fuera la Chata? ¿Si esa mujer anodina te dijera: «Lo siento, señor, se confunde, no tengo idea de quién sea Haydée Terrazas pero no soy yo»? ¿Qué harías si al tenerla al frente pensaras que miente porque puede, porque lleva años haciéndolo, huyendo de la justicia, alterando su físico y su identidad para reinventarse en otra persona?

¿Recuerdas cuál fue la última pista que tuviste de ella? Claro que sí. Fue un recorte de prensa de 2008. Señalaba vagamente que «"La Chata" Haydée Terrazas Arroyo, la única agente femenina del Grupo Colina que permaneció en el destacamento hasta su desactivación a fines de 1992, viviría desde hace dos años en el Cusco». Pese a la imprecisión de la nota, sin pensártelo mucho, urdiendo el pretexto de una oferta laboral para que doña Tilsa se quedara tranquila, saliste presuroso hacia el terminal del Cercado de Lima y tomaste el primer bus al Cusco. Llevabas en el bolsillo la fotocopia de su foto pero estabas convencido de que no la necesitabas: bastaría volver a verla y sabrías al instante si era ella.

Lo del Cusco fue un fiasco completo. Una semana perdida deambulando por el centro histórico y mostrando una imagen tan borrosa que la gente te miraba como si la estuvieras jodiendo. Aquello te desmoronó. Estabas desalentado, genuinamente cansado de sentir que remabas solitario en un río que no cesaba de desbordarse. Perdiste toda esperanza, ya no de encontrarla sino de creer que alguien en el Perú haría algo por el crimen de tu padre. Estabas solo y a nadie le importaba tu búsqueda. No querían saber ni escuchar de tu tristeza. No les interesaba el luto que carcomía de a pocos la salud de tu madre ni la impotencia monstruosa que sentías todas las mañanas al despertarte. Eran unos golpes violentos que te hundían el pecho como si te estuvieran reventando el tórax con un mazo. Y así llegaron también las depresiones: un dolor físico intenso que te mareaba y que persistía como un ahogo demorado. No podías hacer nada. Tú eras el pánico respirando. Te quedabas postrado en cama por semanas creyendo que tarde o temprano morirías, hasta que un día cualquiera ya no sentías nada. A esas alturas todo trámite que tuviera que ver con tu padre tenía un precio: Eleodoro Ishiguro había dejado de ser una víctima y se había convertido en una estadística, una carga burocrática, un gasto innecesario para el Estado peruano, que ya no quería saber nada de esos muertos.

Encontrar a la asesina y hacer justicia (¿cómo?, ¿de qué manera?, ¿increparla, golpearla, torturarla, destruirla, enterrarla?, ¿y después de eso qué, Ishiguro?, ¿después qué?) se habían vuelto su prioridad desde que era adolescente. No había tenido una vida normal. Era imposible en esas condiciones de penuria: doña Tilsa y su hijo no habían caído en la indigencia gracias a la comunidad peruano-japonesa, que nunca los abandonó. Pero no solo se trataba de la vida precaria, no; estaba también su escalofriante timidez, que terminó empeorando, y de ser un adolescente retraído de pocas palabras pasó directamente a no hablar.

En el colegio lo jodían de autista, primero con insultos y luego a golpes, pero esta situación se terminó muy pronto. Su pasividad y su mudez se rompieron con una violencia tan espectacular que terminaría siendo expulsado de la institución. El mismo matón que le había descargado un puñete por mirarlo sin permiso, intentó un segundo trompazo al día siguiente por no saludarlo de rodillas. Su golpe no llegó a tocar el cuerpo de Ishiguro. Fue repelido a una velocidad digna de una película de kung-fu y lo siguiente —dijeron los testigos— fue una paliza tan cruel que verla se volvió insoportable. «Fue como *Dragon Ball* pero en plan sádico, o sea, más o menos como un *Dragon Gore*», recordó un compañero que años más tarde terminaría de escritor. El chico herido se quedó dos semanas en el hospital y estuvo cojo hasta el final del año. Ishiguro no volvió más a ese colegio.

En cuanto a su vida amorosa no hay mucho que decir o descubrir. Después de un trabajito de tres meses en la construcción, justo antes de entregarle su sueldo a doña Tilsa, se guardó un par de billetes y se fue en combi hasta la cuadra 18 de la avenida Argentina. Tenía decidido debutar en El Botecito, uno de los burdeles más antiguos de la ciudad. La chica que solicitó era una charapita grácil de unos treinta años que tenía algo (¿la sonrisa?, ¿los ojos?, ¿el pelo castaño?) de la maestra de geografía con la que fantaseaba desde los trece. Su nombre de trabajo era Desiré y, pese a su cuerpo más bien fino y menudo, tenía las tetas redondas e infladas de una mujer preñada.

Ella le había ofrecido «trato de pareja» pero a Ishiguro lo que le interesaba era otra cosa:

–¿Me dejas chupártelas mucho?

–¿Qué cosa, papito? ¿Mis tetas?

–Sí, son bellísimas.

–Chúpalas todo lo que quieras pero sin morderlas.

Durante seis meses volvería regularmente a El Botecito solo por Desiré. No le interesaba ninguna otra chica: si no estaba Desiré, se daba media vuelta y partía. La charapita desapareció del burdel al séptimo mes y ya no la vio más. Su vida prostibularia se clausuró. Ya no volvería a pagar por sexo ni a acostarse con putas. Sin embargo, cuando Ishiguro pensaba en su primera experiencia amorosa, no podía evitar que Desiré apareciera en su mente como si se tratara de su primera novia.

Novias en serio tuvo dos en Comas, pero ni estaba enamorado ni le pareció necesario retenerlas cuando le exigieron formalizar o, por lo menos, un poco más de seriedad. El resto fue todo casual y siempre gracias al bar: aventuritas con clientas o con las amigas que trabajaban vendiendo libros, ofreciendo menús o, como él, sirviendo copas en el mismo jirón Quilca.

La llegada de Rosalba alborotó su mundo por completo. La amó desde que ingresó al bar y, con una confianza absoluta, le dijo al chino Tito que ella cocinaba mejor que nadie. La amó probando sus exquisitos desayunos, perdiendo en el juego de beber sin parar, viéndola bailar y cantar «No me arrepiento de este amor» cuando el bar estaba a tope. La amó escuchando su voz ronquita llamándolo Ishi o haciéndolo estallar de risa con la locura esa de leer el poto de los hombres para predecir su destino. La amaba locamente como no había amado nunca a nadie. No se lo había dicho pero sabía-que-ella-sabía y, pese a la diferencia de edades, esperaba que en algún momento Rosalba pudiera darle la oportunidad de demostrárselo. El amor, sin embargo, no lograría apagar esa sed de justicia que estaba como dormida hasta el día en que el comandante Edulfamid Píper Arroyo entró en escena.

De cómo con el tiempo, luego de muchas noches en las que tuvo que soportarlo ebrio y pesado en el bar, sospechó que Arroyo podría tener alguna relación con la Chata es algo que no podía explicar con coherencia. Sabía que aquello empezó como una intuición que se fue transformando lentamente en presagio. No obstante, al no haber nada concreto que explicase racionalmente su teoría, prefirió silenciarlo. El hecho de que Píper y Haydée Terrazas compartieran el apellido Arroyo, y aquello pudiera tomarse como indicio de un eventual parentesco, era simplemente un delirio.

La idea, sin embargo, lo recordaba bien, había iniciado con una fantasía de esas que a veces resuelven lo más intrincado con lo más simple. Así como ocurre en «La carta robada» de Allan Poe, un cuento que le había regalado el chino Tito en una edición popular. En este, el detective Dupin encuentra la carta en el lugar más simple y visible de la mansión de un ministro: un tarjetero. Ishiguro fantaseaba, entonces, pero no se regocijaba con su premonición. Él pensaba en el azar cuando intentaba explicarse qué lo había impulsado a seguir al comandante Arroyo cada vez que pudo. Nadie se lo pidió. Se había dado cuenta de que algo se apagaba en el chino Tito cada vez que

Arroyo aparecía por el bar y sentía que *eso* estaba relacionado con el miedo.

¿Lo chantajeaba? ¿Lo extorsionaba? ¿Lo amenazaba con cerrar el negocio si no liberaba el bar para los Terna? ¿Sería algo peor que todo eso? Era imposible saberlo y el patrón no iba a contárselo, así que, pese a su doloroso fracaso en el Cusco, Ishiguro decidió volver sobre los inquietos pasos del detective.

De esta manera pudo confirmar que el comandante Edulfamid Arroyo era, ante todo, un delincuente. Vestidos de civil reconoció en la calle varias veces a los subalternos que llegaban al bar cuando estaba cerrado para el Grupo Terna. Sospechaba, entre otras cosas, que se dedicaban al sembrado de droga para extorsionar a detenidos y al cobro de cupos a las mafias del transporte y a los vendedores de pasta y cocaína al menudeo. No tenía prueba alguna de nada pero, por lo poco que había escuchado cuando los atendía, intuía que los Terna estaban metidos con los escuadrones de la muerte que asesinaban a delincuentes para robarles el dinero incautado y recibir ascensos y recompensas.

¿Qué podía hacer Ishiguro con eso? Nada. Tampoco quería. Ni loco. ¡Solo faltaría exigirle alguna muestra de heroísmo! ¿En nombre de qué? ¿De la patria? ¿Del Perú? ¡Cojudeces! No había Perú. Para ellos no existía. ¿Dónde mierda estaba el Perú cuando a su padre los Colina le metieron un soplete ardiente por el culo? ¡Que se fueran bien a la mierda con su falso patriotismo! En este país canalla no respetaban ni a los muertos. Y lo único que le importaba ahora a Ishiguro era la salud de don Tito. Si no había podido proteger a su padre de la muerte más horrenda, ¿cómo iba a abandonar a quien se había dedicado a protegerlo como a un hijo?

La noche del hallazgo más inesperado le tocó por fortuna en su día de asueto. No entró al bar de Tito. Se quedó esperando en la cantina de Ciro, que estaba justo al frente. Sabía que Arroyo estaba dentro tomando como un animal porque Rosalba se lo había confirmado por mensaje. Cuando salió, el comandante estaba borracho y completamente duro y se negó a que los agentes de seguridad lo llevaran a su casa. Lo hacía con frecuencia. Era temerario porque Píper Arroyo se creía sinceramente invencible. No lo parecía. De hecho, pensaba Ishiguro, pese a ser un hombre corpulento, ni alto ni pesado sino más bien ancho y musculoso, no había nada en su apariencia que inspirara miedo. Lo engañoso era su cara: tenía el semblante de un adolescente triste estancado en la pubertad. Sus ojos eran largos y estrechos como dos ranuras parpadeantes y la boca, gruesa y carnosa, era sin duda femenina aunque siempre la llevaba seca. Encima de ella, apenas esbozados, más bien ridículos, unos escasos bigotitos que parecían postizos. Lo otro era su piel: si bien era blanco, la suya era una blancura como desteñida que podía enrojecer de pronto sobre las mejillas y el cuello sin motivo aparente. Arroyo era limeño pero solían tomarlo por cajamarquino y aquello lo enfurecía hasta los gritos.

El comandante bajó lentamente por el paseo peatonal del jirón Quilca que desembocaba en la plaza San Martín. Pese a estar ebrio caminaba sin tambalearse. Al llegar a la altura del clausurado teatro Colón, dobló a la derecha por lo que quedaba del incendiado edificio Giacoletti y, luego de cruzar Colmena y bordear el KFC y la entrada del hotel Bolívar, se encaminó hacia el jirón de la Unión.

En la esquina con Ocoña, justo al final de la histórica vía comercial que se extendía por once largas cuadras y llegaba hasta el río Rímac, un cordón multicolor de cambistas llamó su atención. Portaban chalecos amarillos en los que se leía EUROS $ DÓLARES y agitaban fajos de billetes como si se tratara de abanicos. Arroyo los ahuyentó moviendo la mano de abajo hacia arriba con leve violencia. Ishiguro imaginó que espantaba moscas. ¿Qué hora era? Ya eran las ocho de la noche pero el paseo peatonal seguía hormigueando. Por un momento Ishiguro le apartó la mirada y se quedó observando con nostalgia la entrada de lo que había sido el bar Yacana. Recordó sus noches de fiesta y de conciertos en el segundo piso con bandas de la movida *dark* y recitales con poetas que no siempre eran discretos. Ahora se había convertido en un restaurante italiano como cualquier otro. Al recuperar la ubicación de su objetivo, mientras dos chicas con *piercings* en las narices se le acercaron a ofrecerle tatuajes y un niño sin zapatos le jalaba el saco para pedirle plata, el camarero se topó con las galerías Boza y Vía Veneto. Recordó que una vez el chino Tito le había contado que estas habían sido las más elegantes y modernas de Lima en los años sesenta. Tenían tiendas de lujo, librerías, restaurantes y cafés muy concurridos como el café Galería y el café Dominó, al cual llegaban los artistas e intelectuales más prominentes de la época. La Boza era un típico pasaje de corredor central como los *passages* parisinos. Fue la primera en instalar las escaleras mecánicas en el Perú. Ahora solo funcionaba el primer piso y, como la Vía Veneto, que estaba justo al lado, solo era una más de las galerías comerciales populares que explotaron en Lima durante la dictadura fujimorista. Ambas intentaban sobrevivir albergando cadenas de comida rápida y tiendas deslucidas que ofrecían zapatos, cortes de pelo, bisutería, juguetes sexuales y compra de oro. El comandante Arroyo caminaba lento pero constante. Parecía inmune al barullo agresivo de transeúntes, ambulantes y turistas extranjeros. Cruzó el jirón Moquegua sin detenerse, dejándose llevar por la masa que avanzaba indiferente a los coches. Su cabeza seguía inclinada ligeramente hacia abajo como si transitara mirando el piso. Ishiguro, por el contrario, alzaba la cara mostrando la manzana medio repugnante de su cuello flaco. No supo por qué pero se dedicó a observar los letreros y rótulos de las tiendas (CINE STAR EXCELSIOR, POLLERÍA NORKYS, TRAJES ADAMS, ZAPATOS BATA, TIENDA DE ROPA TOPITOP) y hasta se detuvo ante un cartel feo y colorido que anunciaba al GRAN CURACA DEL NORTE ofreciendo «Amarres, florecimientos y lectura de Tarot»; por unos segundos, pensó con esperanza en Rosalbita. Se despabiló cuando vio que Arroyo se detenía en el semáforo de la avenida Emancipación, justo al lado de lo que ahora era la tienda Ripley. Nadie entendía cómo ese edificio histórico que, a principios del siglo XX, había sido el mítico Palais Concert, un café, cine y bar que reunía a la sociedad intelectual limeña de la época y que se había construido bajo la supervisión del célebre arquitecto francés Gustave Eiffel, había terminado albergando una cadena chilena de tiendas por departamento.

El chino Tito se lo explicó en su momento con apenas cuatro frases:

«Por guita. En el Perú todo es guita, Ishiguro. El valor histórico y cultural de lo-que-sea les llega olímpicamente al pincho si hay guita. Este es el resultado de la trepanación masiva que nos dejaron los Fujimori como muestra de su desprecio».

En adelante todo fue un poco lo mismo. Más KFC y más Saga Falabella y más Plaza Vea y más McDonald's y más cadenas de pollerías de dos pisos con letreros de neón y casinos de tragamonedas y un grupo de malabaristas y lanzallamas con pelos largos y trenzas esperando el rojo en el semáforo del jirón Santa Rosa y niños con las caras pintadas como payasos tristes vendiendo caramelos en la puerta de la iglesia La Merced. El comandante Arroyo había sido indiferente a todo lo que estaba acostumbrado a ver. Nadie se le había acercado ni le había ofrecido nada. Acaso presumieran que el tipo era raro, uno de esos lunáticos que estallan con mucha violencia ante cualquier perturbación.

A solo una cuadra de la plaza Mayor ocurrió lo único que Ishiguro consideró insólito. Había un cieguito cantando «La pregunta» de J. Álvarez. Tenía un micrófono con luces fosforescentes y un pequeño parlante karaoke amarrado a una carreta de dos ruedas. Sonaba idéntico. A su alrededor, varias personas disfrutaban del reguetón echando monedas en su vasito y cantando con él. Arroyo detuvo el paso. Alzó por primera vez el rostro y se quedó mirando fijamente a un travesti que bailaba al compás de la música. Era alto y delgado y, pese al excesivo maquillaje, se distinguían los trazos finos de su rostro alargado.

«¿Qué tanto miras, colorado? ¿Te gusto?...», le increpó de pronto a Arroyo, molesto. Tenía un acento como extranjero. Ishiguro creyó que era colombiano o venezolano. Como siempre se fijaba en esas cosas, rápidamente se puso los lentes de medida para comprobar lo que sospechaba: el travesti tenía unas tetitas duras y desafiantes que se mantenían erectas contra su vestido.

Arroyo asintió. Sí, le gustaba. Ella se incomodó. Que la dejara bailar tranquila, harta estaba de los pervertidos. Pero el comandante no se fue. De hecho, se le acercó con cautela y se largó a hablarle sin parar, gesticulando con las manos pero sin la menor agresividad. Ishiguro no entendía nada. Pensó que el travesti iba a meterle una trompada impulsiva en cualquier momento y, por el contrario, poco a poco dejó de bailar y se puso a escucharlo con atención y a responder a sus preguntas sonriendo. El mozo se quedó perplejo: ¿era posible que Píper Arroyo, ese cretino hijo de puta, pudiera ser o parecer un hombre simpático? No hablaron ni cinco minutos. Se despidió de ella con un beso en la mejilla y dejándole algo (¿una tarjeta?, ¿un papel con su teléfono?, ¿lo que le quedaba del falsito?). Antes de partir, le hizo la señal del «llámame» con el dedo pulgar y el meñique extendidos sobre la oreja.

A partir de ese momento, el comandante aceleró el paso como si se acabara de dar cuenta de que iba tarde y, en apenas un minuto, llegó a los portales de la plaza Mayor. Ni siquiera les echó un vistazo. Cruzó hacia la esquina del Club de la Unión y dobló raudo a la izquierda en el mismo jirón Callao. Ishiguro se sorprendió porque avanzaba hacia la avenida Tacna y, por lo tanto, calculó que desde el bar de Tito hubiera podido tomar una ruta más corta. El gentío había disminuido severamente y la calle era ahora muchísimo más angosta. Ya no era tan fácil seguirlo. Los diez metros de distancia entre ambos se ampliaron a quince y el mozo estimó que lo más seguro sería caminar por la vereda de enfrente. Lo tenía decidido: si Arroyo volteaba, aunque fuera solo una vez, abortaría la misión.

Felizmente no ocurrió. El jirón Callao era la típica calle del casco antiguo de Lima plagada de playas de estacionamiento, restaurantes con menú económico y esos famosos y bellísimos balcones coloniales que se pulverizaban lentamente porque la desidia municipal los había condenado a muerte. El comandante avanzaba como un autómata. Cruzó primero Camaná y luego Cailloma y parecía continuar derecho hasta Tacna cuando se detuvo en seco justo en la esquina de Rufino Torrico en la que había un mural descolorido en homenaje a Chabuca Granda («Romperá la tarde mi voz»). Ishiguro se asustó porque Arroyo se había quedado quieto con los brazos colgando como si intuyera su presencia. El mozo entró en pánico y retrocedió lentamente de espaldas hasta llegar a un portal que pudiera ocultarlo en caso de que Arroyo se volteara. Fue una falsa alarma. Apenas se dio cuenta de que tomaría Rufino Torrico hacia la izquierda, Ishiguro se echó a correr hacia él. Nunca entendió por qué.

Lo que vino luego fue tan inverosímil que ni siquiera lo hubiera podido soñar pero, desde entonces, no ha dejado de preguntarse si acaso siempre lo supo. El edificio estaba a unos treinta metros del cruce con Callao y, de lejos, como todo lo circundante, parecía un viejo inmueble exclusivo para oficinas y negocios de imprenta. Arroyo se detuvo en el número 330 justo en el momento en que ella bajaba a recibirlo. La mujer era pequeña y un poco gruesa. Llevaba el pelo muy corto. Ishiguro sintió una curiosidad insana que se volvió temeraria cuando decidió caminar directamente hacia ellos. Quería observarla de cerca y calculó que podía porque el comandante todavía le daba la espalda.

Apenas la vio y la reconoció, sintió morirse... Era *ella*... ¡La Chata! No tenía ninguna duda. ¿Cómo podía ser posible? ¿Soñaba? ¿Lo estaba alucinando? Estuvo a punto de hacer una locura pero se contuvo a duras penas. El vómito salió disparado cuando ya los había sobrepasado. Ishiguro pretendió estar borracho. No se detuvo. Se secó la boca desesperadamente con las mangas... «Es ella-Es ella-Es ella», repetía en su cabeza. Era Haydée Terrazas. ¡La había encontrado! No cesaba de repetírselo para creerlo. Lo que ansiaba en ese momento resultaba mucho más escalofriante de lo que había imaginado. Y sintió miedo. Aunque apretó con fuerza los labios, no supo cómo hacer para reprimir el llanto...

6

Fue raro, incómodo, sobre todo amargo. Después de esa inesperada noche de su reencuentro, cansada ya de darle tantas vueltas al asunto, si algo le había quedado claro era que había perdido todo control sobre Sofía.

Ahora se reconocía más débil y eso la perturbaba. ¿Qué sabía de ella? ¿En qué locuras andaba? ¿Y qué era toda esa historia con el padre Pablo de la que tanto hablaban? Desde ya era rarísimo que llegara al bar con todo ese dinero en efectivo. Sofía siempre había sido misia y gorrera y haragana. Nunca había trabajado. Ni siquiera había terminado el colegio. Vivía con su madre, que la mantenía y le pagaba el móvil. Y si necesitaba algo extra se buscaba a cualquier cojudito-con-billetera que se lo comprara, ¿cómo así ahora pagaba la cuenta sin mirarla?

La pregunta que Rosalba no dejaba de hacerse era por qué la seguía. Es cierto que eso había empezado desde que le llegaron con el chisme del español, pero ¿acaso no tenía planeado buscarla? ¿No deseaba hablar con Sofía para aclarar las cosas? Lo ocurrido se había silenciado como si no hubiera existido, como si al ignorarlo fuera posible desaparecerlo. ¿Se arrepentía? No. ¿Sentía pena o curiosidad? Las dos. El ejercicio de reconstruir esa noche paso-a-paso fue dificultoso porque estaba muy borracha. Lo recordaba casi todo hasta que, luego de cerrar la caja, Ishiguro salió del bar y ellas se quedaron adentro tomando y escuchando música.

Sofía le hablaba pestes de hombres que Rosalba no conocía y a los que ella siempre terminaba abandonando. Esa penosa narrativa de la mujer deseada que Sofía repetía hasta el hartazgo no había variado ni un poquito. Rosalba, por otra parte, no recordaba haber dicho mucho. Por entonces no tenía ni idea de que Sofía pudiera existir como mujer en la vida del padre Pablo. Una relación romántica como esa era simplemente aberrante. Y Sofía ni siquiera la mencionó. Eso que las había distanciado parecía un asunto muerto. Lo que sí disfrutó, y se dio cuenta de que extrañaba, fue esa química caprichosa entre dos amigas que se reconocían diferentes. Recordaba, por ejemplo, un breve y extraño pasaje en el que Sofía le habló de política. Fue inaudito porque ella no leía ni se interesaba en nada ajeno a los programas de chismes y telerrealidad y a la vida de la gente famosa en Instagram y TikTok. La política le parecía incomprensible: sabía ciertamente de su importancia pero no de su utilidad. Y tampoco le importaba. Era una pérdida de tiempo y no servía para nada porque el Perú igual le parecía una mierda. Si votaba era porque no quería pagar la multa.

La pregunta, en todo caso, tomó a Rosalba desprevenida:

—¿Por quién vas a votar, amiguita?

—¿Y esa pregunta?...

—¿Qué tiene mi pregunta, oye?

—¿Cómo que qué tiene? Todavía falta para las elecciones, Sofía, y además... ¿Desde cuándo te interesa *a ti* la política?

—Bueno..., no nos vemos ya hace un rato, ¿no, Rosalba? Pero parece, cariño, que todavía sigues un poquito alzada. De repente no me conoces tanto como crees.

—Dime tú entonces por quién vas a votar porque yo todavía no sé.

—Yo tampoco, pero sé por quién no votaría ni loca.

—Por Keiko, espero...

—¿Ah?... No sé, ¿ah?... O sea, Keiko me parece una cojuda, ¿ya?, pero yo prefiero votar por ella que por los rojos, por esos terrucos comunistas resentidos ¡jamás! ¿O tú quieres que terminemos como Venezuela?

—¿De dónde has sacado esas tonterías? ¿De la tele? Te pierdes un ratito, ¿y ahora regresas hablando como una vieja pituca?

—¿Y qué tiene de malo ser pituca? Yo prefiero mil veces ser pituca a tener que caminar hasta otro país para poder comer... Yo no quiero que el Perú sea como Venezuela ni como Cuba, Rosalba... ¿Tú sí?

Era incomprensible. Sin importar lo que dijera, así fuera abominable, era evidente que Sofía había abandonado toda pasividad con Rosalba y necesitaba demostrárselo. ¿Para eso había vuelto? Rosalba descartó rápidamente entrar en una discusión que estimaba poder ganar con facilidad. Los argumentos de Sofía eran una copia recitada de la propaganda xenófoba y reaccionaria del fujimorismo en las redes sociales. No quería perder su tiempo. ¿La seguía subestimando? Absolutamente. Pero esa no era una pregunta que fuera a plantearse con seriedad. Para Rosalba, lo de Sofía repitiendo los eslóganes de la pituquería limeña no era otra cosa que el típico complejo de la cholita pintada que se blanquea y se cree pituca porque ahora tiene plata. En el momento, con la borrachera que subía y subía, su desprecio se limitó a reproducir el mismo hábito antiguo de ningunearla. Pero esta vez se sentía algo contrariada: no porque Sofía pudiera ser capaz de evidenciarla, sino porque se había atrevido a tener un discurso para defenderse. En el fondo, Rosalba tenía terror de que Sofía ya no la admirase, de que hubiese perdido todo interés en ser como ella.

Lo otro era su apariencia. La Sofía que fue a buscarla ya un poco bebida seguía siendo atractiva y llamando la atención con su cuerpo sensual y apretado, demasiado epicúreo para que las miradas la eludieran. Estaba más rubia y, sin duda, mejor vestida, pero lo más llamativo era que ahora caminaba como si la estuvieran filmando en secreto; como si en el bar, escondido y sediento, la aguardara uno de esos chacales de la prensa de espectáculos que parasitaban la vida de los faranduleros en eso que en el Perú llamaban con sorna Chollywood.

Rosalba estaba sirviendo copas y panes con jamón detrás de la barra cuando Sofía llegó. Al principio no la reconoció porque se veía más alta y había adelgazado un par de tallas sin afectar la firmeza de sus curvas. Aunque desde su posición no era posible verle el rostro, Rosalba confirmó que era ella porque había entrado bailando con los únicos pasitos ridículos que sabía y hubiera podido reconocer a distancia. Su cabello estaba más largo. Lo llevaba cortado en capas y ahora tenía un tono rubio miel que brillaba y se veía tan fresco y elegante que, por primera vez, le pareció natural. «La pendeja esta viene del peluquero y está claro que se ha ido a uno *bien* carito. Sin duda se ve más linda así, pero con la cara tapada se vería mejor», pensó Rosalba con esa maldad instintiva que le brotaba cuando sentía celos.

Pero ¿celos de qué? ¿Qué deseaba Rosalba de Sofía si lo primero que hizo al verla, luego de sorprenderse, fue juzgarla? No lo tenía muy claro. Luego de los besos y el abrazo de rigor y el «amiga te quiero», mientras brindaba con ella esperando en la barra a que los clientes se fueran, la observaba y la escuchaba sonriendo con la boca abierta y unos dientes demasiado blancos que resplandecían como si los hubiera pulido, y no dejaba de preguntarse qué era lo que la unía a esa chica endeble que se había llenado la cara de maquillaje como si buscara tapar sus rasgos, y había terminado convertida en una parodia de las modelos de los *reality shows*.

No entendía nada... Y es que si no eran celos, Rosalba, ¿qué mierda era? ¿No había sido un alivio volver a verla? ¿No recordaba lo insoportable que fue contener las ganas locas que tenía de ir a buscarla? ¿No se había puesto a seguirla para evitar que el padrecito bello y perverso le hiciera daño? ¿Cómo así entonces la maltrataba si lo único que deseaba era cuidarla?

Más preguntas. Ni una sola certeza. La noche del reencuentro, sin embargo, todo había sido más simple. Ya estaban ebrias cuando Rosalba se deshizo del último cliente y era tan raro que tuvieran todo el bar para ellas solas. Ishiguro se fue rápido porque no soportaba a Sofía y el chino Tito no había aparecido esa noche porque estaba enfermo. La cuenta además ya estaba cancelada. Sofía la había pagado en efectivo. Rosalba le agradeció con un abrazo y un chiste («¡Qué generosidad, amiguita! ¡Gracias totales! Me encanta que te hayas sacado la Tinka»). Pese a que se moría de curiosidad, no ahondó en el tema. Ya habría tiempo para eso. Correspondió el gesto poniendo una media res de pisco y dos sánguches de jamón del norte. El paso de la cerveza a los chilcanos, sin embargo, fue brutal. Aunque las dos chicas sabían beber y no se emborrachaban con facilidad –todavía eran jóvenes, acababan de cumplir los veintitrés y el alcohol ya era un hábito–, había *algo* en el ambiente de ese reencuentro que parecía disponerlas a la embriaguez. También estaba la música. Habían renunciado a la rocola –«solo hay música para abuelos en esta vaina», dijo Sofía– y, con un parlante portátil, lanzaron la *playlist* de salsas, bachatas y reguetones que Rosalba tenía en su Spotify.

Luego de un *shot* de pisco en el que brindaron contra los hombres, se pusieron a bailar «Propuesta indecente» de Romeo Santos y, aunque Rosalba notó lo contradictorio que era bailar una bachata que glorificaba la historia de un acosador manolarga, esa vez no le importó. Sofía bailaba mejor que ella. La guiaba con destreza y sensualidad, moviendo sus brazos y sus manos para no perder el paso de los cuatro tiempos. También empezó a tocarla. Despacito. Nada de lo que había empezado a pasar le resultó incómodo. Ni los abrazos largos ni los besitos ni los selfis de mierda (que odiaba) ni la cocaína que Sofía puso de repente sobre la mesa. Nunca la había probado ni lo tenía pensado pero lo hizo igual. Aspiró sin mucha convicción y se ahogó y Sofía le pasó rápidamente una chela helada para que le bajara el nudo amargo de la garganta. Rosalba pensó no sentir nada hasta que se dio cuenta de que hablaba mucho y su lengua mentolada había empezado a moverse sola sobre las encías.

El placer que le dio escuchar los primeros acordes de «Pa que retozen» de Tego Calderón fue el preámbulo de un baile en el que se pusieron a cantar gritando y a tocarse y sobarse basculando la pelvis, una detrás de la otra, al ritmo del reguetón. El beso llegó justo después del perreo como si fuera el resultado natural de un paciente cortejo. Fue largo y desesperado y se incorporó al baile porque no dejaron de besarse mientras duró la canción. Aunque empezó por la boca, la lengua curiosa de Sofía fue bajando suavemente por el cuello de Rosalba dándole besitos y haciéndole unas cosquillas deliciosas («qué haces, loquita…, ¡¿qué haces?!»). Su muslo derecho no cesaba de frotarle la entrepierna sin perder el ritmo y Rosalba, dulcemente mareada, intentando vagamente contener su placer, empezó a sentir que se mojaba.

–¡Para, loca!

–¿Qué?

–¿Por qué haces esto?

–¿Qué es *esto*?

–¿Cómo qué es *esto*? ¡Me estás besando, huevona!

–Ya, ok… ¿Paramos?

–A mí me gustan los hombres, Sofía.

–A mí también pero aquí no hay… ¿O tienes alguno escondido?

–Jajaja… Eres una cojuda pero me das risa.

–Tranquila. Vamos a calmarnos… ¿Nos metemos otra rayita?

Un timbre de teléfono seguido del «*Hello?…*» sonó de

pronto desde el parlante. «¡Aventura!», gritó Sofía justito antes de que entrara de nuevo la voz de Romeo Santos. No había más cocaína. Reiniciaron el baile cagadas de risa pero a la segunda vueltita, cuando Sofía le alzó la blusa acariciando su pancita, renunciaron a los pasos de la bachata y se besaron otra vez.

El sostén de Rosalba se desabrochó de repente, con un movimiento de dedos de Sofía tan veloz y sutil que pareció un truco de magia. Sus tetas eran más grandes, duras y redondas de lo que imaginaba, tenían la areola marrón y mediana y sus pezones puntiagudos eran tenaces y estaban como hinchados. Sofía empezó a lamerlos y a chuparlos con ardor mientras se bajaba la falda gitana dando rápidos tirones y moviendo las piernas. Ni bien se quedó en calzón, tomó una de las manos de Rosalba y se la puso en la vagina. La movió con tosquedad bajo la suya y se dedicó a frotarla hasta humedecer. El flujo caliente de su vulva empapó de pronto la mano de Rosalba y empezó a invadir sus piernas. Para entonces ya todo era fiebre.

Rosalba no sabía si quería seguir, pero no podía evitarlo porque su cuerpo estaba tomado por el placer. No supo cómo pero, de un momento a otro, ya estaban ambas en el piso completamente desnudas y Sofía le lamía golosamente el clítoris como nunca nadie lo había hecho. Rosalba pensó que se venía cuando, sorpresivamente, la lengua de su amante bajó hasta su culo y, luego de besarlo y besarlo, lo invadió con la punta. Doble placer. Los dedos y la lengua de Sofía penetrándola al mismo tiempo. Solo se aguantó unos segundos. Rosalba soltó un gemido largo y estrangulado que la sacudió y se vino a chorros, gritando y llorando y pensando que estaba loca y sintiéndose horriblemente feliz junto a la mujer que siempre había despreciado y ahora traía a su vida una alegría tan intensa y perturbadora que solo podía asustarla y dejarla indefensa.

Apenas salió de la Unidad Vecinal Matute, Carmen Infante cruzó la pista del jirón Abtao sin mirar a los lados ni detener la marcha. Fue, sin duda, una maniobra temeraria. Abtao era una vía engañosa llena de microbuses y taxis que parecía más una avenida que una calle. En Lima, una ciudad rebosante de psicópatas con brevete, las veredas no significaban mucho. Cualquiera podía morir arrollado en todo momento. Cruzar sin mirar era solo un poco más peligroso que no cruzar en absoluto.

Al notar su imprudencia –breve paradita con los brazos alzados y las palmas abiertas–, Fernando se sobresaltó: «¿Está loca esta huevona o qué tiene?». Lo que pudo ser una desgracia fue magnificado en su cabeza por la nueva canción de Black Sabbath que estallaba en sus oídos. A Fernando le gustaba imaginar que «Paranoid» estaba inspirada en él. «¿Puedes ayudarme a ocupar mi cabeza?» había sido una frase muy pertinente en aquellas épocas en que era adicto a los foros de suicidas. Esa llamita, en todo caso, seguía prendida.

Cuando Carmen empezó a caminar en dirección al Estadio de Alianza Lima, Fernando supuso que volvería a ser igual que la última vez: ella por delante –sin detenerse ni voltear– y él siguiéndola con cautela, fantaseando que un choro la asaltaba o un mañoso la acosaba, hasta que Fernando intervenía heroicamente para salvarla.

Su dilema eran varios y todos estaban ligados a su timidez:

¿Era necesaria una épica imaginaria para hablar con ella? ¿Cuándo pensaba acercarse? ¿O qué quería? ¿Que lo hiciera ella? Si ya había tenido una respuesta, si Carmencita mangos-de-ensueño ya sabía quién era y qué buscaba, ¿qué esperaba para abordarla? ¿O le daba miedo? ¿O el arrojo y la valentía solo eran posibles cuando se escondía detrás de la pantalla de su ordenador? ¿Solo era un *troll* puñalero y cobarde cuando chambeaba en las redes o ya se había convertido en un *troll* humano?

Lo único que Fernando sabía, y estaba en capacidad de pronosticar, era la llegada del Toyota negro. Eso siempre había sido rápido y efectivo. Carmen se detenía de pronto, sacaba su teléfono, mandaba un mensaje y, cinco minutos más tarde, el coche polarizado estaba a su lado. Ella subía y partía rápidamente ignorándolo. Y apenas eso ocurría, Fernando entraba en crisis. Si no estaba lejos de su cuarto, regresaba corriendo, se calateaba desesperado, prendía la computadora, se ponía a ver porno de abuelas-con-jóvenes y se masturbaba con furia hasta venirse gritando. Si estaba muy lejos, buscaba un café o un bar o una pollería o lo que fuera que tuviera baño, y entraba directo a encerrarse en el servicio para masturbarse viendo porno pero silenciando el volumen.

Nunca se hubiera imaginado lo que ocurrió esa vez. No habían avanzado ni dos cuadras cuando Carmen se detuvo en la esquina del jirón Italia y Fernando descubrió estupefacto que el Toyota Corolla ya estaba ahí. Ella se subió diligente como siempre, pero esa vez el coche se quedó quieto con el motor prendido. Ese giro en la trama lo descomputó. Fernando se encontró inmóvil, desarmado, sin saber qué hacer. No entendía de qué se trataba todo eso. Al principio, con mucha ilusión, imaginó que lo estaban esperando y decidió acercarse pero, apenas se aproximó, el auto avanzó unos metros y luego se detuvo de nuevo. ¿Lo estaban jodiendo? Empezaba a frustrarse y eso no era conveniente porque podían llegar esos ataques de furia que solían ser violentos, cosa de ir a romper el parabrisas a puñetazos o de agarrarlos a piedras.

El diagnóstico que recibieron sus padres fue trastorno

explosivo intermitente. Eso explicaba los «episodios repentinos y repetidos de conductas impulsivas, agresivas y violentas en forma de arrebatos verbales y físicos». Pero *eso*, pensaba Fernando, era el pasado y ya no existía. Desde que su madre enfermó, de esto ya hacía muchos años, no había tenido esos ataques de ira. Su padre imaginó que regresarían con vehemencia tras la muerte de su esposa pero no ocurrió. Para Juan Terán, la mayor consecuencia de esa pérdida, además de sumir a su hijo en una severa depresión, fue que dejara de hablarle, abandonara la casa familiar y, durante tres años, cortara todo lazo con él. El general Terán nunca aceptó otra explicación. Tampoco la consideraba necesaria. Fernando se pasó muchos años convencido de que había vivido reprimiendo los ataques solo para joder a su padre. En algún momento cayó en la cuenta de que probablemente no fuera tan fácil contenerlos. Lo de Carmencita y el chofer maldito, por ejemplo, activó ese clic automático que anunciaba una crisis. ¿Se burlaban de él esos conchasdesumadre? ¿Querían joderlo? ¡Que se atrevieran a joderlo y lo verían convertido en el puto Hulk!… De hecho, Fernando pensó fugazmente en buscar en su teléfono «You Can't Bring Me Down» de Suicidal Tendencies para darle un *soundtrack* explosivo a la barbarie que se anunciaba, pero al toque recordó que el *intro* de esa canción tenía un minuto y medio de una guitarra melódica de mierda, y sonrió odiando el crossover, el thrash metal, el skate punk del puto Los Ángeles y al *fucking* Mike Muir.

Todo ese prolegómeno medio ridículo –que había sido mental porque Fernando no dio ni un paso más– terminó sin la menor violencia cuando el brazo de Carmen salió sorpresivamente por la ventana del coche. Fernando no entendió qué hacía moviendo la mano de arriba abajo como si la estuviera secando al aire. Si hubiera querido decirle «hola» o «ven» el gesto habría sido claro y distinto, pero no era el caso. Sea como fuere, él ya no pensaba moverse para que el taxista de mierda lo volviera a cojudear, así que siguió quieto. Cuando apareció la mano del chofer y Fernando vio cómo se sumaba a hacer el mismo gesto de abanico que hacía Carmen, giró la cabeza hacia la pista justo en el momento en que otro taxi pasaba bajando la velocidad para detenerse al lado del Toyota. Comprendió entonces lo que buscaban pero siguió sin entender lo que querían. Carmen habló brevemente con el taxista sin asomar mucho el rostro y el chofer le soltó unos billetes que extendió hacia su ventana. Enseguida el segundo taxi empezó a retroceder y a aproximarse hacia Fernando.

–Buenas, caballero, la señorita del carro negro que está allá me dijo que usted vendría conmigo para seguirlos. Ya me pagó el viaje.

–¿Ah, sí?… ¿Dijo que los siguiéramos? ¿Está seguro?

–Sí, caballero, eso fue lo que dijo. Lo están esperando.

–Ok…, ¿y sabe adónde vamos?

–«Pal' centro», me dijo. No es muy lejos. Es un restaurante muy simpático en Quilca, por la plaza San Martín. Está bueno y se come bien rico. Se llama «el bar del chino Tito…». ¿Usted lo conoce?

BLANCA SE HUNDE

Tenía la verga chiquita pero gorda como un ratoncito obeso y sus bolas marrones estaban llenas de vellos canosos e hirsutos. Era un hombre bajo, casi enano, de apenas un metro cincuenta. Silencioso y déspota, de cara redonda, mejillas gordas y nariz de orangután. Su pecho lampiño y fofo era levemente femenino porque sufría de una ligera ginecomastia. Para ella no era más feo que el promedio de los peruanos, pero Nemesio Huamani prefería ocultar la cara bajo un ridículo flequillo que Blanca Higuita le alisaba en la peluquería en la que se conocieron.

Para entender cómo demonios terminó de querida ocasional de un viejo millonario con fama de cretino, habría que remontarse a la época en que Blanca hizo de todo para desgraciarse la vida. En su inventario imaginado, el asesinato del Jairo y su posterior huida al Perú fueron los detonantes de su ruina. Era paradójico porque Blanca estaba convencida de que el Perú («esta gonorrea no es país, parce, es paisaje») era el principal culpable de su desdicha y, sin embargo, siempre ponía pretextos para quedarse.

Ya no tenía a nadie. Desde la muerte de su tía Sonia, luego de un largo y penoso cáncer de estómago, la gente cercana se había apartado. La dejaron sola. ¿Era acaso por ella? ¿Había sido su culpa? ¿O era su vida disipada que, de un momento a otro, empezó a acelerarse? ¿La hermosa cocaína que le anestesiaba el cerebro hasta que luego, en pleno bajón, sentía ganas de lanzarse por la ventana? Quizás sí. No lo sabía. Blanca y su hija Shakira se quedaron sin vivienda luego de un pleito legal por el departamento de Sonia que perdieron muy rápido. El dinero que le enviaba su madre tampoco le alcanzaba y, aunque era claro que lo mejor era regresarse a Colombia, Blanca se negó pretextando que los narcos seguían buscándola. Shakira terminó regresándose sola a Medellín. Su abuela Aurora se encargaría de ella hasta que volviera Blanca. «No voy a tardar nada, mija», le aseguró para tranquilizarla, y de eso ya habían pasado dos años.

El fin de su amistad con Carmen Infante («la loca de mierda esa ya no quería llamarse Carmen sino Sylvia») fue quizás el punto más crítico de su caída. Las decisiones más lamentables las tomó cuando, de un momento a otro, Carmen le dijo que ya no quería saber más de ella. No hubo ninguna explicación. Fue la segunda vez que la apartó de su vida y también sería la última. La primera desapareció sin decirle nada a nadie. Abandonó su departamento y ya no volvió más a la Unidad Vecinal. Aquello dejó muy mal a Blanca, pero fue particularmente devastador para su tía Sonia, que ya estaba enferma aunque lo mantenía en secreto. Que se fuera sin despedirse, sin bajar a su casa para verla y explicarle tranquilamente lo que pasaba y pedirle consejo como siempre había hecho –a fin de cuentas Sonia era la única amiga verdadera que Carmen tenía en el vecindario–, solo podía explicarse por dos razones y ambas le parecían espurias: una profunda vergüenza o un delito.

No fue ninguna coincidencia que Jefferson, el gordo alcahuete del barrio que soñaba con ser reportero de *am-*

pays para la prensa rosa, dijera primero que Carmen era una peligrosa narcotraficante que huyó de la policía y unas semanas más tarde soltara la primicia de que la habían matado a balazos en la selva. Las mentiras de Jefferson se hicieron populares porque los vecinos las consideraban lógicas y hasta inspiraban otras versiones en las que se agregaban fechorías al prontuario criminal de Carmen. No importaba que no hubiera aparecido nada en la prensa: la creencia popular ya había convertido a Carmen Infante en la sanguinaria versión peruana de la Reina del Pacífico y no habría forma de contrarrestar esa leyenda urbana.

Cuando Blanca la reencontró por casualidad ya había pasado casi un año. Estaba sentada fumando en el bar del hotel Bolívar con un *look* cambiado y un nuevo nombre. La saludó efusivamente como si la hubiera visto el día anterior. Ni siquiera se disculpó. La historia que improvisó para justificar su desaparición fue entre fantasiosa y delirante («Las ratas habían tomado la casa y tuve que salir volando») y confirmó para Blanca que la locura de Carmen no solo era una sana excentricidad sino que había algo medio siniestro enterrado en el fondo de ella.

Nunca le preguntó nada; un poco por discreción y otro poco por miedo. Se negaba a escuchar una respuesta que confirmara que su amiga –alguien que había sido trascendental en los momentos más duros de su depresión– estaba en realidad mal de la cabeza. Blanca lo presumió desde ese momento extraño en el que Carmen habló de las ratas. Es cierto que las dos estaban borrachas pero ella lo dijo con una seriedad inusual para alguien que se expresaba en sentido metafórico. Sus palabras no las ha olvidado: «Nadie se puede escapar de las ratas, Blanquita. Ese es mi cementerio». Lo dijo con una solemnidad sospechosa y, aunque sonó como si tuviera una plaga de roedores en casa, Blanca prefirió pensar que estaba recitando un poema oscuro o que se trataba del inicio de un cuento de terror que se negó a continuar. Tampoco tenía mucha opción. Y es que si no se trataba de eso, ¿entonces de qué? ¿De qué hablaba Carmen cuando hablaba de las ratas?

Nunca le preguntó nada y seguía convencida de que fue la mejor decisión. Cuando Carmen le mandó ese inesperado mensaje por WhatsApp diciéndole que necesitaba cambiar de vida y lo sentía muchísimo, Blanquita, pero ya no podían ser amigas porque era «de vida o muerte dejar ir todo lo que tengo para volver a nacer», Blanca sintió como si alguien le hubiese abierto el pecho con un cierre de velcro. Se quedó sin aire y, de pies a cabeza, la embargó una nítida sensación de muerte. Si antes se sentía sola en Lima, ahora ciertamente lo estaba. Compartía un piso enano en Magdalena del Mar con otra peluquera que parecía haber ganado un campeonato internacional de frivolidad y, a partir de ese momento, solo le quedaba sobrevivir o volver a Medellín vencida y cagada de miedo.

Lo que sobrevino fue, de alguna manera, previsible. Buscó otra vez a Lurgio, que entró y salió y entró de nuevo en su vida y le volvió a prestar dinero (que nunca le devolvió) y luego se alejó molesto para volver pronto tranquilo, como si nada hubiese pasado, hasta que un día su esposa se cansó de «la puta negra de mierda» y fue a buscarla con un bate de béisbol a su nueva peluquería en Magdalena.

La mujer entró gritando en plan comando pero no pudo ni aproximarse. Blanca estaba peinando a una viejita pizpireta que solía ir por las tardes a cuchichear y no perdió la calma cuando escuchó el nombre de Lurgio. De hecho, más que preocuparse por la enana gorda que bramaba y pretendía golpearla, se horrorizó hasta el asco por lo repelente que le pareció físicamente. Se sintió mareada y con náuseas. La esposa del cocinero charapa era un porongo con el pelo pintado, ¿cómo había terminado ella metida en ese grotesco triángulo amoroso?

–Cálmese, señora –le dijo tranquila, esmerando su acento peruano, sin dejar de peinar a la clienta–. Como puede ver estoy trabajando. Si quiere hablar conmigo ahora, le ruego que me espere afuera, cuando termine la atenderé…

–¡¿Quéee?!… Qué te has creído tú, colombiana prostituta-robamaridos-negra de mierda-conchatumadreee…

No hubiera querido hacerlo pero lo hizo igual. La mujer alzó el bate con las dos manos dispuesta a golpear ciegamente a Blanca y a la vieja pizpireta y a quien tuviera al frente, porque lo que quería –literalmente– era matarla. No llegó muy lejos. Blanca, que le llevaba tres cabezas, contuvo el bate en el aire con una mano y con la otra le descargó un rápido y violento puñete que la noqueó apenas se escuchó el clac del golpazo contra su rostro.

El desenlace de este incidente fue nefasto. Blanca fue denunciada por la esposa de Lurgio y terminó metida en un problema legal. La despidieron de la décima peluquería en la que había trabajado desde que llegó al Perú. No supo más de Lurgio. Su compañera de piso la amenazó con echarla si no pagaba la renta y a Blanca apenas le quedaba dinero para un mes más. Aurora, su madre, dejó de contestarle el teléfono, indignada porque Shakira estaba con serios problemas de conducta en el colegio y Blanca solo la contactaba para pedirle plata. ¿Algo podía ir peor? Siempre era posible, claro, pero ella estaba como curtida. Tampoco encontraba muchas salidas. Por lo menos esta vez no se había derrumbado. Se puso de nuevo a buscar trabajo y, mientras esperaba alguna respuesta, idea funesta o mala suerte, se acordó de Melody.

La había visto apenas cinco veces pero la recordaba graciosa, perseverante y de carácter abierto. Cada vez que llegaba a la peluquería de Magdalena a visitar a la dueña, prendía la radio y buscaba la emisora de salsa para ponerse a bailar. Era pequeña, menuda, mestiza, llevaba el pelo lacio y teñido de rubio. Su cuerpo, plano como una tabla, era casi el de un niño. Melody tenía las uñas largas como trapera y llevaba lentes de contacto de color verde que se notaban falsos. Blanca se divertía escuchándola porque era risueña y divertida y siempre estaba hablando, con soltura y un humor perverso, de los líos de la farándula limeña. Escucharla era además aprender nuevas jergas peruanas («habla, batería», «qué palta, amigüis», «piña pe») para perfeccionar su acento. Blanca no sabía cuántos años tenía y adivinar parecía intrincado porque se veía como adolescente pero estaba claro que ya había pasado los veinte. Lo otro era el negocio que se había montado y por el cual llegaba cada cierto tiempo a la peluquería a cobrar.

Melody no se llamaba a sí misma «prestamista» sino «facilitadora», porque no le gustaban las connotaciones negativas que tenía «esa labor noble y solidaria de facilitar dinero a quien lo necesite, amiga, ¿o tú crees que en el banco te van a dar plata por tu cara bonita?». Vivía prestando «plata fácil» a quien lo necesitara con «pagos chiquitos sin aval ni garantías ni nada, amiguita. Tú me dices cuánto quieres y para qué. Tienes que ser franca, ¿ah?, que aquí lo único que pido es honestidad; sin paltas, tú me dices, Melody, necesito cien o quinientos o cinco mil o más; de repente porque quieres poner tu negocito o mejorarlo o, como doña Tula, necesitas comprar un aparato nuevo para tu peluquería para que vengan más clientes y qué flojera ir al banco y hacer cola y papeleos para que te digan que no, ¡qué frustración todo ese tiempo perdido!, ¿no?, y crees que estás jodida, que a los peruanos chamberos nadie los apoya pese a que nadie pero *nadie* trabaja más que ellos, ¿o por qué crees que nos contratan al toque en Chile, Argentina y Estados Unidos? ¿Que el peruano es flojo? Falso, horriblemente falso. El peruano es cien por ciento chamba porque quiere progresar. Y eso, cariño, es lo que yo también quiero. ¿Qué pasa? ¿Cuánto te falta? Dime y yo te doy: papayita nomás, ningún floro y cero complicaciones. Pero claro, doñita, luego hay que cumplir, ¿no? Es lo mínimo. Yo arriesgo mi capital y mi humilde negocio y lo mínimo que espero es que la persona en la que confío me cumpla. Y soy franca, no me gustan nada las mañas ni paltearme porque me cojudean. Te lo digo ahorita, mira, te doy esto y te cobro un interés, claro, como hacen los bancos. Porque nadie va a facilitártelo gratis, ¿no, amiga? Eso sería caridad y yo todavía no puedo permitírmela aunque quizás algún día. Te facilito lo que me pides y me cumples en los plazos que fijamos y podrás hacer realidad tus sueños, que eso es lo que más me gusta de este oficio: ver por ejemplo cómo doña Tula, que ya es mi comadre, sonríe porque los clientes no paran de entrar a la peluquería y las dos ganamos y el Perú progresa poquito a poquito para todas. Y ojo que dije *todas* adrede porque yo solo trabajo con mujeres. Nunca más con calzoncillos. ¡No! Son los peores. Ya una vez aprendí a la mala que no hay nada más palta que pedirle a un cojudo que cumpla su palabra en este país…».

¿Cuántas veces Melody le había ofrecido plata a Blanca? Cada vez que pudo y siempre haciéndole chistes con su mejor sonrisa. Blanca no prestaba atención a la oferta porque sabía que la aparente nobleza del dinero-al-instante era una trampa tentadora basada en la usura. Los prestamistas se aprovechaban de la desesperación y la confianza de la gente para cobrarle intereses muy altos –que iban del veinte al cuarenta por ciento mensuales– estableciendo pagos pequeños pero diarios o en días alternos, con lo cual el interés subía. Todo eso lo sabía de sobra y conocía sus riesgos pero... ¿qué podía hacer? ¿Regresar caminando a Colombia? ¿Ponerse a robar? ¿Meterse un ratito de pepera o de puta? Primero muerta. Si ya la había jodido, tocaba enderezarlo. Por lo menos, Melody le daba alguna confianza porque trabajaba con su expatrona y solo hacía tratos con mujeres. No le iba a pedir una fortuna. Ni loca. Apenas lo justo para aguantar con la renta y la comida hasta que le saliera otra chamba.

Fueron dos meses de renta. Melody se mostró feliz de tenerla ahora entre sus clientas. Y no le fue mal. De hecho, todo cuadró casi a la perfección porque pagaba cinco o diez soles diarios y, tres días después de cerrado el trato, gracias a su expatrona, que se había visto obligada a despedirla por miedo a la mujer de Lurgio, Blanca consiguió trabajo en Hair Company, una peluquería especializada en caballeros que quedaba cerca de su antiguo barrio en La Victoria. La deuda con Melody la pagó antes de la fecha pactada y, a partir de ese momento, reactivó las remesas mensuales hacia Medellín.

Hair Company se convirtió rápidamente en el lugar de trabajo más agradable de todos los que había conocido. Los colegas eran, en su mayoría, varones y gais; las chicas, contándola a ella, apenas eran tres. No había nadie que no fuera amable y respetuoso. El dueño era un chico de Huancayo muy joven que estaba construyendo un pequeño imperio de salones de belleza EE (elegantes y económicos) en los conos de Lima. Todo empezaba a estar ligeramente estable y lograba mantenerse en el tiempo. Ya ni siquiera pensaba en Carmen, no quería verla más. Agradeció saberla lejos: «Gonorrea jueputa que ni siquiera tuvo la decencia de aparecerse en el velorio de Sonia». *Vade retro*. La ansiada estabilidad, sin embargo, pensaba Blanca, también producía rutina y tedio. ¿De qué servía ahora tener un poco de dinero si no había con quién gastarlo? La idea de volver al fondo de la noche, de bailar colocada en esa cocaína deliciosa del *dealer*-de-la-estrellita, maravilla peruana que se sentía mentolada en la nariz, y amanecerse cogiendo con un *man* berraco que supiera templarla –linda palabra que aprendió de un antiguo amante cubano– y jalara todas las líneas del mundo con ella, *todo eso* estaba en su mente como anhelo y pensaba en retomarlo... ¿O por qué no podría? Si todavía era joven y libre y le daba la gana de hacerlo, ¿quién se lo impediría?

Desde antes de cualquier insinuación, Blanca ya sabía que el elegido de la barbería era Rayan. Ya estaba acostumbrada a que la observaran y había desistido de pelearse en la calle con todos los perros asquerosos que la miraban o se iban un poco de boca. En Lima era inútil. La violencia machista era un cáncer cultural: un sarcoma extendido y normalizado incluso por muchas mujeres. ¿O en qué otro país troglodita podía haber niñas de diez años violadas y embarazadas por sus propios padres, hermanos, primos, abuelos, siendo obligadas por el propio Estado al horror de parir? Blanca estaba muchísimo más tranquila desde que Shakira se había ido del Perú. No quería terminar presa por haber matado a golpes a quien se atreviera a acercársele, pero lo hubiera hecho sin dudarlo, una y mil veces. ¡Bastaba más! Afortunadamente Rayan estaba de acuerdo con ella en ese y en muchos otros temas. No la observaba casi nunca pero Blanca *sabía* de su interés. ¿Era guapo? Normalito nomás. Por lo menos era mucho mejor y más joven que Lurgio, pero eso no era nada difícil. Rayan tenía bonita sonrisa y un cuerpo decente y, como el promedio de peluqueros, era un poco metrosexual: se vestía a la moda europea, olía rico, era genuinamente hedonista y estaba enamorado de sí mismo. Además era muy capo cortando el pelo y, lo más importante, la hacía reír.

«¿Le gustará jalar?» fue lo primero que pensó Blanca el

día que se besaron mientras cerraban el negocio. No le mencionó lo de la cocaína pero a cambio le preguntó si estaba casado. «Divorciado y sin hijos», le respondió Rayan mintiéndole dos veces. Blanca sonrió. El polvo que se echaron en una de las sillas giratorias fue rápido y duro. Nada del otro mundo pero en esas condiciones Blanca tampoco esperaba una exhibición de gladiador. Lo que recibió le bastó por esa vez. Tuvo, sí, que estimular su orgasmo tocándose el clítoris mientras Rayan la penetraba por detrás («¡vaya culazo, por Dios!») y llegó a venirse, soltando unos grititos cortos, cuando el ritmo del hombre ya decaía. Como no sabía si Rayan se había corrido porque seguía con el preservativo puesto y solo respiraba agitado pero no decía nada, Blanca le sacó el condón –de un tirón, como si fuera una media– y, comprobándola aún dura aunque pringosa («sí se ha venido»), se inclinó lentamente hasta su verga y empezó a chupársela con ritmo y fruición. Solo le aguantó un minuto. El mudito se vino soltando un gemido ahogado y eyaculando con vehemencia contra su boca. Luego se quedó sereno sobre la silla como si de pronto fuera a dormirse.

Rayan jalaba como una aspiradora. Esa fue la única buena noticia. Durante dos meses dedicaron sus fines de semana a beber, jalar, salir de fiesta y tirar hasta el amanecer. No hablaron de lo que había entre ellos porque tampoco lo sabían. El único acuerdo al que llegaron fue no hacerlo público. No hay mucho más para contar. Si bien podrían agregarse algunos otros detalles que Blanca no supo o no quiso ver antes de conocer la verdad, sería innecesario ahondar más en lo que terminó siendo efímero y doloroso. Estaba segura de que los otros peluqueros estaban al tanto y no le dijeron nada. Hicieron espíritu de cuerpo con el colega que había conseguido levantarse a la colocha como un trofeo en disputa.

De la esposa y los tres hijos de Rayan no se enteró en el Hair Company sino directamente en la calle. Después del desastre con la mujer de Lurgio, lo que menos quería Blanca era otro drama familiar; la pesadilla, no obstante, revivió como sospecha tras un comentario de otro colega que ella pescó por casualidad. Ya estaba: no quería escenas ni excusas ni más mentiras. Fue a buscar la verdad y la encontró rápidamente en la puerta de la casa de Rayan: la pareja perfecta del vecindario saliendo de la mano y tres niños un poco obesos saltando alegres como si estuvieran de camino al McDonald's. Al día siguiente, cuando Rayan se acercó con su cara coqueta a saludarla, Blanca no pudo reprimir lo que se prometió reprimir. No fue un puñete sino una súbita cachetada que sonó como un látigo. Para su mala suerte el dueño estaba presente y se negó a escuchar sus explicaciones. No los botaron a ambos. Rayan, antiguo empleado, peluquero estrella, siguió trabajando como si solo hubiera sido una pendejada mal hecha. Blanca fue suspendida ese día y, dos horas más tarde, la despidieron por teléfono.

Nemesio Huamani era un cliente asiduo al Hair Company. Pese a ser millonario pagaba bien el servicio pero nunca dejaba propina. Tampoco hablaba mucho. Llegaba puntualmente cada dos o tres semanas a la barbería para teñirse las canas y alisarse el pelo. Desde la primera prestación, Nemesio fue muy claro con el dueño respecto a lo que quería («un cerquillo lacio, negro y sin canas, igualito al de mi paisano Chapulín el Dulce de Los Shapis, pero que me caiga de lado») y a la frecuencia con la que se haría («cada dos o tres semanas a las diez de la mañana y exclusivamente con esa señorita»).

Esa señorita era Blanca Higuita. Estaba claro que el

cliente la solicitaba sin tener idea de su experiencia o de sus habilidades como estilista.

La apuesta le salió redonda: Blanca no sería nunca la peluquera de las estrellas pero era competente en lo que hacía. No tenía ni idea de quién era Chapulín el Dulce pero bastó una búsqueda en Google para entender lo que deseaba. El hecho de que el viejo enano le pidiera el corte de un cantante de chicha cuando era joven, le pareció solo otra muestra particular de ese mal gusto que los peruanos llamaban «huachafería» no siempre con sorna o desprecio. La huachafería era una forma particular de cursilería que, algunas veces, podía aspirar a un reconocimiento popular y hasta al éxito. Blanca ya había recibido solicitudes de clientes que pedían los *looks* de Wendy Sulca, Mario Poggi, Laura Bozzo o la Tigresa del Oriente. El alisado «a lo Chapulín el Dulce» que exigía Huamani no le pareció complicado. Lo único raro fue que el pedido le llegara de un empresario rico.

Huamani, por su parte, se congratulaba de tener a Blanca al cuidado de su cabello. ¡Le encantaba! Enloquecía por ejemplo cuando, al tocarle la cabeza o peinarlo, sus tetitas erguidas le rozaban la espalda o los brazos sin querer. Lo arrechaba. Desde que la vio, el Chucky había quedado prendado de esa mujerona bella y compacta cuyas nalgas paradas eran un espectáculo que desafiaba la gravedad. Blanca era como un capricho: la quería y estaba dispuesto a invertir lo que fuera para obtenerla. Si algo sabía por su trabajo en el Perú era que *todo* tenía un precio. Solo era un asunto de billete, paciencia y perseverancia.

Su objetivo, sin embargo, nunca fue cortejarla. Nemesio era huraño y discreto, no le gustaba mucho hablar ni perder el tiempo negociando cuando sabía que tenía las de perder. ¿De qué le servía enamorar a una mujer espigada que seguramente lo veía como un viejo repugnante y canijo? No tenía sentido. El tiempo era billete y a Nemesio no le gustaba perderlo. Su enfoque fue simple y pragmático y se lo dio a conocer la tercera vez que se atendió con ella. Tenía una oferta que podría interesarle, le dijo. Usted tiene mucho talento, Blanca, agregó. Tenía amigos y clientes en los grandes salones de belleza. No sería difícil ubicarla a donde pertenece. Ganaría tres o cuatro veces más que aquí.

–¿Y por qué haría eso?

–Porque te lo mereces. Eres muy buena peluquera. Tutéame, por favor, Blanca.

–¿Qué querés de mí?

–Nada que no desees.

–Muchas gracias, Nemesio, pero me gusta trabajar aquí.

–La oferta seguirá en pie. Me avisas nomás cuando te decidas.

No le dijo nada y Nemesio no volvió a insistir. No tenía apuro. No obstante, después de un tiempo prudente, como buen jugador de póquer, elevó la oferta.

–¿Qué te parece, Blanca, si ya no tuvieras que depender de nadie? Tu peluquería para ti solita con un par de chicas excelentes para ayudarte. Tu negocio. Tu emprendimiento. Lo que siempre soñaste. Se puede si quieres, ¿eh? Estas cosas no solo ocurren en las películas. Siempre se puede.

Esas últimas palabras de Nemesio volvieron, más de una vez, la primera semana que se volvió a encontrar desempleada. Se sentía desmoralizada y furiosa. Se pasó los tres primeros días alcoholizándose y metiéndose rayas y durmiendo mucho y viendo porno y masturbándose. No tenía hambre. La cocaína le había quitado todo el apetito. Lo único que comía por las tardes era un tazón de cereal con leche fría. Tenía en la mente la horrenda cara del Chucky repitiéndole que «siempre se puede» y, cuando se sentía muy dura, se forzaba a soportar el asco de imaginarlo cerca como si estuviera entrenándose. ¿Cuál era su plan? ¿Era posible aceptar la oferta del viejo sin tener que tirárselo? Sabía que no. Sería muy difícil huevearlo. Nemesio insistiría hasta el punto de que, si no aceptaba, de nuevo se encontraría en la calle. ¿Y si le ofreciera solo una noche? Si se llenara la cabeza de coca, si anestesiara su cuerpo a punta de rayas, si no sintiera nada, ¿podría soportarlo? ¿Lo haría?

Cuando finalmente lo llamó, el Chucky ya estaba al tanto de su despido. Se alegró. Todo estaba saliendo redondo. Ahora la colocha ni siquiera estaba en capacidad de negociar. Blanca intentó igual «dejar las cosas claras antes de proceder» y Nemesio, viejo zorro, no le respondió nada, la dejó hablar y desahogarse, actuó como si la entendiera. Por el tono de su voz se daba cuenta de que estaba borracha y bajo los efectos de alguna droga. Sin que ella hubiera aceptado su propuesta, la citó a su oficina de Gamarra al cabo de tres días. Le pidió que descansara y llegara a la cita temprano y en buen estado.

Blanca le hizo caso a medias. Llegó puntual, oliendo bien, con gafas oscuras y un precioso vestido amarillo que realzaba su trasero y el color ébano de su piel. A Nemesio le bastaron unos cuantos segundos para darse cuenta de que estaba ebria y, por el tic que hacía bailar su mandíbula, también dura. Lo dejó pasar. Qué importaba. La historia del teléfono se repitió un poco en el camino al salón de belleza: Blanca no dejaba de remarcarle lo de «las cosas claras y de manera profesional» y el Chucky seguía asintiendo en silencio, con sonrisas evasivas. La peluquería estaba en el mismo Emporio Comercial, a solo unas cuadras de su despacho, pero igual quiso llevarla en el Mercedes con el chofer.

El lugar se encontraba en la primera planta de un centro comercial. Estaba cerrado y no había nadie dentro pero, por la forma en que estaba todo dispuesto, era obvio que la peluquería estaba funcionando. Blanca se enamoró del lugar de inmediato. La idea de que pasara a ser suyo seguía pareciéndole irreal. El Chucky prendió todas las luces del local para mostrárselo en todo su esplendor y de un pequeño refrigerador sacó una botella fría de *champagne* para celebrar.

—¿Te gusta, Blanca?

—Mucho.

—Como te prometí: es todo tuyo. Finalmente tendrás lo que te mereces. ¿Viste que se puede? Ahora brindemos por el éxito de la peluquería...

Sonrió por primera vez. No se lo creía. Estaba nerviosa. Casi se había olvidado de lo que eso implicaba. Nemesio sirvió el *champagne* y ambos bebieron hasta terminar sus copas.

—Tengo aquí el contrato, ¿ah? No me he olvidado. Lees, firmas y ya está... ¡Ah! También tengo otra sorpresita para ti. —De uno de los cajones de la caja registradora, el Chucky extrajo un paquetito gordo que dejó al lado de su copa. A Blanca se le abrieron los ojos pensando alucinada si era lo que parecía—. Sírvete, querida. Esto lo conseguí especialmente para ti —le dijo el viejo echándose el cerquillo hacia atrás con la mano. Tenía una siniestra expresión paternal en el rostro.

Blanca abrió el paquete y descubrió asombrada la cocaína más reluciente que había visto en su vida. Miró a Nemesio con expresión de sorpresa y este le sonrió complacido como si su misión en la vida fuera verla feliz. Blanca le dio un beso en la frente para agradecerle. Se arrodilló para hacerse una línea enorme que aspiró con prisa. Por primera vez, Nemesio podía verla desde arriba.

—¿Está rica?

—Sí... Gracias... Está buenísima... ¿Querés un poco?

–Hoy no puedo.

La mano rolliza de Nemesio se posó de pronto sobre la cabeza de Blanca. Era la primera vez que la tocaba y a ella le entró un escalofrío pavoroso. Lo dejó acariciarle el pelo. Estaba como tensa pero no le dijo nada. Seguía con la cara hacia abajo, lamiéndose los restos de coca de los dedos. Cuando Blanca alzó la cara, se topó con el pene gordo y nervudo de Nemesio fuera de su bragueta. Se quedó paralizada. La mano que le acariciaba el cabello se puso de pronto rígida mientras le iba acercando la verga a la boca.

–¿Y si lo llamamos Blanca's Hair Salon para vengarnos? –le preguntó susurrando, con la voz entrecortada, sin esperar respuesta.

El viejo soltó de pronto un gemido.

–Así, chiquita, sin prisa... –murmuró como si rezara cuando Blanca ya había empezado a chupar lentamente, con los ojos cerrados, conteniendo a duras penas las náuseas, la vergüenza, el llanto...

DULCITO

Y entonces, Alfonso, así como llega la primavera para que renazca la naturaleza, así llegó el amor verdadero a tu vida para resucitarte. Era él y nadie más. Pensaste con alegría que era lo más maravilloso que el Señor te había obsequiado. Amar en serio. Amar como se aman los hombres misericordiosos. Amar con piedad y conmiseración. Amar a quien podías proteger y salvar del pecado. Cuidarlo de la maldad del mundo, de su altivez, de su intolerancia. Amar como Dios amó.

¿Era eso lo que el chico buscaba de ti, Alfonso? ¿Para eso había llegado a tu vida?

Sí, hasta el infinito sí. Encontraste el amor porque Dios Todopoderoso así lo quiso. Buscabas su perdón y Él te perdonó. Tus sueños de vívido dolor, esas pesadillas horrendas en las que te pusieron a prueba para resistir a los monstruos de tu pensamiento («el diablo, cual león rugiente, andaba alrededor buscando a quien devorar»), todo ese infierno bajo el cual creíste sucumbir se terminó cuando Dulcito llegó a tu mundo para iluminarlo.

Dulcito. Te estremecías de solo nombrarlo.

Dul-ci-tooo.

Sílaba por sílaba. Cantando dichoso su nombre mientras el corazón delator se te salía del pecho. ¿Quién iba a pensar que eso te pasaría en el Perú? ¿Cómo imaginar que en ese pueblito perdido y miserable de Huánuco encontrarías lo que habías estado buscando toda tu vida? No lo sabías. Solo ocurrió. Dulcito parecía solo uno más de los currinchines que habías conocido en tus misiones por América Latina, pero de ellos no te acordabas. Sus nombres. Sus rostros. Su sonrisa. Sus bellos cuerpos que ahora se fundían en uno solo. El tiempo y la distancia empezaban a desvanecerlos y a confundirlos en tu memoria y eso te entristecía porque habías dejado en todos alguna semilla de vida. No tenías fotos de ninguno. Habías sido precavido pero no todo podía ser frío y estructurado, Alfonso. ¿O tus sentimientos no contaban?

La foto de Dulcito *siempre* la llevabas contigo. No fuiste capaz de destruirla porque no querías olvidarlo. Dulcito. Blanco y chaposo como uno de esos serranitos del norte peruano. Fuerte y recio pero con un corazón bondadoso. Un jovencito bello, aguerrido, valiente. ¿Recuerdas cómo adoraba vacilarte? «Padrecito, padrecito», te decía pícaramente en el altar para hacerte reír en plena misa. «Padrecito, padrecito», te repetía el capullito durante la colecta mientras llevaba sonriente una canasta rebosante de monedas y billetes. «Padrecito, padrecito», te susurraba cuando te abrazaba por la espalda pidiendo que lo cargaras y le hicieras «capachún», esa palabra rarísima que todos los peruanos entendían pero nadie sabía explicar y que los niños usaban para pedirles a sus padres que los llevaran en hombros. «Padrecito, padrecito», te cantaba improvisando el estribillo de una canción inventada por él mismo que sonaba como suena ahora la música de los jóvenes turbulentos en los barrios populares. «Padrecito, padrecito» también a solas, cuando la capilla cerraba y era hora de ponerlo todo en orden, y ya tocaba bañarse currinchín bandido, pasarte el jaboncito por todo el cuerpo, que tienes barro y mugre hasta en las orejas.

Dulcito. Apenas once añitos para doce. Un chaval despierto e inteligente que se distinguía de los demás. Su madre siempre ocupada con los quehaceres de la familia numerosa. Su padre siempre lejos de Huánuco por trabajo. No sabías bien qué hacía el señor pero en esa época el Perú era tierra de nadie y Dulcito te había dicho que era policía. Algunos años antes de que llegaras, supiste que ocho periodistas habían sido asesinados en la comunidad campesina de Uchuraccay. Una locura. Los comuneros los confundieron con senderistas y los mataron a palos y a pedradas. Tú ya estabas en América Latina, Alfonso, pero no recuerdas exactamente en dónde. Por la prensa también te enteraste de la matanza de Lucanamarca. Sesenta y nueve comuneros asesinados horriblemente por Sendero Luminoso, otra vez en Ayacucho. Pocos misioneros se atrevían a ir al Perú pero tú aceptaste. Y justo el mismo año en que llegaste a Huánuco, aparecieron los cadáveres de cuarenta y nueve personas que habían estado detenidas en un cuartel de la Marina en Huanta. Eso sería solo el inicio de una guerra larga y cruenta que amenazaba tu vida porque los curas también estaban en peligro, Alfonso. ¿O ya te olvidaste de tu pedido a la diócesis para acelerar tu traslado? Fue justo el mismo año en que Dulcito apareció en tu vida y fue increíble porque, de un momento a otro, amor verdadero que derrota todo miedo, anulaste tu partida y, en medio de la guerra, decidiste quedarte para no perderlo.

Igual lo perdiste, Alfonso. Era lo previsible. Nadie hubiera podido entender ese amor. Te habrían juzgado y seguramente ya no estarías en la Iglesia o, probablemente, sin la protección del Vaticano, estarías preso. Eso siempre lo supiste. Un par de años más tarde, la familia del niño se mudó a Lima, y aquello fue tan devastador que te moriste en vida. Hasta ahora no has podido recuperarte de esa pérdida. Ya han pasado casi treinta años y, probablemente, con suerte, Dulcito esté casado y tenga una vida familiar dichosa y ya no se acuerde de ti.

Tú debiste hacer lo mismo al volver a Aranjuez. Quedarte en España. Agradecerle a Dios por lo que te había dado en gracia y seguir predicando su palabra divina en tu tierra. No quisiste. Tus padres ya estaban muertos. Estabas solo y te sentías solo y, si no hacías algo pronto, te ibas a matar. Se te ocurrió entonces regresar al Perú. Querías encontrar a Dulcito. Saber que estaba bien. Verlo aunque fuera de lejos. Ni siquiera tenías que acercarte. Solo querías encontrarlo. Saber que estaba vivo. Era posible. Llevabas su foto siempre contigo. Si ibas a hacer esa locura era porque todavía lo amabas. De eso se trataba todo. Volviste al Perú por amor. Porque ese amor imposible era lo único que sentías con vida en todo tu anciano, decrépito cuerpo.

Tres

... un sismo de magnitud 5,1 se registró a las 7.56 p. m. a 11 kilómetros al sureste del distrito de Cabanaconde, en la provincia de Caylloma, región Arequipa. El temblor de hoy tuvo una profundidad de 130 kilómetros, según informó el Instituto Geofísico del Perú (IGP) vía Twitter. Recuerda tener siempre lista una mochila de emergencia para estar preparado ante un desastre natural...

1

–¡Qué mierda hiciste, conchatumadre!

El grito indignado de Arroyo lo dejó paralizado en el umbral de la puerta. Se quedó quieto con los dedos de la mano derecha juntos, apretados contra la sien. No importó que ambos –el técnico y el comandante– estuvieran vestidos de civil. El pasillo del hostal estaba desierto pero el protocolo del saludo se mantuvo intacto.

–¡Buenos días, mi comandante! –soltó Manyoma con la voz aflautada, pero Arroyo no respondió. Por unos segundos, el suboficial se mantuvo tieso en el firmes del saludo policial. Cuando el comandante lo metió a la habitación, jalándolo de los pelos como si fuera un criminal («¡entra carajo, huevonazo, que nos pueden ver!»), Alfredo Manyoma intuyó resignado que probablemente ya no saldría con vida de ahí.

La televisión del cuarto estaba prendida pero no tenía sonido. El noticiero estaba haciendo un enlace microondas desde Chaclacayo y Alfredo reconoció al toque la casa de la calle Riscos. Cuando la pantalla se dividió en dos, y aparecieron los rostros de Alina y Alipio Ponce con un cintillo en el que se leía «Extraño doble crimen de esposos conmociona a Chaclacayo», lo único que pareció perturbarlo fue que las dos víctimas aparecieran sonriendo. Lo sintió como una falta de respeto hacia los difuntos, pero no estaba seguro de poder explicar por qué. Luego se dio cuenta de que también le molestaba otra cosa. La frase en la parte inferior de la pantalla era inexacta y predisponía a los espectadores a concluir algo que era falso.

Por un lado, Alina había muerto en Chaclacayo y Alipio Ponce en San Miguel, ¿cómo podían afirmar entonces que los crímenes habían conmocionado a Chaclacayo? Por el otro, ¿de dónde sacaba esta gente que se trataba de un crimen doble? En tan pocas horas, y sin la diligencia técnica correspondiente (con peritos, médico forense, expertos en criminalística, fotógrafos, agentes de la policía y fiscalía), ¿cómo así se atrevían estos periodistas a afirmar que lo de Alina era un crimen? El suboficial Manyoma lo sintió como una falta de respeto hacia su trabajo. No quería alardear, pero el plan con la nota de suicidio y el fentanilo para que Alina se muriese durmiendo le seguía pareciendo elegante. No merecía ese tratamiento embustero y sensacionalista.

La brevísima digresión se terminó abruptamente cuando sintió el cañón de la pistola besando su nuca. No fue inesperado. Todo lo contrario: se ajustaba a lo que Manyoma había previsto para cuando tuviera que rendir cuentas y, de alguna extraña manera, aquello lo tranquilizó. Arroyo –que era impulsivo y estaba loco– bien podía apretar el gatillo y sacrificarlo, pero Manyoma dudaba seriamente de que lo hiciera. Su seguro de vida, pensó, eran los muertos de la tele. Todavía estaban muy tibios como para que el escuadrón pudiera soportar otro escándalo. El comandante, sin embargo, podría preparar algo para él en un futuro cercano: por ejemplo, sembrarle droga para que le dieran de baja u organizar un falso operativo con el único objetivo de liquidarlo.

¿Y qué podía hacer él al respecto? ¿No era acaso parte activa del mismo mecanismo? ¿No fue así como conoció a Arroyo en Trujillo? ¿No lo trajeron a Lima sabiendo perfectamente que había sido parte de los Escuadrones de la Muerte del coronel Elidio Espinoza? ¿Y quién carajos en la policía no sabía que los comandos de Espinoza se dedicaban a torturar y matar choros? Pero, además, ¿qué podía hacer él? ¿Podía rebelarse? ¿Querría rebelarse? ¿Un simple técnico de primera denunciando a un comandante en el Perú?...

Las huevas. Era de risa. Tampoco lo haría así pudiera. El suboficial Manyoma no traicionaría jamás a su comandante. Conocía bien las reglas de juego y sabía que los códigos de la policía y la mafia eran los mismos. Por lo demás: ¿quién sino él la había cagado horriblemente? Aceptaba su responsabilidad y su castigo. Y si había que recibir plomo en la cabeza, mi comandante, ¡adelante! Dispare de una vez su fierro que Alfredo Manyoma ya estaba listo para morirse. Ojalá pudiera darle solo unos minutos para explicarse. Tenía razón: lo de la mujer de Alipio no estaba contemplado («¡Ni siquiera se había discutido, por la puta madre! ¡¿Cómo mierda aparece muerta?!»), pero la respuesta, si me lo permite, era lógica: la tuvo que silenciar porque era la única que sabía. Alipio se lo contó y Perfumo no les dijo nada. Tarde o temprano la mujer los iba a delatar. ¿Qué esperaba? ¿Que nos cagara? Lo hizo para evitarlo. Pensando en usted más que en él mismo. Y no se lo consultó simplemente porque no hubo tiempo.

Golpe o bala. El cañón recio contra su nuca, la pistola temblando y el comandante todavía en silencio. Un hórrido alarido fue el preámbulo del primer cachazo contra su cabeza. Luego vendrían más. Y la sangre. Y la peor paliza jamás recibida que aceptó con total sumisión. Algo que solo le habría permitido a Arroyo. Como tantas cosas. No iba a matarlo. Manyoma sufría pero algo dentro de su cabeza se deleitaba. Mientras soportaba los golpes, su imaginación volaba. Se esforzaba en creer que aquella penitencia traería algo provechoso. ¿En qué pensaba? Seguramente en el plan que ya tendría listo el comandante. Y en la primera vez de aquello en Trujillo. Y en «What's Love Got to Do With It», esa preciosa canción de la reina Tina Turner que adoraba porque hablaba del amor como una emoción de segunda mano. Y era locazo porque Arroyo lo golpeaba ferozmente y Manyoma resistía pensando en un corazón inútil que se rompe cuando el amor se acaba.

El sonido que hizo de pronto la hebilla del cinturón al abrirse lo reanimó. El comandante había dejado de golpearlo pero no había terminado. Manyoma se puso a duras penas de rodillas dejando caer el pecho sobre la cama. El botón de su pantalón ya estaba abierto. La mano nerviosa de Arroyo intentó arrancárselo pero solo consiguió bajárselo hasta las pantorrillas. El escupitajo que le cayó directo en la ranura del culo fue tibio y abundante. No se lo dijo, pero Manyoma rogaba que Arroyo lo embistiera como un animal.

Apenas sintió a su comandante dentro, cuando el dolor fue rápidamente cediendo paso al placer más intenso, Alfredo Manyoma supo con resignada alegría que estaba a salvo.

2

Abría y cerraba la boca como si mascara el aire. Rosalba lo había notado con disgusto pero parecía que a la mujer no le importaba. Ishiguro le había dicho que el flaco culo-sin-raya se llamaba Arrabal. Una pendejada. ¿O sea que el loquito ese también tenía nombre de apellido?

Que no la vinieran a joder. La señora que era igualita a-la-Teddy-Guzmán tampoco parecía muy sensata. Se llamaba Sylvia y para la joven cocinera estaba clarísimo que le gustaban los chibolos. En otras palabras: «Si la *cougar* no lo había hecho antes, en breve se iba a almorzar al tal Arrabal».

Y el flaco bien que se lo merecía, ¿no? ¿O qué?

¿Cuánto tiempo llevaban ya en esa cojudez de cortejarse a distancia pretendiendo que no se daban cuenta?

El chino Tito, viejo desconfiado, pensaba que todo estaba armado.

«Una estafa del mundo del arte contemporáneo en un país que ama el cemento y repudia el arte porque repudia el pensamiento. Un experimento, una performance artística, una película filmada en tiempo real, un experimento que se transmite en directo por internet... ¡¿A quién chucha le importa?! Chibolos pitucos que se creen profundos porque estudian arte en la Católica y ni siquiera pueden darse cuenta de que los están timando...»

309

Don Tito lo decía borracho y para Rosalba era imposible saber si hablaba en serio. El cantinero no los había botado porque no le convenía. Los dos consumían bien en el bar y eran clientes frecuentes y tampoco se ponían pesados y eran como pintorescos, ¿no?

«Fíjate bien. Por un lado, el joven medio autista que solo pide cerveza negra y lleva unos ridículos audífonos fosforescentes y grita en el baño cuando ella no está. Por el otro, la mujer madura que llega con sus lentes oscuros como si fuera Audrey Hepburn. Entra elegante y recatada como si viniera de misa y, cuando el flaco ya no está, se vuelve ella misma una fiesta andante que yo mismo tengo que contener para que no se desborde... ¿Cómo no va a estar armado esto, Rosalba?... ¿O dónde mierda estamos ahora? ¿En una novela de Cabrera Infante?...»

Ishiguro y Rosalba no estaban de acuerdo con su patrón. Para ambos se trataba de una historia de amor episódica que seguía la lógica del folletín. La idea de que fuera un experimento artístico les parecía creativa pero improbable. No obstante, Ishiguro la admiraba porque don Tito lograba sorprenderlo hasta cuando estaba borracho.

¿A quién sino a él podría habérsele ocurrido semejante idea? Al llamarlo «falso» y «armado» el patrón conseguía replantear lo evidente y ponerlo bajo sospecha. Surgía, de pronto, un espíritu suspicaz: ¿y si lo fuera? ¿Si tuviera razón alguien que, con justicia, estaba acostumbrado a tenerla? ¿Sería soberbia? ¿O continuaban en el proceso de enseñarle a dudar? Todo esto se quedaba borbotando en la cabeza del mozo aunque Rosalba no estuviera interesada en «los pajazos mentales que don Tito te mete en la cabeza, Ishi», y ya mejor no arruinarle lo que viniera, amiguito, por estar pensando como menso en la profundidad pedagógica de un hombre borracho.

De pronto la cocinera se dio cuenta de algo maravilloso. La *cougar* se había levantado para ir al baño y, en su marcha, al pasar al lado del flaco culo-sin-raya, le había tirado un papelito, casi como si fueran dos adolescentes quedando para encontrarse entre los arbustos a la salida del colegio.

«¿Te diste cuenta de eso, Ishiguro?» El mozo asintió sonriendo sin mostrar los dientes, como si en el fondo lo dudara pero no quisiera desairarla.

Lo imprevisto ocurrió de pronto, en sus narices, con ellos como testigos y cómplices. A escasos cinco minutos de haber vuelto a su mesa, Sylvia levantó la mano para pedir la cuenta. Era extraño porque acababa de llegar y ni siquiera había terminado su té con limón. Rosalba estaba de camino a atenderla cuando notó asombrada que Arrabal largaba el mismo gesto pero hacia Ishiguro.

¿Sería posible? ¿Pasaría hoy?

Apenas le bastó alzar un poquito el cuello para confirmarlo: ¡la botella de cerveza del flaco también estaba llena!

Reprimió como pudo su grito de júbilo.

El día tan esperado de su telenovela favorita estaba a punto de suceder... ¡Y todo encajaba!

Sylvia fue la primera en salir del bar. Arrabal lo hizo quince segundos más tarde. En la puerta ya los esperaba el Toyota negro que solía recoger a la mujer borracha de madrugada. Subieron al coche con la misma frialdad de dos desconocidos que coinciden en un ascensor. Era como si se estuvieran yendo a un entierro. «Parece actuado», pensó entonces Ishiguro, y al voltearse hacia la barra se dio cuenta de que el chino Tito lo miraba fijamente con una mueca contenida que expresaba satisfacción e indulgencia.

Notó entonces que, arrodillada bajo la mesa de Fernando, intrigada pero contenta, Rosalba buscaba el papelito que había lanzado Sylvia.

3

–El flaco Perfumo no está.

–¿Se fugó?

–Más o menos… Digamos que podría encontrarlo si quisiera…

–¿Y por qué sigue vivo?

–No nos conviene ahora un cementerio más grande.

–Es el único que podría realmente jodernos, mi comandante.

–Ya… y tú, pendejo, quebrándote a su padrino…

–Yo fallé en lo otro, sí, pero esa operación tenía su permiso.

–Todo fue un error, Alfredo. Muy poco billete para tanto riesgo. Igual, pase lo que pase, ya estamos jodidos. Si esto se agranda más, el coronel Mora nos va a sepultar sin asco.

–¿Lo saben?

–Sospechan algo. Igual recibieron su parte allá arriba sin protestar. Están viendo qué pasa. Hasta ahora no hay nada que conecte a Alipio Ponce con el secuestro del chibolo. Pero si escarban un poco… El problema ahora mismo es el capitán Contreras.

–Con las disculpas del caso, mi comandante… Ese

atorrante hijo de perra que se computa la gran merca merece ser exterminado como una rata. Si usted me lo concede, yo podría hacerlo gratis…

—¡Cállate carajo! —exclamó Arroyo de pronto, fuera de sí—. ¡CÁLLATEEE! ¡Cierra el maldito hocico de una puta veeez! ¿No has hecho ya lo suficiente, conchatumadre? ¿Necesitas más golpe para entender? ¡Qué chucha tienes en la cabeza! ¡¿Tan cojudo eres que crees que puedes enfriar a un capitán como si nada?!

—No, mi comandante… Claro que no…

—¿Dónde putas crees que estamos, Alfredo? ¡¿En *Narcos*?!

Se quedaron en silencio unos segundos hasta que Arroyo encendió un Marlboro y se puso a fumar tranquilamente sin ofrecerle un cigarrillo al técnico. Seguía echado pero ya no estaba desnudo sino en calzoncillos. Se puso a observar el cuerpo maltrecho de Manyoma con desprecio. Se le había ido la mano. Mucho. El suboficial tenía restos de sangre seca en la cabeza, contusiones y hematomas en los brazos, el cuello, la espalda y el pecho, pero el loquito estaba como fresco, parecía inmune al dolor. Era medio horrible que no tuviera ni un solo pelo en la piel, parecía el cuerpo suave y tostado de un adolescente flaco. Recordó que alguna vez le contó que él mismo se depilaba con cera pero prefería unas pinzas especiales para las cejas. Sonrió. Alfredo era demasiado rosquete para camuflarse pero lo hacía igual. En la fuerza policial lo jodían de cabro y parecía agradarle el malentendido. Estaba recontraloco.

La mirada del comandante siguió merodeando su cuerpo. A diferencia de la suya, meditó de pronto, la pinga de Manyoma estaba circuncidada. Era larga y curvada y tenía el glande en forma de campana. Solo se le ponía erecta cuando el comandante lo penetraba. El suboficial le había confesado alguna vez, borracho y coqueto, que solo era pasivo con él.

—¿Qué pasa entonces con el capitán? ¿Qué quiere?

—No solo es el pendejo de Contreras. Todos están nerviosos. Bocanegra y Patiño no sabían nada de Alipio y ahora sospechan que hay algo chueco.

—No me dice qué quiere, mi comandante.

—Desde hace mucho Rudecindo quiere mi cabeza. Este es el momento que estaba esperando pero no sabe cómo resolverlo. Se cree muy vivo, Contreras, pero siempre fue un cagón. Está jodido. No puede denunciarme. Si caigo yo, cae él.

—¿Le está cocinando algo?

—Puede ser.

—Disculpe que insista pero no me queda claro todavía cuál es el plan con Perfumo. Ese es un flanco abierto. ¿Para qué arriesgarse más? Un pastelero muerto no le interesa a nadie.

—Repíteme rápido una cosa y luego ya cállate, que me estás aburriendo… ¿Estás seguro de que no dejaste ningún rastro en Chaclacayo?

—Cometí un error, mi comandante, sí… pero, por favor, con mucho respeto, la calidad de mi trabajo no ha variado, no me la ponga en duda, por favor, que yo siempre le he cumplido con creces y lo que dice, la verdad, me afecta.

4

No sabía nada de Sofía desde esa noche. Le había mandado un mail, dos whatsapps que dejó en visto, y hasta la había llamado al celular pero le saltó el contestador y prefirió no dejar mensaje.

¿Qué le pasaba? ¿Por qué no quería verla ni hablar con ella? ¿De qué iba ahora esta pendeja? ¿De rica? ¿De interesante? ¿De buena merca?

La odiaba y estaba furiosa. La odiaba pero no podía dejar de pensar en ella. Ya no iba a hablarle nunca más. «¡Que se la cache un burrooo!», pensó resentida, y luego sintió mucha vergüenza de haber llegado a esa frase que tanto hombre asqueroso usaba en el Perú. Rosalba se sentía insegura. Derrotada. Triste. No quería pensarlo ni soñarlo más. No quería volver a recordar por qué pasó lo que pasó y, sobre todo, ya no deseaba entender por qué Sofía la había desestabilizado tanto. ¿Cómo era posible si ella representaba todo-lo-que-detestaba de las mujeres más cojudas de Lima? Una chola pendeja que piensa como pituca, habla como pituca, vota como pituca y cree que las pitucas algún día van a aceptarla porque se tiñe el pelo de rubio… ¡Cojudaza!

¿Y si la siguiera otra vez? Aquello había quedado en

nada, recordó Rosalba más perpleja que frustrada. No obstante, sus sospechas de que hubiera algo siniestro le parecían fundadas. ¿Por qué Sofía y el padre Pablo se veían con frecuencia y paseaban por el Centro de Lima como si fueran grandes amigos? ¿Lo eran? ¿Y qué hacía él todo el tiempo vestido de civil? ¿Era normal eso? ¿El padre Pablo se sacaba el traje eclesiástico como quien se saca el anillo de bodas? ¿Era posible que Sofía hubiera conseguido tirárselo y ahora el padrecito dudara de su vocación religiosa?

No seas pendeja, Rosalba. ¡Eso era imposible! El españolete papacito era gay y nadie iba a convencerla de lo contrario. Estaba cansada. No quería saber nada más de todo este rollo pero el inconsciente operaba todo el tiempo en su contra: evocada por la fuerza de su deseo, la noche que terminaron tirando sin parar seguía generándole angustia.

¿Entonces le gustaban las chicas? ¿Ella también era gay y ni cuenta se había dado? ¿Ya no le gustaban los chicos? ¿Ya no quería más penes en su vida? ¿O quería penes, vaginas y tetas de manera intercalada? ¿Esta era una de esas vainas donde Rosalba descubría de pronto que era lesbiana, bisexual, pansexual, no binaria y no sabía qué chucha más?

¡Qué complicado, por Dios! Sería todo mucho más fácil si pudiera sentirse atraída por el buen Ishiguro, que era adorable y merecía a alguien más estable en su vida. Seguramente la amaba como ella nunca podría amar a nadie. El lío mental que tenía en la cabeza era penoso y había afectado hasta a sus ensoñaciones. Últimamente ya no llegaban en forma de películas. Seguía quedándose paralizada y soñando despierta, pero ahora imaginaba escenarios futuros, improbables y hasta incoherentes que le daban tranquilidad y le causaban risa.

«¿Y si Sofía, Ishiguro y yo nos fuéramos a vivir al Cusco? Dejaríamos Lima para respirar el aire puro de la sierra. Nos haríamos una casita hermosa y muy rústica en una comunidad con animales, plantas frutales y paneles solares, y tendríamos una relación abierta, libre y honesta en comunión con la naturaleza. Sofía y yo traeríamos al mundo a dos Ishiguritos y él se encargaría de ellos cuando nos fuéramos un rato a bailar solas a la disco de ambiente o a brichear con unos gringos bellos en el Mama África o a tomar ayahuasca para luchar naturalmente contra nuestra oculta depresión…»

Rosalba se estaba riendo sola cuando la alerta del móvil la arrancó del ensueño. Tenía un mensaje con un remitente raro y desconocido que parecía *spam*, y ya estaba a punto de borrarlo cuando reparó que el «Asunto» decía escuetamente «Tu amiga Sofía». «¿Qué mierda es esto?», pensó y se quedó como aturdida. Sabía que no debía abrirlo pero lo hizo igual. De repente solo era una coincidencia. Nada perdía. No tenía ni idea de lo que iba a descubrir al hacer clic.

From: <AmigaDateCuenta@gmail.com>

to me ▾

文A French ▾   >   English ▾   Translate message

Te envío este mensaje para ke abras los ojos, amiga. Esto es lo ke hace Sofía con la concha cuando no está bricheando. Confírmalo tú misma. La encuentras en la página 3. Es por tu bien!!!

https://prostivedettes.com/

Bendiciones!!!

No fue necesario abrirlo para saber lo que encontraría. Lo de «prostivedettes» en el enlace era más que elocuente pero se resistía a creerlo. El *site* era efectivamente una página que ofrecía citas y encuentros sexuales y le horrorizó ver las fotos porque todas las chicas eran muy jóvenes, casi unas niñas. La web las anunciaba como *escorts* y kinesiólogas y, además de una descripción general, ofrecía escuetas presentaciones personales de cada una de ellas.

EXCLUSIVAS DAMAS KINESIÓLOGAS: BELLAS JOVENCITAS KINES EN LIMA PERÚ

Bienvenidos a Prostivedettes, una web en donde podrás conocer a las mejores *escorts* y kinesiólogas del Perú, pudiendo seleccionar entre diferentes opciones que cumplan con tus requisitos y te ofrezcan un rato de calidad con un cuerpo ajustado a tus preferencias. Estamos interesados en que puedas tener una experiencia plena con cualquiera de las kines que selecciones, por lo que contamos con un repertorio de chicas profesionales y no profesionales preparadas para satisfacer todas tus fantasías de principio a fin. Mujeres muy sexys, con trato de pareja, hay tetonas, culonas, jovencitas, maduritas y anfitrionas extranjeras.

Sofía no estaba en la primera página pero solo había cuatro y el mensaje señalaba que la encontraría en la tercera, así que era posible comprobar si la estaban timando. Pero ¿quiénes serían? ¿Quién gastaba su tiempo enviando esta porquería? ¿Y a quién le importaba lo que ella pudiera pensar de Sofía? ¿De repente las mismas atorrantes que fueron al bar con el chisme del padre Pablo?

Se dio cuenta de que tenía el corazón un poco acelerado, así que se contuvo. Esperaría un poco. Sin prestarles mucha atención se distrajo leyendo algunos de los avisos.

Andreíta linda chibolita tengo 18 añitos sumisa y complaciente hago oral peladito incluido bb • sjm cine star.

Dayana rica chibolita 18 años mi vagina es rosadita y estrechita ven papi. 80 soles me quedo una hora • Los Olivos.

Ximena 19 añitos colita de infarto súper tetona soy rosadita muy aseada doy oral pajazo ruso y full anal • Cercado.

Hubiera podido dejarlo así. Ignorarlo. Simplemente no entrar. ¿Qué importaba si Sofía era puta? ¿Acaso era su novia? ¿No había sospechado algo cuando llegó al bar toda arreglada y pagó la cuenta sin ver el monto? Decidió no buscarla pero solo en la mente porque su mano arrastró rápidamente el cursor hasta la tercera página de Prostivedettes y, sin ningún remordimiento, hizo clic.

No le costó mucho encontrar a Sofía. Era la cuarta chica de la primera hilera. No aparecía desnuda pero casi. Salía sonriendo a la cámara y posando medio de lado para que se apreciara su culo. Llevaba un top rojo por el que asomaba tímidamente una de sus tetitas y un calzón blanco que desaparecía entre sus nalgas. Sonreía. Los ojos de Rosalba se llenaron de lágrimas. La pena era tan intensa que se quedó muda y sollozando. Cuando se calmó un poco, descubrió con horror que una parte de ella también estaba presente en Prostivedettes.

El nombre que su amiga había elegido para ocultar su identidad era el suyo: Sofía de puta se llamaba Rosalba.

Rosalba la gatita tengo 19 añitos soy una chica refinada, sensual y educada hago oral peladito y doy mi colita acepto pagos yape • Cercado.

5

Amado Helmut:

Cuando leas estas líneas ya me habré ido de Berlín. Fue mi decisión que ocurriera así. No quería arruinar estos maravillosos días a tu lado con algo que no necesitabas escuchar. Lo lamento. Sigo anticipándome y decidiendo por los dos. Imagino que ya estás acostumbrado a mi despotismo. Yo me he malacostumbrado a esa infinita y amorosa paciencia que tuviste desde el principio para soportarme, privilegio que nunca merecí.

Han pasado treinta y tantos años desde que nos vimos en Lima, amor mío, y, pese a las tinieblas que me siguen comiendo la cabeza, no hay día que no agradezca tu presencia milagrosa en el bar Cordano. Yo debí morirme antes y no lo quisiste. Te debo la vida o lo que sea eso que nos ha permitido reencontrarnos en Alemania, acaso por última vez.

Helmut, cariño, nunca lo dudes: yo te amo de la manera en que me lo permiten mi locura y esa gemela maldita que es la depresión. Tantos años viviendo sepultada por la culpa y la tristeza y de repente llegaste hecho un bellísimo adonis para abrirme el pecho y dejar que me entrase aire fresco.

Helmut Bauer, escúchame: mi amor imperfecto hacia

ti me sobrevivirá. ¿Merecía yo todo lo que has hecho por mí? ¿Todo lo que me sigues dando para continuar a flote? ¿Esa fidelidad tan bonita a nuestra *amistad de amantes* que ha resistido tiempos y paranoias y distancias?

Desde luego que no. Debiste seguir mi consejo y huir cuando te lo sugerí. ¿Quién iba a pensar que la chica alborotada que leía a Heidegger y el empresario afectuoso que se inventaba negocios en Lima para venir a verla seguirían entregándose hasta envejecer? Eso es lo que hay ahora. Tú y yo paseando por el mercadillo dominical del Mauerpark como adolescentes eternos, listos para amarse sobre la hierba. Te miro y sospecho que sabes para qué he venido a verte. Te miro y una fantasía absurda me hace pensar que no es necesario decirte nada, que podría quedarme y cuidarte hasta que uno de los dos se muera entre los brazos del otro.

Y, sin embargo, noto la tristeza que nos circunda cada vez que nos abrazamos y hay una banda de inmigrantes sin papeles tocando para nosotros en el Mauerpark.

Debí decírtelo mientras me besabas. Hay una canción melancólica que me regaló el muchachito que ahora me toca cuidar. Se llama «Demon Days». Deberías escucharla cuando me vaya porque ya no pienso volver. Pero eso tú lo sabes. Lo supiste siempre. No puedo enamorarme de nadie porque soy incapaz de amarme, Helmut. No es solo que desaparezca de tu vida. Tampoco he venido hasta Alemania para terminarlo todo como si nos hubiéramos conocido ayer. Hay algo que debo confesarte. Mereciste escucharlo hace mucho tiempo para *entender* un poco pero preferí callarlo. Creí poder decírtelo mirándote a los ojos pero no pude. Me acobardé. Ni siquiera soy capaz de pensarlo porque vuelven los ataques de pánico y la certeza de que nada ni nadie podrá absolverme…

Ahora me estoy enredando un poco porque estoy nerviosa.

No pienso volver al Perú sin terminar esta carta que dejaré en tus manos antes de partir. Así que empezaré ahora, salga como salga.

Te mentí: no nací en Lima sino en Huancayo, una ciudad ubicada en el valle del Mantaro, en la parte central del Perú. No voy a hablar de mis padres porque no viene al caso. Se murieron hace unos diez años. Era gente ignorante que intentó ser buena. Fui su única hija. No recuerdo haber sido traviesa o conflictiva, sino más bien retraída, amable y solitaria. Siempre, desde niña, fui bonita. O eso es lo que la gente le decía a mi madre en la calle. Era más o menos blanca y eso ya era mucho para Huancayo. «La niña mejorará la raza», le decían a mi madre las mismas cholas como si fuera un halago, y estaba bien visto que una serrana pareciera limeña de clase alta.

Tenía catorce años cuando al alcalde se le ocurrió que debía presentarme a un concurso de belleza en Junín. Fue incluso hasta mi casa a llenarles la cabeza a mis padres para que aceptaran. Les dijo que era el primer peldaño para llegar en unos años al Miss Perú y, si ganaba, quién sabía si al Miss Universo. Todo eso, les aseguró convencido, traería mejoras económicas a nuestro hogar. El alcalde se llamaba Raymond. Tenía los dedos manchados de tabaco y llevaba unas corbatas tan grandes y horribles que parecían baberos. Era el típico flaco con panza de preñado. Un serrano blanco y de ojos claros al que la gente del pueblo llamaba el Gringo.

La parte en que Raymond se esmeraba en sobonear a mi madre y en agarrar confianza con mi padre para que lo dejara decidir por él voy a saltármela por previsible. Gané un montón de concursos regionales pero la plata nunca llegó, así que Raymond decidió poner el hombro y «colaborar por el progreso de la juventud huancaína» con dinero en efectivo para mis padres que seguramente era público. Los tuvo así tranquilos mientras yo tenía que enfocarme en ganar algún día el Miss Perú. Esa era su idea. El alcalde logró hábilmente sacarme de casa a su antojo. Ya tenía a mis padres comprados. Me obligó a inscribirme en clases inútiles por las que siempre estaba merodeando como si fuera mi padre adoptivo.

La primera vez que me violó yo estaba en su oficina esperando a una señorita que se suponía iba a darme clases de etiqueta. No tiene ningún sentido, Helmut, contarte los detalles escabrosos de esa porquería. Tampoco es que durara mucho tiempo porque dos meses después ya estaba embarazada de él. Tenía quince años. Había casi dejado de hablar y apenas comía. No les había dicho nada a mis padres porque Raymond me amenazó con dejarnos sin casa y meter preso a mi padre y yo le creí. Cuando se me empezó a notar la panza, tuve que improvisar la historia de una violación callejera. Me había atacado un desconocido a la salida del colegio, confesé, y no dije nada porque tenía miedo.

La historia de mi violación y mi embarazo es solo el preámbulo de aquello que he venido a contarte, Helmut. Tuve que abandonar esta carta por unas horas. Pensé que me había venido esa migraña maldita que me tumba una semana. Tú sabes bien de qué hablo. Felizmente no era eso. Es probable que esté saboteando esta carta y me castigue para no llegar a ese momento del que nunca he hablado con nadie. Sería otra forma de castigarme. Pero esta vez no lo haré. Ni siquiera he bajado al bar del hotel a embriagarme como merezco. No puedo. No quiero. Tengo que terminar. Si no lo hago ahora, no lo haré nunca... O termino de escribir esto o me arrojo por la ventana.

Que este proceso sea, entonces, de vida o muerte.

Lo pienso ahora y no tengo dudas: si hubiera podido habría abortado sin ningún remordimiento. Luego habría denunciado a Raymond esperando que lo violaran todos los días en la cárcel con crueldad. Me he pasado la vida fantaseando con vengarme. Imaginando que regresaba a Huancayo solo para asesinarlo. Un día me enteré de casualidad que el cerdo ya había muerto. No sé si lo leí o si la noticia me apareció en alguna pantalla. Le dio un ataque cardiaco mientras jugaba fulbito y eso fue todo. No lo había vuelto a ver desde que mis padres supieron que estaba embarazada y decidieron que Dios había querido traer a ese niño al mundo... ¿Qué podían hacer ellos contra su voluntad?, por algo sería.

Igual si se hubieran negado, ¿a quién habríamos podido acudir? Te escribo esta carta en pleno siglo XXI y en el Perú el aborto sigue siendo ilegal hasta para las niñas violadas. ¿A quién le íbamos a pagar para que me ayudara? ¿Con qué si ni siquiera teníamos plata? Hubiera podido morir y, de repente, habría sido lo mejor. Ocho meses y tres semanas más tarde, la casi futura Miss Perú alumbró a un varoncito bello y robusto de tres kilos y medio que nunca dejó de llorar mientras ella también lloraba porque tenía quince años y, de un día para otro, se quedó sin vida.

No quería seguir. Mi madre me ayudaba como podía y yo en lo único que pensaba era en morirme. Lo recuerdo con una claridad tan poderosa que incluso ahora me estremezco. No sentía ningún amor por ese pobre niño que había salido de mí y luchaba contra mi pezón hinchado para poder alimentarse. Pero yo no podía. Imagino que tampoco tenía mucha voluntad. Recuerdo que ponía su boquita en mis tetas mil veces y la criatura me mordía y yo estaba agotada porque no dormía y me desesperaba porque la maldita leche no llegaba a su garganta y mi madre me gritaba como si fuera una completa inútil. No había plata para darle fórmula pero el bebé ni siquiera aceptaba el biberón. Y lloraba. No paraba nunca de llorar. A veces deseaba cerrar los ojos y que, al abrirlos, mágicamente ya no estuviera. Que se fuera, que se apagara, que desapareciera de mi vida sin hacer más ruido, eso quería locamente. Y, desde luego, me sentía una mierda. Aunque apenas era una adolescente estaba convencida de que era una mujer mala. Y esta situación, querido Helmut, no tenía otro destino que el más trágico.

Tenía apenas dos semanas de nacido cuando por fin lo decidí. Me iría de casa. Huiría a Lima y el niño se vendría conmigo. No podía dejárselo a mis padres. Es lo que pensaba entonces como si fuera lo más lógico y te mentiría, Helmut, si pudiera ahora decirte por qué. Hay demasiadas cosas de esa noche que no puedo explicar. Y hay otras tantas que ni siquiera recuerdo. Imagino que me forcé a olvidarlas. De los detalles quedaron los que explicarían luego lo que pasó.

Por ejemplo, que eran las cuatro de la mañana cuando salí y que llevaba al niño en brazos completamente envuelto en una manta y que lo apretaba muy fuerte contra mi pecho para que no se escucharan sus llantos y que hacía mucho frío y el bus para Lima salía a las seis. Es cierto que tenía muchísimo miedo de que la criatura despertara a mis padres y se dieran cuenta de lo que estaba haciendo. Y, sin embargo, hasta el día de hoy no he logrado convencerme, Helmut, de que fuera solo el miedo lo que me llevó a cerrarlo fuertemente contra mí y a cargarlo como si fuera un paquete.

Apenas gané la calle, noté que el bebé no lloraba ni se movía mucho pero imaginé que se había dormido. No sentía el frío. Hubiera podido salir desnuda y habría dado lo mismo porque yo no sentía otra cosa que mi corazón acelerado a mil revoluciones como si buscara salirse de mi pecho. Destapé un poquito al niño. Recién en ese momento se me ocurrió que necesitaría un poco de aire. Estaba quieto. Nunca antes lo había visto tan tranquilo contra mi pecho. Y era lindo entonces sentirlo pegado a mí. ¿Dormía? Yo caminaba lentamente, no había nadie en la calle y empecé a llamarlo susurrando su nombre. Quizás hayas notado que hasta ahora no he escrito su nombre, pero entonces empecé a decirlo bajito y luego a decirlo más alto y a repetirlo una y dos y tres y cien veces moviéndole la carita, «ya está, chiquito, ya está, ya nos vamos a Lima a comenzar de nuevo», le decía, pero él seguía quietito, y empecé a sentirme nerviosa y que me faltaba el aire porque ya no se movía ni lloraba, Helmut, y ahora le rogaba para que llorase, quería escuchar de nuevo ese llanto odioso que me enloquecía y me daba unas ganas horribles de morirme, pero mi bebé ya no podía llorar ni respirar ni abrir los ojos, ¿me entiendes, Helmut? ¿Comprendes lo que te estoy confesando? Entré en pánico. ¿Había sido yo? ¿Fue mi pecho que no le daba leche el que lo terminó asfixiando? ¿O dormía? ¿Yo deliraba y él dormía por fin en paz?...

No sabía qué hacer. Si hubiera tenido un puente cerca nos habríamos lanzado juntos y todo ese sufrimiento que me ahogaba se hubiera acabado. ¿Qué habrías hecho tú, Helmut Bauer? ¿Esas cosas de monstruos son imposibles en Alemania? Si hubiese gritado como necesitaba hacerlo, la gente habría salido de sus casas y yo habría sido linchada como una bruja. Bien que lo merecía. Morir empedrada o crucificada por asesina, ¿no era ese un castigo justo?

Entonces vi el parque. No había nadie. Tenía la cara anegada y el llanto me asfixiaba y me producía unas arcadas muy violentas. Caminé rápidamente hacia el parque. Ya no pensaba. De hecho he olvidado cómo lo hice. Me he pasado toda la vida intentando recordar cómo fue que llegué. Fue como si me hubieran desconectado entre ese momento en que dejé al niño en una banca envuelto en la manta y aquel en el que me iba corriendo del parque ya sin niño... Y entonces, querido Helmut, fue entonces cuando aparecieron las ratas en mi vida.

Lo encontró una mujer a las seis de la mañana. Las ratas todavía estaban devorando su cuerpecito. Se habían comido todo un brazo y parte de sus genitales. Cuando llegaron los paramédicos ya era demasiado tarde, dijeron en las noticias. Sin embargo, la mujer que se percató del hecho señaló que estaba segura de que el bebé seguía vivo porque todavía se movía.

Ya está. No puedo escribir más. He terminado con mi profanación y ahora imagino lo asqueado que debes estar de mí. Lo lamento. Sé muy bien lo que se siente. No hay día en que no me pregunte si mi bebé estaba vivo o muerto cuando se lo dejé a las ratas. Y ellas siempre vuelven. No importa dónde ni cuán lejos me vaya, las ratas siempre regresan.

¿Puedes imaginar lo que es vivir sintiendo desprecio y repugnancia de ti misma? ¿Cómo podría amar algo, Helmut, si estoy acostumbrada a vivir sintiendo asco? Solo espero que no me odies… Pero lo sé. He sido demasiado egoísta al no decírtelo antes. No quería que te fueras, Helmut, esa es la verdad. Nunca he querido que te vayas y, por eso, ahora soy yo la que se aleja… Y estoy llorando. No puedo dejar de llorar pero me verás tranquila en el aeropuerto. Y la vida, como siempre, seguirá. Con o sin mí.

Helmut, cariño, nunca lo olvides: yo te amo como puedo pero nunca dejaré de hacerlo. Escríbeme, si deseas, dime lo que quieras aunque me haga daño. Lo acepto todo. Ya no tengo nada pero siempre te tuve a ti. En esta vida con eso me basta.

Cuídate mucho, gringo loco.

Te besa,

SYLVIA ARREOLA

6

A pesar de su incompetencia para administrarlo, el Blanca's Hair Salon de Gamarra tuvo un relativo éxito en sus tres primeros meses de vida.

Hubieran podido ser cuatro o cinco si Blanca Higuita no se hubiera entusiasmado con las fiestitas que organizaba cada quince días para celebrar su éxito. Rosalía, Lola y Karelim, sus tres peluqueras de confianza, fueron contratadas un poco porque conocían su oficio, y otro poco porque les fascinaba salir, bailar, beber y jalar. A Blanca lo que más le interesaba era definitivamente lo segundo: las tres eran confiables porque, con ellas, trabajando y juergueando, se sentía a gusto.

Rosalía y Lola eran un poco más prudentes. A veces, cuando las abrumaba la responsabilidad y notaban que en tres horas abría la peluquería, preferían volverse a casa. Karelim, por el contrario, la preferida de Blanca, era una joyita explosiva: la típica amiga maléfica que sabe caer bien y seducirte con las palabras que necesitas escuchar sin saberlo. Si Rosalía y Lola partían, Karelim convencía a Blanca para quedarse de fiesta con ella. Si terminaba llegando de boleto a la peluquería, atendía a la clientela con unas delatoras gafas de sol y apestando a mala noche.

Además, le robaba. Lo hacía todo el tiempo. Su método de *trabajo* eran dos. El más productivo era el clásico cajoneo de fin de jornada. Como Blanca era confiada y torpe con los números, no era difícil alterarle las cifras antes de cerrar la caja registradora. Ganaba entre treinta y cincuenta soles por semana. El otro, el más arriesgado, era más bien artero porque se aprovechaba de las clientas ingenuas y vulnerables. Su blanco favorito eran las ancianas y las señoras con plata. Para ellas, el precio siempre era otro: si costaba cuarenta, Karelim les cobraba cincuenta y se quedaba con diez.

El que se dio cuenta y la botó literalmente a patadas fue Nemesio Huamani. Se suponía que el Chucky solo oficiaba de benefactor del Blanca's Hair Salon, pero ese lío estaba todo chueco y la única que parecía no darse cuenta era Blanca. Aunque había firmado algo parecido a un contrato y debía tener la potestad sobre el negocio, el que hizo todo el embrollo legal fue el abogado del viejo y, desde luego, todo fue una trampa. La peluquería era de Nemesio. Nunca dejó de serlo. Para que Blanca no se diera cuenta, creó una empresa fantasma a la que fingió pagar una adquisición que nunca se llevó a cabo. Todo era ficticio.

Pero ¿qué necesidad tenía el Chucky de esta pantomima? ¿No la tenía ya a su merced? La tenía, sí, pero no como deseaba. Lo que el Chucky buscaba era anularla como persona. Quería su dependencia absoluta para que no le hiciera cagadas ni osara marcharse. La lógica era ordinaria y perversa pero, ante todo, vengativa («¿Así que antes no me querías por feo y enano?»). No había problema, pensaba el viejo, pero apenas la colombiana aceptara someterse, le tocaba pagar el costo de ese antiguo menosprecio. Nada era gratis, Blanquita.

Lo insospechado, incluso para Nemesio, que observaba el hundimiento de una peluquería que antes funcionaba bien y luego, con Blanca al mando, se estaba yendo violentamente a la quiebra, era que terminara convencido de que su hermosísimo culo no valía el costo. Tampoco quería seguir viendo a «esas tres chuchumecas pendejas que pasan más tiempo coqueándose que cortando el pelo». El despido de Karelim fue el punto de inflexión y lamentablemente –se dijo– la reacción de Blanca fue la incorrecta. Ni bien llegó a su cita en el hotel-de-siempre en Miraflores, decidió reclamarle con furia, primero insultándolo a gritos y luego rompiendo vasos y todo lo que encontró a su paso en la habitación. El Chucky ni se inmutó. Se quedó tranquilo observando su pataleta. Impávido sobre el silloncito de cuero blanco que el hotel le había fabricado-a-pedido pensando en su tamaño.

El escándalo de Blanca fue prolongado. Había llegado dura y borracha, lo cual no era raro, pero esta vez parecía tener una crisis nerviosa que a Nemesio le recordó la escena de una película de no-sabía-quién. La había visto en un vuelo a Miami. Salía una actriz rubia famosa que le parecía guapísima y se llamaba Sharon algo. Creía que el otro, el que hacía de supervisor de un casino en Las Vegas, era Robert De Niro. La mujer lo engañaba y, como Blanquita y tantas otras pendejas abusonas sin corazón, pensó el Chucky, solo quería su plata. No recordaba por qué se pelearon pero sí que la rubia empezó a romperlo todo y a tirarse al piso y a exigirle a gritos su dinero y luego que De Niro la arrastraba por el pasadizo para echarla de su casa hasta que la botó a patadas. «Bien hecho, carajo», pensó Nemesio, justo en el momento en que una fuerte bofetada de Blanca le sacudió el rostro.

No le respondió el golpe. Hubiera querido pero supo rápidamente que, en un combate cuerpo a cuerpo, Blanca iba a masacrarlo. Tampoco quería darle la oportunidad de que lo denunciara por pegarle. ¡Ni loco! De hecho, era el Chucky el que se sentía agredido, pero ¿quién carajos iba a creerle? Si tanto le había costado labrar su fortuna, ¿cómo iba a echarlo todo a perder por esa drogadicta cojuda? Con mucha delicadeza se levantó hacia la puerta. La miró con asco y con pena, como si fuera un perro con sarna. A partir de ese momento –le dijo hablándole lento–, no quería verla más. Ya no pagaría ninguna mensualidad de la peluquería, que ella viera cómo hacía para cancelar esa deuda. Y ojalá que dejes de meterte coca, loca de mierda, porque si sigues jalando así vas a terminar de puta en Las Cucardas.

Se equivocó, por lo menos al principio. Los pronósticos funestos del Chucky no fueron acertados porque Blanca ni se fugó ni terminó de puta ni descendió a los infiernos de la droga y, por el contrario, solo volvió a saber de ella cuando la primera mensualidad de la peluquería entró sin retraso a la cuenta de su empresa fantasma. Estaba intrigado. Por el guachimán del centro comercial, supo que Blanca también había despedido a Rosalía y a Lola y contratado a otras chicas que eran serias y muy trabajadoras. El Blanca's Hair Salon había empezado otra vez a levantar cabeza pero los números seguían bajos y, por lo tanto, concluyó el Chucky, no era posible que Blanca hubiera podido reunir ese dinero tan pronto.

¿Qué estaría haciendo? ¿Tendría ahorros? ¿Habría pedido prestado? ¿Se habría encontrado a otro viejo con plata? La respuesta no la tendría nunca. Y es que todo fue demasiado rápido y Blanca decidió resolverlo con el frío y silencioso pragmatismo que pensaba haber aprendido de Nemesio.

Cuando Melody recibió su llamada y escuchó la cifra que le solicitaba en un nuevo préstamo, no se sorprendió en absoluto.

«¡Cómo no, pues, amiguita! ¡Qué lindo que me hayas

llamado, encantada de ayudarte! ¡Qué chévere que ahora tengas tu propia peluquería! ¡No te preocupes que yo te apoyaré en tu emprendimiento, cariño, y voy a rezar todos los días para que todo te salga estupendo!», le respondió con el mismo tono alegre y monocorde que empleaba para hablarte de su vida, contarte el último chisme de la farándula y ofrecerte más plata.

Si al inicio fueron mil quinientos soles que Blanca pagaría mensualmente a razón de cincuenta soles diarios, al tercer mes el monto de la cuota tuvo que elevarse a dos mil, y el pago pasó de cincuenta a más de sesenta y cinco soles diarios, porque a Blanca ya no le alcanzaba para mantener el negocio. Se vio forzada a despedir a una de las peluqueras y a subir el precio del servicio porque ya no podía asumir el sueldo del personal y ella trabajaba gratis. Como era de esperarse, lluvias torrenciales que preceden a la tormenta, los ajustes fueron degradando el servicio y una gran parte de la clientela la abandonó.

El Blanca's Hair Salon sobrevivió apenas seis meses sin el apoyo financiero de Nemesio y, pese a que le jodía mucho permitir que su negocio quebrara, había preferido dejarlo morir solo para que Blanca volviera arrepentida a rogarle.

El cálculo le volvió a fallar. Blanca no solo no regresó más a verlo sino que, de un día para otro, dejó de ir a la peluquería, pagar las cuotas del local y responderle el teléfono a Melody. Se mudó del departamento compartido en Magdalena del Mar a un cuartito insalubre en una quinta de Chorrillos que pagaba por día. Lo que más le preocupaba era la deuda del préstamo pero seguía pensando confiada que Melody no representaba ningún peligro. En todo caso, si era necesario golpearla, ponerse un poco salvaje con ella, Blanca estaba dispuesta a hacerlo. Su único plan era largarse del Perú cuanto antes. Solo faltaba que su madre le comprara el pasaje aéreo o, por lo menos, le hiciera una transferencia urgente para que pudiera costearse el boleto de bus de Lima a Medellín.

No podía ser tan fácil. Blanca supo muy tarde que el dinero que le prestaba Melody no era suyo. Ella era solo una pantalla: la fachada amable de una poderosa organización criminal que operaba bajo la modalidad de los créditos gota a gota en Ica y Lima. Los Crueles de La Palma no tuvieron la menor dificultad para ubicar a Blanca en su guarida exactamente un día después de su fuga. Estaba durmiendo con una placidez misteriosa cuando sintió el tubo frío del cañón de una Glock apretando sus labios para que abriera la boca.

«¡Buenos días, Blanquita! ¿Dormiste rico, conchatumadre?…»

El tipo que empuñaba el arma era un serrano flaco y orejón que vestía como rapero. Tenía el cuello y los brazos tatuados con dagas, cruces, letras chicanas y la cara sonriente de dos niños mestizos. Llevaba una camiseta negra sin mangas, unos *jeans* tan holgados que parecían una falda, una gorra amarilla de los Lakers y una cadena de oro muy fina que colgaba hasta su abdomen. Se veía complacido de despertar a Blanca profanando su boca. Pese a toda la violencia que ejercía contra ella, en ningún momento dejó de sonreír.

«Yo pensaba, franco, que mi batería me estaba hueveando con eso de que la putita que se creía pendeja era negra y se llamaba Blanca, jaaa… Y mira ve, ¡tremendo lomazo colocho que me cae del cielo!…»

La habían encontrado muy rápido, pensó ella. Seguro la estuvieron marcando en todo momento. Tenía que calmarse, seguirle la corriente. El loquito estaba muy fumado y hablaba demasiado para ser un sicario profesional. No la mataría. Solo había venido a asustarla. Blanca se quedaría callada. Lo dejaría hablar. Le permitiría sus chistes pendejos sin quitarle los ojos de encima. Necesitaba ganar un poco de tiempo.

«¿Así que te gusta pedir prestado y luego largarte, Blanquita? Ya… Ahora vas a ver lo que les pasa a las cabeceras… Abre la boca, mamita… Abre… Abre… Abreee… Eso, esooo, así, mamita, ¿ves qué rica es esta enorme pinga de fierro? Yo tengo una igualita con la que te voy a perforar el culo si no pagas lo que nos debes… ¿Entendiste, conchatumadre? No creo… Se me hace que eres una zamba terca a la que le encanta que la aprieten duro para entender… Abre ahora la chuchita y te va a quedar claro… Abre, Blanquita… Abre las piernas que te va a gustar… Abre… Abreee… ¡Abre, carajo!… Eso… Mira ve. Tienes la papita lista, toda afeitadita como una lady…»

Cuando sintió los dedos del tipo en su vagina la invadió una náusea insoportable. Se moría de ganas de llorar pero sacó fuerzas de donde no había para resistirse. Sentía la garganta como un charco hirviente de bilis. El pecho le ardía de odio. Tenía la panza rígida, acalambrada: hacía fuerza con los músculos del abdomen para no temblar… No se iba a dejar, no. Respondería y sería brutal y no se detendría hasta calmar toda su ira.

«No dejes de chupar el fierro… ¿Te gusta así con mis dedos? ¿Se te está mojando rico la conchita? Ya… Yo, lástima, no me puedo quedar mucho pero vamos a dejarlo para después, ¿te parece?… Ahora escúchame bien, pendeja: tienes dos días para pagarnos las diez lucas. Te regalo los intereses de hoy por el servicio, pero ni se te ocurra pasarte de nuevo de viva porque vayas-donde-vayas te vamos a encontrar, Blanquita, y te juro que primero va a violarte toda mi batería en mancha y luego te irás directito a la fosa común. Bien cachadita, claro está… ¿Te quedó claro o te lo explico a golpes?»

El tipo se levantó de la cama y avanzó hacia la puerta como un canchero. Blanca ni siquiera se lo pensó cuando lo tumbó por la espalda con un salto felino y, jalándole de los pelos, empezó a golpearle la cara contra el piso sin parar, con toda la brutalidad que le permitió su desesperación. La maniobra fue tan violenta que, como un helado derritiéndose en la acera, el hombre quieto ya era solo una cabeza zambullida en un charco de sangre. Ella creyó al inicio que podía estar muerto pero ni se arredró. Tenía ya la Glock en la mano y estaba dispuesta a meterle un balazo en la cabeza si se levantaba. De sus bolsillos extrajo un grueso fajo de billetes y en ese momento se dio cuenta de que todavía respiraba. Le daba igual. Actuaba como podía, sin pensar en las consecuencias, impulsada por el *shock* y su instinto de supervivencia, que ahora le indicaba que debía huir.

Temió que el tipo no hubiera venido solo. Que afuera estuviera otro al que tendría que quebrarse para escapar. No había nadie. Solo la motocicleta parqueada, que no sabía manejar. Se alejó en dirección a la avenida Huaylas, primero caminando y luego corriendo. Ni siquiera se percató de que solo llevaba encima el blusón con el que dormía. Alzando el brazo paró al primer taxi que pasaba y se trepó con una extraña sensación de libertad.

—¿Sabés dónde está la estación de los buses que salen para Colombia?

—Sí, claro, señorita. Cruz del Sur la lleva.

—¿Y eso está lejos?

—Ni tanto pero hay un poco de tráfico ahorita, ¿la llevo para allá?

—¿Y por la zona de la estación venderán también ropa?

—Seguro, señorita. Ya sabe. Aquí en Lima en todos lados venden de todo.

Después de muchísimo tiempo, Blanca Higuita sonrió sintiendo algo parecido a la tranquilidad. Se puso repentinamente a pensar en Shakira. Si lograba llegar a Medellín, se dijo con una tímida esperanza, iba a arreglarlo todo con su hija. Le quedaban dos días de viaje para saber si podía salir del Perú para siempre.

«Gonorrea de país», pensó con mucha rabia y luego, como si acabara de regresar de un largo viaje, se quedó apaciblemente dormida.

7

«Jolene» era una bellísima canción que la enganchó apenas la oyó en YouTube. En el video aparecía Miley Cyrus cantando en un bosque con una banda de hippies que tocaba moviendo la cabeza. Su voz era tan bella que la hechizaba. Y Miley, con sus ojazos azules y sus pies descalzos, inquietos sobre la hierba, reaparecía en su vida como una revelación: Rosalba jamás hubiera imaginado que la chica que solía ver en la tele como Hannah Montana podía llegar a convertirse en una estrella del pop mundial.

No se trataba, sin embargo, de una canción de Cyrus sino el *cover* de otra artista rubia que parecía una Barbie vieja. Se llamaba Dolly Parton. Eso lo descubrió leyendo los comentarios en la plataforma. La versión original era de música country y no le gustó mucho. Sonaba a película del Oeste. Gracias a Wikipedia se enteró de que la señora Parton era una compositora famosa y la autora de esa canción. Eso la entusiasmó. Se interesó tanto por «Jolene» que copió y pegó la letra para traducirla con su móvil. Supo entonces que era una canción sobre el despecho: la cantaba una mujer muy enamorada que le rogaba desesperadamente a otra que dejara a su marido.

Esa *otra* era Jolene. Y Jolene era tan hermosa que la

mujer sabía que no podía competir con ella. Los resultados del traductor virtual le dieron una descripción bastante convincente de su belleza:

> Tu belleza es incomparable,
> con mechones llameantes de cabello castaño,
> con piel de marfil y ojos de verde esmeralda.
> Tu sonrisa es como un soplo de primavera,
> tu voz es suave como la lluvia de verano,
> y no puedo competir contigo, Jolene.

De una manera insospechada, Rosalba se identificó automáticamente con la mujer triste. Le impactó mucho que le pidiera a Jolene que no se llevara a su hombre *solo porque podía*. Le recordaba también que era capaz de tener a quien quisiera. Ella no podía. Si ella no tenía a su hombre a su lado estaba perdida. Y se negaba a amar a alguien más. Tampoco sabía cómo.

Tras la desaparición de Sofía, esta canción inspiró a Rosalba a ir en busca del padre Pablo. No tenía otra opción. Necesitaba respuestas y pensaba llegar hasta el final para obtenerlas. No sabía realmente qué significaba *hasta el final*, pero presumía que podía ponerse violenta si el padrecito no le decía la verdad.

Se colocó los audífonos y la sudadera negra con capucha, y puso la versión en *loop* de «Jolene» que duraba una hora. Mientras caminaba por la avenida Emancipación en dirección a la parroquia de San Marcelo, se quedó colgada pensando en por qué se identificaba tanto con la mujer sufriente.

¿Rosalba era acaso como ella? ¿Estaba yendo a pedirle al padre Pablo que dejara en paz a Sofía? ¿La amaba y sin ella se sentía perdida? ¿O todo esto no era otra cosa que pura telenovela porque a Rosalba le encantaba el drama?

A esas alturas ya no lo sabía: ella seguía convencida de que el padrecito era homosexual y, probablemente, tras esa cara perfecta y bronceada, habitase el depredador más siniestro.

«Y, a todo esto», se preguntaba… «Finalmente, ¿qué soy yo? ¿Bisexual? ¿Solo una chica sola y desconcertada que necesita amor?»

La confusión persistía pero había algo que Rosalba tenía muy claro: fuera lo que fuese, bajo ninguna perspectiva iba a renunciar a los penes. ¡Ah, no! Eso no, comadrita. Ni loca. Sería una mentira inaceptable, una profanación… ¿Y por qué lo haría si le encantaban? ¿Una de las mejores partes de las citas románticas no era acaso imaginar cómo serían las pichulas de los que pensaba tirarse? ¿No abría la boca sorprendida cuando le llegaba uno talla mandingo o cuando el churrazo que parecía el hombre perfecto le sacaba un chizito gordo impresentable casi del mismo tamaño que sus huevitos? Jaaa… Se reía sola. Mientras caminaba como zombi hacia uno de los templos coloniales más antiguos de Lima –una iglesia hermosa con una célebre fachada de estilo churrigueresco y rococó–, Rosalba Díaz, tremenda hereje, dedicaba ese tiempo muerto a pensar en todos los penes que había conocido en su vida.

«¿Y cómo será la verguita de Ishiguro?», dijo en voz alta, sin darse cuenta.

El diminutivo le salió espontáneo. Rosalba se lo imaginaba largo y enjuto como su dueño. Pensó, convencida, que era una reproducción-en-pene del mismo Ishiguro pero sin la melenita *dark*. Jaaa… Rosalba volvió a carcajearse pero esta vez sonó más fuerte y la gente que caminaba a su lado empezó a observarla como si estuviera borracha o loca.

Al llegar ocurrió lo que temía. Eran las dos de la tarde y se encontró sola en la avenida Tacna frente a las rejas cerradas de la parroquia. Decidió entonces dar la vuelta a la manzana por el jirón Torrico para ver si encontraba alguna entrada, pero todo estaba cerrado. No pensaba irse. Ya había dejado todo listo en el bar y todavía le quedaban algunas horas de tiempo libre, así que decidió esperarlo. Se hartó de «Jolene» y estaba buscando otra vez la bachata que bailó con Sofía esa noche cuando, a lo lejos, escuchó la voz serena de Pablo Arregui.

–Hola, Rosalba, ¿cómo estás? ¡Cuánto tiempo sin verte!

Carajo…, ¡qué abuso era este hombre! Estaba tan bueno que daba vértigo. Venía bajando solo por Emancipación y, curiosamente, esta vez sí llevaba el hábito con la camisa negra y el alzacuello.

–Buenos días, padre Pablo. Qué alegría encontrarlo. Justo venía a la parroquia para hablar con usted.

–¿Ah, sí?… Estoy un poco ocupadillo ahora pero, vamos, si es muy importante…

–Es superimportante, padre, quisiera hablarle de mi amiga Sofía.

–Sofía, claro… Pues nada, venga… ¿Te viene bien un refresco o una agüita con gas en el café de la esquina?

–Encantada, padre. Muchas gracias.

No observó ninguna expresión sospechosa en su cara cuando le mencionó a Sofía. El padre Pablo seguía sonriendo como sonreía Tom Cruise en *Top Gun* y Rosalba se dio cuenta nítidamente de que era coqueto y seductor. Parecía saber perfectamente lo lindo que era y se aprovechaba de eso para hacerse el santo. ¡Qué hacía este chico metido de cura, por Dios! Seguramente había algo oscuro en toda esta pantomima y ella pensaba descubrirlo.

–¿Pasa algo con Sofía?

–Sí, padre. ¿Usted sabe algo?

–Pues no mucho, la verdad… Pero, vamos, Rosalba, cariño, que así supiera y fuera, digamos, parte de una con-

340

fesión de Sofía, pues no podría hablarlo ni contigo ni con nadie. El secreto de confesión es inviolable y no admite excepción.

–Ajá… Entiendo… ¿A lo mejor Sofía le contó algo en uno de sus tantos paseos por el centro? Lo he visto varias veces con ella y usted siempre iba vestido de civil. No tenía ni cruces, padrecito. ¿Las confesiones religiosas también pueden darse paseando con las fieles o solo se vale en la iglesia?

La sonrisa del padre Pablo se fue desdibujando a cámara lenta. No esperaba la arremetida de Rosalba que le trajo de vuelta ese episodio incómodo con el dueño del bar. No se intimidó. Nunca había subestimado a Rosalba y, por eso, le pareció hasta lógico que le saltara al cuello sabiendo usar las palabras con destreza. La culpa, en todo caso, era suya: ¿cuántas veces el padre Alfonso le había recriminado la confianza que les permitía a algunos fieles? Tienes que entender de una vez, Pablo, que te lo vengo repitiendo cada dos por tres… Yo sé que te sientes un chaval todavía, pero vamos, ¡que no eres su amigo sino su pastor, joder!… ¿A que tengo que repetírtelo otra vez?

–Pues mira, aunque no tengo ninguna obligación de hacerlo, te lo voy a explicar… El hábito es como un signo de consagración en la calle. Cuando uno viste de sacerdote les recuerda a los demás que su vida le pertenece a Jesucristo, ¿vale? Pero aunque sigue siendo obligatorio en el papel, muchos sacerdotes se visten ahora de calle, o sea, sin el *clergyman*, que es esa tira blanca que llevamos en el cuello. Lo hacemos muchas veces por comodidad y con el permiso de nuestro obispo.

–Padre Arregui, no me malinterprete, por favor. Si por mí fuera usted podría salir calato si quisiera…

–En cuanto a tu pregunta sobre las confesiones fuera de la iglesia, pues mira…

—Padre, con mucho respeto, eso no me interesa. Quiero saber si Sofía le ha dicho algo importante. Está como desaparecida y me urge hablar con ella. No me responde el teléfono ni los mensajes ni nada y estoy preocupada, ¿me entiende? Dejemos de hacernos los cojuditos, por favor, y ayúdeme, por lo que más quiera.

—Creo haber sido claro, Rosalba. Te pediría por favor que te calmaras un poco.

—¿Usted tiene algo con ella, padre? ¿Una aventura?

—¿Cómo?... Pero ¿tú de qué vas, tía? Te has pasado tres pueblos ya ¡¿y me sigues faltando el respeto?! ¿Con quién coño crees que estás hablando? Estoy flipando, vaya. Tienes un morro que te lo pisas.

—Sofía se ha metido de puta, padre..., ¿ahora sí me entiende? Mi amiga querida ahora vende su cuerpo por internet, ¡yo la he visto!... Necesito su ayuda para salvarla y para...

No la dejó terminar. El padre Pablo se levantó furioso, pagó los refrescos y partió sin despedirse. Rosalba se quedó de piedra. La había cagado. Se dejó llevar como una pendeja y la situación se le salió de las manos. «Soy una retrasada mental, una estúpida de mierda», pensó rabiosa. Había perdido la única pista que tenía para llegar a la verdad y encontrar a Sofía sin tener que ir a buscarla a su casa. Se odiaba. Seguía con el vaso en la boca, haciendo como que bebía la chicha morada para contener su furia. Se quedó pensando en el padre Pablo. Bien podía equivocarse pero le había parecido que no tenía nada con Sofía.

Además de eso, pese a su tristeza, había aprovechado que el padrecito se marchaba para *leerle* otra vez el poto y la confirmación fue inmediata. Ese culito terso, parado y generoso en plan club gay no admitía errores: así como a ella, al padre Pablo también le gustaban los penes y, con eso, daba por cerrado este caso.

En cuanto a Sofía, no había mucho más que hacer. No iba a insistir. ¿Para qué? ¿Qué sentido tenía todo eso? Si no quería saber nada de ella, pues que le dieran por el culo, como decían los españoles con tanta gracia. Rosalba estaba resignada. Emprendía ya el camino de regreso al bar cuando le entró un mensaje por el WhatsApp.

Cuando vio el selfi con el filtro de gatita debajo del «¡Holis!» que usaba la gente en las redes para confirmar su retraso mental, supo de inmediato que era Sofía y, aunque hubiera preferido evitarlo, el corazón empezó a saltarle muy fuerte en el pecho con unos latidos incontrolables que ella sentía de profunda alegría.

8

No tardó mucho en confirmarlo: la Chata vivía en el inmueble del jirón Rufino Torrico donde la había encontrado por segunda vez. No tenía hijos ni pareja ni amantes. No tenía mascotas. Tenía un par de amigas que iban a visitarla de vez en cuando. En esencia, era una mujer solitaria.

Salía todas las mañanas a botar la basura y a comprar el pan. Pese a que era pequeña –un metro cincuenta y seis–, tenía los brazos fuertes y compactos como si levantara pesas. No era gorda aunque sí un poco gruesa, o más bien fornida, como si en algún momento de su vida hubiera recibido adiestramiento militar. Era mestiza pero tiraba más para india que para blanca. Llevaba el pelo negro muy corto y con las patillas en punta. De cara parecía un duende. Caminaba y se veía como un hombre y, probablemente, pensó Ishiguro, por sus hábitos hombrunos fuera un poco machona.

El mozo había conseguido lo impensable. Al verse imposibilitado de vigilarla a tiempo completo, llegó a un acuerdo con el dueño del edificio que estaba enfrente y alquiló un cuartito que, para su suerte, daba directamente a las ventanas de su sala. Se compró entonces una cámara de video de segunda mano en la Cachina y la dejó grabando día y noche como si se tratara de un dispositivo de vigilancia contra robos. Aunque el sistema improvisado era un poco desastroso, Ishiguro pudo hacerse una idea de los hábitos de quien reconocía como Haydée Terrazas Arroyo, la asesina de su padre, Eleodoro.

Lo primero que constató, gracias a los videos pero también al seguimiento que le hacía en sus días libres, fue que el comandante Arroyo no solía ir a verla. Que la encontrara gracias a él parecía un milagro. Ishiguro le había dicho a Rosalba que *él sabía* que Arroyo era su tío pero eso no era verdad. El mozo no tenía mucha certeza de nada. Mintió sin necesidad, para darle alguna consistencia a su historia, creyendo que era lo correcto en ese momento. De repente buscaba convencerse a sí mismo. A fin de cuentas, ¿qué importaba lo que pensara Rosalba? La relación entre la Chata y el comandante no estaba clara. En todo caso, formada y entrenada como paramilitar, Haydée Terrazas había sido la más importante de las seis mujeres que integraban el Grupo Colina. Eso seguramente explicaba su cuerpo envejecido pero todavía hercúleo.

Lo segundo que comprendió fue que llevaba una vida muy tranquila. Estaba clarísimo que la Chata se hacía pasar por otra persona. No descartaba incluso que tuviera varios documentos de identidad. ¿Acaso no la perseguía la justicia? Ishiguro se reía de nervios cuando se formulaba a sí mismo esa pregunta sobre la justicia en el Perú. Salvo a él (y a su madre y a los otros familiares y víctimas de la violencia política), a nadie del Estado le importaba ahora si Haydée Terrazas estaba prófuga. ¿Quién se acordaba de la Chata en el Perú? Nadie. Las últimas notas periodísticas que halló sobre ella en la web eran de hacía más de diez años y no había ni una sola foto. Haydée se había vuelto un fantasma. No tendría una nueva oportunidad, se dijo.

Tenía que decidir pronto qué hacer con ella. Bajo ninguna perspectiva permitiría que la Chata se le escapara. Su plan continuaba tal y como lo había planificado desde que el gobierno de Fujimori asesinó a Eleodoro. La pistola de su padre seguía escondida en la cómoda de su cuarto y él ya sabía cómo dispararla.

Lo último que observó fue de lo más extraño. Aunque la Chata no recibía casi a nadie, había un hombre bajo y obeso que llegaba todos los días por la tarde a verla. Manejaba un taxi amarillo que parqueaba justo frente a su edificio dejando las luces de emergencia prendidas. Bajaba siempre con un cigarro en los labios y llevando la misma boina vasca. Nunca tardaba más de cinco o diez minutos. Ishiguro no entendía muy bien lo que pasaba. Ni siquiera podía averiguarlo con el *zoom* de la cámara —que era una buena mierda— porque el gordo nunca avanzaba hacia el salón del departamento. No podía enfocarlo. Era como si el tipo estuviera impedido de cruzar el límite del pasadizo de entrada. Sin duda, intuyó Ishiguro, esos dos tenían algún bisnes chueco.

Estaba claro que la Chata no trabajaba ni nada por el estilo, pero entonces ¿de qué vivía? ¿O quién la mantenía? ¿El gordo del taxi? ¿El comandante Arroyo? ¿Ella misma con su negocio ilícito? ¿Vendería coca? Demasiadas preguntas y tan poco tiempo. El camarero no podía esperar más. Si estaba tan seguro de que esa mujer era Haydée Terrazas, ¿por qué no actuaba?

Le faltaba valor. Ishiguro tenía mucha furia pero también miedo. Se había pasado toda su juventud fantaseando con este momento y ahora, cuando el destino le daba esa oportunidad, entraba en pánico. Terminaba aplazando la ejecución del plan como si alguna parte insospechada de sí mismo lo estuviera forzando para que lo abortase. Luego entraba en trompo. Volvían las dudas y, con ellas,

las mismas preguntas de antes. («¿Y si no fuera la Chata? ¿Si te dijera: "Lo siento, señor, se confunde, no tengo idea de quién sea Haydée Terrazas pero no soy yo"?») Era imposible. Y ya no podía dudar. La señal de alarma le llegó la noche que encontró las luces apagadas. Eso era raro. La Chata siempre dejaba por lo menos una lámpara encendida hasta la medianoche. Con mucho nerviosismo, Ishiguro se puso a revisar el registro en video y se quedó pasmado cuando la vio subiéndose al taxi del gordo con una maleta.

Se quedó esperándola hasta el día siguiente y luego volvió después del trabajo. Había pasado antes por casa para avisarle a doña Tilsa que no regresaría esa noche y recoger ese maletín que siempre estuvo listo. La Chata tenía que volver. Lo pensaba con esperanza pero sin saber realmente si era posible. Ishiguro había aprovechado su ausencia para ingresar al edificio y asegurarse de que no hubiera cámaras ni mucha gente en las escaleras. Quería hacer una simulación presencial de lo que tenía planeado. Confirmó con alivio que la Chata no tenía vecinos en su planta. Estuvo alrededor de treinta minutos sentado en las escaleras y, en todo ese tiempo, no se cruzó con nadie. ¿Sería que nadie más vivía ahí? No era tan descabellado creerlo, al fin y al cabo la primera planta estaba tomada por negocios de imprenta; sin embargo, justo cuando bajaba, se cruzó con dos niños que subieron rápidamente sin prestarle atención.

La mujer demoró diez días en volver. Ishiguro estaba durmiendo sobre un colchón en el suelo cuando el taxi la dejó en la puerta y por eso se perdió la sorpresa. La Chata había vuelto transformada. Llevaba un vestido rojo, tacones altos de plataforma y el pelo teñido de rubio. Era verdad que se veía un poco más femenina pero la postura varonil persistía y hasta se hacía más evidente. Cuando Ishiguro se levantó y la vio desempacando, tardó un poco en reconocerla. Se quedó pegado imaginando a Marilyn Monroe ordenando su ropa en el Centro de Lima y aquella alucinación le dio risa. La transformación de la Chata, más que sorprenderlo, le llegó como una señal poderosa de algo que no sabría explicar con coherencia pero que lo incitaba a actuar. Tenía que ser ahora (¡ya mismo!), se dijo, o no sería nunca.

A partir de este momento, Ishiguro se dejó llevar por la rabia y la frustración de todos esos años que se perdieron exigiendo justicia. Él seguía siendo un buen hombre. Eso lo tenía claro. Y, por eso mismo, había dedicado su vida a contener esa violencia que seguía arrasando con su bondad. No se sentía responsable. Hacía mucho que se había dado cuenta de que todo en el Perú era violencia. Incluso él también era violencia. Durante años había intentado luchar contra esa realidad y había perdido miserablemente. La gente se comía a la gente. El Perú también era eso. Su vida parecía tranquila pero eso no era real. Lo único verdadero era que él y su madre seguían cargando el cadáver de su padre asesinado y a nadie le importaba.

¿Por qué tendría que hacer lo correcto? ¿En nombre de qué?

Cuando salió del cuartito y se dirigió hacia el edificio de Haydée Terrazas, Ishiguro ya no era consciente de lo que iba a pasar. No importaba que lo hubiera premeditado. Llevaba la maleta que había preparado con paciencia pero avanzaba hacia su objetivo como un sonámbulo. Apenas eran las nueve de la mañana. No lo había planeado así. Todo estaba de cabeza. En su proyecto original él llegaba por la tarde y esperaba pacientemente a que el taxista obeso se fuera. Ahora ya no había plan. Solo se dejaba ir. Tenía la pistola en el bolsillo pero luego, ya en las escaleras, subió empuñándola sin ocultarla. Pensaba que era una pésima idea tocarle la puerta pero fue precisamente *eso* lo que hizo. Y cuando Haydée con su voz de varón preguntó «¿quién es?», Ishiguro le respondió «Ishiguro», como si fuera el amigo de la infancia que llega a tomar desayuno.

¿Quién se podía imaginar que la mujer confiada le abriría la puerta? A lo mejor le entró una curiosidad malsana y se olvidó del peligro porque era demasiado temprano para la delincuencia. Ishiguro no dudó ni un segundo en ponerle la pistola en la frente. Haydée abrió los ojos petrificada pero no perdió la calma. Se dejó llevar de espaldas y en silencio hasta caer sentada en su sillón. Seguía con el vestido rojo pero ahora iba descalza.

–Ya no tengo nada que perder, Haydée. Si hablas o gritas yo seguro me voy preso pero tú vas a terminar muerta... Así que decide ahora qué quieres hacer porque yo necesito que me escuches.

–¿Puedo hablar?

–Puedes si no gritas ni haces algo estúpido.

–No soy Haydée, amigo. Te has confundido. No sé quién será Haydée pero yo me llamo Carla... Carla Suárez... Te puedo mostrar mi DNI si quieres. ¿Me dejas traerlo?

–Sabía que dirías eso, pero a mí no me engañas. ¿Me crees cojudo? ¡Claro que eres Haydée Terrazas Arroyo! ¡Por supuesto que eres la Chata! ¿Ya te olvidaste de tu nombre de guerra? ¿Crees que vas a pasar piola, asesina, porque te inventas otro nombre?

–Tranquilo, amigo... A ver... Te vuelvo a insistir. No tengo idea de quién sea la Chata. Y yo no soy ninguna asesina. Nunca en mi vida he matado a nadie... ¿Por qué no me dices mejor quién eres tú?

–¿Quieres saber quién soy? Soy el hijo de Eleodoro Ishiguro. Soy el huérfano del hombre que torturaste y mataste el 29 de enero del 92 en Pativilca... ¡Basura! ¿Ya te olvidaste? ¿Crees que yo me olvidé de la mierda que le hicieron a mi padre?

—Mi nombre es Carla Suárez. Tú me estás apuntando ahora con un arma y te confieso que estoy muerta de miedo porque esto es una horrible confusss…

—¿Ahora lloras? Mataste a un hombre inocente, ¡¿y ahora eres tú la que llora?! No me digas que te llamas Carla. Yo te vi. Me acuerdo perfectamente de tu cara y de tu voz y de tu puto cuerpo de enana gorda, Haydée. ¿Tienes miedo? ¿Quieres que esto termine? ¿Quieres vivir? ¡Entonces confiesa! ¡Di la verdad!

—¡Qué mierda quieres que confiese si no sé de qué chucha hablaaas!…

—¡Claro que sabes! Hablo del Grupo Colina. ¿También vas a negar eso?

—¿Qué tengo que hacer yo con el Grupo Colina? ¡Por Dios! ¡Deja de apuntarme, carajo, que se te va a disparar!… ¿No te das cuenta? Estás enfermo, mal de la cabeza, sé que algo horrible le pasó a tu padre pero no fui yo, ¡¿me entiendes?!

—Dices que no eres militar pero mientes, ¿qué hacías el otro día aquí con el comandante Arroyo?

—¡¿Quéeee?!… ¿Tú conoces a Píper? ¿Fue el comandante el que te envió? ¡Habla!

—Responde qué hacías con él… ¿No es tu tío acaso?

—¿Mi tío? ¿Cómo mierda va a ser mi tío ese enfermo? A ver si nos entendemos de una vez y me dejas de joder. Con Píper yo tengo negocios que no te interesan. Y déjame ya tranquila con tus preguntas cojudas, chino orate de mierda… ¡Dispara si quieres! ¡Atrévete!…

Ishiguro se nubló. La pistola todavía apuntaba hacia la cabeza de la mujer y él tenía el dedo en el gatillo. Incluso si reculaba, al menor descuido se podía disparar.

Pensó: «¿Y si esa mujer no fuera la Chata? ¿Si todo fuera un error? ¿Qué pasaba, Ishiguro, si tú también empezabas a matar inocentes?».

Una furia salvadora llegó para impedirlo. No le disparó pero empezó a golpearla con el arma en la cabeza hasta dejarla inconsciente. Ishiguro se quedó paralizado y asustado de sí mismo. Tenía manchas de sangre salpicadas en el jersey. Sabía que no estaba muerta. Sabía también que él ya no volvería a ser el mismo. Cuando recuperó la sensatez guardó la pistola, tomó como pudo el maletín, miró rápidamente a su alrededor para comprobar que no dejaba nada y salió corriendo sin cerrar la puerta.

Dejaba atrás los monstruos del pasado sin saber a qué aferrarse para no sucumbir al infierno del presente. Mientras corría como orate hacia el bar del chino Tito, en lo único que pensaba para consolarse era en Rosalba.

9

Llegó empapado en sudor. Tenía el rostro pálido de un anémico y la mueca desencajada por algo que se intuía trágico y doloroso. El pelo lo llevaba más desgreñado que de costumbre, como si esa mañana hubiera olvidado peinárselo adrede. Quien lo viera corriendo en plan atormentado por la avenida La Colmena podría haber pensado que Ishiguro venía huyendo de algo visceral y funesto que lo perseguía como si fuera un ejército de abejas. Era un poco así. Él no parecía dispuesto a discutir lo ocurrido con cualquiera. Si había corrido sin parar hasta el bar del chino Tito era por Rosalba Díaz. La única persona en el mundo que podría calmarlo ahora era ella, de eso estaba seguro.

Aunque ese martes le tocaba su descanso, Ishiguro llegó al bar con el mismo uniforme improvisado de todos los días (el jersey de cuello en V, el pantalón pitillo oscuro y las infaltables Converse azules de cuello alto), pero esta vez también cargaba un extraño maletín deportivo. Al verlo sucio, pálido y descolorido, Tito le preguntó si estaba enfermo o borracho pero Ishiguro no le respondió. «¿Qué te pasa, muchacho? ¿Ya tomaste desayuno? ¿Quieres comer algo?», agregó el chino preocupado, dándose cuenta de que

Ishiguro estaba al borde de una crisis nerviosa, pero el mozo negó con la cabeza.

—Don Tito —preguntó con la voz aflautada—, ¿sabe dónde está Rosalbita?

—Abajo, en el depósito, me has hecho acordar… ¿Qué tanto hace esta chica, por favor? ¡Lleva como veinte minutos metida ahí! ¿Puedes ir a buscarla? No bajo porque estoy mal de la pierna.

—No se preocupe, don Tito —le dijo carraspeando—, voy por ella.

Por unos segundos dudó en dejar el maletín. Parecía haberse olvidado de la pistola de su padre oculta entre su ropa. Esa sola constatación lo dejó otra vez pavorido. Aunque Tito no dejaba de observarlo con inquietud, el camarero hizo lo posible para no alarmarlo. Se apresuraba a descender hacia la cava cuando escuchó un extraño ruido que no supo identificar. Era claro que Rosalba no estaba moviendo trastos ni botellas, pero ¿qué demonios andaba haciendo esta chica?

Cuando abrió la puerta lo que encontró fue tan inesperado y descorazonador que hubiera preferido no verlo nunca. Rosalbita tenía los pechos descubiertos y la cabeza echada hacia atrás como si tomara el sol. La chica que le chupaba los pezones y provocaba sus gemidos era Sofía, su amiga, la cojudita que Ishiguro detestaba. Ahora parecía mucho más rubia que antes. Los tres se quedaron mirándose inmóviles por unos segundos hasta que Rosalba se cubrió los senos generosos con el top y Sofía soltó una risita pícara. Ishiguro no dijo nada. Tenía los ojos enloquecidos y la cara le temblaba como si tuviera párkinson.

—Perdón —dijo finalmente por decir algo, moviendo los brazos y la cintura para iniciar su ascenso.

—¡Ishiguro, espera! —exclamó Rosalba cuando el mozo

ya subía raudo las escaleras con su insoportable cara de tristeza.

No se detuvo. Apenas salió del depósito, apurando el paso, se marchó del bar sin despedirse de Tito. El cantinero se quedó confundido. «¡Rosalbaaa!», gritó alterado, sobresaltando a los pocos clientes que tomaban cerveza.

«Hubo un problemita, don Tito… ¡Ya lo resuelvo!», le respondió la cocinera sonriendo sin detenerse, yendo confundida al encuentro del mozo.

10

–Oiga, Contreras, despéjeme una duda.

–Por supuesto, mi comandante. La que quiera.

–De repente le parecerá una cojudez pero el otro día, no sé, de la nada me puse a pensar en eso... Usted sabe, capitán, que yo aprecio mucho el talento que tiene para las imitaciones, ¿verdad? La de Juan Gabriel, por ejemplo, es un escándalo. Sinceramente lo felicito. ¡Le sale de la puta madre!

–Esa sí pero no crea que todas me salen bien.

–Tampoco se me haga el modesto, Contreras. Que un agente de nuestra fuerza sea artista ya es un lujo. Y no hay muchos, ¿ah? En DINOES hay un alférez charapa que pinta murales, en DIRANDRO creo que hay un flaco que actúa y canta reguetón, y también hay una técnica que escribe novelas policiales en DIVINCRI. Pero la mayoría solo juega fútbol. Y por eso, cuando se trata de talento para el arte, yo me saco el sombrero. Me da como envidia.

–¿Envidia de qué, mi comandante?

–Yo soy un completo negado para toda esa vaina, sobre todo para el canto... Me sale horrible, Contreras. ¿Ya me escuchó?

–No recuerdo, mi comandante, pero usted es bravo

para bailar salsa, ¿no? Seguro se crió en el Callao, ¿o cómo aprendió?

—Mi padre, héroe de la patria que en paz descanse... Él me enseñó a bailar salsa cuando vivíamos en Huánuco. La clave es saber mover la cintura y el tronco al compás de la música sin levantar los pies. Si uno logra eso, el resto es fácil. Walter Arroyo fue el mejor bailarín de salsa que yo haya visto, un profesional, hubiera podido ganar campeonatos sin mucho esfuerzo... A propósito de eso, Contreras, ¿usted sabe cómo me llamo?

—¿Su nombre me dice, mi comandante?

—Sí, capitán, ¿lo sabe?

—Eeeh... De repente me equivoco pero creo que es Píper.

—No, ese es mi apodo. Mi padre me puso Edulfamid, que es un nombre bien feo que le hubiera venido bien a un turco. De niño juraba que lo había hecho para castigarme. En realidad fue un homenaje al gran Píper Pimienta, un salsero colombiano que hasta el día de hoy sigue siendo el deshueve. Su nombre real era Edulfamid Molina.

—No sé mucho de salsa, mi comandante, pero me vacila harto Héctor Lavoe.

—¿Y sabe imitarlo, Contreras?

—Hay un bolerito que no me sale mal... «Ausencia», ¿lo conoce?

—¡Cómo no voy a conocerlo, oiga, si Lavoe era el Rey-de-Reyes! Mi padre me enseñó a rezarle y no es broma... Sale en un disco cojonudo que hizo con Willie Colón... A ver, Contreras, muéstreme por favor qué tal le sale ese bolerito.

—Ok, a ver si lo hago bien... Ahí le va... «Ha terminado otro capítulo en mi vidaaa, / la mujer que amaba hoooy se me fueee, / esperandooo, noche y día, / y nooo se decide a volveeer...»

356

—Asu, ¡qué bárbaro, capitán! Permítame felicitarlo. Le sale igualito. Y justo… justo era de *eso* de lo que estábamos hablando. Le decía que yo aprecio su talento. Creo haberle aconsejado en algún momento que se presentara al programa ese de los imitadores en la tele, ¿se acuerda?

—Eeeh… Creo que sí… ¿Sigo por la Vía Expresa, mi comandante? Me dijo que íbamos para Villa, ¿verdad?

—Sí, más o menos por ahí, pero mejor no entres a la Vía Expresa. Vamos por arriba nomás, que tenemos tiempo.

—Pero en Miraflores hay mucho tráfico, mi comandante. Nos vamos a demorar mucho más.

—¿Y para qué carajos crees que tenemos la sirena, Rudecindo?

—Sí, mi comandante, lo que usted diga.

—Tranquilo, hombre. No se altere. Ya todo está bajo control.

—¿Y allá en Villa qué hay? No me dijo.

—De repente algo interesante. Tengo un par de contactos para un trabajito.

—¿Un trabajito…?

—Exacto.

—Con todo respeto, mi comandante…, pensé que luego de lo ocurrido con lo del chibolo mongólico íbamos a parar un poco la mano.

—Capitán, le cuento: aquí el que decide cuándo se para la mano soy yo… ¿Estamos claros, verdad? ¿O ya tuvo su ascenso y nadie me avisó?

—Falta poco, mi comandante.

—A ver si llega, ¿eh? Uno nunca sabe… Ahora, volviendo a lo nuestro, capitán. Le decía que tenía una duda. ¿Usted recuerda que yo le pedí presentarse en el programa ese de los imitadores en la tele? ¿Cómo se llama?

—*Yo soy.*

—Ese… ¿Se acuerda? Le dije que tendría nuestro aval y el apoyo institucional por redes sociales. Incluso le sugerí interpretar «Así fue» de Juan Gabriel. Le hubiera dado hasta licencia para que practique, Rudecindo, porque yo sé que, si hoy mismo se presenta, lo gana. Eso lo sé. Pero usted se hizo el loco.

—No, mi comandante, en absoluto.

—Déjese de pendejadas, capitán. ¿Usted sabe lo importante que es para el escuadrón que usted concurse y gane? ¿O le da vergüenza representar en público a nuestra gloriosa institución?

—No, por favor, ¿cómo se le ocurre? Lo que pasa es queee… o sea… yo soy tímido, mi comandante, y me disculpo si no hice lo que me sugirió, pero salir en la tele no es lo mío.

—¿En serio?

—Sí, mi comandante.

—Je… No es lo suyo, dice… ¿A quién putas crees que engañas, Rudecindo? ¿En serio a mí me quieres agarrar de huevón?

—¿Cómo?…

—¿Tú crees que no sé que te computas la gran merca? Que vas de papichulo por la fuerza, creyéndote el cacherito, el pingaloca, el más pendejo… Hasta blanco te sientes, cojudo, cuando eres medio mulato, ¿y me quieres hacer creer que eres tímido? ¡No me florees, carajo! Ahora respóndame, capitán: ¿por qué chucha no se presentó en *Yo soy* si su comandante se lo pidió expresamente?

—No forma parte de mi servicio, mi comandante.

—¿Qué has dicho?…

—Usted no puede obligarme a hacer con mi vida personal lo que desee. Y le pido por favor que me hable bien. No está aquí hablándole a un técnico de mierda. No se confunda. Respetos guardan respetos.

—Oye, Rudecindo, ¿tú realmente crees que no sé lo que estás haciendo?

—¿Disculpe?

—Déjalo. No te preocupes. Mejor ni me respondas que ya vamos a hablar después tú y yo bien bonito... Ahora toma por Huaylas y anda despacio que después te diré por dónde tenemos que entrar.

Los venía siguiendo desde que tomaron la avenida Defensores del Morro a la salida de Barranco. En algún momento tendría que sobrepasarlos para encontrarlos luego a la altura de la curva con las fuentes de agua. Si entraban por Huaylas y alcanzaban la carretera hacia la playa sería mucho más jodido. Era mejor caerles por sorpresa, cuando estuvieran esperando en algún semáforo, y entonces ya solo le quedarían la inspiración y la suerte.

No pensaba fallar. No podía. El casco con visor tornasolado le quedaba un poco grande y concentraba todo el calor sobre su testa. Estaba sudando mucho. La moto era muy rápida y tenía mucha estabilidad. Si trastabillaba un poco podría mantenerse. Le gustaba ir en moto porque la sensación del viento tibio sobre la cara era agradable y parecía que la ciudad fluía en torno suyo.

El mensaje que le llegó al teléfono con el «Hola» acordado lo alertó de que ya estaban cerca. Como siempre, el corazón se le aceleró un poco y aquello era bueno porque sentía que la adrenalina lo estimulaba. No tardó en divisar la camioneta policial avanzando a velocidad media como si no tuviera prisa. Le bastaron tres segundos para ponerse a unos veinte o treinta metros de ellos. Había muchos más carros de lo previsto y la avenida Huaylas apenas tenía tres carriles. «Se está poniendo tranca», pensó aunque sin desánimo.

Su cálculo era abordarlos en el semáforo del cruce con Lavalle. Si fallaba, solo le quedaba la avenida Los Horizontes antes de entrar a los pantanos de Villa. Después de eso, venían el peaje y la carretera a la playa, pero en ese caso tendría que abortar el operativo y ya luego ver cómo arreglarlo. Observándolos desde atrás parecía que los tipos no hablaban. Eso no servía. Si el Objetivo no estaba distraído podía reaccionar rápido y quebrarlo.

Quedaban apenas tres cuadras para llegar a Lavalle y la luz seguía en verde. «¡Por-la-concha-de-su-madre!», gritó mentalmente, ya asustado, cuando la camioneta cruzó el semáforo sin detenerse. ¿Y si lo tiroteara en movimiento? Imposible. Era muy arriesgado y podía ser un desastre. Le quedaban un poco más de cien metros para el último cruce. La luz verde seguía viva. Una corazonada lo impelió a acelerar. Vio con alivio el cambio esperando que Contreras no se comiera la amarilla. Las luces de freno de la camioneta se prendieron... ¡Era el momento!

Tenía, a lo sumo, unos cinco o seis segundos para actuar. Detuvo la moto en seco y estiró la mano con el fierro por el lado del piloto. El capitán Rudecindo Contreras no tuvo tiempo ni de voltear a verlo. La primera bala le destrozó la frente matándolo al instante. El suboficial Manyoma soltó tres disparos más contra la camioneta pero sin blanco fijo. Ese era el plan. Cuando aceleró cruzando hacia la avenida, no volteó a observar al comandante, que ya había descendido del auto.

Si Píper Arroyo hubiera querido, podría haberlo liquidado de un solo tiro pero no lo hizo. Disparó, sí, pero al cielo y luego se quedó tendido en la pista como si estuviera herido.

11

Llegó a la cita puntual. Bañado, afeitado y oliendo rico. Traía bajo el brazo la botella del whisky que más le gustaba. Era una sorpresa. Todo había salido perfecto y era hora de celebrarlo con un buen Jameson. Los problemas que había causado por estúpido ya se habían arreglado. El comandante era un genio. Lo extrañaba. No había podido estar con él desde la vez de la golpiza. Se lo merecía todo. A veces imaginaba que ambos renunciaban a la fuerza policial y se iban a vivir juntos a la selva. Era una ensoñación agradable que surgía con música de fondo. Cyndi Lauper cantaba «True Colors» mientras descansaban en unas hamacas tomándose de las manos y Manyoma le contaba despacito lo que decía la canción: «Yo veo tus colores verdaderos y por eso te amo».

¡Claro que sí! El comandante era un hombre puro y hermoso y se merecía el cielo. Manyoma estaba sonriendo como tontito cuando tocó la puerta. Para su sorpresa ya estaba abierta.

«¿Mi comandante?», preguntó medio coqueto, pensando que Arroyo se había escondido para sorprenderlo. Cuando entró en la habitación, Manyoma no encontró a nadie y se desconcertó.

Reconoció demasiado tarde el sonido del arma rastrillando. Detrás de la puerta abierta, lo esperaba el flaco Perfumo con una pistola que le pareció demasiado grande y sofisticada para un fumón. El primer disparo le abrió el pecho y lo tumbó. Notó con sorpresa que el arma llevaba un silenciador. Hubiera querido reaccionar pero pensó que ya era inútil. Antes del tiro de gracia escuchó que Perfumo lo insultaba recordándole con rabia lo de su padrino Alipio Ponce. Y entonces lo comprendió todo. Se alegró por el comandante. Sin duda era un genio. De repente sí lo amaba pero estuvo obligado a sacrificarlo intuyendo una traición. Pese a todo, Alfredo Manyoma lo amaría por siempre. Así como decía esa hermosísima canción de Whitney Houston que sonaba como un arrullo en su cabeza cuando dejó de respirar.

Epílogo
El ascensor

Que paguen el espanto que elegimos.

RODOLFO HINOSTROZA,
«Los bajos fondos»

... Lima es la zona del país donde se ha acumulado la mayor cantidad de energía sísmica que solo se liberará con un sismo de magnitud 8,8, informó el Instituto Geofísico del Perú (IGP). El IGP publicó el mapa de acoplamiento sísmico, en el cual se muestran las áreas del país donde se está acumulando «deformación» y donde, en el futuro, la energía se liberará con sismos de gran magnitud. Al respecto, Hernando Talavera, jefe del IGP, precisó que en la costa central del Perú, que incluye Lima, se está acumulando deformación desde hace más de 275 años. Según el experto, en el caso de Lima se pronostica un movimiento telúrico de magnitud 8,8 por el silencio sísmico desde el terremoto de 1746, cuando cerca del 10 % de la población perdió la vida...

1

La segunda vez que el padre Corradi entró al bar del chino Tito vestía un largo hábito negro. Llegó solo, tenso y discreto, con el paraguas goteante y un periódico envuelto en una bolsa de plástico. Llevaba los hombros mojados por esa garúa rarísima que seguía cayendo sobre Lima. El cantinero no lo reconoció pero, apenas constató el grotesco lunar de carne sobre su nariz, lo recordó con la ropa secular y esa educada prepotencia con la que buscó aleccionarlo sobre Miguel de Unamuno. Socialista, ateo y anticlerical, a Tito nunca le agradaron los curas, pero ese anciano obeso le parecía particularmente repugnante. No quería ningún intercambio con él, así que siguió revisando *El caso N'Gustro*, una novela policial de Jean-Patrick Manchette que había descubierto joven en París y leyó en francés. El viejo canoso tampoco parecía tener muchas ganas de intercambiar con nadie. Le pidió un café con leche a Rosalba y se quedó en silencio leyendo el periódico.

Esa mañana todo tenía una apariencia fantasmal. El cielo de Lima estaba tan lúgubre que producía tristeza. Más que el frío era la humedad que penetraba en los pulmones generando apatía y cansancio. La gente en la calle parecía muy extrañada por esa lluviecita antipática que no cedía. Un extraño ladrido de perros callejeros resonaba a lo lejos. Olía como a muerte. El bar tampoco estaba muy animado. Ninguno de los concurrentes bebía. Que el comandante Arroyo llegara a esas horas con los Ray-Ban de aviador y acompañado de la atractiva mujer que Tito recordaba como bebedora tenaz, solo podía significar que los dos policías estaban duros y borrachos y venían de boleto de alguna discoteca. Al acercarse a ellos, se sorprendió al comprobar que estaban sobrios y solo querían café. El cantinero estaba un poco incómodo. Se sabía en deuda con el comandante y, en esa posición enojosa, no podía dejar de sentirse vulnerable. En todo caso, estaba clarísimo que, sin la intervención de Arroyo, Ishiguro seguiría preso.

El rostro atónito del padre Corradi al percatarse de la pareja llamó la atención de Tito. ¿Los conocía? Parecía poco probable. En todo caso, si no sabía quiénes eran tampoco hubiera podido advertirlo porque vestían de civil. Lo otro era su mirada. El cantinero la recordaba fría y calculadora, y así había estado hasta hacía unos minutos, pero ahora se había vuelto cálida. ¿Qué podía estar pasando para que este viejo de mierda, que había sido malcriado y huraño con Rosalba, pareciera ahora un hombre entrañable? ¿Y por qué demonios el comandante Arroyo no se daba cuenta?

Mientras se rascaba armónicamente la barba, Tito se quedó pensando en la respuesta a su propia pregunta. Recordó entonces lo que le había contado Ishiguro sobre el policía tiroteado en Chorrillos. Arroyo había sufrido un atentado. Un sicario en moto había intentado asesinarlo y, aunque otro capitán había muerto, él terminó ileso. Seguramente por eso, porque seguía un poco muñequeado por la balacera, el comandante ya no quería complicarse la vida.

Diez minutos más tarde, Arroyo y la mujer que seguía pareciendo su amante, pensó Tito, se levantaron para salir. El policía le hizo una señal con la mano que significaba que no iba a pagar por los cafés. El chino Tito asintió y lo maldijo en silencio. Apenas la pareja abandonó el bar, el cura se levantó con violencia y le dijo gritando a Rosalba que dejaba el dinero del café sobre la mesa. Chorreó entonces un billete de diez soles y salió corriendo sin esperar el cambio. Iba tan apurado que trastabilló en los escalones de la entrada y se estrelló contra las rejas de la puerta. Sus manos evitaron que se rompiera la cabeza. No sangraba ni nada pero la muñeca derecha emitió un sonido raro, como de huesitos quebrándose. Aunque era evidente que se había hecho daño, Alfonso Corradi ni siquiera gritó.

2

Le dolía la mano. ¿Se la habría fracturado? No cesaba de moverla en círculos mientras buscaba desesperado a la pareja que acababa de salir del bar. Pensó que ya los había perdido pero los divisó avanzando por el jirón Camaná, en dirección a la plaza de Armas. La garúa había cedido y, aunque las calles seguían mojadas, el viejo apuró el paso como pudo. Caminar sin duda era bueno para su diabetes y su corazón, pero él ya no estaba para grandes trechos. En cuatro meses cumpliría setenta y cinco años.

Logró alcanzarlos porque la suboficial Patiño alzó repentinamente el brazo, le dio un beso apurado en la mejilla a Arroyo y, en menos de un minuto, ya estaba sentada en un taxi que se perdió por la avenida La Colmena. El padre Corradi atribuyó este milagro a Dios Todopoderoso y se lo agradeció haciendo la señal de la cruz con la mano herida. El comandante prosiguió su camino por Camaná. Afortunadamente avanzaba con la placidez del *flâneur*, como si disfrutara de callejear sin rumbo, buscando en el detalle más recóndito alguna forma de revelación.

En la esquina de Cuzco, Edulfamid Arroyo volteó a la derecha y, luego de dos cuadras más bien cortas, tomó por una callecita a la izquierda y prosiguió por el jirón Carabaya como si su destino, fantaseó el anciano embelesado, fuera la histórica catedral de Lima. No supo cómo ni por qué, acaso fuera esa emoción tanto tiempo postergada, pero en ese momento Corradi se abandonó a la nostalgia autocomplaciente de su largo camino por los pueblos más miserables de América Latina llevando la palabra de Dios. De muchas formas, pensó satisfecho, él era parte de esa corriente civilizadora y castiza que había ayudado a tantísima gente pobre y salvaje a volverse digna, educada, moderna y religiosa. Que la catedral de Lima, Patrimonio Cultural de la Humanidad, hubiera sido edificada a la fuerza sobre las ruinas de un centro de adoración inca y del palacio de un príncipe cusqueño descendiente del inca Sinchi Roca, ¿no era acaso inmensamente simbólico de lo que Alfonso Corradi sentía representar?

La ensoñación de Alfonso se rompió cuando Píper Arroyo dobló hacia la derecha en el jirón Huallaga, ignorando olímpicamente la catedral. ¿Hasta dónde pensaba ir? Llevaban quince minutos andando y el cura ya no daba más. Pese a la humedad y al viento frío, se sentía muy acalorado y con una fatiga tan intensa que imaginó peligrosa. Las calles del centro histórico ya estaban llenándose de ambulantes y de taxis y de gente que hormigueaba en todas las direcciones. No lo soportaba. Las multitudes le parecían feas, insalubres. Corradi ya no podía seguir. Cuando se dio cuenta de que el comandante se detendría en el semáforo de la avenida Abancay, el padre intentó acercársele y tomarlo del hombro pero no llegó. Se quedó literalmente a cinco pasos con la mano suspendida en el aire.

Arroyo cruzó la avenida con el mismo sosiego del principio. Parecía un hombre feliz. Corradi siguió caminando como pudo. Estuvo a punto de gritarle que se detuviera cuando el comandante se quedó quieto frente a un edificio muy alto y lleno de tiendas. Alzó entonces la vista para comprobar que estaba en el lugar correcto. GALERÍA COMERCIAL GUISALDO HERMANOS, señalaba un rótulo luminoso que parpadeaba. Se escuchó, de repente, el ladrido lastimero y descontrolado de una jauría de perros callejeros que escapaba despavorida y parecía buscar un lugar para protegerse. Los hombres no le prestaron la menor atención. Entraron a la galería en silencio. Uno detrás del otro.

3

Hasta ese momento no se había dado cuenta de lo nervioso que estaba. Avanzaba un par de metros detrás de Arroyo. No tenía ni idea de cómo abordarlo. Tampoco estaba acostumbrado a ser frágil. De hecho, todavía se sentía un hombre duro, hermético, temido. La vejez lo había vuelto más intolerante. Desde su regreso a Lima, Corradi se había mostrado un poco parco y arrogante sobre todo con los diáconos y los monaguillos de la parroquia. Su único amigo, su discípulo, por decirlo de alguna forma, la única persona en la que confiaría a ojos cerrados, era el padre Pablo Arregui.

El viejo se había creído el cuento del autosuficiente que no llegaba para recibir órdenes ni consejos, sino para darlos. Fuera de la iglesia, sin embargo, la firmeza podía ser más complicada si no llevaba la sotana o el cuello clerical para protegerse de la violencia natural de Lima. Nunca le gustó la capital aunque reconocía el altísimo fervor religioso de su feligresía. No solo era Lima, donde había una corriente ultraconservadora poderosa y fanática, sino todo el país. No tenía dudas. El Perú era el país más religioso de América Latina y, aunque el porcentaje de católicos seguía bajando, como en todo el mundo, el respeto hacia la autoridad eclesiástica seguía siendo absoluto. El hábito lo protegía sin importar mucho lo que hiciera. Afortunadamente, pensó el anciano, hoy llevaba sotana.

Todavía no había mucha gente en la galería y algunos de los locales de la planta baja seguían cerrados. El edificio tenía once pisos y tres niveles de sótanos. Contaba con cámaras de seguridad, personal de vigilancia y dos ascensores. Como todas las galerías del centro, Guisaldo Hermanos vendía o alquilaba locales comerciales en los que se ofrecía un poco de todo. Pese a que contaba con una licencia de funcionamiento y el certificado de Defensa Civil, era más que probable que no fuese un lugar seguro en caso de incendios o desastres naturales. Corradi no entendía muy bien qué hacía Arroyo a las nueve y treinta de la mañana en ese lugar pero ya le daba un poco igual. Se había resignado a enfrentarlo en donde fuera. Y aunque tenía un miedo genuino, no podía dejar de sentirse dichoso. El asombro en el café y el improvisado seguimiento por el centro habían sido tan agobiantes y repentinos que se había olvidado de agradecerle al Señor Todopoderoso por esa buenaventura milagrosa. Se sentía dichoso por lo que tenía y por lo que estuviera por llegar.

Entre el instante en el que ingresaron y la llegada al ascensor habrían pasado, a lo sumo, veinte o treinta segundos. No había nadie esperando. El aparato estaba en un *hall* medio apartado al que no hubiera podido llegar solo. El comandante apretó el botón y la máquina empezó su descenso. Era posible que Arroyo ya lo hubiera notado por detrás pero se negara a voltearse. El *beep* del timbre electrónico anunció la apertura de las puertas metálicas. Arroyo entró primero y se quedó mirando el panel con los botones. Corradi entró a su lado y no pudo encararlo porque el policía estaba casi de perfil. La cabina había sido diseñada para albergar a seis personas. Era limpia, silenciosa y no tenía espejos. Al anciano, que era levemente claustrofóbico, le pareció una pequeña tumba de metal con luces.

El plan era esperar a que bajara para seguirlo. Una vez fuera, amparado en su condición de religioso, aprovecharía para pedirle un minuto de su tiempo y luego ya solo se dejaría llevar. Lo que no esperaba era que Arroyo le dirigiera la palabra y, menos aún, que lo pusiera en aprietos con una pregunta tan simple.

–Buenos días, padre, ¿a qué piso va?

Se quedó mudo, sonriendo con los ojos bien abiertos. Tenía once pisos para elegir y si elegía mal, solo uno de los dos saldría primero del ascensor. ¿Cuál era la respuesta correcta? ¿Señalarle el piso más alto y luego decirle «¡aquí es!» en el piso que Arroyo eligiese para salir con él?

–No sé muy bien, caballero, que voy un poco perdido...

–¿Lo puedo ayudar, padre? Conozco bien la galería.

–Hombre, gracias... pero no se preocupe, caballero, que no deseo incomodarlo. Es cierto que voy un poco liado, pero continúe tranquilo, por favor, que yo ya me las apañaré.

El policía sonrió levemente y entornó los ojos para ubicar el botón de su piso. Apretó el número 5. Se encerraron y se quedaron perfectamente quietos. El cura tenía toda la espalda sudada. Había tomado algún impulso. Ahora estaba decidido a hablarle apenas se abrieran las puertas.

No habían pasado ni cuatro segundos cuando todo aquello empezó.

Primero fue el sonido raro de una tormenta lejana que luego se volvió tenebroso, como el de un enérgico trueno que subía rápidamente en intensidad y parecía venir de todos lados. «¡Temblooor!», gritó desesperado el policía y su primera reacción fue abalanzarse contra la puerta para golpearla con los dos puños como si así fuera a abrirse. El cura se sentó en el piso y se puso a rezar en voz alta, llorando. La cabina, que al principio se movía ligeramente, luego dio un sacudón violento que los hizo volar hacia arriba y chocarse contra el techo. Arroyo amortiguó rápidamente el golpe con el antebrazo pero el cura no tuvo la misma fortuna y se golpeó la cabeza. El ascensor se detuvo gracias al sistema de protección sísmica. Aunque no habían ascendido mucho, el sismo continuaba y las poleas o el sistema hidráulico podían colapsar y la caída sería inminente. Afortunadamente, el aparato resistió y el edificio de la galería no se vino abajo. El terremoto había durado veinte segundos. Afuera, sin embargo, extrañamente no se oía nada y los dos hombres seguían atrapados en el ascensor.

El anciano estaba inconsciente pero respiraba. Le sangraba profusamente la cabeza y tenía las piernas quebradas por el impacto. Arroyo estaba intacto pero espantado y ansioso por salir. Tocaba repetidamente los botones de auxilio pero nada parecía funcionar. No había línea en el teléfono. Se largó a gritar como un loco:

–¡Auxiliooo! ¡Auxiliooo! ¡Alguien, por favooor! ¡Estamos aquí atrapadooos! ¡Ayúdennooos!

No hubo ninguna respuesta. El mundo de afuera parecía haberse acabado. Se acercó entonces al hombre desvanecido para intentar despertarlo.

–¿Padre? ¿Padreee? Yo voy a ayudarlo. No se preocupe. Resista que vamos a salir de aquí.

La voz de Edulfamid se sintió suave como el arrullo de su papá. Un cantarcillo cálido y monótono que lo adormecía cuando era niño. Alfonso sentía el cuerpo roto. Estaba seguro de que no iba a sobrevivir pero no se sentía triste. Su hora había llegado y Dios había decidido darle esa última oportunidad para hablar con su niño.

–Eduuul… Eduuul… –susurró conmovido.

–¿Cómo?… ¿Qué me ha dicho?

–Te encontré…, te estaba esperando y te encontré –le respondió el padre Corradi y, sonriendo, se puso a llorar.

–¿De qué mierda estás hablando, viejo? ¡¿Me conoces?!

El policía, nervioso, exasperado, sujetando la parte delantera de la sotana con fuerza para acercárselo a la cara y sacudiéndolo como si fuera un saco, le ordenó que repitiera lo que acababa de decir, pero el cura solo se limitó a negar con la cabeza.

–Miraa…, mira en mi pechoo –musitó.

–¡Qué dices! ¿Qué es esto, carajo, qué es estooo?…

–El collar… en mi… pechooo.

Tuvo que hacerlo el mismo Corradi. Se arrancó el clériman y, jalando el cuello de la sotana, metió el puño hacia el pecho por el lado de la garganta. No era un collar sino una gargantilla de oro con un pendiente de corazón que el cura abrió como pudo. En la foto aparecía Edulfamid Arroyo. Era un niño muy bello. Sonreía con una ternura sincera que cautivaba. La foto se la había tomado el mismo padre.

–Eso fue en… Huánuco y ese eres tú, Dulcito, eres túuu… ¿Te acuerdas de mí?

Arroyo se erizó de horror. Sintió que el pecho se le cerraba y la cabeza empezó a darle vueltas como si fuera a desmayarse. Entonces, por primera vez, esa memoria escalofriante que resistía dormida volvió a su vida para despedazarla.

Esas no eran pesadillas. Eso *sí* había ocurrido.

El monstruo era real. El monstruo seguía vivo y ahora se atrevía a mirarlo a los ojos con una sonrisa de goce.

¿Te acordabas de él, Dulcito?

Lo único que llegó a escuchar el cura fue un grito de dolor. El aullido pavoroso de un animal herido que se revolvía enloquecidamente sobre él y parecía devorarlo. Al-

377

guna vez había visto el video casero de un cazador atacado por una manada hambrienta de lobos que, luego de tumbarlo, le arrancaban las extremidades y se peleaban ferozmente por engullirse las partes más generosas de su carne.

El padre Alfonso Corradi pereció pronto. No supo si fue su corazón abatido o el animal voraz en el que se había convertido el niño al que había amado hasta la muerte. Cuando escuchó el sonido metálico de las puertas del ascensor abrirse, Edulfamid Arroyo se apartó rápidamente del cuerpo mutilado del anciano. Creyó descubrir la luz penetrante de la mañana pero, del otro lado, solo encontró tinieblas.

París, mayo, 2022

ÍNDICE